A LIBRARY OF DOCTORAL DISSERTATIONS IN SOCIAL SCIENCES IN CHINA

中国马克思主义文学批评的民族观研究

A Summary,Reflection and Re-construction on Chinese Marxism Literary Criticism's National View

胡俊飞 著

导师 胡亚敏

中国社会科学出版社

图书在版编目（CIP）数据

中国马克思主义文学批评的民族观研究／胡俊飞著．—北京：中国社会科学出版社，2017.12
（中国社会科学博士论文文库）
ISBN 978-7-5203-1969-0

Ⅰ.①中… Ⅱ.①胡… Ⅲ.①中国文学—现代文学—文学评论②中国文学—当代文学—文学评论 Ⅳ.①I206.6

中国版本图书馆CIP数据核字(2018)第004674号

出 版 人 赵剑英
责任编辑 张 潜
责任校对 王 龙
责任印制 王 超

出 版 中国社会科学出版社
社 址 北京鼓楼西大街甲158号
邮 编 100720
网 址 http://www.csspw.cn
发 行 部 010-84083685
门 市 部 010-84029450
经 销 新华书店及其他书店

印 刷 北京明恒达印务有限公司
装 订 廊坊市广阳区广增装订厂
版 次 2017年12月第1版
印 次 2017年12月第1次印刷

开 本 710×1000 1/16
印 张 20.75
插 页 2
字 数 351千字
定 价 86.00元

总　序

在胡绳同志倡导和主持下，中国社会科学院组成编委会，从全国每年毕业并通过答辩的社会科学博士论文中遴选优秀者纳入《中国社会科学博士论文文库》，由中国社会科学出版社正式出版，这项工作已持续了12年。这12年所出版的论文，代表了这一时期中国社会科学各学科博士学位论文水平，较好地实现了本文库编辑出版的初衷。

编辑出版博士文库，既是培养社会科学各学科学术带头人的有效举措，又是一种重要的文化积累，很有意义。在到中国社会科学院之前，我就曾饶有兴趣地看过文库中的部分论文，到社科院以后，也一直关注和支持文库的出版。新旧世纪之交，原编委会主任胡绳同志仙逝，社科院希望我主持文库编委会的工作，我同意了。社会科学博士都是青年社会科学研究人员，青年是国家的未来，青年社科学者是我们社会科学的未来，我们有责任支持他们更快地成长。

每一个时代总有属于它们自己的问题，“问题就是时代的声音”（马克思语）。坚持理论联系实际，注意研究带全局性的战略问题，是我们党的优良传统。我希望包括博士在内的青年社会科学工作者继承和发扬这一优良传统，密切关注、深入研究21世纪初中国面临的重大时代问题。离开了时代性，脱离了社会潮流，社会科学研究的价值就要受到影响。我是鼓励青年人成名成家的，这是党的需要，国家的需要，人民的需要。但问题在于，什么是名呢？名，就是他的价值得到了社会的承认。如果没有得到社会、人民的承认，他的价值又表现在哪里呢？所以说，价值就在于对社会重大问题的回答和解决。一旦回答了时代性的重大问题，就必然会对社会产生巨大而深刻的影响，你也因此而实现了你的价值。在这方面年轻的博士有很大的优势：精力旺盛，思想敏捷，勤于学习，勇于创新。但青年学者要多向老一辈学者学习，博士尤其要很好地向导师学习，在导师的指导下，发挥自己的优势，研究重大问题，就有可能出好的成果，实现自己的价值。过去12年入选文库的论文，也说明了这一点。

什么是当前时代的重大问题呢？纵观当今世界，无外乎两种社会制度，一种是资本主义制度，一种是社会主义制度。所有的世界观问题、政治问题、理论问题都离不开对这两大制度的基本看法。对于社会主义，马克思主义者和资本主义世界的学者都有很多的研究和论述；对于资本主义，马克思主义者和资本主义世界的学者也有过很多研究和论述。面对这些众说纷纭的思潮和学说，我们应该如何认识？从基本倾向看，资本主义国家的学者、政治家论证的是资本主义的合理性和长期存在的"必然性"；中国的马克思主义者，中国的社会科学工作者，当然要向世界、向社会讲清楚，中国坚持走自己的路一定能实现现代化，中华民族一定能通过社会主义来实现全面的振兴。中国的问题只能由中国人用自己的理论来解决，让外国人来解决中国的问题，是行不通的。也许有的同志会说，马克思主义也是外来的。但是，要知道，马克思主义只是在中国化了以后才解决中国的问题的。如果没有马克思主义的普遍原理与中国革命和建设的实际相结合而形成的毛泽东思想、邓小平理论，马克思主义同样不能解决中国的问题。教条主义是不行的，东教条不行，西教条也不行，什么教条都不行。把学问、理论当教条，本身就是反科学的。

在21世纪，人类所面对的最重大的问题仍然是两大制度问题：这两大制度的前途、命运如何？资本主义会如何变化？社会主义怎么发展？中国特色的社会主义怎么发展？中国学者无论是研究资本主义，还是研究社会主义，最终总是要落脚到解决中国的现实与未来问题。我看中国的未来就是如何保持长期的稳定和发展。只要能长期稳定，就能长期发展；只要能长期发展，中国的社会主义现代化就能实现。

什么是21世纪的重大理论问题？我看还是马克思主义的发展问题。我们的理论是为中国的发展服务的，决不是相反。解决中国问题的关键，取决于我们能否更好地坚持和发展马克思主义，特别是发展马克思主义。不能发展马克思主义也就不能坚持马克思主义。一切不发展的、僵化的东西都是坚持不住的，也不可能坚持住。坚持马克思主义，就是要随着实践，随着社会、经济各方面的发展，不断地发展马克思主义。马克思主义没有穷尽真理，也没有包揽一切答案。它所提供给我们的，更多的是认识世界、改造世界的世界观、方法论、价值观，是立场，是方法。我们必须学会运用科学的世界观来认识社会的发展，在实践中不断地丰富和发展马克思主义，只有发展马克思主义才能真正坚持马克思主义。我们年轻的社会科学博士们要以坚持和发展马克思主义为己任，在这方面多出精品力作。我们将优先出版这种成果。

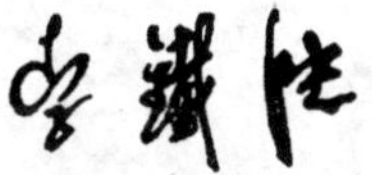

2001年8月8日于北戴河

序

俊飞来信说，他的博士论文《中国马克思主义文学批评的民族观研究》入选了《中国社会科学博士论文文库》，作为他的导师，真为他高兴。

俊飞博士论文选择了马克思主义文学批评的民族观作为研究对象，这一选题也是我个人这十多年来一直在思考的问题之一。2001 年在北京师范大学与湖南师范大学联合举办的“全球化语境中的文学民族性问题”的学术研讨会上，我作了“重返民族性”的大会发言，提醒在追踪西方文学批评思潮的途中别忘了回家的路。2003 年我发表了“开放的民族主义”一文，尝试将“开放”与“民族”这一具有悖论性的词语组合，以构成一种相互制约的张力，即民族是开放的基点，开放是民族发展的动力。在 2009 年中国人民大学主办的第二届世界汉学大会的分会上，我作了题为“坚持差异性研究”的发言，希望更加理性地看待中国与西方的关系，在中外交流和交锋中探寻具有普遍价值又有民族个性的中国文学批评新途径。2011 年，华中师范大学文艺学学科获得了国家社会科学基金重大项目“马克思主义文学批评的中国形态研究”。于是，学科多位教师和博士生投入到新的跋涉中，开始从不同角度对马克思主义文学批评中国形态展开研究。

也正是这一年，俊飞成为博士生加入到我们团队。攻博期间，俊飞接受了我的建议，选择对中国马克思主义文学批评的民族观作为研究对象，这是一个有挑战性的课题。记得 2012 年我到北京大学参加“杰姆逊与中国当代批评理论”学术研讨会，提交了《马克思恩格斯‘民族’概念刍议》的论文，并就这个问题请教美国著名的马克思主义批评家杰姆逊先生，他表示未系统研究过马克思的民族理论，并不愿对这个问题作进一步的解读。在研究中，我也意识到，民族是一个颇有争议的话题。顾颉刚先生曾愤怒地说："民族，民族，世界上多少罪恶假汝之名以行!"的确，民族是个复杂的问题，但正因为如此，就更需要研究。俊飞不畏所难，接手研究"民族"这个课题。在研究中俊飞在材料上下了很大功夫，他系统地研读了经典马克思主义关于民族的著述，并广泛收集和阅读了众多中外关于民族问题的论述，这一过程显然非常艰苦，而材料为王成为他论文的基础。不仅如此，俊飞的研究也很有理论深度，字里行间体现出很好的理论功底和逻辑思辨能力。俊飞不仅对经典马克思主义与俄苏马克思主义的民族观作了深入的研究和提炼，而且对中国马克思主义文学批评民族观展开了多层次多路径的探索。例如，在"民族与阶级"的辨析上，他认为肯定文艺的民族性并不否定它同时具有阶级性，"在阶级斗争空前尖锐的时代，民族文学必然具有阶级性，不同阶级具有不同的民族性，但并不是'只有'和'全然'是阶级性"。在民族与现代的问题上，他强调中国马克思主义文学批评并没有完全蹈袭西方的现代性命题，而是实现了民族国家与现代化的同构，是立足中国经验的现代性。在民族与传统的关系上，他鉴于传统是联结和贯穿民族过去、现在和未来的因素，提出了"转换性创造"的概念，如此等等。在重阅他的书稿时，我常常涌出一种"雏凤清于老凤声"的感慨。

如何说书稿中有什么不足的话，我觉得民族和民族主义这两个不同的范畴还需要进一步厘清。我个人体会，民族这个概念既体现为一种在历史过程中形成的群体文化认同，又是在与他者对比和参照中确立的，民族存在于与其他民族的关系之中；而民族主义则主要是某种特定的民族观念、民族意识，它在不同时期有不同的表现，有民族沙文主义，也有反殖民化的民族主义等。因此，民族主义尤其需要在特定语境下加以细致地甄别乃至反思。

俊飞本科就读于华中师大，毕业后直接成为我的硕士生，工作几年后再回校跟着我读博，是我最熟悉的学生之一。俊飞是一个愿意读书，愿意思考的学生，人聪慧且非常勤奋，很有悟性，不时会闪出一些有见地的体会和见解，这是我最欣赏他的地方。善于思考正是学术研究的重要禀赋，看到自己的学生的成长，作为老师的我由衷地感到欣喜，希望俊飞在今后治学的道路上走得更稳健、更扎实，为社会贡献更多有价值的理论观点和篇章。

胡亚敏

2017 年 12 月 11 日

摘　要

“民族”是近百年中国马克思主义文学批评的核心范畴，中国马克思主义文学批评所持守的民族的立场、标准和观念，构成了它区别于经典、俄苏和西方等其他不同形态的马克思主义文学批评的重要特质。梳理、总结与反思百年中国马克思主义文学批评民族观的形成、演变过程及其具体内涵，在全球化新历史条件下拓展和建构当代中国马克思主义文学批评开放的民族观，是本书致力实现的主要研究目标。除绪论与结语外，本文另分为四章，对各章的主要观点分述如下：

第一章论述经典马克思主义文学批评与俄苏马克思主义文学批评的民族观，及在它们的影响下中国马克思主义文学批评民族观的形成。马克思主义经典作家在不同场合对民族国家的性质、特质、历史、立场、与国际主义的关系等作过论述。“民族”是一种历史现象，共同的语言、共享的历史传统和相对明晰的活动疆域是区别于以往人类组织形式的，民族国家与国际主义是辩证统一的，阶级视野下的批判是经典马克思主义文学批评对于民族总的立场。俄苏马克思主义文学批评发展了经典马克思主义文学批评的民族思想，进一步强调民族的历史性质和与资本主义的同构性。中国马克思主义文学批评的民族观对经典和俄苏马克思主义文学批评的接受从一开始便是具有主体意识的“研究、批评与决定”。救亡图存和民族主义是中国马克思主义文学批评形成时的现实境遇与思想动力，民族性成为后者肯定性的价值诉求。

第二章在西方马克思主义批评的参照下，梳理、总结和反思中国马克思主义文学批评民族观的演变及具体内涵。与西方马克思主义文学批评对于民族基本否定的立场相异，从“民族主义文学”批判到“民族形式”论争，从延安文艺座谈会讲话到“文化革命”，从新时期到新世纪，除段时期外，民族是中国马克思主义文学批评一贯的立场、诉求和尺度。随着历史条件和时代任务的变化，中国马克思主义文学批评对民族内涵的探求依次在“民族与阶级”“民族与世界”“民族和现代”三组命题中展开。在民族与阶级的关系上，在阶级斗争空前尖锐的时代，民族文学必然具有阶级性，不同阶级具有不同的民族性，但并不是“只有”和“全然”是阶级性。肯定文艺的民族性，并不否定它同时具有阶级性，反之亦然。文艺的民族性和阶级性也有统一的一面，不同阶级有共同的民族性，民族与阶级相互转换为对方的话语表达。在民族和世界的关系上，民族是“个别与普遍之统一的相关物”，民族性与世界性相互依存、对立统一。一方面，不存在脱离了民族性的世界性，世界性寓于民族性中，并通过民族性呈现出来；另一方面，民族性需要以世界性为坐标、视野和目的，特殊性不能割弃普遍性而存在。中国当代马克思主义文学批评既要反思各种文化特殊性论，也要反对虚妄的普遍主义文化立场，坚持以特殊性为基础并与普遍性相统一的民族性。在民族与现代的关系上，民族是现代性的悖反，建设既是“民族的”又是“现代的”文学，是中国马克思主义文学批评的具体目标。在中国马克思主义文学批评中，民族性与现代性是矛盾统一的，具体体现于中国文学现代化与民族国家的同构关系、民族与个人的兼顾、批判地弘扬传统等方面。民族性与现代性既彼此包含，又相互对立。中国马克思主义文学批评不应蹈袭西方现代性，而应立足于社会主义文艺建设的中国经验，提出、探讨和发展自己的现代性命题。

第三章揭示全球化的实质和文化逻辑，论析全球化下中国马克思主义文学批评坚持民族立场的可能性与积极意义，批判地吸纳后殖民理论与国外当代马克思主义文学批评的民族观念。全球化是资本主义发展的最近阶段，它不仅是资本主义物理空间的简单扩张，更是逻辑肌理的深刻渗透，去差异化—夷平和解域化—不可脱钩是全球化的主要文化逻辑。全球化猛烈冲击民族国家，但不会带来一个“后民族”时代，中国马克思主义文学批评坚持文学的民族差异性可以减缓甚至改变全球文化趋同化的进程。批判地检讨后殖民理论和国外当代马克思主义批评的民族观，是拓展中国马克思主义文学批评民族观的重要途径。后殖民理论肯定民族主义是摧毁殖民体系和重振文化的利器，认识到民族国家和文化建设、民族主义和帝国主义的同构性。解构和置换反殖民的民族主义的本质主义和二元论思维，强调民族的建构性、混杂性和非物质性，并为民族指明新人道主义和社会主义方向，却也流露出浓烈的乌托邦气息，掩盖了民族间客观存在的物质压迫关系。国外当代马克思主义批评对民族既肯定民族在反抗殖民统治、抵抗全球文化标准化的作用，也对它潜藏的种族主义、沙文主义因子，于社会革命和人类解放而言是一种狭隘扭曲、异化的组织形式等表达了不满。鉴此，他们分别重释了民族的内涵，主要包括安德森"想象的共同体"、伊格尔顿和阿罕默德"个别与普遍之统一的相关物"、詹姆逊"自我和他者的关系概念"等论，这些新的民族论为中国马克思主义文学批评提供了有益启迪。

第四章从个体观、传统及其弘扬观和主体性观三方面，建构全球化下中国马克思主义文学批评开放的民族观。在民族与个体的关系上，中国马克思主义文学批评一方面认为，在当前历史条件下，民族国家是"现实的个人"的基本社会关系和主要活动场所，在人类步入自由王国的历史前，民族国家为个人的合理权利、自由全面发展提供保障，民族需要在个体的坚持而非绕过中被超越和扬弃。另一方面，民族国家是人类历史活动的产物和"现实的个人"通向自由王国的途径手段，民族国家要尊重和保障"现实的个人"的合理权利、全面发展和自我实现的要求，但这种尊重和保障不是抽象、形式的，而应是具体、差异性的。中国马克思主义文学批评致力民族与个体的平衡统一，不能是此而废彼，但这种平衡统一不是绝对、静止的，而是在动态偏置中达成。民族以每一个体的实现为自身的实现，同时每一个体又在为民族的实现中获得自我的实现。

共享的传统是民族的基本特质，中国马克思主义文学批评坚持开放的民族立场，需要科学地理解"传统"本身和规划"继承和弘扬"它的方式。传统是活着的过去、进展中的过程和现在，是联结和贯穿民族过去、现在和未来的因素。"转换性创造"是中国马克思主义文学批评弘扬传统所主张的路径，传统只有经过转换，面对和解决新的民族文化经验才能得到真正地继承和弘扬。"转换性创造"不是以既定的西方现代价值为圭臬，其目的是"别立新宗"。甄别传统，稽查可转换的传统的原初和演变含义，批判和克服旧的传统，在应对民族现实问题中赋予旧传统以新的内涵，是"转换性创造"传统的具体步骤。传统只有经过创造性转换，才能成为民族文化创造的源头活水。

民族主体性的确立系于他者，且是历史具体的，中国马克思主义文学批评树立和坚守民族文化的主体性，不能固守启蒙现代性的主客二分、先验、纯粹、内在、绝对、超历史的本质主体性论，而要标举一种向他者与历史开放的民族主体性论。民族文化的主体应在民族自我和他者的融合，从而创造新质的过程中确立。民族性是不同民族文化之间相互区分的依据，它是历史、具体、由人的实践所塑造、处于不停息地转化生成中的东西。由于民族的主体性是处于与他者结构关系和具体历史中的，因此它既不拒绝外来文化，也不固守某种固有不变的文化，而是推崇文化融合和超越创新，在创造自己的历史中凸显与他者的差异，在融合他者中推动自己的历史发展，从而使民族主体的关系结构和历史维度有机结合起来。

关键词：马克思主义文学批评的中国形态；民族国家；全球化；同质化；个体；传统；主体性

Abstract

Nation is Chinese Marxism literary criticism's core category, which is the important basic characteristic of its different from classic, Russian and western Marxism literary criticism. Under influence of classic and Russian Marxism literary criticism, in reference to western Marxism literary criticism, this paper mainly summarize, reflect and develop the formation, evolution and specific connotation of Chinese Marxism literary criticism, analyze essence and cultural logic of globalization, critically review of national view of post-colonial theory and contemporary foreign Marxism criticism, and re-construct new open nationalism from viewpoint of individual, tradition and subjective.

Classic writers made preliminary but not superficial comments on nationalism's essence, connotation, standpoint and relationship between class and internationalism. Nation-state is a modern historical phenomenon, which is not inherent and eternal, the human organization form adapt for capital production form after the disintegration of feudal system. Common language, shared history and tradition, and relatively fixed boundary are three kinds of traits which distinguish between nation-state and the other social communities. Classic Marx literary criticism took historical attitude. The national thoughts of classic Marxism literary criticism laid foundation for the other forms of Marxism literary criticism. Russian Marxism literary theory developed the classic, further emphasized the capital property of nationalism and nation-state, determined a first clear definition for nation, launched the slogan of national culture, considered that 'motherland' is an obsolete concept, and opposed to abandon the national problem of class analysis. Russian Marxism literary criticism sometimes fall in abstract dialectics that is contrary to historical materialism, failed to fully estimate the long-term nature and complexity of national problems, and resisted national literature as bourgeois factors. as nationalism is the power of thought and reality of the situation of the formation of Chinese Marxism literary criticism, nationality naturally became its observation dimensions and value appeal.

Being different from western Marxism criticism, from 'nationalism literature' critic to 'national form' debate, from Yan-an symposium speech to culture revolution, form new period to new century, 'open nationalism' is Chinese Marxism literary criticism's consistent position, viewpoint and standard. The connotation of open nationalism of Marxism literary criticism of Chinese form was discussed roughly successively in the proposition of nationality and class nature, nationality and universality, and nationality and modernity. On the relationship of nation and class, Chinese Marxism literature criticism considered that nation is temporary performance of class, The relationship between national and class are the unity of opposites, in the class period, national literature inevitably has class nature, but not only or whole class nature. Literature nationality does not negate its class nature, and vice versa. There is not only the side of contradiction, also has a unified face between national and class, embodied in that, different classes have the same nationality, nation and class can be expressed by conversed for each other's discourse, and nation and proletarian unity to the people. On the relationship of nation and world, nation is an unity of individual and common related compounds. The relationship between nationality and university is not only interdependent but also unity and opposite. There isn't university without nationality, which exists in and be represented by nationality. Marxism literary criticism of Chinese form denied absolutely particular. On the relationship between nationality and modernity, not only national and also modern literature is the concrete aim of Chinese Marxism literary criticism. Chinese Marxism literary criticism stuck to dialectical unity of nationality and Modernity, nationality is reflexive modernity, which embodied in homogeneous relationship between nation-state and Chinese literature modernization, combined nation and individual, and critically Carried forward tradition. There are both faces that one is common with and different from the other. Modernity is diversity and pluralism, Chinese Marxism literary criticism can't follow slavishly western modernity, but present, discuss and develop our modernity proposition laid in Chinese socialism literature experience, demand that literature play national function.

Globalisation is the lateperiod of capital, which is not only simple expansion in physical space, but also profound penetration in logic texture. Globalisation is process which is false diversity but real standardization, homogenization under the cover of diversity, diversity itself is homogenized. Globalisation is not the end of the nation-state, but strengthens mutual dependence and contact between nations, adjust the function of nation-state. Post-colonial theory recognized nationalism as a powerful weapon to deconstruct colonial system, the homogenization relationship between nation-state and cultural construction, imperialism and nationalism. Deconstructed and displaced essentialism and dualism de-colonialism nationalism, emphasized nation's construction, hybrid and immaterial attribute, and indicated nationalism the direction of new humanitarian and socialism. however it's too much strong utopian in thought and right to defense for transnational capitalism in politic, that should bring to our attention. Contemporary foreign Marxism criticism both identity and hate nationalism, affirm that nationalism played a positive role in resistance to colonial rule, global fight against culture standardization etc. But it questioned nationalism latents racism and chauvinism, and is a distorting human organization form for socialism revolution and human liberation. Contemporary foreign Marxism criticism re-explained nation, mainly including Benidict Anderson's 'imagined community' discourse, Terry Eaglton and Aijaz Ahmad's 'unity of Individual and general' discourse and Fredric Jameson 'relationship between self and the other'discourse, etc. Although not entirely agreed with, but it exactly opens up a train for constructing open nationalism.

This paper develops and re-constructs Marxism literary criticism of Chinese form's open nationalism under the ground of globalisation from views of individual, tradition and its carrying forward, and subject. Marxism literary criticism of

Chinese form should require individual strengthen national identity, under the present historical condition, nation-state is still main social relation and basic activity place of 'practical individual', guarantees individual right, develop and realization. As a kind of alienation of human organization, nation-state need be surpassed and sublated by insist not bypass. nation-state should recognize, concern and guarantee of the individual value, dignity, freedom, development and Realization right, which is not the ultimate form of human organization. Nation-state is the product of human activity and method of 'practical individual' towards free kingdom. Nation-state considers everyone's implementation as its implementation, And vice versa. Nation-state respect and guarantee individual's freedom, equality and realization right which is not abstractly and formally, but specifically and differently. The balance of nation-state and individual is not absolute and static, but is achieved by dynamic coordination.

As common tradition is the basic traits of nation, Marxism literary criticism of Chinese formshould comprehend tradition itself and how to inherit and carry forward it scientifically. Tradition is living past, active process and in future, which can't be defined only in the past, present and future single time dimension. 'Creation of transformation' may be workable way as inherit and carry forward tradition, that is not setting western modernity as its aim, but building new model. It should examine and distinguish tradition first, and tease its original and evolution meaning, then rationally critic and throw away it, and finally give it new meaning in the name of old tradition. Thus, tradition is not some burdensome, but running water of national culture creation.

Marxism literary criticism of Chinese form shouldestablish and adhere to national subject. On one hand, we can't entirely accept that post-modernists deconstruct subject and essence, on the other hand, can't stick to the essence of subject of modernity into two aspects of subjective and objective, a pure, intrinsic, absolute, super historical theory. Subject exists in inside and outside relationship with the other. The other is the base of national subjectivity. Essence is the cornerstone of the different national culture from each other, which is historical, concrete, by human social and historical practice, in shaping the decision. Marxism literary criticism of Chinese form respects cultural integration and innovation, to highlight the difference in creation history their own, and to promote its own historical development in the integration of the other

Key words: Marxism literary criticism of Chinese form; nation-state; globalization; individual; homogenization; tradition; subjectivity

目　录

Contents

绪　论

一　论题的缘起、背景与内容

（一）缘起

推进“马克思主义文学批评的中国形态”理论总结、反思和建构，是本书研究中国马克思主义文学批评民族观的核心出发点。总结和反思中国马克思主义文学批评过去在民族[①]问题上探求的理论经验和局限，是对作为一种部分完成了的“马克思主义文学批评的中国形态”[②]的有力论证和重要支撑。“马克思主义文学批评的中国形态”并不是一个完全尚待展开和建构的课题，事实上，自马克思主义文学批评引介入本土始，中国马克思主义文学批评便开始了自己民族形态的建构过程，只是它在很长一段

① 如无特别注明，本书所用的“民族”皆为现代民族或民族国家意义上的。在汉语中，据文献考证，现代意义的“民族”最早见诸19世纪30年代，系古汉语固有之名词，并非一般认为的19世纪晚期的现代日语外来词，参见黄兴涛《“民族”一词究竟何时在中文里出现》（《浙江学刊》2002年第1期）、方维规《论近代思想史上的“民族”、“Nation”与中国》（《二十一世纪》2002年4月号）等文。民族国家是近代以来首先兴起于欧美，继而推延至世界各地的族裔归属与国家主权相统合的政治组织形式，是现代历史的产物，与英语中的“nation”一语对应，与族群（ethnicity）、种族（race）、国家（state）和民族—国家（nation-state）等概念内涵存有交叠，但亦彼此所指与侧重有别。“族群”既指古代原始社会人类组织形态之一种，也指多民族国家中的少数族裔，“种族”系遗传学术语与殖民活动衍生话语，指宽泛地具有同一血统、世系、身体样貌的族群联合体，国家是指法律上的政治性权力机构，民族—国家是指由单一族群构成的国家，是民族的理想与标准形态，参见许宝强、罗永生选编《解殖与民族主义》（中央编译出版社2002年版）“附录一：关键词”“nation”条（第291—292页）、［英］雷蒙·威廉斯《关键词：文化与社会的词汇》（刘建基译，生活·读书·新知三联书店2005年版）中“nationality”“ethnicity”“race”等词条和王逢振《民族—国家》（《外国文学》2010年第1期）一文。这些范畴在人类历史中的具体衍变，后文在对马克思民族论述的辨析中还有进一步辨析。

② 胡亚敏：《马克思主义文学批评中国形态的内涵探略》，《华中学术》第4辑，华中师范大学出版社2011年版，第6—10页。

时间内更多的是以译介、传播、评述经典、俄苏和西方马克思主义文学批评并以之观察、阐发和解决中国的文艺文化问题的面目呈现的。不能将马克思主义文学批评中国化和马克思主义文学批评的中国形态建设误作前后相续的两个过程，实际上它们是相互交织和彼此盘结的，马克思主义文学批评中国化和马克思主义文学的中国形态实际上是同一历史过程。马克思主义文学批评的中国化，并不是全盘移植、完全照搬经典、俄苏和西方马克思主义文学批评，它从一开始便对它们展开了富于主体性的、清醒而自觉的“研究、批评和决定”工作，而文艺文化中的民族问题研究是其中至为重要的一个主题，从中国马克思主义文学批评形成之初，它便很快摆脱了对经典与俄苏马克思主义文学批评民族观的全盘接受和机械执行。中国马克思主义文学批评结合中国社会历史和文艺建设的实际和目标，确立了自身不同于经典、俄苏马克思主义文学批评的民族立场和观念，并在近百年的历程中，根据变化的历史条件不断调整、丰富和完善自己的民族观，形成了具有科学、丰富且系统内涵的民族观。因此，总结和反思百年中国马克思主义文学批评的民族观建设，将是从一个特定的层面对于“马克思主义文学的中国形态”的确证。

拓展和建构适应全球化历史条件下的民族观，是“马克思主义文学批评的中国形态”建设的应有之义。“马克思主义文学批评的中国形态”的民族观并不是一套凝固的思想价值体系。“民族”对于中国马克思主义文学批评而言，从来都是一个历史的而不是纯然理论思辨的对象和问题。中国马克思主义文学批评总是将民族问题置于特定的历史条件下确立自己的民族立场和观念，唯有如此，才能保证中国马克思主义文学批评的民族观永葆生机活力。在当代，资本主义全球化及由其滋生的现象对世界文化、阶级、现代化、个人、传统与民族国家等造成前所未有的冲击与挑战，以及民族主义在各种理论话语中陷入的普遍污名化，在实践中时常显露出的偏狭化、非理性化、民粹化的动向等，都使文艺民族性这个陈旧的课题因历史情境的巨大变动而需要重新接受中国马克思主义文学批评的审查，同时也为中国马克思主义文学批评总结、反思和拓展自己过去在民族问题上的探求，进一步拓展和建构适应全球化新历史形势下开放的民族观提供了难得的契机。

研讨中国马克思主义文学批评的开放的民族观，也是建设当代中国文学批评价值标准的迫切现实需要。当代中国文学批评目前存在着价值标准的混乱乃至缺失的情形，在文化理论界，流行着与民族相关的种种文化观念，如后民族主义、世界主义、文化多元主义、原教旨主义、新天下主义、中国后殖民批评等。这些文化观念的合理性和局限性需要得到及时的剖析和清理，中国马克思主义文学批评对民族问题形成的科学理解是开展这项工作的基点。另外，民族主义被各种理论话语大加挞伐，在全球化背景下，民族国家据说已"日薄西山"，一个"后民族国家"（post-nation，哈贝马斯）的时代正在到来，中国马克思主义文学批评过去所一直坚持的民族观念、立场和标准能否继续作为当代中国文学批评的主导价值取向，成为一个需要诘问而非不证自明的问题。中国马克思主义文学批评过去对民族问题的探索是根据过去的具体历史条件做出的，即便能继续承担它在中国当代文学批评的价值取向功能和使命，也需要在全球化的新历史条件下对过去的探索进行深入的反思和发展。

（二）背景

正如"马克思主义文学批评的中国形态不可能完全在抽象层面展开，它需要在研究中国问题和文学事实中生成"[①]和拓展一样，总结、反思和建构中国马克思主义文学批评民族观首先需要认清自己所处的历史情境和需要解决的主要问题。中国马克思主义文学批评民族观研究在当代所面对的语境错综复杂，既有与其他民族文学文化的处境相通的一面，也有着自身所特有的历史条件。粗而观之，可以大致描绘如下：

资本主义全球化加剧了世界文化的标准化和同质化趋势，引发了世界范围的人们日益普遍的"趋同性焦虑"[②]。跨国资本与民族利益的矛盾，是当前中国文化在国际上面临的最主要矛盾，强势的跨国资本蔓延无孔不入，"拆解着以往矗立在不同文化之间的种种有形或无形的樊篱，将经济、生产、流通、政治、思想、文化纳入一体化的体制，在全球范围内强制性地推行同质性、排斥异质性"[③]，似乎已找不到一种力量可以抵制、阻遏或延缓它。民族文化现在面临的主要问题不是被世界拒绝，任何民族

① 胡亚敏：《文艺批评中的情感与现实》，《文艺报》2014年12月8日。

② 胡亚敏：《论差异性研究》，《外国文学研究》2012年第4期。

③ 姚文放：《全球性与现代性》，《求是学刊》2002年第5期。

文化在全球化下都不可能随自己的意志而置身于世界文化之外，而是遭逢着被处于资本主义中心的文化所压抑和抹杀而可能失语乃至消亡的威胁。致力于实现中华民族伟大复兴的中国梦，探索一条不同于西方的现代化道路，保存和发展自己的文化，而不是盲目地跟从所谓的“世界潮流”，既是全球化背景下中国马克思主义文学批评最重要的现实语境，也是它需要肩负的历史重任。

资本主义全球化，阶级的界隔和分化并没有消失，阶级仍是一个客观存在的尖锐现实，只不过它的形态发生了深刻变迁。跨国公司、金融资本等生产了一批跨国资产阶级，使资本主义在主体上成为真正国际性的，并且原本主要作为一个经济概念的阶级，现在已渗透到法律、社会、政治、文化等一切空间和领域，经济和文化等互为表里、相互支撑，使民族与阶级关系的复杂程度远超马克思主义文学批评以往所处的任何时代。民族矛盾现在是全球阶级问题的暂时表现形式（特里·伊格尔顿），后殖民批评从根本上而言就是阶级问题（艾贾兹·阿罕默德），一批马克思主义文学批评家已经深刻认识到民族问题并不是孤立自足、在自己范围内就能获得解决的议题，它事关整个人类解放事业的前途。

随着苏联和东欧社会主义国家的解体，资本主义全球化正使现代化从复数变为单数，资本主义市场经济、西方式民主制度、消费主义文化正在成为越来越多民族主动或被迫的选择，历史仿佛真的已然终结于此（福山），人类已经想象和规划出一条不同于西方现代性的发展道路，这为旨在设计出一条异于并超越资本主义前景的中国马克思主义文学批评道路提出了巨大的挑战。人们寄望社会主义的中国能够从西方现代性霸权的窄缝中打开一条希望的缺口和通道。中国马克思主义文学批评过去所走过的道路和正在从事的事业，已经和正在为现代性既是一体的也是多元的品格提供了样本。在文学文化实践中，发展具有中国特色的现代性，是中国马克思主义文学批评考察民族问题的重要任务。

消费主义意识形态和电子信息科技深刻形塑了人类社会，社会在消费主义和信息科技的分解下日趋分解为原子化的个体。公与私的分离在西方社会早已不是什么秘密，它甚至被标榜为现代性的重要特质，鲍德里亚、弗洛姆、特克尔等人对消费主义、大工业和信息科技对个人的分化作了精辟的解析，个人在全球化的狂欢中感受到一种悖论性的群体性孤独，越追求个性，越被束缚于抹除个性、失去自由的无形牢笼中。这一状况在中国推进市场经济后，也开始显现出来：“原子化的个人已经随着中国市场经济的建立而变成现实”，“个人成为市场经济的唯一的承载者”，“现在不是个人主义的不够，而是什么都要个人来背负”。[①] 个人缺乏稳定的集体认同，切断了与社会、世界和历史的紧密联系。一方面，市场经济深化下的个体越来越原子化，抵御不了资本主义全球化的吞噬，个体认同显露出深刻的危机，个体亟须重建包括民族在内的各种集体认同；另一方面，民族虽然是个人身份之一种，但过往革命战争年代“救亡压倒启蒙”（李泽厚）、民族压抑个体的阴影犹在，如何在历史和现实的复杂语境下，协调好个体与民族的关系，也是中国马克思主义文学批评需要迫切解答的课题。

资本主义全球化对传统文化的毁灭性冲击，也是拥有悠久、深厚传统文化背景的中国马克思主义文学批评建构自己民族观的重要背景。传统文化在以全球化为特征的现代化进程中被压缩到越来越逼仄的生存空间，如博物馆、图书馆、名目繁多的遗产保护名录等，而旅游业、电影业等则抽空了传统的具体内涵，使传统符号化，完全改变了传统的原有形态，人们已经很难对这些传统文化符号寄予深沉的民族情感，传统凝聚成员的民族认同功能急剧减弱。文化传统是构成民族的重要依据，中华民族有着悠久而深厚的文化传统，传统虽被全球化严重冲击，但中国文学文化并不是想走出传统就能走出的，传统并不等于落后的糟粕，弘扬传统也不是不承认物质基础起决定性作用的文化主义。对于中国文学文化的未来前景而言，传统是一种优势还是一个包袱，很大程度上取决于我们以怎样的方式看待和处理它。革新旧的传统观念，科学规划继承和弘扬传统的方式，是摆在中国马克思主义文学批评探索民族观的另一现实问题。

金融资本、电子信息技术、劳工移民等，使原来坚不可摧的国境线越来越容易被跨越，而跨国公司、生态环境治理、跨国犯罪也给民族国家履行经济、社会管理职能带来了巨大挑战，民族国家的历史合法性遭到前所未有的质疑，民族国家消亡的讣告不绝于耳，一个后民族时代已经或即将

① 孙佳山等：《“中国梦”与当代文艺前沿问题》，《文艺理论与批评》2014 年第 3 期。

到来的鼓吹此起彼伏。另外，亚民族的地方性知识的勃兴与世界主义一道，构成了对民族主义和民族国家的内外双重夹击，世界主义能够容纳地方性，却排斥民族性，地方性绕开民族国家直通世界。如同民族国家和民族文化抵制世界文化的标准化和同一化一样，区域与地方文化也正在扮演反对民族国家和民族文化的角色。[①] 民族国家的命运直接关乎中国马克思主义文学批评如何思考文艺的民族性问题，如何评估全球地方化下民族国家的命运和对文艺民族性造成的冲击，并以此决定怎样的文化立场，是中国马克思主义文学批评不可回避的现实问题。

20 世纪 70 年代末 80 年代初，自第三世界民族解放斗争胜利和殖民体系崩溃以来，民族主义在人文理论话语中，表现出一种日趋贬义化和污名化的倾向，在实践中也显露出狭隘化和情绪化，鼓吹破坏性、封闭性和对抗性的偏颇。这也是我们开展中国马克思主义文学民族观研究，形成对于民族问题科学、理性和开放的理解，并以此引导民族主义发挥积极正面效应的重要背景，探究、反思和建构中国马克思主义文学批评开放的民族观可以收到纠偏祛弊之效。在国外，民族主义意识形态在 20 世纪 40 至 70 年代是反殖民的亚非拉地区和西方国家内部少数族群的主导性文化立场，涌现出弗朗兹·法农、希努亚·阿契贝、本尼迪克特·安德森等一批声名卓著的民族主义理论家，然而随着旧的殖民体系的瓦解和后结构主义的兴起，“与殖民扩张时代对民族主义所进行的张扬大为不同的是，在当代西方的主流话语中，民族和民族主义变成了遭贬抑、被抹杀和要超越的对象”[②]。民族主义因为宣扬起源神话、稳固主体、集体叙事等遭到严厉的攻讦和无情的解构，以致在 20 世纪 80 年代晚期，据说在西方理论话语中业已遭到“合理清算”[③]，民族主义成为一个需要躲闪的污名化范畴。即便在以民族主义为直接议题的后殖民理论和国外当代马克思主义批评中，对于它的使用和讨论也是闪烁其词、欲言又止。在经典和俄苏马克思主义批评作为一个重要课题探讨之后，民族主义在西方马克思主义批评中

① ［美］弗雷德里克·詹姆逊：《对作为哲学命题的全球化的思考》，马丁译，［美］弗雷德里克·詹姆逊、三好将夫编《全球化的文化》，南京大学出版社 2001 年版，第 77 页。

② 石海军：《从民族主义到后殖民主义》，《文艺研究》2004 年第 3 期。

③ ［美］弗雷德里克·杰姆逊：《处于跨国资本主义时代中的第三世界文学》，张京媛译，《当代电影》1989 年第 6 期。

的地位一落千丈，法兰克福学派对民族问题保持沉默，英国马克思主义民族史学家汤姆·奈伦承认马克思主义无法协调它与民族主义的关系，西方马克思主义批评中，唯有葛兰西、弗罗姆、威廉斯等寥寥数人在自己的著述中零星地论及民族问题。在马克思主义之外的民族主义理论中，虽然有一些肯定的声音，如安东尼·史密斯、安德森、帕沙·查特吉等，即便他们也对民族主义不无保留和批评意见，然而总体而言，民族主义还是恶名在外，几乎成为与种族主义齐名的“政治不正确”。在各种抨击民族主义的论调中，英国自由主义民族主义理论家埃里·凯杜里的批评最为尖锐辛辣，“民族主义作为一种意识形态是非理性的、狭隘的、仇恨的和破坏性的”，“是欧洲出口到世界其他地区，并非任何非欧洲文明的真实产物”，“是理性与自由的对立面”，充满“狂热的浪漫主义和政治上的弥赛亚信仰”，是“秘密阴谋、恐怖主义、虚无主义和极权主义”。① 不仅如此，以安德森《想象的共同体》的出版为标志，“西方新左派和自由派一道发起了讨伐和解构民族、民族国家和民族主义的历久不衰的热潮”，“正是新左派的加盟使民族主义近乎成为法西斯主义的同义词”。②

相比民族主义在西方的惨淡状况，国内思想文化界对于民族主义的褒贬并没有呈现出一边倒的情势，而是表露出臧否参半的局面。褒扬者主要由有感于文化失语、弘扬传统的文化本土主义者、受西方后殖民批评激发的中国后殖民文化理论家和焦虑于全球化造成文化同一化的文学批评家组成，他们或认为西方批评理论的术语、命题、议题和观念充斥中国文论，离开它们中国便不能言说，民族主体已濒临丧失的危险，中国批评理论建设需要立足本土，转换传统，获得民族身份；③ 或受后殖民批评激发，认为现代性是西方殖民话语的建构，号召中国文化从现代性中退出，回到民族性，使后殖民时代的中国性成为反抗西方现代性霸权的对立面④；或有感于资本主义全球化下文化趋同的焦虑和从实现民族复兴的中国梦出发，提出文学研究要彰显民族主体性和差异性，在中国当代文学批评中树立一

① ［英］埃里·凯杜里：《民族主义》，张明明译，中央编译出版社 2001 年版，第 12 页。

② 陈燕谷：《文学理论中的第三世界话语》，《文艺研究》2003 年第 2 期。

③ 曹顺庆：《文论失语症与文化病态》，《文艺争鸣》1996 年第 2 期。

④ 张法、张颐武、王一川：《从“现代性”到“中华性”》，《文艺争鸣》1994 年第 2 期。

种“开放的民族主义”立场。[①] 其中亦不乏攻讦者，主要包括反思现代中国文化个人不彰的启蒙思想者、传统包袱论者、超民族主义和受西方后结构主义影响的学者。他们或认为高涨持久的民族主义阻碍了个人的现代化和启蒙事业，个人在民族国家的阴影下长期隐而不彰，民族诉求是一种压抑个人的专制力量[②]；或坚持现代性一元论，西方是现代性的先进代表，张扬民族性就是反西方，因而便是反现代性的；或指出民族主义易引发排外的沙文主义情绪，并为国家专制主义张目，并且由于民族主义内涵含混，“提倡一个含义的东西，被认为是一个十分危险的事情”[③]；或认为传统妨碍了民族的现代化，拖累了中国追赶世界历史进程的步伐，因而疾呼告别黄土文明，加入蓝海文明；或认为今天已是全球化的后民族时代，民族主义是一种保守而不适宜的狭隘落后立场，需要与时俱进，提倡一种超民族主义乃至世界主义的文化立场[④]；或赞同西方关于民族是话语建构的虚幻之物的观念[⑤]；或认为民族主义是自人类远古以来便有、与世长存、不需自我证明的蒙昧意识[⑥]；或认为女性主义批评将民族国家视作压抑妇女权利和意识的父权机制[⑦]。总之，虽然民族主义自近代以来一直是中国政治文化意识的正面和主导基调，但它在中国遭到的攻讦丝毫不比西方少和轻。另外，在实践中，非理性对抗情绪、民粹主义倾向以及保守复古的文化怀旧之风在中国当代民族主义中时有抬头，中国马克思主义文学批评在维护和坚守文艺民族性的同时，对其中所隐藏和表露出的偏狭和危害的一面亦不能不有所警觉。

---

① 胡亚敏：《开放的民族主义——论中国当代文学批评之立场》，《华中师范大学学报》2007 年第 6 期。

② 董健：《民族主义文化情结：消解启蒙理性，阻挠人的现代化》，《探索与争鸣》2013 年第 4 期。另参见王元化《论传统与反传统》，《王元化集》第 6 卷，湖北教育出版社 2007 年版，第 319 页。

③ 李泽厚：《关于民族主义》，《走我自己的路：杂著集》，中国盲文出版社 2002 年版，第 479—482 页。

④ 王宁：《全球化、民族主义及超民族主义》，《西南民族大学学报》2007 年第 7 期；另参见王宁《世界主义、世界文学以及中国文学的世界性》，《中国比较文学》2014 年第 1 期。

⑤ 陶东风：《民族国家与文化认同》，《开放时代》1999 年第 6 期。

⑥ 张福贵：《鲁迅“世界人”概念的构成及其当代思想价值》，《文学评论》2013 年第 2 期。

⑦ 参见陈顺馨编《妇女、民族与女性主义》，中央编译出版社 2004 年版。

（三）研究内容

本书以总结、反思和拓展中国马克思主义文学批评开放的民族观为中心主题。开放的民族观是百年中国马克思主义文学批评的一贯立场和基本标准，然而它的确立并不是一帆风顺的，开放的民族观的内涵在不同历史条件下的中国马克思主义文学批评中也不是一成不变的。中国马克思主义文学批评的民族观探索在取得丰硕成绩的同时，并非没有走过一些弯路，甚至也不乏片面、偏颇的地方，同时中国马克思主义文学批评过去的民族观并不能完全适应于全球化新的历史条件，因此，清理和总结中国马克思主义文学批评开放的民族观形成、演变的历史，认知和测绘新的历史形势，在反思中国马克思主义文学批评民族观的局限性和批判后殖民理论与国外马克思主义批评民族观的基础上，拓展和建构开放的民族观更为丰富、鲜活的内涵，便成为新的历史条件向中国马克思主义文学批评提出的具体而迫切的要求。

中国马克思主义文学批评民族观是在错综复杂的历史语境下形成的，其中经典与俄苏马克思主义文学批评的民族观对其具有质的规定性，不仅如此，经典和俄苏马克思主义文学批评的民族思想仍是中国当代马克思主义文学批评拓展和建构适应全球化新历史条件下民族观的理论指导，因此本书将首先在经典马克思主义文学批评资本批判的问题域中，全面和准确地阐发马克思、恩格斯的民族观，具体包括民族的性质、内涵、立场以及与国际主义的关系等，探析俄苏马克思主义文学批评对马克思、恩格斯民族理论的完善和发展，评估其所取得的成绩和理论局限，并进一步在20世纪初中国天下秩序崩塌、民族主义风起云涌、民族危机深重、马克思主义等各种西方思潮引入本土的语境中，揭示中国马克思主义文学批评民族观的形成及基本内涵。

开放的民族观是百年中国马克思主义文学批评在民族问题上上下求索的理论结晶，它在不同历史条件下有着不同的内涵。对于中国马克思主义文学批评的立场和标准，历来的意见并不完全统一，本书将分阶段根据丰富的文献材料，论证除极短的一段时期外，民族是中国马克思主义文学批判一贯的立场和标准。除历史的视角和线索外，本书还将从中提出民族与阶级、民族与世界、民族与现代三组命题，共时结构性地解析百年中国马克思主义文学批评开放的民族观的内涵。民族性与阶级性、世界性、现代性的矛盾统一，是中国马克思主义文学批评过去探索民族问题的理论精粹，并且在当前全球化新的历史条件下，经过反思和发展后的它们，并没有衰亡过时，仍然具有旺盛的生命力，它们是澄清当前文学批评中各种与民族问题相关观念的迷误，树立正确、科学的民族观的重要武器，因此理应成为中国马克思主义文学批评开放的民族观的重要组成部分。

拓展和建构适应全球化新历史条件下的民族观，是“马克思主义文学批评的中国形态”民族理论建设的题中应有之义。“全球化”作为描绘当前世界历史阶段的范畴，已经被滥用到表达不了任何确切含义的程度。在马克思主义视阈中认知全球化的实质及其文化逻辑，论证在全球化下坚持文学的民族性的必要性、可能性和积极意义，便成为拓展和建构开放的民族观内涵的必要前提。中国马克思主义文学批评拓展和建构开放的民族观，可以取径于他山之石，具体而言，即批判地检视同处于全球化语境下的后殖民理论和国外当代马克思主义批评的民族观，汲取其中合理成分，扬弃其中的局限与谬误。

他山之石可以作为中国马克思主义文学批评拓展开放的民族观的参照和补充，但由于所处语境和理论旨趣的错位，终究不能代替自身的理论建设。鉴此，本书在反思中国马克思主义文学批评过去民族观的偏误，应对全球化对文学的民族问题提出的新挑战的基础上，拟从个体观、传统观和主体观三个方面，尝试拓展和建构中国当代马克思主义文学批评的开放的民族观。之所以选择这三个方面，是综合历史反思和现实要求的结果。个人在中国马克思主义文学批评过去的民族观中是被压抑不彰的，然而资本主义全球化却令个体陷入脱离各种集体身份的原子化状况，从而切断了个人与社会历史进程间直接和显性的联系，以唯物史观重新认识和慎重处理民族和个人的辩证关系，便成为历史和现实同时向中国当代马克思主义文学批评提出的重大课题。弘扬传统是坚持“开放的民族主义”立场的重要方式和方面，然而过去对何谓传统本身，以及怎样才是真正的弘扬传统，并没有形成科学、正确的认识，中国马克思主义文学批评的“开放的民族主义”观建设需要重新应对这个陈旧的问题。在主体遭到西方各种现代和后现代理论话语解构的语境下，坚持民族主体性已被看作是不合时宜甚至反动的举动，然而我们以为，对于在全球化中处于弱势和被同质化的中国马克思主义文学批评而言，主体和本质并不是过时的概念，中国马克思主义文学批评不能过早放弃民族主体性，它也需要摆脱孤立、内在、纯粹、凝固的现代主体性神话的束缚，切实地引入他者和历史观念，树立一种自我—他者间性和历史本质主义的民族主体观。

二 研究现状述评

对于本课题的研究现状，本书围绕经典与俄苏马克思主义文学批评的民族观研究、百年中国马克思主义文学批评的民族观研究、“全球化、民族国家及文学的民族性”研究、后殖民理论与当代马克思主义批评的民族观研究与当代文学批评民族观的建构研究五个大的方面作如下扼要述评：

（一）经典与俄苏马克思主义文学批评的民族观研究

经典马克思主义批评的民族观是所有不同形态的马克思主义文学批评建立自己民族观的基石，另外经典马克思主义文学批评的民族思想具有超越具体时空的理论价值，而俄苏马克思主义文学批评的民族观直接影响和指导了中国马克思主义文学批评民族观的最初形成，它们仍能给中国当代马克思主义文学批评建构适应全球化条件下的民族观以启迪、规范和指导。不了解经典与俄苏马克思主义文学批评的民族思想，便无从切实地把握中国马克思主义文学批评是怎样形成的以及为何形成自己最初的民族观。

1. 经典马克思主义批评的民族观研究

马克思、恩格斯虽然在其研究工作的不同时期都对民族问题发表了许多意见，但在社会主义阵营国家之外的西方学者，大多并不承认经典马克思主义文学批评有所谓自成体系的民族理论，在各种西方学者研究马克思思想的专著中，马克思的民族理论往往是付之阙如、悬而不论的。① 认为马克思没有独立、系统的民族思想，在西方不仅是敌视马克思主义者或一般研究者，甚至也是同情被誉为或自称马克思主义批评理论家的看法。安德森认为“对马克思主义理论而言，民族主义已经证明是一个令人不快

---

① 参见［英］戴维·麦克莱伦《马克思思想导论》，中国人民大学出版社 2006 年版；［美］乔恩·埃尔斯特《理解马克思》，中国人民大学出版社 2008 年版；［美］汉娜·阿伦特《马克思与西方政治思想传统》，江苏人民出版社 2007 年版。

的异常现象；并且正因如此，马克思主义理论常常略过民族主义不提，不愿正视”，马克思绝口不提民族和民族主义的性质这类重要问题，对后来的社会主义事业造成了十分有害的后果。[①] 汤姆·奈伦也认为民族问题无法在马克思主义中得到解释，民族主义是马克思主义的阿喀琉斯之踵，标志着马克思主义的大失败。[②] 除指出马克思疏于谈论民族问题外，另有一些西方学者指出，马克思是彻底的反民族主义者，对于马克思而言，“民族主义只是人类自我异化的一种暂时和反常的现象”，虽然在革命战略上对民族主义情感作了让步，但他仍然确信资本主义造成的世界主义力量正迅速破坏民族主义的基础和民族国家本身。[③] 尽管西方研究者对经典马克思主义的民族理论充满着这样的低估、轻视、误读乃至诋毁，然而仍有一些西方学者和包括苏联、中国等社会主义阵营国家的理论家对马克思、恩格斯的民族思想展开了细致、深入的开掘、清理和辨析，初步摸清了经典马克思主义文学批评民族思想的地形图。

在国外，同为马克思主义者的列宁、斯大林、卢森堡等是较早阐发马克思、恩格斯民族思想的先驱。例如，列宁认识到马克思是将民族作为历史现象而非抽象思辨的问题现象探讨的，并在对马克思关于民族与阶级关系的论述做出说明的基础上，奠立了俄苏马克思主义文学批评反对民族主义的基调。斯大林《马克思主义与民族问题》是最早依据马克思的民族论述，试图建立马克思主义民族理论体系的著作。在列宁、斯大林的引领下，苏联、东欧一批学者先后投入到对马克思、恩格斯民族理论的研究中。洛伊、卡德尔等人对马克思、恩格斯关于民族与个人、国家、国际主义等的关系，民族主义的本质、特征和归宿等问题进行了深入而广泛的思考，重点探讨了社会主义下的民族与民族主义问题，辨析了阶级革命与民族解放的错综关联，并根据马克思的论述归纳和建构了马克思主义民族理论体系。尽管研究视野与论题范围都受到了意识形态的限制和干扰，但他

① ［英］本尼迪克特·安德森：《想象的共同体》，吴叡人译，上海人民出版社 2011 年版，第 142 页。

② Tom Nairn, *The Break-up of Britain*: *Crisis and Neo-Nationalism*, London: Verso, 1981, p. 2.

③ ［美］莫里斯·迈斯纳：《李大钊与中国马克思主义的起源》，中共党史资料出版社 1989 年版，第 191—192 页。

们的研究成果对我们今天重新思考与把握马克思的民族思想仍富于启迪价值。① 有感于全球化对民族国家的挑战和民族主义在世界范围内的回潮，近年国外一些学者重新回到马克思对于民族问题的论述，希望从中找到解释和应对当前民族主义遭遇的问题的理论资源。②

综而观之，国外马克思民族思想研究的论题主要集中在民族与无产阶级的关系、马克思是民族主义者还是世界主义者、民族的归宿三个问题上，并围绕它们展开了激烈的争论。（1）无产阶级阶级与民族的关系问题。相当一部分学者根据马克思的“工人无祖国”的论断和马克思对狭隘民族主义的尖锐批评，指出民族国家是与无产阶级的利益和斗争相悖的，“无产阶级只有在世界历史意义上才能存在”，无产阶级的属性与资本、劳动相关，与民族性无涉。因此认为只有无产阶级“作为普遍的、不再是民族的并且具有共同的世界历史利益的阶级，才能够领导建立起一个消除了民族分割的普遍的社会”③。然而也有一些学者不同意此种意见，如雷顿便认为，马克思支持工人斗争与号召实现民族权利并没有矛盾，而是一致的，工人革命最初以反对民族压迫的地方化运动最终演变为追求社会主义目标的群众运动，无产阶级斗争必须以实现民族独立基础上的联合

---

① 参见［法］M. 洛伊《马克思恩格斯论共产主义制度下民族的未来》，《国外社会科学》1982 年第 8 期；［南斯拉夫］爱德华·卡德尔《关于马克思主义的民族主义理论》，《民族译丛》1983 年第 2 期；哈斯巴根《谈马克思主义关于社会革命与民族问题关系的基本思想》，《内蒙古社会科学》1983 年第 4 期；阿尔弗雷德·科津格《克思主义的民族理论》，《民族译丛》1985 第 1 期；M. 席尔瓦《马克思主义和民族问题》，《国外社会科学》1988 年第 6 期；戈里亚耶夫《论社会主义社会中民族主义表现的原因》，《民族译丛》1989 年第 6 期；Rosdolsky Roman，“Worker and Fatherland：A Note on a Passage in the Communist Manifesto”，*Science and Society*，Vol. 29，1965；Ephraim Nimni，*Marxism&Nationalism：The Theoretical Origins of the Political Crisis*，Pluto Press，1991；Lowy Michael，“Marxism and the National Question”，*New Left Review*，Vol. 96，March-April 1976；Connor Walker，*The National Question in Marxist-Leninist Theory and Strategy*，Princeton：Princeton University Press，1985；等等。

② 参见 John Schwarz Mantel，“Rethinking Marxism and Nationalism in an Age of Globalization”，*Rethinking Marxism：A Journal of Economics，Culture&Society*，Vol. 24，Issue 1，2012，pp. 144 – 161；Munck Ronaldo，“Marxism and Nationalism in the Era of Globalization”，*Capital&Class*，Vol. 34，No. 1，2010；Kasprzak、Michal，*Nationalism and Internationalism：Theory and Practice of Marxist Nationality Policy from Marx and Engels to Lenin and the Communist Workers' Party of Poland.* 博士学位论文，多伦多大学，2012 年。

③ Rosdolsky Roman，“Worker and Fatherland：A Note on a Passage in the Communist Manifesto”，*Science and Society*，Vol. 29，1965. pp. 330 – 337.

为形式，才能获得自己的解放。[①]（2）马克思的民族立场。一般认为马克思坚决反对民族主义，是坚定的国际主义和世界主义者，但也有人提出反对意见，科尼奥《民族的真实性：世界主义的欺骗伎俩》便认为与民族主义相比，马克思更厌恶披着普遍主义面纱却维护自己特殊利益的虚假世界主义，马克思反对建立在狭隘民族世界观的世界主义，“马克思主义与世界主义没有任何共同之处”。马克思在社会革命视域下是肯定民族主义的意义的，戴维斯认为马克思主义不是给民族主义本身做僵化的道德定位，而是从民族主义的工具层面审视它，看它是否促进整体的历史进步，民族主义是一个过程与工具，在道德上是中立的。[②]（3）民族的归宿。针对奥尔曼在《马克思对共产主义的设想：一种重建》中提出民族的区分在共产主义设想中将完全消失，强调共产主义的超民族性的“民族消亡论”这一观点，所罗门·布卢姆提出商榷意见，他认为在《共产党宣言》中，作者并没有预估一切民族差别的完全消失，而是特别地预知经济的和政治的分割、经济孤立、政治敌对以及民族对民族的剥削的取消。

相比国外而言，国内的马克思民族观研究取得了更为丰硕的成果。国内马克思民族思想研究，几乎涉及民族问题的方方面面，从深度和广度而言都更胜国外一筹。然而由于几乎一边倒地认为马克思有一个系统且内部一致的民族理论，对于马克思民族论述中相互矛盾的地方缺少辩证的审视与清理，甚至因为拘泥于个别词句或论断，而断章取义地对马克思的民族思想做出了许多不符合其本意的阐释。国内对马克思民族思想的研究也大致围绕上述国外的几个主要论题，各种意见也与国外对马克思民族思想的讨论相差不多，在此不赘。[③] 这里仅就国内文学文化研究中对于马克思民族思想的认识和研究情况作一简要介绍。在如何看待全球化，确立全球化下的文学批评立场，诊断各种与民族相关的文化观念时，国内一些学者借

① ［英］大卫·雷顿：《马克思论全球化》，俞可平编《全球化与全球化问题》，中央编译出版社 2006 年版，第 135 页。

② Davis Horace, *Towards a Marxism Theory of Nationalism*, New York: Monthly Review Press, 1978, p. 25.

③ 国内对于马克思民族理论研究的主要成果，集中于俞可平编《民族和民族问题理论》，中央编译出版社 2008 年版。关于国内马克思民族思想研究；另可参见马戎《如何理解马克思、恩格斯论著中的“民族”和“民族主义”》（《香港传真》2011 年第 70 期）、张三南《马克思主义经典作家关于民族主义的论述及当代意义研究》（时事出版社 2014 年版）等著述。

取了马克思的民族思想，南帆认为，在马克思主义文学批评中，“民族”是一个隶属于“阶级”的范畴，马克思召唤的无产阶级的国际联合是反民族主义诉求，因此民族在马克思的眼中是一个狭隘的、需要扬弃和超越的形态与意识。[①] 胡俊飞认为，马克思、恩格斯拒绝民族虚无主义和价值相对主义，摒弃民族沙文主义与抱残守缺心态，鼓励民族间的交流与合作，警惕价值立场暧昧的普遍主义，体现出其民族主义立场的开放性品格。[②] 另外，马克思对于民族问题的唯物主义考察也得到剖示，民族是一个现代历史现象，它的形成是以特定的物质条件为基础的，是现代历史条件下人们的社会关系和活动空间，并不是纯然想象的文化人造物。[③] 中国文学批评理论对马克思民族思想的阐发主要聚焦在他提出的“世界文学”概念上。李思孝认为，“世界文学”并不意味着民族文学的消亡，它指的是各国文化“打破国家民族之间的相互隔阂，克服民族的片面性和局限性，实行互通互利，把各民族所创造的精神产品，变成各国人民都能共同欣赏的公共财富”[④]。对于世界文学的特性，多数学者认识到它是共性和个性、世界性和民族性的统一，并不是一种世界文学一体化、标准化的景象，世界文学不是单数而是复数的，它是尊重各民族文学个性基础上的平等交流。[⑤] 马克思的“世界文学”概念不是对民族文学的取消，而是向我们提出在世界文学的广阔背景下努力建设自己的“民族文学”。[⑥] 虽然中国文学批评理论界对于马克思的民族观有所认识，但总体而言，当代中国文学批评谈论民族问题很少直接从马克思的著作中汲取理论资源，要么认为马克思是彻底的反民族主义者，要么否认马克思有系统的民族学说，[⑦]

① 南帆：《现代性、民族与文学理论》，《文学评论》2004 年第 1 期。

② 胡俊飞：《马克思恩格斯民族论述与中国当代文学批评》，《中央民族大学学报》2012 年第 4 期。

③ 胡俊飞：《唯物史观下当代文学批评中的“非民族”论批判》，《中央民族大学学报》2014 年第 3 期。

④ 李思孝：《马克思“世界文学”的现实意义》，《乌鲁木齐职业大学学报》2006 年第 1 期。

⑤ 高建平：《马克思主义与“复数的世界文学”》，《马克思主义美学研究》第 7 辑。

⑥ 丁国旗：《“全球化”语境中的“世界文学”探讨》，《江苏行政学院学报》2010 年第 3 期。

⑦ 代迅：《西方文论在中国的命运》，中华书局 2008 年版，第 221 页。

要么只取一点不及其余的武断言说，视野局限于与文学直接相关的“世界文学”概念，而忽略了马克思其他更为丰富、深刻且相互关切的一般性民族论述。应该说，中国文学批评不从马克思的唯物史观出发考察文学的民族性问题，是其在认识和讨论此问题比较肤浅、随意乃至不自觉陷入偏谬的重要原因。鉴此，中国文学批评理论界亟须补上研读和阐释经典马克思主义文学批评民族理论这门课。对待经典马克思主义作家的民族思想，不能停留于孤立、机械、字面化的理解，而应置于与其他思想的关联中作全面、辩证、互文症候式考量和解读。

2. 俄苏马克思主义文学批评的民族观研究

与经典马克思主义文学批评很少专门就民族问题发言的情形构成鲜明对照，由于面对着革命成功前资产阶级统治者以民族情绪转移和分化阶级矛盾与革命成功后民族隔阂影响无产阶级革命的国际联合的严峻形势，为化解民族主义对于革命事业的阻挠，俄苏马克思主义文学批评自觉地将文艺文化的民族问题置于自己理论研究中一个十分重要的位置，发表了大量影响深远的意见，“两种民族文化”“民族形式”论是其中的理论精粹，它们直接指引了中国马克思主义文学批评初期民族观的形成。

国内对于俄苏马克思主义文学批评民族观的研究，最早可以追溯至陈独秀、李达、瞿秋白等早期中国马克思主义文学批评家。陈独秀在《新青年》对俄苏民族理论的引介、李达的《社会学大纲》和瞿秋白在上海大学的民族理论讲义，开启了中国研究俄苏马克思主义文学批评民族思想的先河。[①] 然而客观而论，他们很大程度上是直接引进和全盘照搬了俄苏马克思主义文学批评的民族观念，缺乏对它的批判性研究，也没有针对中国的特殊历史环境对它做出修正和发展。资产阶级和无产阶级“两种民族文化”论为中国马克思主义文学批评确立民族的阶级立场奠定了理论基础，然而由于陷入教条式的理解，中国马克思主义文学批评将民族和阶级根本对立起来，以阶级斗争排斥民族任务，因此走了一段曲折的道路。

① 参见黄克剑《陈独秀和他的〈东西民族根本思想之差异〉》，《读书》1986 年第 3 期；余文兵、孙军《试论李达及其〈民族问题〉中的马克思主义民族观》，《黑龙江民族丛刊》2011 年第 1 期；吴汉全《瞿秋白与马克思主义民族理论的中国化》，《河南师范大学学报》1998 年第 6 期。

在20世纪30年代末，陈伯达、艾思奇等人将俄苏马克思主义文学批评的“民族形式”理论引入中国的文化实践，在文化战线掀起了一场热烈的讨论，最终确立了中国马克思主义文学批评发展“民族的、科学的、大众的文化”的目标、方针与任务。

新时期以来，国内理论界展开了对俄苏马克思主义文学批评民族观的反思批判性研究。陆贵山结合列宁关于民族问题的经典文献《关于民族问题的批评意见》的讲解，对俄苏马克思主义文学批评批判“民族文化”口号的背景、欺骗性和反动性本质、“两种民族文化”理论的内涵及其现实意义等做出了鞭辟入里的辨析。[①] 钱念孙对“两种民族文化”理论的内涵做了进一步挖掘和阐发，认为在阶级社会里，同一民族不同阶级的两种民族文化并不只有对立斗争的一面，还有相互渗透影响的另一面，并指出单一民族内不同阶级的文化并不是没有相同的民族特点，列宁的“两种民族文化”理论并不具有普适性，它是在特定革命条件下提出的，不能不顾变化了的语境教条地遵行。[②] 丰子义在全球化下是否需要坚持文化民族性的问题意识下，对列宁的民族文化理论进行了深入的重读，指出列宁虽然反对民族文化口号，但并不是一般地反对民族文化，他反对的是狭隘民族主义和大国沙文主义，但肯定民族文化自治和民族自豪感是合理的权利和珍贵的感情。列宁的民族理论虽是在特定背景下解决特定问题提出的，但对于我们今天解决全球化下的民族文学问题仍具有借鉴和启示意义。[③] 黄力之也将列宁的民族文化理论置于当前时空的语境下予以了同情之理解，列宁揭示“民族文化”口号的实质，并不意味着对民族文化本身的否定。[④] 马戎反思了研究者对列宁、斯大林民族思想研究存在的偏颇，指出需要结合原文准确理解他们的民族思想，采取一种客观、科学的态度，不能一概否定，也不能照单全收。[⑤] 除直接的阐发和批判性反思外，一些学者还就俄苏马克思主义文学批评民族观对中国马克思主义文学

① 陆贵山、周忠厚编著：《马克思主义文艺论著选讲（第五版）》，中国人民大学出版社2011年版，第336—343页。

② 钱念孙：《列宁的“两种文化”理论再探讨》，《文艺理论研究》1984年第3期。

③ 丰子义：《列宁视野中的民族文化》，《哲学动态》2008年第4期。

④ 黄力之：《列宁论民族文化问题的悖论辨析》，《马克思主义研究》2009年第9期。

⑤ 马戎：《略谈列宁、斯大林有关民族问题的论述》，《科学社会主义》2010年第2期。

批评的具体影响做了比较充分的探讨。[①]

在国外，苏联和东欧的学者对俄苏马克思主义文学批评民族观做了比较广泛的研究。巴甫洛夫《马克思列宁主义论民族问题》细致剖析了列宁的民族思想及其背景，指出列宁用国际主义反对民族主义和世界主义的主张是根据俄国革命的国内外环境的具体实际作出的决定，阐释了列宁的资产阶级和无产阶级民族主义的区分，并肯定了俄苏马克思主义民族理论的世界性意义。[②] 克留科夫《重读列宁》重申了列宁民族论的历史性质，澄清了许多疑团，如列宁为何没有为民族下一个明确的定义，列宁是否同意民族是资产阶级上升时期的历史产物，列宁与斯大林在民族问题上的分歧等。[③] 叶列麦耶夫用列宁的"两种民族文化"具体分析了东方文化史，揭示了每一民族共同体中不同阶级文化既相互联系又彼此斗争的规律。[④] 国外学者对俄苏马克思主义文学批评民族观的研究加深了我们对民族性质、内涵和功能的理解，然而对于俄苏马克思主义文学批评民族观在哪些方面和如何发展了经典马克思主义批评，以及它如何影响了中国马克思主义文学批评的形成等方面的研究目前则稍显薄弱。

（二）中国马克思主义文学批评的民族观研究

对于中国马克思主义文学批评的文化立场，学界往往在民族主义、国际主义和世界主义中莫衷一是，支持其中之一者各有其人。对某一位批评家、某一时期、某一种论争的中国马克思主义文学批评民族观的研究较多，从整体和命题上把握中国马克思主义文学批评民族观则相对较少，而指出民族观是中国马克思主义文学批评区别于其他形态的马克思主义文学批评重要方面和内涵，并具体阐发的研究则迹近于无。以下分别从整体、

---

① 参见门小军《论苏俄为推动世界革命所作的贡献——中国共产党接受列宁的民族理论的视角》，《马克思主义研究》2013 年第 4 期；杨文翔《试论列宁的民族殖民地理论对中国新民主主义革命的启示》，《集宁师专学报》2003 年第 3 期。

② ［苏联］费·谢·巴甫洛夫：《马克思列宁主义论民族问题》，《教学与研究》1954 年第 11 期。

③ ［苏联］M. B. 克留科夫：《重读列宁——一位民族学者关于当代民族问题的思考》，《民族译丛》1988 年第 5 期。

④ ［苏联］叶列麦耶夫：《列宁的"两个民族"的论点对于分析东方文化史的意义》，《民族译丛》1982 年第 2 期。

时期、个体、论争、命题五个方面，立体地对研究中国马克思主义文学批评民族观的成果作一述要。

从整体研究上看，目前国内外学界对作为整体的近百年中国马克思主义文学批评民族观展开专门、精深研究的成果较为少见，往往只是作笼统的观照。伊格尔顿指出中国马克思主义把“民族主义”写进了自己的党章，民族诉求深深地渗透入自己的理论探索和历史实践的血液中。[①] 迈斯纳虽然集中探讨了李大钊、陈独秀等早期中国马克思主义文学批评先驱的民族思想，但也提示了民族主义从一开始便贯穿和主导了中国马克思主义文学批评的精神世界。汪晖和钱理群等中国学者也认为民族主义是理解20世纪中国文学和批评理论的钥匙，后者自始便与前者发生着或隐或显、或直接或间接、深刻而从未脱钩的联系。[②] 对于中国马克思主义文学批评民族观的观照，经常涵盖在对百年来中国民族主义的一般演变研究中，金观涛《百年来中国民族主义结构的演变》[③] 和许纪霖《现代中国的自由民族主义思潮》[④] 以观念史的方式，对中国民族主义的起源、发展和演变做了客观、中肯的分析和评价，其中大致包含了中国马克思主义文学批评民族观的历史衍变情况，但是并没有具体分析其主要内涵与特质。整体和专门地清理、分析、概括、反思和拓展中国马克思主义文学批评的民族观，将之上升到作为马克思主义文学批评的中国形态重要特质的内涵支撑的研究，在目前的研究中还付之阙如，这正是本书致力于研究的主要与核心课题之一。

从阶段性研究来看，研究者对于中国马克思主义文学批评民族观早期和当代的关注和研究得较多与深，中间时期的则相对薄弱。迈斯纳《李大钊与中国马克思主义的起源》是研究早期中国马克思主义文学批评民族观的代表作，它细致辨析了李大钊、陈独秀等的民族主义和国际主义思想及其区别，指出了中国马克思主义文学批评从一开始就具有高度的民族

---

① ［英］特里·伊格尔顿：《马克思为什么是对的》，李杨等译，新星出版社2011年版。

② 参见汪晖《汪晖自选集》（广西师范大学出版社1997年版）和钱理群、陈平原、黄子平《“二十世纪中国文学”三人谈》（北京大学出版社2004年版）中的相关篇什。

③ 金观涛：《百年来中国民族主义结构的演变》，《二十一世纪》（香港）1993年第1辑。

④ 许纪霖：《现代中国的自由民族主义思潮》，《学术研究》2005年第1期。

性，它将社会主义和民族主义结合在一起，互相支撑和实现。[①] 曹富雄、郭淑兰《当代中国马克思主义的民族意识和世界胸怀》也指出当代中国马克思主义文学批评将民族条件和世界视野结合起来，在世界的背景下创造性地解决中国的现实问题。[②] 在初期和当代之间，国外学者对中国马克思主义史学采取民族国家的叙述模式表示了极大关注，在这方面出现许多研究成果，德里克和杜赞奇是其中的代表，他们肯定了中国马克思主义史学树立民族主义书史模式的历史合理性，但也反思它对其他身份和私人空间历史的遮蔽和抹杀。[③] 另外，刘青峰研究了"文化大革命"时期中国马克思主义文学批评奉行的文化立场，指出其是一种社会革命的新华夏中心主义，并对这种心态在当代的回潮表达了担忧。[④]

研究界在中国马克思主义文学批评民族观的理论家个案研究上，成绩比较突出，研究对象主要集中于毛泽东、鲁迅和冯雪峰等人。对毛泽东是民族主义者还是国际主义者，研究者们相互间存在较大的分歧，虽然承认毛泽东受到华夏天下主义和社会主义国际主义影响，但主导意见仍认为，毛泽东具有浓厚的民族主义意识，钱理群、李泽厚等人，《外国学者谈毛泽东》一书等都支持这一意见[⑤]；但也有研究者认为，毛泽东的文化立场是社会主义国际主义或华夏中心主义[⑥]。鲁迅的民族观较为含糊复杂，他双面作战，同时批判和反思民族主义和世界主义，在民族立场上有两个鲁迅——作为启蒙主义的个人世界主义者和作为保守主义的文化民族主义者，鲁迅实际上是以世界主义为民族主义的内容，以民族主义为世界主义

---

① ［美］莫里斯·迈斯纳：《李大钊与中国马克思主义的起源》，中国党史资料出版社 1989 年版。

② 曹富雄、郭淑兰：《当代中国马克思主义的民族意识和世界胸怀》，《学术论坛》2010 年第 1 期。

③ ［美］杜赞奇：《从民族国家拯救历史：民族主义话语与中国现代史研究》，王宪明等译，江苏人民出版社 2008 年版。

④ 刘青峰：《文化革命中的新华夏中心主义》，《二十一世纪》（香港）1993 年第 1 辑。

⑤ 参见张治江《抗战前夕中国共产党民族主义思想略探》，《湘江论坛》2008 年第 1 期；蔡华《略论毛泽东民族主义思想的特点》，《甘肃理论学刊》1994 年第 4 期；刘晓龙《试论毛泽东的民族主义思想及其超越》，《长春大学学报》2012 年第 9 期。

⑥ 彭涛、尹占文：《毛泽东的国际主义思想研究》，《毛泽东思想研究》2014 年第 1 期。

的根底，超越了习见的民族主义和世界主义二元论。[①] 对于冯雪峰，王子野批评他的民族文化观丧失了阶级立场，鼓吹民族失败主义，谢长安分析了冯雪峰对文化的民族性和世界性的辩证理解，并指出民族性必然被扬弃的归宿，朱丕智解读了冯雪峰各个时期对文化的民族性的论述，并高度肯定了其理论贡献。[②]

研究界对中国马克思主义文学批评中各种文艺论争的民族观也作了观照，主要集中在“两个口号”和“民族形式”论争上。关于“两个口号”论争的民族观，刘中树全面深入解析了“两个口号”论争的背景、思想倾向和性质问题，指出论争焦点集中在民族中阶级立场的有无和轻重上；黄晓武敏锐地指出“两个口号”在民族观上并没有根本区别，反映了左翼阵营在整合当时的各种话语资源，整合马克思列宁主义的阶级斗争话语与民族主义话语时所遭遇的困境。[③]

关于“民族形式”论争，金会峻指出，“民族形式”提出的民族文化走向世界是中国文学现代化必然要遭遇的问题，并对延安、香港、重庆等地区的民族形式论争状况分别作了梳理，分析了其具体实践形式和影响。徐遒羽则具体讨论了民族形式论争的意义、文艺大众化和民族形式的关系以及相关史料问题。[④]

研究界也就与民族相关的命题对中国马克思主义文学批评的民族观展开了共时结构性研究，由于有提纲挈领之效，这种思路已成为研究中国马

---

① 逄增玉：《启蒙主义与民族主义的诉求及其悖论——以鲁迅的〈故乡〉为中心》，《文艺研究》2009 年第 8 期；杨春时：《鲁迅的民族主义情结及其思想历程》，《粤海风》2005 年第 4 期；李冬木：《关于“个人主义”与“民族主义”问题——鲁迅与战后日本文学》，《吉林大学学报》1987 年第 4 期；汪晖：《声之善恶：鲁迅〈破恶声论〉〈呐喊・自序〉讲稿〉》，生活・读书・新知三联书店 2013 年版。

② 王子野：《驳冯雪峰的民族文化论》，《文学评论》1959 年第 1 期；谢长安：《冯雪峰“世界——民族文化论”述评》，《探索与争鸣》1988 年第 3 期；朱丕智：《冯雪峰“民族形式”观述评》，《重庆师院学报》1984 年第 3 期。

③ 黄晓武：《“两个口号”论争与民族主义话语》，《文艺研究》2005 年第 10 期；杨占升：《评“两个口号”的论争》，《文学评论》1978 年第 3 期；刘中树：《谈“民族革命战争的大众文学”与“国防文学”两个口号的论争》，《吉林大学学报》1978 年第 1 期。

④ 参见［韩］金会峻《中国现代文学史上“民族形式论争”研究》，《中国现代文学研究丛刊》1996 年第 3 期；徐遒羽《关于民族形式论争的若干问题》，《重庆师院学报》1983 年第 1 期。

克思主义文学批评民族观最富活力的方案，并收获了比较丰硕的研究成果。以下从“民族—阶级”“民族—世界”和“民族—现代”等三个命题简要介绍相关的研究情况。

民族—阶级：在政治学和民族学中，民族和阶级的关系是一个十分热门的议题。[①] 在文学理论中，随着新时期阶级斗争为纲路线的放弃，讨论民族的阶级维度的研究日趋少见乃至销声匿迹，然而近来却在中国现代文学史研究中涌现出一批新的重要成果。曹林红指出，“民族形式”这一概念具有与国民党“民族主义”意识形态既相关联又有明确区别的政治含义，“中国化”问题是对民族、阶级与现代性关系的理解，这一理解建立在对西方现代性历史观的否定之上。戚学英揭示了中国马克思主义文学批评中的“人民”是民族话语和阶级话语综合重叠的产物。卢燕娟深入讨论了民族形式论争和新民主主义革命话语中“民族”和“人民”的结合，中国马克思主义文学批评旨在以人民性而非僵硬的阶级性涵纳和改造民族性。[②]

近年现代文学史界掀起了对20世纪30年代初国民党文人和40年代战国策派“民族主义文学”的重评研究，这些研究由于涉及对这一阶段马克思主义文学批评民族观探索的评价，应引起我们的注意。“民族主义文学”认识到民族主义在当时有其客观进步性，但它确有将民族问题抽象化，掩盖民族内部阶级矛盾之嫌。对于中国马克思主义文学批评在民族问题上坚持阶级的标准和立场，我们应有同情之理解的历史态度，不能对其兼顾民族性和阶级性的合法性探索予以一概否定和抹杀。“民族—阶级”命题是中国马克思主义文学批评在革命战争年代在民族观探求上取得的重要理论成果，虽然这一观念已不能适应现实的需要，并留下了沉痛

① 参见李延明《民族问题与阶级问题的关系》，《马克思主义研究》2005年第5期；李小江、白元淡《阶级、性别与民族国家》，《读书》2004年第10期；陈玉屏《全球化形势下的民族主义与阶级斗争》，《世界民族》2004年第5期。

② 薛毅：《民族、阶级与文学》，《书城》2004年第4期；曹林红：《民族、阶级与“形式”的政治——论抗战时期“文艺的民族形式”讨论》，《中国现代文学研究丛刊》2011年第3期；戚学英：《“人民”话语与阶级—民族国家想象——1940—1970年代文学中“人民”话语的建构》，《江汉论坛》2014年第5期；卢燕娟：《以“人民性”重建“民族性”——延安文艺中的“民族形式”问题》，《文艺理论与批评》2014年第3期；《民族道路和人民方向的结合——“新民主主义革命”话语的提出及其意义》，《文艺理论与批评》2011年第2期。

教训，却并没有完全失去其理论力量，本书将在解析“民族—阶级”命题的基础上，尝试揭示其仍具有的现实价值。

民族—世界：文学研究界对文学的民族性和世界性的关系谈论很多，在这个论题上国内外研究者发表了大量的意见，人们在文学的民族性和世界性是一种对立统一的辩证关系上，达成了广泛共识。① 也许正是由于已经内化为无意识，所以很少有人认识到这正是中国马克思主义文学批评民族观的重要内涵，并没有学者从这一命题出发，将其上升到中国马克思主义文学批评区别于其他形态的马克思主义文学批评的重要表征的高度，做出专门性的探讨。另外，对于民族性和世界性的关系，研究者们多注意它们的统一性，对于民族性和世界性的不统一性则缺乏辨析，如对“愈是民族的，就愈是世界的”以及相反的命题，因追求简化的表述而出现的认知谬误，并用这种错误的民族观指导实践，造成了许多负面的后果。近来陆贵山、胡亚敏等学者对此进行了反思，民族性是世界性和世界性是民族性并不是直接的和绝对的，它需要以一定条件为前提。② 中国马克思主义文学批评不是狭隘的民族主义，它是向世界开放，并追求民族文化的世界性的。这种世界性和民族性统一的民族观对于诊断和纠偏当前流行的各种普遍主义和特殊主义文化诉求极具针对性。本书将在总结中国马克思主义文学批评坚持民族性和世界性对立统一的基础上，对国内外理论界提出的文化多元主义、文化相对论、文化例外论、世界主义、普世主义等重要文化立场观念作出批判性的透视。

民族—现代：对民族和现代的关系，在现代文学史研究中开展得早且成果较多，王瑶、唐弢、钱理群、陈思和等人在20世纪70年代末至80年代中期持续的讨论，确立了20世纪中国文学的现代性品格的观念，然而这个问题却在中国文论研究中没有得到及时的清理和反省。有感于古代

① 参见吴元迈《文艺的民族性与文艺的世界性——关于文艺民族性的几个问题》，《文艺研究》1996年第1期；陆贵山《经济全球化与文学的民族性》，《高校理论战线》2006年第2期；董学文《文艺发展与“中国梦”的核心》，《湖南社会科学》2014年第5期；陈众议《民族性与世界性》，《外国文学》1997年第3期；邵大箴《文艺的世界性与民族性》，《文艺争鸣》1986年第2期；钱念孙《文学民族性和世界性新议》，《理论与创作》1989年第1期；闻慧《谈文学的民族性与世界性》，《北京社会科学》1990年第1期等。

② 参见陆贵山《经济全球化与文学的民族性》，《高校理论战线》2006年第2期；胡亚敏《论差异性研究》，《外国文学研究》2012年第4期。

文论的衰落和西方现代文论的涌入，一些文学理论学者对于20世纪中国文论所取得的成绩作出过低的评价，发出失语的感慨，并呼吁古代文论的现代转换，这在某种意义上否定了20世纪中国文论已是现代的、民族的性质。只是随着中国文学理论对现代性展开大规模且深入的讨论，文学理论界才开始思考现代性和民族国家的关系，认识到它们在中国文学理论中同样是而且应该是统一的。① 实际上，20世纪中国文论在汲取西方文论的基础上，在自身的建设中已经是现代的，这种现代并非是对西方现代文论的全盘引进照搬，它凝集着中国学人解决自身文学文化问题的智慧结晶，因而也是民族的，20世纪中国文论是现代的和民族的统一。然而还是有一些学者将现代性与民族性对立起来，要么主张反民族性的（西方）现代性，要么倡导反现代性的（古代）民族性。② 目前研究者对于中国马克思主义文学批评民族观的现代性研究几乎没有得到展开，对于它的现代性的民族特质和民族性的现代特质都有待于探讨，不将20世纪中国社会主义革命和建设的实践置于现代的视野中，中国马克思主义文学批评民族观的民族性和现代性统一的品格便无法得到揭示。③

（三）全球化、民族国家与文学的民族性研究

"全球化"的本质、对民族国家和文学民族性的冲击及应取的文化立场，是近几十年中外文学批评理论界聚讼纷纭、蔚为大观，至今仍炙手可热的重大议题。虽然从概念的首次明确使用迄今不逾半个世纪，但"全球化"已是一个被意识形态利用、误用和滥用于认知殖民体系崩解后当代世界秩序的概念，人们流于对它表面现象的描述，急于表明自己褒贬迎拒的价值立场判断，疏于对它的本质和特征做出深入细致的探

① 参见钱中文《文学理论现代性问题》，《文学评论》1999年第2期；《再谈文学理论现代性问题》，《文艺研究》1999年第3期；吴子林《创建中国现代性文学理论——访著名文艺理论家钱中文》，《南方文坛》2007年第5期；童庆炳《中国文学理论现代性转型的标志与维度》，《社会科学辑刊》2003年第2期；何锡章《20世纪中国文学理论与现代性研究之前提》，《华中科技大学学报》2000年第3期；南帆《现代性、民族与文学理论》，《文学评论》2004年第1期；杨春时《中国文学理论的现代性问题》，《学术研究》2000年第11期；姚文放《文学性：百年文学理论的现代性追求》，《社会科学辑刊》2007年第3期。

② 前者参见杨春时《论中国现代性》，《厦门大学学报》2009年第2期；后者参见张法等《从"现代性"到"中华性"》，《文艺争鸣》1994年第2期。

③ 王钦峰：《社会主义与中国文学理论的现代性》，《文艺研究》2008年第1期。

讨。人们围绕全球化的内涵特征、历史演变和在各领域的表征等问题予以了全方位、深层次的测绘，发表的意见汗牛充栋，分别表示了悲观批判拒绝、乐观礼赞欢迎和喜忧参半欲拒还迎等三种不同的态度。对于全球化持悲观批判态度者多为马克思主义理论家，詹姆逊、伊格尔顿、布尔迪厄、哈维·戴维、阿罕默德、阿里夫·德里克等人都揭示了全球化的资本主义性质，全球化不是单纯的技术或媒介的后果，它是代替旧的殖民主义统治、更为深刻和具欺骗性的资本主义霸权秩序或新帝国时代。[①] 埃伦·伍德在《保卫历史：马克思主义与后现代主义》一书导论中指出，全球化是资本主义的巅峰时期或晚期阶段，它意味着“资本主义本身的普遍化”，资本逻辑渗透到社会生活的每个角落，在它内部找不到克服内在矛盾和抑制破坏作用的任何帮助。[②] 全球化并不是各国平等公平竞争的舞台，而仍是西方主导的不对等交往。全球化虽然使个人的活动范围扩大，但带给人们的并不是身体和精神的全面发展和自由解放，反而使“个性和主体精神遭遇深刻而不易言喻的束缚和压抑”，预示了资本主义所到之处的全球文化标准化、同质化的萧条前景。[③] 自由主义右翼理论家则多对全球化持积极欢迎的态度，他们认为全球化是“历史的终结”（福山），全球化的去疆域化是一个“给个人和文化带来更大的自由、新的机遇和无限活力的过程，给人类许诺了解放和幸福的革命”，为实现每个公民按照自己的意志建构自己的文化身份提供了可能性，“从这一意义上说，全球化必将广受欢迎，因为它显著地扩大了个人自由的范围”[④]，全球化不会压抑地方文化和带来文化的一体化，而是带来地方文化的复苏和文化的解放，全球化会丧失文化多样性的臆想是一种意识形态妄想强迫症。包括中国在内的第三世界的学者对于全球化的态度则多是忧喜交加、欲拒还迎，他们审慎地认为全球化既是边

① 参见詹姆逊、三好将夫编《全球化的文化》（马丁译，南京大学出版社 2002 年版）中詹姆逊、斯克莱尔、戴维等人所著的相关文章。

② ［美］埃伦·伍德、约翰·福斯特：《保卫历史：马克思主义与后现代主义》，郝名玮译，社会科学文献出版社 2009 年版，第 15 页。

③ 王逢振、［加拿大］谢少波：《全球化与在中国复制的文化和空间》，胡亚敏编《文学批评与文化批判》，华中师范大学出版社 2007 年版，第 37—39 页。

④ ［秘鲁］巴尔加斯·略萨：《全球化：文化的解放》，秋风译，《天涯》2003 年第 2 期。

缘弱小民族融入世界的良好机遇和契机，也会对本民族文化带来巨大的冲击和危机。[①] 总而言之，不管持哪种态度和意见，人们都承认全球化是一个正在从政治、经济、文化等各方面持续深刻改变世界面貌的历史进程。[②] 除了把“全球化”当作世界历史发展的最新阶段考察外，德里克与詹姆逊认为全球化指示了一种观察世界的新的认识论，如全球化和本土化、同一性和差异性的二律背反，时空转换等，从历史文化哲学的意义上对全球化做出了崭新而富启迪意义的诠释。[③]

对于全球化下民族国家和民族文学的命运，理论家们也形成两种鲜明对立的意见。一种意见认为，全球化意味着民族国家及其历史的终结，民族国家不能独立管控自己的经济，也无法实现超越国界的大众民主和社会福利体系，不能独立处理跨国犯罪、环境污染、自然灾难等全球性问题，将失去自己的历史合法性。全球化“正在从根本上削弱民族—国家对去中心的、流动的、去区域化的主体性和话语的控制”，一个后民族国家、新帝国（new empire，哈特和奈格里）或没有民族国家边界（nationness-less，三好将夫）的历史时代正在或即将到来。[④] 另一种意见则与此针锋相对，全球化虽会给民族国家造成严重冲击，但不会令民族国家消亡，认为民族国家会终结的鉴戒是愚蠢的，知识分子仍将依附于自己的民族背景。[⑤] 全球化“不会最终取代民族或国家的形式，而将会造成和加强国家

① 杜书瀛：《在全球化浪潮面前——关于艺术与美学处境的断想》，《文艺争鸣》2001 年第 6 期。

② 对于理论界对于全球化的不同意见，参见南帆《全球化与想象的可能》，《文学评论》2000 年第 2 期。

③ 参见［美］阿里夫·德里克《作为历史之终结和开端的全球化：一种新范式中所隐含的矛盾意义》，张永清、马元龙编《后马克思主义：批评理论》，人民出版社 2011 年版；［美］弗雷德里克·詹姆逊《论作为哲学问题的全球化》，陈永国译，《外国文学》2003 年第 3 期。

④ 分别参见［德］尤尔根·哈贝马斯《后民族结构》，曹卫东译，上海人民出版社 2002 年版；哈贝马斯《在全球化压力下的欧洲的民族国家》，张庆熊译，《复旦学报》2001 年第 3 期；［美］迈克尔·哈特、［意］安东尼奥·奈格里《帝国：全球化的政治秩序》，杨建国、范一亭译，江苏人民出版社 2008 年版；［美］三好将夫《没有世界的边界？从殖民主义到跨国主义及民族国家的衰落》，汪晖、陈燕谷编《文化与公共性》，生活·读书·新知三联书店 1998 年版，第 484—520 页。

⑤ ［美］詹明信：《晚期资本主义的文化逻辑》，陈清侨等译，生活·读书·新知三联书店 1997 年版，第 24 页。

或民族之间的依赖关系"①。全球化会削弱民族国家对经济、社会、文化等的控制能力，民族国家的职能将因此发生消长转移的调整。②

根据全球化对民族国家挑战的两种意见，相应地分化出评价全球化下文学民族性现状和前景的两种不同看法。一种看法乐观地认为，全球化"并不是同质化的故事"，它是一个"现代性分裂或分化的过程"③，是"'自我源头'扩展和多样化的框架"④，全球化"不会开创一种普遍的文明"，它"创造出的政体通过更新自己的文化传统实现现代性，而不是模仿西方国家。现代性多种多样，与现代性不能实现的方式一样多"⑤。另一种看法则比较悲观，它对当所有地理政治空间都淹没在全球资本主义经济生产中时，是否能保持一种不同于资本主义消费文化意识形态的民族—地方文化表示强烈怀疑。由于资本主义蔓延和渗透至全球每个空间和领域，将使世界文化趋于齐一化和同质化，"尽管分化和断裂构成今天世界经验现实的某些层面，但如果过分强调差别和分化，很可能会掩盖资本主义经济文化霸权吞噬文化多样性的时代特征，低估了资本主义全球化的破坏力量"。虽然全球化仍在产生差异、分化和混杂，但这种差异已经不再与同一对立，同一正通过绝对的差异存在，"今天的差异已经变成标准或标准化，差异正在以同样的方式标准地被生产（或复制）出来。区分不等于差异，也不一定产生差异"⑥。

针对全球化对民族国家和文学的民族性的挑战，国外马克思主义批评家多忧心于全球化将是全球文化标准即美国化的前景，资本所到之处民族文化的差异性将不可避免地坍塌，所谓多元化和差异化是虚假的掩盖同质化的幌子，从而把希望寄托于中国等第三世界国家，作为抵抗全球文化同

① 胡亚敏：《开放的民族主义——中国当代文学批评之立场》，《华中师范大学学报》2007年第6期。

② 曹卫东：《后民族结构与欧洲的复兴》，《读书》2003年第7期。

③ Leslie Sklair, *Globalization*: *Capitalism and Its Alternatives*, Oxford: Oxford University Press, 2002, p. 62.

④ Jan Nedreveen Pieterse, "Globaliztion As Hybridization", *Global Modernities*, ed. by Mike Featherstone et al., London: Sage, 1995, p. 195.

⑤ John Gray, *False Dawn*, New York: The New Press, 1988, p. 195.

⑥ 王逢振、［加拿大］谢少波：《全球化与在中国复制的文化和空间》，胡亚敏编《文学批评与文化批判》，华中师范大学出版社2007年版，第40页。

质化的空间和阵地，呼吁它们保持自身民族文化的主体性。当然也有学者不同意此种意见，它们认为全球化不仅不会是文化的标准化，还将为各民族文化提供展示的舞台，民族主义是一种意识形态虚构，将文化束缚于民族的框架和疆域内，将阻碍它的自由生长。① 为避免冲突对抗，在与西方文化的对话中逐渐建立自己的批评理论话语，处于边缘的民族、地区文化在特殊性与普遍性之间，更应树立后者的优先性。② 赛义德、霍米·巴巴等后殖民批评家也反对以一种瓦解了旧殖民体系的本质主义的民族性去抵抗全球化的文化霸权。

在国内，经济全球化作为一种趋势和事实，对民族文学和文学的民族性造成了强烈的冲击和空前的挑战，前者对后者的消解、改写和重塑具有新的特征和意义。民族文化间的交流与竞争、沟通与扩张、对话与征服交织并存，面对此一境遇，学者们多倾向于赞成和呼应国外马克思主义批评的意见和主张，不约而同地提出"开放的民族主义"作为全球化下中国当代文学批评的立场。胡亚敏在《开放的民族主义——论中国当代文学批评之立场》一文中明确提出、初步界定和系统阐述了"开放的民族性"范畴的内涵，"开放的民族主义"的民族性中蕴涵着普遍性，且是一个在时空双轴上开放和动态的概念，坚持民族差异性和有容乃大原则是"开放的民族主义"的基本要义。③ 在胡亚敏前后，另有包括童庆炳、陆贵山、杜书瀛、张旭东④、钱念孙⑤等众多学者提出与"开放的民族主义"相类的"开放型的民族性""民族的开放性""民族的开放主义"等范畴。这些范畴虽然与"开放的民族主义"在字面表述略有差异，但基本内在精神是一致的。"开放的民族主义"不仅是中国当代文学批评应该采取的文化立场，它实际上也可以概括中国马克思主义文学批评过去民族观建设的成绩和指引未来民族观建构的方向。

---

① ［秘鲁］巴尔加斯·略萨：《全球化：文化的解放》，秋风译，《天涯》2003年第2期。

② ［印度］埃杰兹·阿赫默德：《文学后殖民性的政治》，郭军译，罗钢、刘象愚编《后殖民主义文化理论》，中国社会科学出版社1999年版，第291—292页。

③ 胡亚敏：《开放的民族主义——论中国当代文学批评之立场》，《华中师范大学学报》2007年第6期。

④ 张旭东：《民族主义与当代中国》，《读书》1997年第6期。

⑤ 钱念孙：《民族性的开放性与民族化的广阔道路》，《天津社会科学》1985年第6期。

许多学者都认为，全球化下中国马克思主义文学批评应采取“开放型的民族性文化”立场和方针，即在吸收中外先进文化的过程中发展我们的文化。[①] 中国人文知识分子应当坚守、捍卫与发展当代中国文学开放的民族性，以先进性和科学性作为开放的民族性的价值取向与建构目标。[②] 对于民族文学，与其把全球化看作一种挑衅与威胁，不如视作历史提供的一次机遇，民族文学应该在全球化进程中努力体认和涵化不同民族文化的价值，并用以激活本土文化，推动本民族文学的创新与高扬，以“国家的民族”的范式参与世界文学的对话，具有了现代性和开放性，将使民族文学显现出真正的意义。[③] 全球化是不以人的意志而转移和停止的客观历史进程，文学批评应该直面和寻求应对之道，一方面警惕以全球化名义裹挟的文化霸权主义，另一方面要借助它的平台，实现文化间的交往、学习，达成价值共享、融通与共识，要克服民族封闭主义和狭隘民族主义，就应该奉行民族开放主义，但也不能丧失文化的民族性。[④] “开放的民族主义”虽然得到众多学者的支持，但它并非唯一的声音，不同意“开放的民族主义”的各种主张也风行于中国文学理论和批评界，文化多元主义、文化相对主义、后殖民主义、文化普遍主义、新天下主义、超民族主义、世界主义等是其中最主要的几种。[⑤] 此外，另有学者反思了当代文论研究中各种狭隘的民族主义偏向，如代迅《去西方化与寻找中国性》一文批驳了“失语论”“从现代性到中华性”等民族主义文论话语将特殊性与普遍性、民族性与现代性对立起来的逻辑错误，[⑥] 陶东风批判了中国文学批评中的民族主义陷入了本质主义和二元对立的思维歧途，提倡一种

---

① 童庆炳：《当代中国文化和文学：在民族性和开放性之间》，《陕西师范大学学报》2003年第1期。

② 陆贵山：《经济全球化与文学的民族性》，《高校理论战线》2006年第2期。

③ 陆卓宁：《全球化语境与文学的民族性》，《中央民族大学学报》2004年第4期。

④ 杜书瀛：《文学会消亡吗：学术前沿沉思录》，中山大学出版社2006年版，第83页。

⑤ 参见郭洪纪《经济全球化与文化多元主义》，《青海师范大学学报》2000年第4期；乐黛云《文化相对主义与跨文化文学研究》，《文学评论》1997年第4期；王岳川《后殖民主义与文化批评话语》，《求索》2001年第6期；彭永捷《王道政治与天下主义》，《现代哲学》2013年第2期；王宁《全球化、民族主义及超民族主义》，《西南民族大学学报》2007年第7期；王宁《世界主义、世界文学以及中国文学的世界性》，《中国比较文学》2014年第1期。

⑥ 代迅：《去西方化与寻找中国性》，《文艺评论》2007年第3期。

非本质主义的、建构主义的民族观。另外，近年在当代文学研究中出现了各种不同形态的“非历史”地认识、看待和评价民族问题的现象，它们对民族均作出了负面的价值评断，在形态上主要表现为民族永生/消亡论、文化想象建构论和反现代性论三种。这几种在当前颇富影响力的民族论，均建立在非唯物的历史虚无论的基础上，对于它们存在的偏谬，应引起中国马克思主义文学批评的高度注意和及时澄清。[①]

（四）后殖民理论与当代马克思主义批评的民族观研究

后殖民理论与当代国外马克思主义批评是在旧的殖民体系崩解后的全球化语境下出现的新理论。在各种理论话语中，它们对于民族问题的考察最为丰富和系统，且自成一体，尽管内部差异并不少于相通，中国当代马克思主义文学批评要建构适应当代历史条件的“开放的民族主义”观，它们的看法具有参照、借鉴、对话、汲取、批判的价值。以下简介中国对于后殖民理论和国外马克思主义文学批评民族观的研究情况：

1. 后殖民理论民族观研究

20 世纪 80 年代末 90 年代初，后殖民批评自欧美引介入本土，中国文学批评理论界便对它展开了广泛而深入的研究和运用，对于后殖民批评民族观的研究又是其中十分显要的一方面，并取得了比较丰硕的成果。以下从整体、个别理论家与后殖民批评对于中国文学批评确立自身文化立场的意义三个方面简略陈述相关情况。

许多学者考察了后殖民批评的民族观，石海军细致爬梳了民族主义在殖民主义话语中的前后不一的境遇，从反殖民主义时期对民族主义的大肆张扬到后殖民批评中对民族主义的抑制、抹杀和超越，并指出后殖民批评是一种处于西方内部，而并非我们常误以为的从外部颠覆西方中心主义的少数批评话语的实质。后殖民批评是“欧洲主流话语形式中的反话语，其目的不在于替代欧洲主流话语形式”[②]。盛宁也认为后殖民批评不过是西方当代立足于内部文化传统的自我省思，不能过于夸大其颠覆西方中心

① 参见拙文《唯物史观下当代文学批评中的“非历史”论批判》，《中央民族大学学报》2014 年第 3 期。

② 石海军：《从民族主义到后殖民主义》，《文艺研究》2004 年第 3 期。

主义的程度和意义。[①] 赵稀方揭示了后殖民批评在民族主义观上存在的一种悖论：后殖民批评虽然反对殖民主义，但也反对以民族主义反抗殖民主义，可是在后殖民批评批判殖民性时，却会不自觉地导向一种民族主义的文化立场。[②] 周计武的研究指出后殖民批评是要打破本质论的身份观，肯定民族认同的混杂性，从而建立一种民主、协商和更具包容性的后民族主义话语，但这种规划过于理想化，不符合第三世界民族的现实和利益。[③] 赖佳认为，后殖民批评只是一种文化话语批判，遮蔽了民族身份问题，从而削弱了它反殖民主义的现实锋芒。[④] 肖祥结合"他者"在不同后殖民批评家笔下意涵差异的辨析，清理了后殖民批评抵抗霸权、包容差异的文化立场，并肯定了它对于当代中国文学批评建立"开放的民族主义"观的正面意义。[⑤]

研究者对作为个体的后殖民批评家的民族观也作了考察，现有的研究多集中于赛义德、加亚特里·斯皮瓦克、霍米·巴巴等人，而对其他后殖民批评家的民族观则少有专门观照。张其学认为，在赛义德的后殖民批评中，文化抵抗和民族主义是东方民族非殖民化运动的两种主要形式。[⑥] 皮海兵指出，民族文化观是赛义德思想的重要组成部分，赛义德并不同意用民族主义作为从事文化抵抗运动的武器和策略，相反，他对民族主义的狭隘和对抗意识充满警惕，而主张建设民族文化之间共荣共生、平等对话的关系。[⑦] 罗如春解析了霍米·巴巴的后殖民理论对民族主义认同的深刻解构，但由于民族认同具有深刻的历史文化根源，论者认为它并不能为单一的理性叙事拆解和破除。[⑧] 康孝云分析了霍米·巴巴对殖民主义论述二元

① 盛宁：《"后殖民主义"：一种立足于西方文化传统内部的理论反思》，《天津社会科学》1997 年第 1 期。

② 赵稀方：《后殖民主义与民族主义的悖论》，《中国社会科学院研究生院学报》2010 年第 2 期。

③ 周计武：《后殖民视野下的民族认同问题》，《阅江学刊》2010 年第 6 期。

④ 赖佳：《进入意识形态里的民族身份》，《当代文坛》2014 年第 4 期。

⑤ 肖祥：《西方后殖民批评中的多重"他者"》，《江汉论坛》2014 年第 5 期。

⑥ 张其学：《非殖民化中的文化抵抗与民族主义——对赛义德非殖民化思想的一种分析》，《学术研究》2004 年第 6 期。

⑦ 皮海兵：《论赛义德的民族文化观》，硕士学位论文，广西师范大学，2006 年。

⑧ 罗如春：《作为叙事的民族——霍米·巴巴对民族认同的后殖民解构》，《马克思主义美学研究》2012 年第 1 辑。

对立的解构，并揭示了其积极意义。[①]

研究者对后殖民批评的关注并非完全出于理论的兴趣，他们还希望从中寻求确立自身文化立场的启示。后殖民批评确实具有启迪我们确立自身文化立场的价值。陶东风注意到后殖民批评要求放弃本质主义的民族思维适应了中国文化的实际，因此提出警惕后殖民批评进入本土后可能引发狭隘民族主义情绪。[②] 郭军分析了作为西方内部的一种理论的后殖民批评，指出对后殖民批评是为第三世界代言的解读只是一种幻觉，中国运用后殖民批评需要再语境化，“切实地考虑自己文化中的权力关系，进行文化的自我扬弃与更新，同时致力于在世界文化中让自己文化的声音被听到”[③]，是后殖民批评所能给我们的启示。赵稀方也指出，后殖民批评是反民族主义的，而中国后殖民批评举起民族主义旗帜反抗西方霸权，实是一种理论的误读。[④] 章辉也认为，中国后殖民批评走向文化民族主义，既误读了后殖民理论，又失却了后殖民知识分子的责任伦理。[⑤]

国内学者认识到后殖民批评是西方文学批评内部的一种理论话语，并不能直接解释和指导中国的文化现实和建设，并注意到误读可能引致的狭隘民族主义和极端保守主义文化心态，提出后殖民批评在中国的运用需要再语境化的建议，这是十分中肯的看法。然而一些研究者对后殖民批评的解构主义的反本质主义和主客二元论的民族文化观推崇备至，没有注意到全球文化同质化下，完全放弃民族本质和民族主体性范畴所潜藏的危险。后殖民批评的解构主义民族观是与跨国资本主义合谋的，并不完全符合中国文化的现实和利益，我们应批判地吸收其中的合理成分，主张对本质和主体性持一种经过后殖民批评视域反思后的理解和坚持，而不是一概摒弃

① 康孝云：《霍米·巴巴对殖民主义二元对立模式的解构及其意义》，《国外理论动态》2014 年第 10 期。对于霍米·巴巴的研究，另参见刘贵珍《自我与他者：霍米·巴巴的后殖民理论对中国当代文学“走出去”的启示》，《深圳大学学报》2013 年第 4 期；生安锋《霍米·巴巴的“流亡诗学”》，《文艺研究》2004 年第 5 期；等等。

② 陶东风：《“后”学与民族主义的融构——中国后殖民批评中一个值得警惕的倾向》，《河北学刊》1999 年第 6 期。

③ 郭军：《后殖民文化批评和后现代语境及中国知识分子的身份定位》，《外国文学研究》2000 年第 3 期。

④ 赵稀方：《中国后殖民批评的歧途》，《文艺争鸣》2000 年第 5 期。

⑤ 章辉：《后殖民理论与当代中国文化批评》，《文学评论》2011 年第 2 期。

的态度。

2. 国外当代马克思主义文学批评民族观研究

在各种知识话语中，从经典马克思主义文学批评发端，到俄苏马克思主义文学批评的开拓，再到中国和西方马克思主义文学批评的发展，马克思主义批评理论一直是研究文学的民族性问题的重镇。由于马克思主义的国际主义立场和纳粹主义（亦名“民族社会主义”，nationalism socialism）的罪恶，民族主义在西方马克思主义文学批评中一度成为一个讳莫如深、避之唯恐不及的课题。尽管葛兰西、弗洛姆、威廉斯等在自己的理论著述中粗略地议论过民族问题，无论是在各自理论中的分量，还是对民族主义的鄙薄立场，即便对于我们今天思考文学的民族性问题仍有价值，但他们对于民族问题并没有系统的意见却是事实。随着冷战结束，全球化开启，民族作为一个尖锐而不可回避的问题再度摆在马克思主义文学批评面前，包括安德森、詹姆逊、伊格尔顿、阿罕默德等一批国外当代马克思主义批评家发表了许多建设性的看法，已经引起一些中国学者的关注和研究，现将对以上四个理论家民族观的研究情况简述如下：

安德森的“想象的共同体”民族论是英国文化唯物主义对民族问题研究的重要成果。从20世纪90年代以来，中国理论界对于《想象的共同体》一书的评论甚多，其中大多是正面肯定，且积极地以之为理论武器从事中国现代文学史研究，[①] 但也不乏一些颇富见地的批评性意见。肯定的意见几乎都集中在它更新了对民族问题研究的视角，实现了从原来的政治经济学和人类学范式向文化学研究范式的转换，将身份认同、文化研究和唯物主义历史观结合起来，“逾越了既有的民族主义理论的政治经济学范畴，从文学/文化文本的话语层面探讨民族国家建构”[②]，开创了一条吸人眼球、发人深省并具一定范围解释力的民族研究新径。另有学者则从其对马克思主义批评民族观的创造性发展方面予以了赞许，安德森的民族研

① 参见旷新年《民族国家想象与中国现代文学》，《文学评论》2003年第1期；罗岗《现代国家想象、民族国家文学与“20世纪中国文学”的重构》，《文艺争鸣》2014年第5期。

② 参见吴叡人为安德森《想象的共同体》（上海人民出版社2005年版）所作导论；马衍阳《〈想象的共同体〉中的“民族”与“民族主义”评析》，《世界民族》2005年第3期；邹赞、欧阳可惺《“想象的共同体”与当代西方民族主义叙述的困境》，《中南民族大学学报》2011年第1期；等等。

究“远远背离了马克思主义在‘民族问题’上的主流倾向，即斯大林从外部的、抽象的标准定义民族的模式，推翻了决定论框架，在大量精心挑选出的材料的佐证下得出民族是‘一个想象出来的政治意义上的团体’”。安德森的主要贡献在于将意识形态对民族的创造作为中心问题，强调语言团体对民族的社会创造过程。[①] 目前学界对于“想象的共同体”民族论的批评看法主要在以下三个方面：质疑安德森理论的限度和适用性，“想象的共同体”仍是欧洲中心主义的理论话语，它并不适合于解释其他地区的民族发生和演变状况，反对机械地以它解释本国的民族文学文化现实[②]；安德森的民族论注意到内部统一的认同，却对不同群体的身份差异乃至裂隙却缄默不语[③]；过于夸大文化对于民族主义的意义，忽略了政治、经济等因素对于民族国家更具有决定性意义，将民族完全读作一种文化现象，不符合民族国家的基本事实[④]。总体而言，中国学者对于安德森“想象的共同体”的民族理论，多是直接借用以观察和考察中国的民族和文化实践，批判性的理论辨析较少，无批判的认同远多于必要的反思。

美国马克思主义批评理论家詹姆逊的民族论主要集中在以“民族寓言”“全球化”为题旨的多篇文章中。研究者发现，虽然委婉并不无微词，但詹姆逊仍然肯定民族在当前历史条件下的意义。在民族主义已被合理清算的后现代语境下，詹姆逊仍然重视民族国家，尤其是第三世界民族国家对于资本主义同化在政治文化抵抗上的意义，并寄望于他们坚持民族文化的差异性。在与中国学者的座谈中，詹姆逊强调中国知识分子应该保持民族差异性，唯如此才能留住有效抵制全球资本主义文化霸权的希望。[⑤] 詹姆逊认为全球化下无论民族—国家的权力是否已经衰落，民族—国家本身仍被认为是进步政治的所在，因此应该坚持左派的政治计划，为

---

① ［印度］帕尔塔·查特吉：《民族思想与殖民地世界：一种衍生的话语?》，范慕尤、杨曦译，译林出版社2007年版，第29页。

② 参见高小岩《“想象的共同体”的理论困境与探讨》，《内蒙古社会科学》2009年第1期；张中良《中国现代文学的民族国家问题》，《文学评论》2014年第4期。

③ 张旭东：《想象中的社区》，《读书》1999年第11期。

④ 胡俊飞：《唯物史观下当代文学批评中的“非民族”论批判》，《中央民族大学学报》2014年第3期。

⑤ 胡亚敏：《后现代主义文化与批评——华中师大文学批评学研究中心与詹姆逊教授座谈述要》，《华中师范大学学报》1997年第6期。

民族—国家而斗争。“民族—国家今天仍然是政治斗争唯一的具体领域和组织”，即使反对全球化的斗争“不可能完全根据民族或民族主义成功地进行到底”。[①] 除探讨詹姆逊对于民族主义的立场态度外，一些研究者还注意并阐发了詹姆逊对民族内涵的改造和重释。王逢振指出，在詹姆逊最近对全球化的哲学沉思与政治批判中，民族被创造性地赋予三重含义：第一，它确定其他生活方式的可能性，即与以美国为首的“消费的文化—意识形态”非常不同的方式；第二，民族是一个乌托邦空间的名称；第三，詹姆逊对民族的讨论既不是赞成也不是反对全球化，而是“强化它们间的不可调和性和矛盾”。[②] 胡亚敏《开放的民族主义》发现，不同于一般将“民族”做本质主义考察，在詹姆逊以结构主义的方式界定民族的特质，“民族”是一个关系词，用来表示世界体系的各组成部分。民族的概念往往与另一地域的他者相区别，是在与他者对比和参照中确立的。[③] 胡亚敏的另一篇文章《詹姆逊与第三世界文化》阐发了詹姆逊以黑格尔的主奴辩证法为理论武器，对第一世界与第三世界之间控制与拒斥交织、吸引与逆反并存的复杂关系的考察，并申明了第三世界文化坚持民族差异性的重要性。[④]

除对詹姆逊民族观的肯定和阐发外，也有学者对其提出严厉的批评意见，其中以印度学者阿罕默德《詹姆逊的他性修辞与“民族寓言”》最为著名，作者认为詹姆逊将所有第三世界文学都视作“民族寓言”，罔顾内部的差异性与多样性，是对它们的误读和歪曲，并且仍散发出以西方为主体打量东方他者的中心主义气味。此外，阿罕默德的重心不在于此，他对詹姆逊的主要批评是因为后者抽象地肯定“第三世界”民族主义，而这不是马克思主义对待民族主义的一贯立场与习用方法。民族主义不是一种独立的现象，它是进步还是反动取决于它与资本主义和社会主义之间的生

---

① 胡俊飞：《马克思视域下艺术的终结——转型诸论批判》，《文艺理论与批评》2013 年第 3 期。

② 参见王逢振《全球化语境下的“民族的寓言”》，《中国政法大学学报》2010 年第 6 期；《重温詹姆逊的“民族的寓言”》，《外文研究》2013 年第 1 期。

③ 胡亚敏：《开放的民族主义——论中国当代文学批评之立场》，《华中师范大学学报》2007 年第 6 期。

④ 胡亚敏：《詹姆逊与第三世界文化》，胡亚敏《文学批评与文化批判》，华中师范大学出版社 2007 年版，第 162—173 页。

死搏斗的关系，詹姆逊抽象地肯定第三世界民族主义，并没有在与资本主义的具体关系的框架内评判民族主义的性质，是一种不能自圆其说的折中主义。[①] 总之，对于詹姆逊的民族理论，现在的研究多为探讨其民族寓言的民族思想，并达到了相当的深度，阐释、批评和辩护者都不少，然而研究视野还显逼仄，对詹姆逊后现代理论和全球化研究中散见而未充分展开的民族论述少有人注目和研究，遗忘了对詹姆逊跨国资本主义下独异的民族观念的深入探讨。

英国马克思主义文学批评家伊格尔顿在自己的后现代批判和爱尔兰文化研究中对于民族问题发表了许多精辟的意见，但至今没有引起学者们的足够注意和深入研究。尽管对于伊格尔顿文论的研究很热门，而具体到对他的民族思想的探讨，则只有寥寥数篇文章。贾洁《伊格尔顿爱尔兰研究中的民族主义内涵》认为伊格尔顿的爱尔兰研究中蕴含着深刻的民族主义内涵，在伊格尔顿看来，民族主义是一种心理情感建构，共同的寓言是民族主义的思想载体，而后殖民是催生民族主义最重要的文化语境，在当今横行的文化霸权下，“民族主义作为更稳定、更系统、更理性化的民族意识，以民族为本位讲求民族认同，必然成为与文化霸权分庭抗礼的有效力量”[②]。作者的另一篇文章《论特里·伊格尔顿的爱尔兰文化研究》比较全面地评述了伊格尔顿的去殖民化民族主义的文化策略，伊格尔顿对去政治化的民族主义既肯定又批评，“对于西方发达资本主义国家的这种全球性极端主义的文化殖民，反殖民民族主义的自觉抵抗仍具备无法替代的重要性”，但仅停留于文化层面则远远不够，伊格尔顿启示我们，建构自己的民族文化，需要解构西方后现代主义的殖民话语。[③] 另外，吴芳《特里·伊格尔顿与女性主义》一文在对伊格尔顿女性主义思想的观照中，论及了他的民族主义和女性主义同构性思想。[④] 关于伊格尔顿的民族思想研究，虽然有一些学者投入其中，但才刚刚起步，尚有大片的盲区待我们开掘，同时伊格尔顿在民族问题上所提出的且尚未完全解决的问题也

---

① 参见 Aijaz Ahmad, *In Theory*: *Classes*, *Nations*, *Literatures*, London: Verso, 1992。

② 贾洁：《伊格尔顿爱尔兰研究中的民族主义内涵》，《黑龙江民族丛刊》2008 年第 3 期。

③ 贾洁：《论特里·伊格尔顿的爱尔兰文化研究》，《马克思主义美学研究》2009 年第 1 辑。

④ 吴芳：《特里·伊格尔顿与女性主义》，《文艺理论研究》2011 年第 2 期。

需要我们接着往下说。

印度马克思主义批评家阿吉兹·阿罕默德是当代第三世界重要的马克思主义文化理论家，其民族思想表述主要集中于《以理论的名义：阶级、民族、文学》一书和相关学术访谈。相比伊格尔顿，阿罕默德的民族思想更未引起中国学者的关注，目前只有赵稀方、陈燕谷等人对阿罕默德文化思想的评述性研究。赵稀方在《后殖民理论》一书中辟专节简述了阿罕默德的马克思主义后殖民主义批评，介绍了阿罕默德对萨义德东方学的全方位批判，指出阿罕默德从当代帝国主义的世界格局框架里定位了后殖民理论的右翼性质，后殖民性虽从内部和文化层面上对资本主义全球化有所批评，但根本上却是与之共谋的一套理论，马克思主义批评应该坚决与之撇清关系。[①] 陈燕谷对阿罕默德对于民族主义既肯定又批评的矛盾态度予以了解析，阐发了阿罕默德对资本主义全球化的批判，在阿罕默德看来，"文学理论批判的能量已经不能再依赖于第三世界民族主义或后殖民性，而是取决于它是否能够在全球视野中重新建立文化批判与政治经济批判的结合"[②]。阿罕默德是第三世界国家的知识分子，他对于民族问题的思考比之西方马克思主义理论家，更贴近我们的情况，理应引起我们足够和应有的注意，然而现在的研究还非常薄弱，这需要在今后的研究中补进。

（五）当代文学批评的民族观建构研究

对于文学批评民族观在当代的拓展和建构，本书拟从民族—个体、民族—传统和民族主体性三个方面展开思考，文学研究界对20世纪中国思想文化中民族国家视域下的个体、传统和主体性观念展开了比较广泛和深入的讨论，这里仅就其成绩和局限分别简述如下：

1. 民族—个体观研究

对于20世纪中国思想文化和文学实践的个体观，现有研究从具体的某个作家或理论家到各种文学思潮、文艺论争等方面都给予了细致的观照。纵览中国20世纪思想文化与文学实践，个人在民族中的地位大致上经历了一个"张扬——压抑——取消——重申"的跌宕过程。从20世纪

① 参见赵稀方《后殖民理论》，北京大学出版社2009年版，第157—164页。

② 陈燕谷：《文学理论中的第三世界话语》，《文艺研究》2003年第2期。

初个体和权利观念的引入一直到五四新文学运动结束，个人在民族国家中都占据着显赫的位置，从陈独秀对“个人主义”的提倡，主张以“个人本位主义”易“家族本位主义”，到青年鲁迅的“任个人排众数”，再到周作人《人的文学》呼吁建立“个人主义的人间本位主义”，再到创造社浪漫主义文学对个人主体性的张扬，个人的发现和觉醒成为这一时期中国思想文化的重要标志，个人主义深刻影响了其文学、文化和思想形态，民族国家被看成实现个人自由的手段、工具和保证，民族国家许多时候因为成为个人追求自由的束缚而遭到批判。[①] 然而随着中国马克思主义文学批评的兴起，并逐步取得文化领导权，一直到新民主主义革命结束，由于危急的民族革命形势，一定程度上形成了“救亡压倒启蒙”的局面，个体和民族在价值体系中的位置发生了翻转，扬民族、阶级，贬斥个人成为这一时期思想文化处理民族与个人关系的主导观念。20 世纪 40 年代末对主观论的批判，确立反映论为中国马克思主义文学批评的核心地位，是文学战线上对个人主体性的排斥。这一时期连“五四”之子的胡风、冯雪峰、张光年等人都将作为新文化运动成就的“个人主义”视为需要疗救的病而加以摒弃，甘心诚服于民族革命的旗帜下，此时对个人主义的压抑为后来对个人主义的取消埋下了伏笔。[②]

从 20 世纪 50 年代到新时期前，中国马克思主义文学批评将个人主义作为资产阶级的意识形态予以了彻底的清算，个人喑哑无语，中国历史进入一个“共名的时代”（陈思和），个体无条件地服从于民族与革命事业，沦为民族国家机器上无足轻重的“齿轮和螺丝钉”。在文学文化实践中，

① 关于“新文化运动”前后中国思想文化界的个人观研究，参见林毓生《鲁迅个人主义的性质与含意——兼论“国民性”问题》，《鲁迅研究月刊》1993 年第 12 期；李怡《国家主义的批判与个人主义的倡导——从〈甲寅〉到〈新青年〉的思想流变》，《江汉论坛》2006 年第 1 期；许纪霖《个人主义的起源——“五四”时期的自我观研究》，《天津社会科学》2008 年第 6 期；李今《个人主义与五四新文学》，北方文艺出版社 1992 年版；韩靖《个人主义与现代中国浪漫主义文学》，《河北学刊》2001 年第 5 期；姬蕾《论个人主义与“五四”新文学的影响》，《东北师范大学学报》2008 年第 5 期等著述。

② 关于 20 世纪 20 年代晚期到新中国成立前后的个人观研究，参见陈辛儿《超越个人主义——五四时期陈独秀伦理观演变述评》，《江苏社会科学》1991 年第 6 期；李泽厚《中国现代思想史论》，天津社会科学院出版社 2003 年版；刘再复、李泽厚《个人主义在中国的沉浮》，《华文文学》2010 年第 4 期；刘东玲《革命话语：政治先锋下的个人主义激情——20 世纪 20 年代末普罗文学现象及其命运》，《学术月刊》2010 年第 6 期等著述。

个性解放和个人自由作为资产阶级法权受到批判和清算，“民族国家的话语潜在地收编了关于个人的话语”“民族国家一度以集体的名义取消了人的独立性和自我意识，人及其个体性的命题淹没在‘民族主义’命题之中”[①]。中间虽有胡风、冯雪峰、钱谷融、周扬等马克思主义文学批评家试图从阶级和民族的夹缝中为个人争得一定的空间与地位，但终不能改变文学批评中民族国家压倒乃至遮蔽个人的主导局面。[②] 新时期以来，民族生存危机解除，中国马克思主义放弃以阶级斗争为纲的路线，改革开放使中国开启了市场商品经济，并卷入全球化的大潮中。资本市场在拆解各种藩篱，将社会分解为原子化的个体的过程中，唤醒了人们的独立自主意识，人们开始反省民族、阶级等宏大叙事在过去对个体造成的灾难性损害，要求个人的尊严、权利和实现，并将个体优先和凌驾于任何集体价值之上，视民族国家为扼杀个体和个性的消极异化力量和压抑性机制。受西方自由主义和后殖民理论的影响，一些研究者将民族主义作为对扼杀个人主体性的敌对力量和蒙昧意识而加以污名化，以此为逻辑，甚至出现了“爱国贼”的偏谬之论。对于新时期将个人和民族对立起来，将个人凌驾于民族之上的主张，思想文化界曾经发起了对极端个人主义价值观的批判和反省，张扬个人主体有其进步性，但将个人自由和民族诉求对立起来，不符合个人和民族辩证关系的历史现实。[③]

对于文学实践中民族和个体的关系，[④] 中国文学批评过去始终没有完全摆脱二元论的思维框架。即便是关于个人的情感与故事，也习惯性地以“民族寓言”观和解。20 世纪的首尾和中间的思想历程在民族和个体上的

---

① 汪晖：《汪晖自选集》，广西师范大学出版社 1997 年版，第 322—324 页。

② 20 世纪 50 年代末，中国文化思想界发起了一场声势浩大的对资产阶级个人主义的集中讨论、批判和清算运动，参见李治《固执个人主义立场必然堕落》，《读书》1958 年第 9 期；罗竹风《从个人主义谈知识分子改造问题》，《学术月刊》1958 年第 6 期；左嘉猷《大破个人主义，力争红透专深》，《人文杂志》1958 年第 3 期。另参见梅溪《周恩来论个人主义》，《青海社会科学》1995 年第 3 期；寇鹏程《论“十七年”文学批评中的“个人主义”话语》，《学术论坛》2011 年第 10 期。

③ 参见王先红《极端个人主义情绪不是民主意识》，《湖北社会科学》1992 年第 1 期；南帆《现代主义、现代性与个人主义》，《南方文坛》2009 年第 4 期；李万武《论文学个人主义文化情绪》，《文艺理论与批评》1999 年第 6 期。

④ 关于 20 世纪中国文学不同历史阶段“个人”观内涵演变的细致考察，可参见岳雯《“抒情时代”的“个人”考论》，《中国现代文学研究丛刊》2015 年第 2 期。。

选择上虽各取一端，但貌似相左的两种观念实际上分享着民族与个体必然根本对立，是一种零和关系的相同逻辑前提，这种思维结构不破除，中国马克思主义文学批评便无法在个人和民族的关系上取得正确的认识，自由主义民族主义试图以抽象的个人价值为前提调和与民族国家的关系，这是马克思主义文学批评所不能赞成的。[①] 我们需要从唯物史观中的个人与民族出发，清算过去文学文化中个人和民族相敌对的错误思想，在反省无民族的个人主义和无个人的民族主义的前提下，形成符合全球化新历史条件下的民族—个人观。

2. 民族—传统观研究

共同的文化传统是民族的核心特质，坚持民族立场需要继承和弘扬文化传统，在这点上人们并无异议，然而对于如何理解传统本身以及怎样才是真正的继承和弘扬传统，却是言人人殊。据威廉斯的关键词考察，“传统”概念的历史并不像它所指代的含义那么悠久，它是“现代”提出后才发明的一个较新的、与之相对照的范畴。尽管历史不长，人们对于传统的认识却已是极为驳杂，要对各家传统观进行一种完整的梳理几乎是不可能完成的任务。这里仅从以过去、现在和未来为中心的三个时间性维度为线索[②]，对历来理论家发表的较有影响的传统观念以及基于此提出的各异的继承和弘扬传统文化方式作一简要评析。

以过去为中心的传统观。以过去为中心的传统观，通常会将过去和传统直接等同起来，过去规定并作用现在和未来。这种传统观会假定传统是一个“已经定型的、绝对的、固定化的东西”，凡是过去没有的东西就不能成为传统，所谓继承传统不过是回归过去，所谓发扬传统不过是接受过去对现在和未来的指导，所有现在和未来的东西不过是传统的延伸和扩大，并不包含新的因素，传统之后无新事，“继承传统成了复制过去，光大传统也无非加大它在现实和未来中的投影”[③]，民族文化的发展只是传统中有活力的部分对失去活力部分的取代。在这种传统观中，传统与人之

---

① 许纪霖：《在现代性与民族性之间——现代中国的自由民族主义思想》，《思想与文化》2005 年第 1 辑。

② 这里参照借用了甘阳《传统、时间性与未来》（《读书》1986 年第 2 期）对不同传统观的分类方式。

③ 甘阳：《传统、时间性与未来》，《读书》1986 年第 2 期。

间是一种主客体关系，现实的人的活动不能作用于传统，传统却塑造和规定着现实的人。艾略特的《传统与个人才能》、希尔斯的《论传统》是这种传统观的代表，李泽厚的“积淀”说、威廉斯的“情感结构”说、伽达默尔的“前见”说也闪烁着这种传统观的影子。这种传统观在坚持和发展传统文化上，主张坚持优先于发展的观念，或以“回到马克思”的方式发展马克思主义文学批评的思路，实质上都是一种以过去为中心的传统观，在文化激进主义看来是一种牺牲现在和将来的文化保守主义思想。它牺牲了现在和未来，将现在都装入过去的范畴和框架，接受过去的打量，而所谓的“未来”也是“早就已经被根据‘过去’的标准量体裁衣、切削成型，它与‘过去’了无区别，只不过是‘过去’的翻版而已”[①]。这种传统并非如有论者所指摘的有害无益，它尊重过去对现在的制约和影响，认识到现在和未来不是凌空蹈虚而来，而是都要在过去留下来的既定条件上展开，无疑仍是体现了最基本的历史唯物主义观点，而这恰是为以当下和未来为中心的传统观所或缺的。

以当下为中心的传统观。以当下为中心的传统观，认为所有的传统不过都是现在对过去选择、阐释和评价的结果，传统虽然发生于过去，但只有进入现实的过去才能成为传统，现实是传统的立脚点和落脚点，在这个意义上，一切传统都是现实的传统，过去和未来都凝聚于现在，现在在整个时间轴上占有绝对的中心意义，它决定了哪些过去可以成为传统，它在未来会发展为怎样的形态，民族的传统是现实的和实践的，这种传统观“立足于当下，具有深切的现实关怀”[②]。法国反殖民主义理论家法农和英国马克思主义史学家霍布斯鲍姆是这种传统观的杰出代表，“过去绝不能在现实中指导我”“我不是历史的囚犯”“我不能牺牲我的现在”“在历史中寻找自己的命运”，而“使自己成为任何过去的人”。[③] 传统是由现代所发现的，它不应被看作封闭的和已然终结的，而是现在对过去的想象、改造和创造所得，“是一种追溯性的发明”[④]。这种传统观不把传统看作凝

① 甘阳：《传统、时间性与未来》，《读书》1986 年第 2 期。

② 王文章：《努力以文艺创作抒写中国梦》，《文艺理论与批评》2014 年第 2 期。

③ ［法］弗朗兹·法农：《全世界受苦的人》，万冰译，译林出版社 2005 年版，第 172—173 页。

④ ［英］霍布斯鲍姆、兰格：《传统的发明》，庞冠群译，译林出版社 2008 年版，第 18 页。

定僵死的过去，且承认现实主体对于传统的能动作用，指向的是一种开拓革新的现实精神，有其深刻、准确和积极的一面，然而它具有一种强烈的实用主义色彩，总是试图在过去中寻找能解决现实问题的东西，而不对它的实质加以细致辨析，容易陷入无所适从的选择中，并且它有将主体之于传统的能动性绝对化的倾向。

以未来为中心的传统观。以未来为中心的传统观，与以过去为中心的传统观针锋相对，主张传统的落脚点在未来，传统不是过去的、已然定型的东西，而是“尚未被规定的东西”“永远处在制作之中，创造之中，永远向‘未来’敞开着无穷的可能性或说‘可能世界’”[①]，甘阳、张旭东等人是这种传统观的代表。这种传统观认为，继承传统并不是复制过去已有的，而是创造过去从未存在过的东西，过去不是对未来的桎梏，而是成为未来无尽可能性的源泉。这种传统观是一种呼吁变革的文化激进主义传统观，以继承传统的姿态反传统，坚持创造先于株守，强调未来对过去的选择性和塑造性，对于民族文化的创造和更新有其积极意义，然而它与过去对于未来客观存在的制约联系是相悖的，并且这种传统观的“未来”带有浓郁的思辨性和乌托邦性，隔断了与过去和现在的现实联系，未来仿佛天外来物、空穴来风。

文化理论对于如何继承和弘扬传统文化，主要有四种观念：（1）“弃取说”（毛泽东）。对于传统文化要具体分析和对待，批判地继承，取其精华，弃其糟粕。（2）“抽象继承说”（冯友兰、胡风）。传统文化都与一定的社会历史条件相连，并且传统文化是一个有机整体，在变化了历史条件的新时空语境下，旧的传统文化不能机械地移植过来，并且也不能任意拆卸取用，“不能把传统从它的社会条件下割下来，肯定它也并不是说它适用于现代”，所谓接受文学遗产，“既不是直线地接受它的思想，也不是机械地学习它的形式”[②]，而只能就其抽取其中的精神、方式、立场而非具体的内容、观点加以发扬。（3）“创造性转换说”（林毓生）。中国文化传统在与西方文化交互影响的过程中进行现代性转换，使旧的传统

① 甘阳：《传统、时间性与未来》，《读书》1986年第2期。

② 胡风：《关于文学遗产》，《胡风评论集》上卷，人民文学出版社1984年版，第85—86页。

的东西转化为新的现代的东西，但也与旧传统辩证地链接。[①]（4）“转换性创造”“取今复古、别立新宗”（李泽厚、鲁迅）。传统是现代的重要思想资源，但不能代替现代的创造，而是要结合现实，对传统进行转化，创造出新的文化经验，这种新的文化经验又并不是如创造性转换那样以西方文化模式为圭臬和目标，[②] 鲁迅的“取新复古、别立新宗”主张与“转换性创造”方案含义大致相近。以上各种继承和发展传统的观念各有一定的道理，但也都具有局限，本书将以“转换性创造”论为基石，在汲取和批判其他各家学说基础上，尝试探索出一种更为科学、合理且具可操作性的传统文化继承和弘扬观。

3. 民族主体观研究

面对西方文化的涌入和全球化带来的文化趋同，许多学者都提出要坚守文化的主体性作为应对之策。张岱年认为，民族主体性应优先于个人主体性，民族主体性包含民族自觉能动性、独立意识和自尊心等内涵，要在民族传统中寻找发展的契机和动力，警惕全盘西化论对民族传统的毁灭。[③] 胡亚敏在全球文化同质化的背景下，创造性地提出差异性研究的批评范式，坚持民族主体性是其中一项核心内容，坚持民族主体性是保持民族文化差异性的重要保证，民族的主体性不仅包括自尊自爱自信，还包括对他民族和本民族的反省。[④] 付长珍也在全球化背景下提出树立民族文化主体性，民族主体性包括自我认同、自我反省、尊重他者、持守开放的民族主义立场、主体化的传统继承等，只有如此才能建设出中国形态的文化。[⑤] 张顺昌从防止文化殖民主义、保障文化安全、增强软实力、扩大国际影响和凝聚认同等方面提出坚持民族文化主体性的重要现实意义，民族主体性具体而言即坚守和弘扬传统，兼具中国气派和世界眼光。[⑥] 另外，

---

① 林毓生：《中国传统的创造性转化》，生活·读书·新知三联书店 1987 年版，第 63—64 页。

② 李泽厚：《中国现代思想史论》，天津社会科学院出版社 2003 年版，第 335 页。

③ 张岱年：《文化建设与民族主体性》，《北京社会科学》1987 年第 2 期。

④ 胡亚敏：《论差异性研究》，《外国文学研究》2012 年第 4 期。

⑤ 付长珍：《文化主体性与民族独特性——兼谈中国文化形态的当代建构》，《探索与争鸣》2014 年第 10 期。

⑥ 张顺昌：《文化主体性和中华民族文化的建构》，《中共济南市委党校学报》2012 年第 5 期。

龙秀雄、王锐生、黄式宪等学者也从不同方面阐述了民族文化主体性的积极意义和内涵。[①]

尽管坚持民族主体性是中国学者面对全球化的主导性意见，但仍不乏学者对此反思和质疑，甚至提出要以主体间性取代主体性。贺来认为“主体性”是一个需要哲学反思的概念，它具有虚幻性、无根性和独断性，在普遍主体后面蕴含着控制欲望和特殊利益，中国文化要拒绝和反思近代哲学的实体化、神圣化和抽象化的主体概念，尽管如此，我们也不能完全否定主体性在一定限度里所具有的进步意义。[②] 张汝伦对西方近代主体性的形而上学性质进行了深刻的反思和批判，他认为“主体”是西方近代哲学的起点和终点，但在产生之初便内在地包含着严重的问题，预示了它后来的困境危机和最终死亡的命运。[③] 任立刚反思了中国马克思主义虽然以实践唯物论和交往实践论扬弃主体性思想，但“所阐述的各种主体性仍然是主客二元对立场域中的主体性，立足于交往实践的主体间性又是以牺牲个人主体性为代价的主体间关系”，我们需要革新对主体性的理解，扬弃形而上学的主体性概念。[④] 刘悦笛认为中国学术要具有“自创性”，需要在文化立场上由比较文化、跨文化转向文化间性才能实现。[⑤] 由于不满主体性，哈贝马斯、霍米·巴巴等人提出以间性主体取代主体性作为全球化下各民族文化的文化立场，得到部分中国学者的认同。[⑥]

---

① 参见龙秀雄《论民族文化主体性的形成条件》，《黑龙江民族丛刊》2008 年第 1 期；黄锐生《论弘扬民族主体性》，《马克思主义与现实》1996 年第 3 期；黄式宪《坚守民族文化的主体性》，《电影画刊》2009 年第 4 期。

② 贺来：《“主体性”观念的反思与意识形态批判》，《马克思主义与现实》2007 年第 3 期。

③ 张汝伦：《自我的困境——近代主体性形而上学之反思与批判》，《复旦学报》1998 年第 1 期。

④ 任立刚：《马克思主义主体性思想的研究与反思》，《哲学动态》2008 年第 6 期。

⑤ 刘悦笛：《中国人文科学的“自创性”：以文化间性以柔克刚》，《文艺理论研究》2015 年第 1 期。

⑥ 参见郭湛《论主体间性或交互主体性》，《中国人民大学学报》2001 年第 3 期；韩红、李海涛《交往理性、主体间性与新世纪文化对话——兼论交往与社会进步》，《徐州师范大学学报》2002 年第 2 期；王荔《全球化背景下多元文化共在的“主体间性”反思》，《陕西师范大学继续教育学报》2007 年第 3 期。

三 研究的思路、结构与方法

（一）思路结构

除交代论题的缘起、背景、研究内容、研究现状、思路结构与研究方法等内容的绪论外，本书还拟探析经典与俄苏马克思主义文学批评影响下的中国马克思主义文学批评民族观的形成，总结和反思近百年中国马克思主义文学批评开放的民族观探求，揭示全球化的实质、主要文化逻辑，论证全球化下坚持民族文化差异性的可能性、必要性和积极意义，批判和吸纳后殖民理论和国外当代马克思主义批评的民族观，并从个人观、传统观和民族主体性观三方面拓展和构建全球化语境下中国马克思主义文学批评的开放的民族观。通过这四个方面的工作，本书将对中国马克思主义文学批评开放的民族观展开史论结合的梳理和辨析，并兼取侧面汲取其他资源和正面理论建构的方式，在全球化新历史条件下丰富和拓展中国马克思主义文学批评开放的民族观的内涵。

第一部分，探讨在经典与俄苏马克思主义文学批评影响下的中国马克思主义文学批评民族观的形成。中国马克思主义文学批评的民族观是在经典马克思主义文学批评，尤其是俄苏马克思主义文学批评的直接和深刻的影响下形成的，但中国马克思主义文学批评的民族观从一开始便不是对后者的简单移植和全盘照搬。它不仅面临着经典和俄苏马克思主义文学批评单一的阶级革命任务，还担负着民族救亡的使命，因此它不可能将民族和阶级像后者那样根本对立起来，以阶级压抑和否定民族，而需要将两者调和起来，这决定了中国马克思主义文学批评对于民族问题需要形成一种与经典和俄苏马克思主义文学批评有别的立场和观念。但这并不意味着中国马克思主义文学批评民族观是与经典和俄苏马克思主义文学批评相断裂或悖离的，马克思主义文学批评从来都是将“民族”视作一个历史现象予以考察，根据不同的历史语境，马克思主义文学批评在遵循唯物史观的基础上会做出不同的选择和阐释。中国马克思主义文学批评正是根据自己所处的特定历史情势及肩负的社会革命和民族解放双重任务，在形成期建立了民族与阶级既对立又统一的辩证关系理论，这一成果是经典与俄苏马克思主义文学批评在中国语境下的自然延伸与合理发展。另外，经典马克思主义文学批评的民族论述直接和深刻影响了后来不同形态的马克思主义文学批评的民族观，而且它对于我们测绘当今世界的秩序，评判时下流行的各种民族观念以及建构中国马克思主义文学批评的当代民族观等仍具有指导性价值。鉴此，本章将分别阐发经典马克思主义文学批评的民族思想、俄苏马克思主义文学批评对经典马克思主义文学批评民族观的完善以及中国马克思主义文学批评的民族观。

第二部分，梳理、辨析、总结、反思和发展近百年中国马克思主义文学批评文学批评民族观的理论探求。纵观百年中国马克思主义文学批评，除很短一段时期外，民族主义一直是其主导文化立场和基本批评标准，坚守文艺的民族性是中国马克思主义文学批评的重要诉求。根据不同时期的不同历史条件和任务，中国马克思主义文学批评在民族—阶级、民族—世界和民族—现代三个命题上发展出了自己的民族观点，辨析了文艺的民族性和阶级性、民族性和世界性、民族性和现代性既矛盾又统一的关系。藉此，中国马克思主义文学批评在坚持文艺的民族性的同时，又使它内在地包含了阶级性、世界性和现代性。中国马克思主义文学批评对三组命题的理论辨析，解决了中国马克思主义文学批评近百年坚持民族性中依次面对的主要困境，也奠定了中国马克思主义文学批评民族观的开放性品格。民族—阶级、民族与世界和民族—现代辩证统一的民族观不是已然僵死、封存于过去的理论经验，经过反思和发展后的它们，在当代历史条件下仍然葆有着解释、批判和引领中国文艺建设的理论生命力，因此也还是中国当代马克思主义文学批评“开放的民族主义”观应该坚守的重要组成部分。鉴此，本章将先以史为线索，梳理和确证“开放的民族主义”是百年中国马克思主义文学批评一以贯之的基本文化立场，然后依次以民族—阶级、民族—世界和民族—现代命题为纲，阐发中国马克思主义文学批评是如何将本与“民族”矛盾着的“阶级”“世界”和“现代”相互协调统一起来的，最后反思并揭示中国马克思主义文学批评过去在民族问题上所探索的理论结晶在现时代仍具有的价值。

第三部分，揭示作为当代世界秩序的“全球化”的实质和主要文化逻辑，评估全球化对民族国家的挑战和对民族文学的冲击，坚定民族差异性的文化立场，批判地检视国外后殖民理论和当代马克思主义批评的民族观念，反思其中的偏误之处，汲取其中的合理成分。认清中国当代马克思主义文学批评所处的历史条件和主要任务，是它建立自己的民族立场和观念的基础。“全球化”作为概括当前世界秩序的范畴，已经遭滥用到失去任何确切意义的程度。因此，中国马克思主义文学批评需要在马克思主义的视域中，澄清“全球化”的实质是资本主义发展的极端阶段，探析它的主要文化逻辑，评估其对民族国家和民族文学的影响，并以此为基础决定自己的民族立场和观念。在各种文学批评理论中，后殖民理论和当代国外马克思主义批评是全球化下研讨民族问题的两大重镇，它们在民族问题上发表了大量正误杂陈的意见。与各种理论资源展开对话，汲取一切合理因素，是中国马克思主义文学批评民族观建设的重要途径。同处全球化下，所面对和要解决的问题不乏重叠之处，中国马克思主义文学批评拓展和建构符合全球化新历史条件下的“开放的民族主义”观，需要批判地吸收后殖民理论和当代国外马克思主义批评民族观中的积极因素，同时警惕其中需要扬弃的谬误、不当和陷阱。鉴此，本章将分别讨论全球化下的民族国家和文学民族性诉求的坚守，检视、批判和汲取后殖民理论和当代国外马克思主义批评的民族观。

第四部分，从个人观、传统观和主体性观出发，拓展和建构中国马克思主义文学批评适应全球化新历史形势的“开放的民族主义”观。首先，个体和民族的关系一直是中国马克思主义文学批评民族观的核心问题，在民族革命年代，个体服从于民族利益是历史的具体要求，具有其合理性。但在民族国家生存危机解除，并致力于实现富强的社会主义现代化建设，以及社会日益被资本和市场分解为原子化个体的今日，民族和个人的关系问题再一次摆在中国马克思主义文学批评的面前，中国马克思主义文学批评在加强个体的民族认同原则下，也要满足个体对合理的尊严、权利和自我实现的要求，兼顾个体对于民族的责任和民族对于个人的义务。其次，共同的传统是构成民族的要素，传统观是内在于中国马克思主义文学批评民族观的重要组成部分，“开放的民族主义”需要有开放的传统观，中国马克思主义文学批评要真正弘扬优秀文化传统，必须开放地理解传统本身，并形成科学的传统继承和弘扬观。最后，在“主体”和“本质”遭到后现代主义大肆解构的新历史条件下，中国马克思主义文学批评仍然不能放弃文化的民族主体性，然而它也需要摆脱孤立、内在、纯粹、固态的现代性主体观的束缚，引入他者范畴和历史观念，采纳一种自我—他者参照交织的间性和历史本质主义的主体观。鉴此，本章将分别探析中国马克思主义文学批评在全球化下需要树立的民族—个体协调观，同时向过去、现在和未来开放的民族传统观及自我和他者间性、历史本质主义的民族主体观。

（二）研究方法

1. 症候阅读法。经典马克思主义作家几乎没有专门、系统的民族论述，他们在民族问题上发表的意见零星地散布于政治经济学、社会革命论、哲学和人类学等中。对于马克思的民族观念不能以孤立地剥离出来的某一个命题或论断做断章取义的形式化理解，以局部代替整体，将马克思的民族观错误地看待为一种静止的体系，否则所得出的结论极可能不符合马克思的本意。本书充分注意马克思思想和历史背景的复杂性，将在马克思不同知识领域和前后修正发展的理论整体的互文论域中，症候式批判地阅读马克思在民族问题上发表的每一个结论，力争准确地把握马克思对于民族问题的基本看法。

2. 史论结合法。马克思主义文学批评的中国形态是一个发展的过程，它过去在民族等问题上的讨论在批判地继承经典和俄苏马克思主义文学批评民族观的基础上，在与同时期的西方马克思主义文学批评参照下，具有与众不同的议题、立场和观点，因此中国形态不是一个完全尚待建构的理论规划，鉴于已取得的实绩，它已经是一个部分现实了的客观存在。因此，以史为线索，对近百年马克思主义文学批评民族观的形成与发展所取得的成果和留下的经验教训予以梳理、总结和反思，并在新的历史条件下承继与拓展，就成为马克思主义文学批评中国形态建构应有的组成部分。然而，中国马克思主义文学批评并不是一个已经完成凝固而不需进一步拓展和建构的形态，相反它需要迎接新的历史条件提出的挑战，广泛批判性地借鉴和吸纳中外思想智慧资源，在民族等问题上做理论上的创造和延展。由此，以论为纲，研讨个人、传统和主体性这些中国马克思主义文学批评过去留下的教训或讨论相对薄弱，而需要更新观念和进一步深化的论题，便成为马克思主义文学批评的中国形态更为繁重且艰巨的任务。

3. 比较文学影响研究和平行研究结合法。中国马克思主义文学批评的民族观是在经典和俄苏马克思主义文学批评的影响下形成的，中国马克思主义文学批评反过来也丰富、发展甚至修正了经典和俄苏马克思主义文学批评的民族观，中国马克思主义文学批评的民族观并不是照搬后者，而是具有许多特质。要清理中国和经典、俄苏马克思主义文学批评民族观的关系，发现中国马克思主义文学批评民族观的特质，结合比较文学的影响研究和平行研究是十分适宜可行的方法。

第一章

经典马克思主义批评的民族观与中国马克思主义文学批评民族观的形成

马克思、恩格斯与俄苏马克思主义文学批评的民族观直接影响了中国马克思主义文学批评民族观的形成，中国马克思主义文学批评对它们的接受从一开始便是具有主体意识的“研究、批评与决定”。[①] 中国马克思主义文学批评的民族观不仅是对马列主义民族观的继承，也是对其的发展。由于萌发于后者所没有处身的严重民族危机中，中国马克思主义文学批评从形成伊始，与经典和俄苏形态的马克思主义文学批评在认识和对待民族问题上的龃龉便显露出来。民族主义是马克思主义进入中国的现实境遇与重要动力，马克思主义是中国民族主义运动的一个组成部分，这种情形使民族主义对尚处于形成期的中国马克思主义文学批评有着非同寻常的意义。相形于经典马克思主义文学批评的批判性肯定与俄苏马克思主义文学批评整体性否定文艺民族性的状况，“民族”在中国马克思主义文学批评中是以一个十分重要且正面的形象露面的。然而随着中国共产党加入第三共产国际，俄苏马克思主义文学批评成为中国文艺实践的指导思想，中国马克思主义文学批评极力推崇文艺的阶级革命意识，并以此对抗、质疑乃至否定了文艺的民族性一面。形成期中国马克思主义文学批评在民族观的探索上已取得一些成绩，为后来的长足建设奠定了基调，开启了序幕。

---

① 经典马克思主义是否包括俄苏马克思主义理论家的思想，至今没有一个统一的意见。如无特别说明，本书将马克思、恩格斯、列宁、斯大林等人对民族的论述及其立场、见解统称为经典马克思主义文学批评民族观。

第一节　马克思与恩格斯的民族观①

对于西方学者认为马克思“从没有直接将民族问题作为一个理论问题探讨过”② 的习见，我们难以认同。马克思主义经典作家的著述实是民族主义研究的一个高峰，“在1914年以前，马克思主义是民族主义研究的主要学派”③。马克思虽没有系统的民族理论，甚至也没有专门探讨民族问题的理论著作，然而在他的资本批判、社会革命论和人类学笔记中，到处散见一些关于民族问题的论述。马克思将民族问题置于历史唯物主义中，就民族问题抽象、内在地加以讨论，标示和奠定了马克思主义批评区别于其他民族理论的路径和特质，不管是俄苏、西方还是中国马克思主义文学批评都承继了这一考察民族问题的视野和方式。马克思对于作为历史现象的民族国家（民族主义）的历史演变、特质、前途、与阶级的关系、在社会革命中的地位、局限、危害、反思等一系列问题都发表了初步但并不肤浅的意见，深刻影响了俄苏、中国和西方马克思主义文学批评的民族观念，也仍将启发中国马克思主义文学批评建构适应当代新历史条件下的

① 根据英国学者特雷尔·卡弗《马克思与恩格斯：学术思想关系》（姜海波译，中国人民大学出版社2008年版）的研究，马克思与恩格斯虽是思想上的亲密合作伙伴，但两者并非铁板一块，恩格斯并不是“第一小提琴手”马克思的协奏者，他在思想上有许多别于甚至胜于马克思的地方，在民族问题上的认识也是如此。恩格斯细致考察了封建制度解体和资本主义萌芽后民族国家的形成过程，对于残余民族的历史定位也有不同的看法，这些都显示出恩格斯在民族观上有别于马克思的一面。马克思与恩格斯民族观的区别不是本书在此要解决的任务，这里主要关注两者的相通之处，然而这并不意味着默认马克思与恩格斯在民族观上不分轩轾。关于马克思与恩格斯民族观的分歧，可参见拙文《马克思恩格斯民族论述与中国当代文学批评》，《中央民族大学学报》2012年第4期。

② ［美］帕尔塔·查特吉：《民族主义与殖民地思想：一种衍生的话语?》，范慕尤、杨曦译，译林出版社2007年版，第26页。安德森也认为，“他（马克思）绝口不提民族和民族主义的性质这类重要的问题，对后几代的社会主义者造成十分有害的后果”。（［英］本尼迪克特·安德森：《想象的共同体：民族主义的起源与散布》，吴叡人译，上海人民出版社2005年版，第142页。）在研究马克思民族观的西方学者中，莫里斯·迈斯纳的意见颇具代表性，他认为，马克思把民族主义视作人类自我疏远的反常现象，民族主义不过是人类崇拜和服从自己制造的偶像的产物，对于无产阶级革命而言是需要尽快克服的异化形式。（［美］莫里斯·迈斯纳：《李大钊与中国马克思主义的起源》，中共党史资料出版社1989年版，第191—192页。）

③ Anthony D. Smith, *Thoeries of Nationalism*, New York: Holmes and Meier Publishers, 1983, p. 257.

民族观念。

一 民族的性质：现代历史现象

“民族”是一种现代历史现象，而不是某种抽离与超脱于历史的存在，是马克思、恩格斯讨论民族问题总的前提与基本视域。任何民族都不是与生俱来或天然形成的，民族的兴起经历了漫长的历史过程，并以一定的历史条件为基础。纵查马克思、恩格斯的著述，不同形态的“民族”有着各别的历史所指，它不外乎在三重含义上被使用，即一般意义的、古典形态的与本书意义上的现代的或民族国家的。一般意义上的“民族”不具有特定的社会政治内涵，最初用于指示人类古代社会继氏族、胞族、部落之后的“部落联盟”组织形态，后延用于指代聚居于某一地域的人群，如易洛魁人、希腊人。“当诸部落，例如雅典和斯巴达的部落，合并成一个民族时，这只不过是部落的较复杂的副本而已。对于这种新的组织{即民族}，并没有特别的术语。”[①] 在这里，马克思便是在一般意义上使用“民族”的。到后来，“民族”便有了“古典的”和“现代的”两种特定的历史政治内涵。下面一段论述中的“民族”涵括了以上三种情况，并提示了“古典的”和“现代的”民族的历史是相续勾连的：

> 从中世纪早期的各（民）族（1）人民混合中，逐渐发展起新的民族〔Nationalitaten〕（2），……现代的民族〔Nationalitaten〕（3）也同样是被压迫阶级的产物。……一旦划分为语族，很自然，这些语族就成了建立国家的一定基础，民族〔Nationalitaten〕（4）开始向民族〔Nation〕（5）发展。……虽然在整个中世纪时期，语言的分界线和国家的分界线远不相符，但是每一个民族（6），也许意大利除外，在欧洲毕竟都有一个特别的大的国家为其代表；所以，日益明显日益自觉地建立民族国家〔nationule Staaten〕（7）的趋向，是中世纪进步的最重要杠杆之一。[②]

① ［德］马克思：《摩尔根〈古代社会〉一书摘要》，人民出版社1965年版，第176页。

② 《马克思恩格斯全集》第21卷，人民出版社1965年版，第451—452页。其中标号为著者所注。

第（1）（6）民族即上述一般意义上的，指代一般的人群共同体。第（2）（3）（4）是古典形态意义上的民族。古典民族又被分为“原始的”或“国家的”两类，共同的语言是“原始的”向“国家的”民族演化的基本要素，马克思、恩格斯常以之作为考察某一群落是否为民族的首要尺度。原始民族的产生，是与其所处的低水平的生产力基础相适应的。此种民族以氏族为单位，“血统联盟，是整个民族的生活制度的基础”[①]。然而随着生产力水平的提高和剩余物的出现，交换和私有财产便产生出来，为挣取更多的私有财产并使其承继下去，一夫一妻制个体家庭逐步取代氏族，成为人类社会的基本经济单位。氏族最终被国家所替代，原始意义上的民族解体，古典国家形态的民族脱胎而出。古典国家形态的民族以国家为继续存在的条件，在这样的民族形态中，国家的基本单位为“不依亲属集团而依共同居住地区划分的区团体”，公共权力建立起机关和武装，对内保护有产者的利益，对外抵御外敌，“把自己的生存权建立在对内维持秩序对外防御野蛮人的基础上”[②]。这已与现代意义上的民族十分接近，但由于组成国家的“区团体”联系松散且变动不居，政治上缺乏权威，国家与民族之间的关系非常脆弱，它还不能成为现代意义上的民族。随着封建制度的瓦解，古典形态的民族退出历史舞台，由其孕育的“为人类未来的历史而实现的新的形成和新的组成”——现代民族国家随之诞生。第（5）（7）民族，即为现代的或民族国家（Nation-state）意义上的民族。（如无特别说明，本书所论和出现的“民族”皆是这种意义上的。）现代民族以获得自由和平等权利的孤立的个人为组成单位，国家机器与民族利益相互支撑，彼此联系牢固，政治统一。[③] 一定意义上来说，整个世界近现代史就是一部各民族国家在世界范围内诞生，并在以之为基础构成的国际秩序中求得生存、发展与相互冲突的历史。

民族国家是一种现代历史现象，它归根结底是资本主义因素发展的必

---

① 《马克思恩格斯全集》第19卷，人民出版社1963年版，第540页。

② 《马克思恩格斯选集》第4卷，人民出版社1972年版，第114页。

③ 胡俊飞：《马克思恩格斯民族论述与中国当代文学批评》，《中央民族大学学报》2012年第4期。

然结果，是在封建制度崩溃后和资本主义生产方式相适应的人类组织形式，不能把它与原始和封建社会的部落或以肤发、身躯、血缘等生理特征相区别的种族概念相混淆。民族意识就是在民族国家产生过程中萌生的，它不是某种原始本能或生理情感特征，“民族”不是一个仅在思想或情感层面抽象发生的存在，也不是一种纯然“文化想象”与“象征建构”的共同体。[①] 民族是中世纪晚期资本主义因素生长、阶级关系变迁、王权合法性世俗化等多种因素综合作用的历史产物，资本主义因素在其中发挥着决定性的作用，“同商业和手工业一起，最后出现了艺术和科学；从部落发展成了民族和国家”[②]。恩格斯《论封建制度的瓦解和民族国家的形成》一文也有力地说明了封建制度崩溃和资本主义发展的过程，同时就是人们形成民族的过程。资本主义的萌芽与兴起为民族国家的形成准备了条件，货币的使用、分工的细化与手工业工商业的发展，使稳定而统一的国内市场的建立成为亟须，原有动荡、松散的封建城邦国家组织体系已不能满足资本主义因素这种的内在需要，建立以王权为基础的民族国家得到了新兴资产者的支持。资本主义经济因素不仅为民族的产生提供了条件，也促进了民族间经济文化的交流与沟通，“工场手工业的初次繁荣的历史前提，乃是同外国各民族的交往”[③]。不仅民族本身受到物质基础和社会历史条件的制约与影响，民族之间的外部关系和民族内部结构也在很大程度上被资本主义的发展所左右，资本主义与民族国家关系密切，互相支撑与促进，资本主义是民族形成与发展的根本推动力。

在人类文明征途中，作为与当时物质生产相适应的社会组织形式，不同形态的民族均作为一种积极性因素，持续而有力地推动着人类社会历史的发展。“在古代，每一个民族都由于物质关系和物质利益而团结在一起，并且由于生产力太低，因此，隶属于某个民族成了人‘最自然的利益’。”[④] 由古代社会向封建社会过渡，“日益明显日益自觉地建立民族国

① ［英］本尼迪克特·安德森：《想象的共同体：民族主义的起源与散布》，吴叡人译，上海人民出版社2005年版，第4—7页。

② 《马克思恩格斯选集》第3卷，人民出版社1972年版，第515页。

③ 《马克思恩格斯全集》第3卷，人民出版社1960年版，第94页。

④ 《马克思恩格斯论民族问题》上卷，民族出版社1987年版，第107页。

家（Nation-state）的趋向，是中世纪进步的最重要的杠杆”[①]。即便进入现代，“民族的发展仍是在历史喧嚣的舞台背后悄悄地进行着的，并且真正地起着推动作用”[②]。资本主义是维持支撑民族生存、嬗变乃至衰退的动力源泉，从自由资本主义到帝国主义再到晚期资本主义的每一次历史转型，都带动了民族的具体形态随之发生调整。尽管现代民族的能量已释放数百年之久，但其生命力并非如一些民族国家终结论者所言已趋耗竭，民族国家仍是人类社会的现实组织单位。同过去、现在一样，民族在今后相当长一段时期仍将扮演人类社会发展（如国际分工、文化交流、无产阶级联合等）助推器的角色，民族国家在向共产主义社会迈进的途中，也在为未来的到来做出积极推进和充分准备。虽然对于个体而言，民族仍然是一种异化形式，但与个体权利一样，民族也是现代历史的产物，是现代性启蒙工程在人类组织形式上的重要规划，是现代个体存在的家园与活动的空间，那种认为民族主义必然“消解启蒙理性、阻挠人的现代化”[③] 的判断，是一种武断偏颇之论。民族不是永恒的、不变的、与历史条件无关的事物，由于民族始终处在发生、发展和消亡过程中，因此并非“不可克服、天生正义，不必证伪”[④]，民族不具有全然和永久的正当性，肯定民族性并不能将其圣化。

在揭示民族的发生、演化、历史价值与发展规律的基础上，马克思、恩格斯还审慎前瞻了民族的归宿。民族作为一种历史现象，不是与生俱来的，也不会与世长存。马克思、恩格斯认为，民族的消亡不能借助于世界主义对民族独立、民族文化的否认，思想理论不能成为改变历史的最终决定物。正如民族是随资本主义的兴起而发生的，它的消亡也将借助无产阶级社会革命对资本主义的推翻而实现，社会革命事业的成功将为民族国家的前途提供根本解决之道。资本主义的发展为民族的最终消亡准备了条件，资本主义打破了民族间孤立封闭的壁垒，促成了民族间的交流合作，

① 《马克思恩格斯全集》第 21 卷，人民出版社 1965 年版，第 451 页。

② 《马克思恩格斯论民族问题》下卷，民族出版社 1987 年版，第 540 页。

③ 董健：《民族主义文化情绪：消解启蒙理性，阻挠人的现代化》，《探索与争鸣》2013 年第 4 期。

④ 张福贵：《鲁迅“世界人”概念的构成及其当代思想价值》，《文学评论》2013 年第 2 期。

“随着资产阶级的发展，随着贸易自由的实现和世界市场的建立，随着工业生产以及与之相适应的生活条件的趋于一致，各国人民之间的民族隔绝和对立日益消失了”①。世界市场的形成使得民族国家对资本经济调节的作用趋于衰弱与消失，但民族国家将维持到资本主义创造出向社会主义过渡的物质基础和其他条件之际。社会革命的胜利将使民族间的剥削和压迫随阶级对立的消亡而不复存在，“无产阶级对资产阶级的胜利同时就是一切被压迫民族获得解放的信号”②，民族将蜕掉国家机器与阶级统治工具的内涵，在各民族充分发展中，民族间的界限将日益模糊以至消除。随着共产主义社会的实现，“完全由分工造成的艺术家屈从于地方局限性和民族局限性的现象无论如何会消失掉”③。民族消亡是人类发展的必然结果，人们既不能凭意志过早地消灭民族，也不能希冀它的永生，面对日嚣尘上的各种民族国家终结论，④ 马克思对民族命运的预示告诉我们，在资本主义飞扬跋扈、尚未退出历史舞台的今天，没有理由相信，寄生于资本主义之上的民族国家已然陷入衰颓，将走向终结。

二 民族的特质：共同语言、历史传统与固定疆域的共同体

弄清何谓“民族”，是把握所有民族问题的基石。在民族是什么，或者说民族何以成为民族的问题上，历来众说纷纭，莫衷一是。经典马克思主义文学批评虽然大量谈论民族问题，但却从来没有专门、明确地界定民族的内涵。马克思的民族论主要被置于经济政治与社会革命视域中讨论，然而它并非如许多攻讦者所责难的，是一种僵化的“经济决定论”（economic-determinist）或“阶级简化论”（class-reductionist）。⑤ 如果说早年与中期马克思、恩格斯的民族论述还分别带有较浓厚的古典哲学思辨色彩，拘囿于略显狭窄的经济—阶级论域中，那么后期的马克思则博采众长，在

---

① 《马克思恩格斯选集》第1卷，人民出版社1972年版，第131页。

② 同上书，第131页。

③ 《马克思恩格斯全集》第3卷，人民出版社1960年版，第460页。

④ Hoffman Stanley, “Obstinate or Obsolete? The Fate of the Nation-state and the Case of Western Europe”, Joseph S. Nye (ed.), *International Regionalism*, Poston MA: Little Brown, 1968, pp. 177 –230.

⑤ Erica Benner, *Really Existing Nationalisms: A Post-Communist View from Marx and Engels*, Oxford: Clarendon Press, 1995, p. 2.

广泛汲取社会学、历史学、人类学等领域最新研究成果的基础上，修正了自己早前在单一的政治经济学视野下形成的民族观念，形成了对于民族特质的独到理解。

民族是共同的语言、共享的历史传统和相对固定的活动疆域这三者的有机统一。现代民族具有其区别于其他形态共同体的特质，共同的语言、共享的历史传统与明晰的领土疆界是其三项质的规定性。马克思在《摩尔根〈古代社会〉一书摘要》中指出语言、地域等是民族形成的必备条件，恩格斯也多次将语言、地域、共同历史、共同情感等作为民族的特征。恩格斯在谈到怎样才能构成民族时，明确指出共同的语言、情感联系和自然的疆域等是民族之能成为民族的三质素，“如果希望长期保持，就应当从下列原则出发，这就是应当愈来愈多地使那些大的、有生命力的欧洲民族具有由语言和共同情感来确定的、真正自然的疆域”①。共同的语言构成了民族的基本特征，它凝聚着民族的集体历史记忆，共同的语言延续着民族的文化传统，是民族文化特性中最为稳定的因素。共同的语言，是马克思介绍某一具体民族特征时所反复注目的方面，在《摩尔根〈古代社会〉一书摘录》《家庭、私有制和国家的起源》等处对各具体民族概况的绍述中，马克思、恩格斯均会留意该民族的语言变迁，把语言作为描述民族不能遗忘的维度。不仅如此，马克思在理论论述中也十分注重语言对于民族的意义，共同的语言是形成民族的重要条件，“一旦划分为语族，很自然，这些语族就成了建立国家的一定基础，民族〔Nationalitaten〕开始向民族〔Nation〕发展”②。统一的语言也是判别民族之成为民族的基本尺度之一，“没有一条国家分界线是与民族〔nationalites〕的自然分界线，即语言的分界线相吻合的”③。虽然语言的分界线和国家的分界线常不相符，但语族是建立民族国家一定的基础。语言统一及其无阻碍的发展，是保证商品生产、流通和消费能适应现代资本主义而自由广泛发展起来的最重要条件之一。另外，语言是区别异己民族的基本标志，为强

① ［德］恩格斯：《波河与莱茵河》，《马克思恩格斯论民族问题》上卷，民族出版社1987年版，第330—331页。

② 《马克思恩格斯全集》第21卷，人民出版社1965年版，第451—452页。

③ 《马克思恩格斯论民族问题》上册，民族出版社1987年版，第382页。

调语言之于民族的亲缘关联与首要地位，在马克思的个别论述中，民族甚至是与语言直接合一的，“整部语言史都不允许我们将这种方言（法兰克和日耳曼，笔者注）合而为一，这正如这两个民族本身的全部历史”①。

除共同的语言外，共享的历史传统与明晰的领土疆界也是马克思论述民族时非常注重的方面。马克思、恩格斯为报纸杂志撰写了大量东西方各民族的简史，在马克思看来，悠久、统一、共享的历史是民族之为民族的基本质素。虽然血统是民族史前生活制度的基础，但随着民族的继续发展，共同的世系愈来愈不认为是实际的血统亲属关系，“余下来的仅仅是共同的历史和共同的方言”②。民族下的不同个体通过分享同一文化传统，形成相近的自我认知，从而建立起亲缘性的社会关系或集体意识。而这一过程的实现，用于沟通交流的共同语言至关重要。共同的语言和历史传统相互为用，搭建起民族的社会文化架构，但这尚不是构建民族的充分条件。由文化共同体支撑的明晰疆界是构成现代民族的另一重要特征，“以个人血缘关系为基础的古代社会制度就已经破坏了，代之而起的是一个新的以地区划分和财产差别为基础的真正的国家制度”③。大致固定的活动区域，是马克思各种撰述中描述民族特征所一再强调的，领土界线从地理—政治意义上将相异的民族以正式的形式区分开来。疆界标示出民族在政治上的独立、统一、自主，这三者是民族的基本权利和题中之意，不具备这一特征，民族将不成其为民族，“没有民族统一，民族生存只不过是一个幻影”④。

民族的三种特质不是纯然自身、内部演化的结果，它们彼此相互作用，并最终由资本主义经济政治因素推动和决定。马克思拒绝人类社会是遵循观念或理智的发展而演进的，因此“民族”在马克思看来也不会只是一个仅在思想或情感层面抽象发生的存在，是一种纯然“文化想象”与“象征建构”的产物，它的兴起是以特定社会历史条件为基础的，经济与政治因素是民族形成与演化中的决定性力量。以经济政治为枢纽，民

① 《马克思恩格斯论民族问题》下册，民族出版社 1987 年版，第 631—632 页。
② 同上。
③ 同上书，第 771 页。
④ 《马克思恩格斯全集》第 16 卷，人民出版社 1964 年版，第 174 页。

族的各要素间形成了紧密互动的关系网络。但“自然产生的口语，之所以能上升为民族语言”，不管是通过民族的融合还是方言的统一，“那都是由经济和政治的集中来决定的”。构成民族的语言、传统和疆界三要素并非各自独立，而是紧密联系、互为一体的，并且它们之所以能形成与最终构成民族，背后深刻的经济、政治条件的推动功莫大焉。语言、传统和疆界是相辅相成、彼此促进的，共同的语言保证了历史传统的传承，历史传统也为共同语言的巩固提供了坚实的基石，共同的语言和历史传统是地域划分的尺度和合法性来源，地域的划定也为语言和历史传统提供了稳定的政治地理空间。在威廉斯文化唯物论的启发下，安德森建构的“想象的共同体”的民族观错置了文化、表述与民族之间的关系，倒果为因，为表象所惑，以庞杂的历史细节削足适履于抽象的理论模型。想象建构的民族论将民族仅仅看作文化表述的结果，将文化置于比民族更高一层的历史结构中，忽视了民族对于文化的塑造作用。实际上，文化与民族是相互作用、互为表述的，彼此影响着对方的形态与走向，但它们又都受制于更高的经济政治因素所形成的历史环境。由于被演绎为一种纯粹的文化现象，民族似乎成为某种绝对寄生和漂浮于经济政治之上的存在，这是与民族在具体的社会历史中的性质、定位和功能明显不符的。马克思主义文学批评坚持历史唯物主义地认识民族的特质，反对文化主义地考察民族的历史演化规律。

资本主义和民族国家之间存在一种共生和同谋的关系。资本主义推动了民族国家的形成和发展，民族划定国家的疆界、保证了国家统治的合法性，国家通过政治程序强化了资本与市场经济，资本主义经济、国家和民族在这一辩证的相互关联中构成了被黑格尔、柄谷行人等人所称之为的资本—民族—国家级体系。① 资本主义经济与民族—国家具有同构性，双方利益攸关，荣亡与共，在资本主义范围内部，不可能实现对民族国家的超越，创建出一种新的人类组织形式。资本主义经济和政治因素在民族国家形成、发展乃至消亡的过程中起着至关重要的作用，不能过于夸大民族国家的文化属性，文化在民族国家建构中发挥了至关重要的作用，但并不能因此便认为它纯属一种文化现象，从性质上而言，它是随资本主义社会生

---

① ［日］柄谷行人：《康德、黑格尔与马克思》，夏莹译，《哲学动态》2013年第10期。

产的萌发而形成并与后者相适应的生产关系。民族国家并非像安德森、霍布斯鲍姆等文化唯物主义者所指出的那样，是由印刷资本和技术支撑下小说、报纸以及语言的统一等文化因素综合作用而构造乃至发明的“想象的共同体”，民族国家的产生并没有如此的春风化雨，它是在经济政治巨变和战争暴力中形成的。文化唯物主义指出了其文化性的一面，反映了民族国家的部分性质和事实，但认为它只是一种主体想象创造的文化现象，置民族国家的政治、经济因素而不顾，则由正确走向了谬误。[①]

三　对于民族的评价：阶级视野下的批判性肯定

马克思和恩格斯不仅认为民族是一个历史现象，而且也以历史的方式确定自己对于民族的立场态度，既不能笼统肯定，也不能一概抹杀，而要具体地分析它的阶级内容和历史作用。早年马克思还未建立历史唯物观，由于深受古希腊和德国古典普遍主义哲学影响，所以对于“民族”多以狭隘性、局限性与地方性批评之，依普遍主义价值理想将民族主义视为一种狭隘、地方性的意识，民族界限对于无产阶级斗争的国际联合而言是一种障碍，因而对民族性基本上是持否弃的态度，甚至印度反抗英国殖民统治的民族抗争也一度不被其支持。然而随政治经济学研究的深入，尤其是晚年的人类学研究的开展，马克思逐步认识到民族问题的复杂性、长期性和艰巨性，以及民族国家作为较长历史时期的合法组织形式的不可超越性，从而不再一般性地否定民族国家和民族主义，而是视其是否有利于无产阶级革命事业来判定其进步和倒退性质，分别予以褒贬，最终成为反抗殖民主义、追求民族解放运动的坚定支持者，但同时不放弃尖锐抨击资产阶级利用民族主义情绪破坏工人运动国际团结的无耻行径。

经典马克思主义文学批评从来把民族问题置于阶级的视野下，坚决拒绝一般、笼统地谈论民族问题，对民族性的褒贬总是根据具体情况而定，虽然把民族的偏狭性与资产阶级联系起来，但即便对于资本主义社会的民族，马克思和恩格斯也不是一概加以否定，而是根据具体的历史条件下其开放性、进步性的程度加以批判性地辨析的。资本主义摧毁了封建城邦，

---

① 胡俊飞：《唯物史观下当代文学批评中的“非民族”论批判》，《中央民族大学学报》2014 年第 3 期。

代之以民族国家，后者相对于前者无疑有着更大的开放性，也因为给资本主义的发展与无产阶级的壮大提供了活动的空间，而具有相对的历史进步性。另外，他也声援了殖民地的民族解放运动，承认民族独立诉求的合理性。但是，随着欧洲主要国家在19世纪中叶先后建立民族国家，走完它上升的历史过程，此后的民族主义也沦为“一种反动落后的东西”。由于坚持社会主义革命的国际主义立场，民族各国家不是未来历史的终极形态，对无产阶级斗争的国际联合构成阻碍，马克思对于民族的认可日益减弱，批评日渐增多加强。马克思痛批了德国资产阶级狭隘、保守、虚假的民族观，资产阶级民族主义总把本民族与其他民族对立起来，傲慢地视自己为“全世界历史的完成与目的”，天真地以为自己超越了一切现实利益因而超越了民族狭隘性，并以此作为反对其他民族的依据，这种披着“虚假的普遍主义和世界主义”外衣的“小市民的民族主义”比公开的民族狭隘性“更加令人作呕”①。马克思犀利地抨击民族的狭隘性、保守性、妄自尊大，并认为这种民族观是“同极卑贱的、商人的和小手工业者的活动相符合的”，“只有资产者及其著作家中间才可以看到”。② 由此可见，马克思对于民族是褒贬互见的，对其价值的评判是视其阶级属性和是否有利于社会革命事业而定的。

马克思和恩格斯对资产阶级上升期之后的民族主义不无严厉批判，但从民族国家是无产阶级开展革命斗争的具体场所和实现无产阶级统治需要借助的组织形式出发，他们仍然批判地肯定了民族国家与民族主义的历史意义。民族国家在马克思学说中究竟处于怎样的地位？社会革命的胜利要以民族的消失为前提吗？民族与国际主义真是根本冲突的吗？对于这些问题无论如何回答，贬低诋毁民族国家的论者总是习惯性地援引《共产党宣言》中这段引起最矛盾的解释和最激烈的论争的段落为自己立论：

> 工人没有祖国。决不能剥夺他们所没有的东西。因为无产阶级首先必须取得政治统治，上升为民族的阶级，把自身组织成为民族，所以它本身还是民族的，虽然完全不是资产阶级所理解的那种意

① 《马克思恩格斯全集》第3卷，人民出版社1960年版，第554—555页。

② 同上书，第555页。

> 思。……如果不就内容而就形式来说，无产阶级反对资产阶级的斗争首先是一国范围内的斗争。每个国家的无产阶级当然首先必须打倒本国的资产阶级。①

马克思虽然明确批评过民族的狭隘性，但任何时候他都没有否定民族将在未来一段时期长期存在的情形，那种认为马克思要在共产主义之前终结民族的看法，很大程度上是对“工人没有祖国”断章取义甚至望文生义的误读与歪曲，“工人没有祖国”的命题需要置于马克思的全部论述中重新辨析。②“工人没有祖国”并不等于民族不是工人现实的活动场所，工人需要首先消灭民族才能完成社会革命，无产阶级没有任何的民族性。结合马克思的其他论述，我们可以从如下5个方面来理解马克思“工人没有祖国”的论断：（1）民族性当然最终会消失，但它要以各国“无产阶级对资产阶级的胜利”为条件，这将是一个长期的历史过程。所谓“工人没有祖国”，指的是这个历史过程完成之后的情形，“无产阶级只有在世界历史意义上才能存在”，而非是对现实的要求和判断。（2）“决不能剥夺他们所没有的东西（祖国）”并非是说无产阶级天然地超越了民族界限，不是具体地存在于某个民族国家之中，而是说资本主义统治下的民族代表着资本主义的利益，是对立/异己于无产阶级的“资产阶级的民族”。只有无产阶级取得政治统治，上升为民族的阶级，把自身组织成为民族，此时的民族才是无产阶级的，才是工人的祖国。无产阶级在成功之前，不仅不能取消民族，还要利用民族，把自己组织成民族，成为民族是

---

① 《马克思恩格斯选集》第1卷，人民出版社2012年版，第419页。

② 许多论者根据“工人没有祖国”一语，而认定马克思是反民族主义者，实是对马克思民族观的误读。正如艾思奇所说，“研究马克思列宁的著作中的一切个别结论和原理时，必须注意到这些结论和原理，都是在一定的环境条件之下的事变发展规律之认识，必须把这些结论和原理和它所产生的环境条件联系起来”。（艾思奇：《反对主观主义》，《艾思奇文集》第1卷，人民出版社1981年版，第591页）不能断章取义地拘泥于马克思著作中个别、现成的词句和论断，把它们当作不顾现实已经变化的固定不变的教条，也不能以教条、机械、与其他思想相割裂，把自身孤立悬置起来的方式解释，而要以整体、联系、发展和开放的态度和在马克思的问题域中把握马克思的民族观，即阿尔都塞所言的以马克思主义研究马克思，否则就是对马克思造成歪曲与背离。马克思运用唯物史观考察民族国家问题，他并不把民族问题有意神秘化而一概褒或贬，也不因民族主义并非人类共产主义社会的最终前景而断然拒斥，而是根据具体的历史背景下，结合无产阶级革命的需要，对民族主义和民族国家采取辩证的态度。

他们的愿望和实现解放的武器。那种认为工人要以取消民族为途径完成社会革命的说法，是对马克思论述的歪曲。（3）无产阶级没有祖国，也可以在资产阶级视野中得到合理解读。对于资产阶级而言，无产阶级只有供榨取剩余价值的经济剥削者的地位与属性，工人有无祖国或属于哪个民族，当其无碍于自己利益的实现时，是可以忽略不计的。正如伊格尔顿所言，“资本主义制度毫不关心性别、民族、血缘之类的问题，它只关心谁能供它剥削或是谁能帮它推销商品”①。（4）工人阶级在获得解放之前，仍需要以民族国家为获得范围，它本身暂时还是民族的——虽然不是资产阶级意义上的，无产阶级的联合是以每个无产阶级取得统治的民族联合起来为实现形式的，那种希冀通过消灭民族界限，实现无产阶级国际联合，共同推翻资产阶级统治的想法，不过是马克思所批判的带有空想性质的社会主义实践理论。（5）马克思从未预知民族差别的完全消失，所谓的消失更多的是特别指向政治、经济、社会的“分隔、对立以及民族对民族的剥削”②。无产阶级具有不分民族的共同利益，不仅不能说明无产阶级不具民族性，相反却印证了民族将是无产阶级社会革命过程中与之相伴随的客观存在。民族的消失将是无产阶级取得政治统治之后的事情，在此之前，民族国家仍是无产阶级从事社会革命的基本视域。脱离民族国家的根基，无产阶级的斗争将“悬浮在空中”，不可能取得成功。总之，正如列宁所指出的，马克思“工人没有祖国”只适用于资本主义衰亡和社会主义革命胜利时，而不是在一切历史条件下都能成立，并不是在任何历史条件下工人都不能和不需要“保卫祖国”，“马克思在《共产党宣言》中说过‘工人没有祖国’，但同一个马克思曾经不止一次地号召进行民族战争，……依我看，在民族战争中，承认‘保卫祖国’的合理性是完全符合马克思主义的”③。

无产阶级的国际运动，无论如何只有在独立的民族的范围内才有可能。马克思尽管痛恶某种特定的“爱国主义”，如小私有者狭隘的民族情

① ［英］特里·伊格尔顿：《马克思为什么是对的》，李杨等译，新星出版社2011年版，第210页。

② S. Bloom, *The World of Nations: A Study of the National Implications in the Work of Karl Marx*, New York: Columbia University Press, 1941, p. 26.

③ 《列宁全集》第35卷，人民出版社1985年版，第239页。

感和统治阶级用以维护统治分裂不同民族工人团结的爱国主义，但并非如许多论者通过对“工人无祖国”命题所作的机械、字面、形式、孤立、简单化解读那样，一概反民族或摒弃任何意义上的民族情绪的合理性与正当性。“工人没有祖国”绝不能被教条或抽象地理解，它并不意味工人没有民族的属性，在任何时候工人都需要与民族为敌，实际上，民族国家将是无产阶级革命斗争的长期真实境遇。马克思要消灭的是民族压迫、敌对、仇恨、隔阂，而非民族本身，而后者只有通过无产阶级领导的社会主义革命才可以达到。总之，无产阶级不是无祖国的，马克思所谓的“工人没有祖国”有着特定的条件和含义，并不能作抽离语境的一般化理解。事实上，正如郭沫若所指出的，真正无祖国的是资产阶级，他们的国际就是一个无形的资本主义的王国，[①] 现在正以全球化的形式现实地展开。

虽然目光并不囿于民族范围，而是超越民族主义的国际主义视野，但马克思所提出的“世界文学”也不是一个泯灭民族文学或文学民族性的概念，而是对它的规范和弘扬。马克思提出的“世界文学”不是一个消除了文化的民族属性和界限的天下大同概念，并不表示“构成它的各民族文学将丧失其个性，恰好相反，世界文学是建立在不断交流、互相借鉴与充分发展了各民族文学地基础上的，正是各民族文学的异彩纷呈成就了世界文学的辉煌”[②]。另外，尽管马克思、恩格斯以阶级为视域，关注无产阶级的文化问题，但他们拒绝抽象地谈论它，无产阶级的文化问题总是要置于某一特定的民族背景与平台上的，如英国无产阶级文化、德国工人文化等。马克思、恩格斯同样拒绝形式地谈论民族文化，文化的民族性是具体的，它与文化的阶级性共存交织，但阶级性是凌驾于民族性之上的。文化的阶级性与民族性在经典马克思主义文学批评中是可以并存且统一的，承认文化的阶级性并不必然要否定文化的民族性，但民族性对于阶级性的掩盖已被马克思所注意，只是两者的矛盾直到俄苏马克思主义文学批评才作为一个中心问题被加以讨论。

那种认为马克思主义与民族主义根本敌对的观点是不符合马克思表达的真实的。虽然一度乐观地认为无产阶级因为有共同的利益而天然地免除

---

① 郭沫若：《文艺家的觉悟》，《洪水》第 2 卷第 16 期，1926 年 5 月 1 日。

② 高玉：《论中国现代文学的民族性》，《广东社会科学》2004 年第 3 期。

了民族的狭隘性，但在指导社会革命的实践中，马克思逐渐放弃了这一想法，敏锐地注意到当爱尔兰受到大不列颠奴役时，“普通的英国工人憎恨爱尔兰工人，把他们看做降低工资和生活水平的竞争者，抱有民族的和宗教的厌恶”①，并日益明确了民族性在人类历史中的长期性、复杂性、艰巨性与革命性，民族的前途在于以互相往来、相互依赖、相互融合代替自给自足、闭关自守、隔绝对立，而非在私有制和阶级被推翻前将其取消。这是因为民族是无产阶级从事社会斗争的具体场所，无产阶级要使自己“上升为民族的阶级，把自身组织成为民族”②，然后与其他无产阶级民族实现自由联合，民族之间的剥削与敌对关系才能最终随之消失。民族问题是马克思政治经济学批判和科学社会主义的重要议题，马克思绝不是天生、乐观、虔诚的民族消亡论者，在无产阶级取得民族统治地位之前，民族间政治上的对立、社会上的隔绝以及经济上的剥削将逐渐消失，他从来没有肯定过比这更多的东西。民族国家无论作为无产阶级还是资产阶级的依附对象、活动场所及解放政治的希望所在，都将是一个漫长的历史阶段，即便将来社会革命取得成功，蜕掉国家机器与阶级统治工具内涵的、赋予社会文化多样性、独特性的民族形态仍将长期存在。

四　民族国家与国际主义的矛盾统一

对于民族主义与世界主义，马克思都不是无条件、无保留地扬弃或肯定的。马克思不赞成“青年法兰西”“一切民族性和民族本身都是‘陈腐的偏见’”，但也注意到民族与生俱来，尤其是相对于共产主义事业的局限性与狭隘性。马克思从不公开以世界主义相标榜，因为后者经常为资产阶级霸权推行欺骗性的普遍价值所利用，同时也意识到民族国家在相当长时期内的存在，并担负着参与完成无产阶级解放事业的使命。马克思的文化政治立场是什么？不像他对民族性质与特质的考察那样混沌、零碎，作为其备选项，民族主义、国际主义和世界主义是马克思著述明确提及、略有阐发并施以评判的几种立场。从马克思对它们的褒贬观之，民族主义受到的批评最多，只有在无产阶级革命和反殖民民族解放运动中才被赞许；

① 《马克思恩格斯全集》第16卷，人民出版社1965年版，第440页。

② 《马克思恩格斯选集》第1卷，人民出版社2012年版，第419页。

世界主义次之，扬抑参半，马克思前期受古希腊和德国古典哲学普遍主义理论的影响，对世界主义赞许有加，但随着唯物辩证观的成熟，中晚年的马克思对掩藏着资产阶级利益和欧洲中心主义的世界主义批驳渐多，以致完全否弃①；而国际主义是马克思自始至终都热情洋溢地给以肯定的，一般被视作马克思的基本价值立场，“无产阶级在民族问题上的原则是国际主义，而不是民族主义，这是丝毫不能含糊的”②。“马克思恩格斯的人类解放理想应当是一种国际主义，是各民族的联合，而非世界主义。”③

一般认为，国际主义是马克思主义文学批评的文化立场，无论民族主义和世界主义，都是马克思所抨击过的，只有国际主义是其自始至终肯定的，那么在马克思看来，民族主义是否必然同国际主义根本对立呢？事实上，民族主义与国际主义从来不是根本冲突、必然对立的，两者在无产阶级社会革命中不仅相容共存，并且实现了矛盾的统一。两者的矛盾统一首先体现在，在通向人类解放的道路上，无产阶级联合是必需的条件。民族的独立与统一是无产阶级国际合作的基石。从国际主义观点来看，民族独立似乎是很次要的事情，但事实恰恰相反，“真正的国际主义无疑应当以独立的民族组织为基础”④“民族独立是一切国际合作的基础”“只有真正成为国家的民族时，才更能成为国际的民族”⑤“不恢复每个民族的独立和统一，那就既不可能有无产阶级的国际联合，也不可能有各民族为达到共同目的而必须实行的和睦的与自觉的合作”⑥。国际主义并非意味着取消民族国家，抹除民族国家疆界，相反是以尊重各民族的独立自治为基础的。“只有在波兰重新争得了自己的独立以后，只有当它还作为一个独立的民族重新掌握自己的命运的时候，它的内部发展过程才会重新开始，它才能够作为一种独立的力量来促进欧洲的社会改造。”⑦ 独立、统一、

① ［美］莫·勒维：《马克思和恩格斯论世界主义》，黄文前译，俞可平等编《马克思主义研究论丛》第6辑，中央编译出版社2006年版，第153—154页。

② 许征帆编：《马克思主义辞典》，吉林大学出版社1987年版，第323页。

③ 崔柯：《“杰姆逊与中国当代批评理论”学术研讨会综述》，《文艺理论与批评》2013年第1期。

④ 《马克思恩格斯全集》第18卷，人民出版社1964年版，第87页。

⑤ 《马克思恩格斯全集》第35卷，人民出版社1971年版，第262页。

⑥ 《马克思恩格斯选集》第1卷，人民出版社1972年版，第248—249页。

⑦ 《马克思恩格斯论民族问题》上册，民族出版社1987年版，第505页。

自主是民族生存与发展、国际合作与和平以及实现社会革命不可或缺的前提条件。依赖于压迫、奴役、殖民、掠夺建立起来的民族间相依附的民族国家秩序，并非真正的国际主义。民族的独立与统一是无产阶级国际合作的基石，“不恢复每个民族的独立和统一，那就既不可能有无产阶级的国际联合，也不可能有各民族为达到共同目的而必须实行的和睦的与自觉的合作”①。由统一独立自主的民族组成的国际大家庭成为现实之前，各民族的无产阶级无法真正消弭民族隔阂，联合在一起。以统一、独立、自主民族国家充分发展、沟通与密切联系为前提，无产阶级为推翻资产阶级统治的真诚联合才会成为可能，而非相反。②

马克思的国际主义尊重和坚持每个民族的统一、独立和自主权利，真正的民族主义与国际主义是相统一而不是相龃龉的。处于奴役关系结构中的民族，如不打破奴役的结构，自身终究逃脱不了被奴役的命运，“一个奴役其他民族的民族，就是给自己锻造锁链”；“建立各民族协调的国际合作的必要先决条件，没有这种合作，无产阶级的统治是不可能存在的”。③ 被压迫民族的解放不仅是该民族为实现人类解放所作的贡献，对于曾经奴役其他民族的统治民族的工人阶级来讲，也是实现自身解放的条件，“爱尔兰的民族解放……并不是一个抽象的正义或博爱的问题，而是他们自己的社会解放的首要条件”④。只有无产阶级的民族观与国际主义是辩证统一的，资产阶级的民族观与国家主义则是尖锐冲突的，资产阶级的世界主义具有隐蔽的欺骗性，它不仅阻止了工人的国际合作，也为自己的扩张本性蒙上了神秘的面纱。“资产阶级的沙文主义只不过是一种虚假的装饰，是防止工人阶级国际合作的手段，……资产阶级的纯正的爱国主义，由于他们的财政、商业和工业活动已带有世界的性质，这种爱国主义现在已只剩下一个骗人幌子。”⑤

---

① 《马克思恩格斯选集》第1卷，人民出版社1972年版，第248—249页。

② 胡俊飞：《马克思恩格斯民族思想与中国当代文学批评》，《中央民族大学学报》2012年第4期。

③ 《马克思恩格斯全集》第21卷，人民出版社1965年版，第465页。

④ 《马克思恩格斯全集》第32卷，人民出版社1974年版，第656—657页。

⑤ 《马克思恩格斯论民族问题》上册，民族出版社1987年版，第479—480页。

其次，“工人阶级就其本性来说是国际主义的”[①]，但其直接斗争又需要以本国为活动的舞台场所。对马克思来说，工人的国内活动和国际斗争之间具有一种辩证关系，忽略这种斗争的任何一方面对于整体都将产生致命的影响。民族斗争赋予国际主义以具体形式，国际主义赋予民族斗争以开阔的视域，两者相辅相成，缺一不可。因此，他严肃地批判了建立在抽象的“各民族的国际的兄弟联合”基础上的行动，由于“没有明确地把国际主义与国内斗争联系起来，因此这种行动从本质上否定了国际主义”。工人阶级运动一开始必须从直接的物质条件中产生，因此必然具有地方和民族的特点，但是它的斗争必须呈现出同资本主义本身一样的国际主义特点，“面对在全球扩张的资本主义制度，如果工人阶级的斗争被民族壁垒所限制，它就得不到有力的推动”[②]。否定民族斗争基础性地位的社会革命不仅是反国际主义的，而且会助纣于资产阶级的统治，“如果属于统治民族的国际会员号召被征服的和继续受压迫的民族忘掉自己的民族性和处境，抛弃民族分歧等等，就不是国际主义，而不过是宣扬向压迫屈服，是企图在国际主义的掩盖下替征服者的统治辩护，并使这种统治永世长存”[③]。马克思尖锐批判了超越民族的、虚假的或者资产阶级的国际主义，“国际主义是贫乏的，是从资产阶级的和平和自由同盟那里抄来的，使贸易成为国际性的，而决不满于一切民族各自在本国内从事贸易的意识，它应当被当做各国工人阶级在反对各国统治阶级及其政府的共同斗争中的国际兄弟联合的等价物”[④]。由此看出，因为忽略了国家范围内的斗争的必要性，马克思态度鲜明地反对罔顾民族国家事实的所谓世界主义的政治立场，即直接跃进到世界范围内普遍的人类事业。

最后，各民族的发展以人类的共同利益为圭臬，人类整体解放需要每个民族的充分发展，民族与人类可以实现普遍性与特殊性的有机统一。“凡是民族作为民族所做的事情，都是他们为人类社会所做的事情，他们的全部价值仅仅在于：每个民族都为其他民族完成了人类从中经历了自己

---

① 《马克思恩格斯论民族问题》下册，民族出版社 1987 年版，第 873 页。

② John Bellamy Foster, “Marx and Internationalism”, *Monthly Review*, 2000 (7－8): 34.

③ 《马克思恩格斯论民族问题》上册，民族出版社 1987 年版，第 485 页。

④ 《马克思恩格斯论民族问题》下册，民族出版社 1987 年版，第 518 页。

发展的一个主要的使命。"[①] 反过来，国际主义可以有效防止民族主义滑向狭隘或欺骗的世界主义。国际主义肯定无产阶级在民族范围内的活动，但要超越狭隘、自大的民族主义，"维护真正的国际主义精神"，"不容许产生任何爱国沙文主义，并且欢迎无产阶级运动中任何民族的新进展"。[②] 马克思所阐述的社会主义的国际主义是平等主义的世界主义的一种形式，它只有通过各国内部的斗争以及创建其中没有任何一个国家享有特权的国际社会才能得以发展。"把世界范围的剥削美其名曰为普遍的友爱，这种观念只有资产阶级才想得出来。在任何个别国家内的自由竞争所引起的一切破坏现象，都会在世界市场上以更大的规模再现出来。"[③] 资产阶级把自己民族的特性上升为普遍性的世界主义，比以现实利益为基础的民族主义更为狭隘。资产阶级的世界主义是带着虚假面具的民族主义，民族与世界是相互对立的，只有无产阶级上升为民族的，民族的与世界的利益才会真正得到统一。[④]

第二节　俄苏对马克思与恩格斯民族观的发展

由于社会革命面临特定的国内外民族矛盾，俄苏马克思主义文学批评把民族问题摆在自己理论建设和战略决策中一个十分重要的位置，系统地发表了自己对民族问题的意见，给民族下了第一个完整、明确的定义，将语言、地域、经济活动（资本主义）和历史传统明确作为民族的基本特质，并对民族主义的历史发展、价值地位和局限危害作了专门的讨论。这是对马克思的充实和发展，也为中国马克思主义批评理解民族问题奠定了基础，从瞿秋白、李达等人发表的关于民族问题的讲义、著作和文章来看，形成期的中国马克思主义文学批评几乎全盘接受了俄苏马克思主义对民族问题的认识与理解。俄苏马克思主义文学批评坚持历史地看待民族问题，根据不同的历史条件灵活处理民族问题，提出了资产阶级和无产阶级

① 《马克思恩格斯全集》第 42 卷，人民出版社 1979 年版，第 257 页。

② 《马克思恩格斯论民族问题》上册，民族出版社 1987 年版，第 502 页。

③ 《马克思恩格斯全集》第 4 卷，人民出版社 1985 年版，第 457 页。

④ 胡俊飞：《马克思恩格斯民族论述与中国当代文学批评》，《中央民族大学学报》2012 年第 4 期。

民族文化的两种民族文化范畴，将民族主义和民族国家视作资产阶级的思想意识和组织形态，在马克思的基础上进一步突出了民族性质的阶级维度，并明确提出了反对一切民族主义的口号，这些意见也深刻影响了尚处于严重民族危机中的早期中国马克思主义文学批评，后者一段时期内基本上移植、贯彻和执行了前者的民族观。

一 对马克思与恩格斯民族观的充实

面对工人运动有可能被反动统治发起的民族主义宣传所涣散的威胁，同时又要协调第二国际内部日益尖锐的民族矛盾，“民族”对于俄苏马克思主义文学批评而言是一个不亚于“阶级”的、极其严峻迫切的现实问题。从俄国民族斗争的实际出发，确定马克思主义关于民族问题的理论、原则和政策，澄清资产阶级和机会主义者在民族问题上散布的谬论和制造的混乱，成为俄苏马克思主义文学批评需要完成的重大课题。俄苏马克思主义在对这一课题的回应和解决中，补充和完善了经典马克思主义的若干民族观念，具体表现为，明晰了民族作为一种历史现象的性质，系统地说明了民族国家的资本主义属性，确立了民族民主的权利范围，科学定位了殖民地民族解放斗争的性质，肯定了社会主义文化保持文化差异性的民族形式的意义。这些补充和完善是俄苏马克思主义文学批评对于整个马克思主义文学批评的重要贡献。

首先，俄苏马克思主义文学批评认为，民族是历史地形成的，不是一成不变和独立自在的事物，马克思主义文学批评必须根据变化了的历史条件，具体地认识和处理不同时期的民族问题。民族是历史地形成的人类组织形式之一，“要给没有历史的民族找一个范例，是任何地方都找不到的(除非在乌托邦中寻找)，因为所有的民族都是有历史的民族”①。民族与其他历史现象一样，“是受变化的规律支配的，它有自己的历史，有自己的始末”②，不是“某种不可见的、孤独自在的力量”和“神秘的、不可捉摸的、非人世的东西”③。相比经典马克思主义文学批评，俄国马克思

① 《列宁全集》第20卷，人民出版社1958年版，第116页。

② 《列宁论民族殖民地问题的三篇文章》，人民出版社1966年版，第28页。

③ 同上书，第32—33页。

主义文学批评更为明晰、系统地阐述了资本主义在民族国家的产生、演化和消亡历史过程中的重要地位。资本主义是民族产生的基础性力量，民族是一定时代即资本主义上升时期的产物，在资本主义以前的时期是没有而且也不可能有民族的，“只有大机器工业才完全破坏了社会联系的乡土性质，代之以国家的（和国际的）联系”①。在民族的演化中，“资本主义发展的整个进程不可抗拒地打破了民族隔离的状态”②，促进了民族间的沟通交流，有益于不同民族的相互借鉴与砥砺发展。资本主义的被推翻也是民族国家消亡的前提条件，然而在阶级、国家消亡之后，各民族的差别“在无产阶级专政在全世界范围内实现以后，也还要保持很久很久”③。由于“祖国、民族是历史的范畴”，从马克思主义的观点来看，抽象地定义民族，“是绝对没有任何价值的”④。民族不是超脱于社会历史的各种关系之外的，它“完全是由社会环境的条件、国家政权的性质并且总的说来是由社会发展的全部进程决定的”，因此不能不恰当地拔高民族问题的战略位置，它毕竟只能是“改造现存制度总问题的一部分”⑤。在民族问题上，不应持抽象的和形式的原则，而要“准确估计具体历史情况，把资产阶级和无产阶级、压迫民族和被压迫民族区分开来”⑥。由于民族问题会随着社会生活的变化而跟着变化，因此必须具体地理解不同时期、不同阶级的民族观念的内涵色彩与价值指向。

其次，俄苏马克思主义文学批评确认了共同的语言、共享的历史传统和相对固定的疆域是构成民族的三种质素，论证了资本主义是这三种因素同时具备的决定性条件，由于民族国家与资本主义具有共生同构性，民族国家因此被认为天然是资本主义属性的。列宁对民族国家的形成作了科学的解释，民族国家是资本主义建立统一的国内市场的产物，它以共同的地域、语言并依据文艺得以建立和巩固，“在全世界上，资本主义彻底战胜封建制度的时代，总是与民族运动相连的。这种运动的经济基础是在于要

① 《列宁全集》第3卷，人民出版社1963年版，第465页。
② 《列宁文稿》第2卷，人民出版社1978年版，第275页。
③ 《列宁全集》第39卷，人民出版社1963年版，第71页。
④ 《列宁全集》第23卷，人民出版社1958年版，第197页。
⑤ 《列宁论民族问题》上卷，民族出版社1987年版，第126页。
⑥ 《列宁论民族殖民地问题的三篇文章》，人民出版社1966年版，第16页。

保证商品生产达到完全胜利，便必得使资产阶级夺得国内市场，必须使同一语言的人民所居住的地域用国家的形式团结起来，同时铲除阻碍这种语言发展及在文艺上巩固起来的一切障碍”①。俄苏马克思主义文学批评强调，不能忽视民族国家形成背后的资本主义经济政治因素的作用。民族的共同语言、历史传统与固定疆域在中世纪后期的欧洲主要国家之所以能够形成，并非偶然现象，也不能仅从上层建筑的变动中得到解释，资本主义是民族国家得以产生的决定性因素，“这些要素当时还处在萌芽状态，至多也不过是将来在一定的有利条件下使民族可能形成的一种潜在因素”，而其条件就是“资本主义上升并有了民族市场、经济中心和文化中心”②。“民族的要素——语言、地域、文化共同性等等——不是从天下掉下来的”，在资本主义时期以前，这些要素便在社会历史的进程中逐步产生，资本主义的蔓延促进了语言的进一步统一。与此同时，在资本主义的支持下，封建王权的集中化打破了封建割据的动荡不居状态，形成了稳定的民族共同体，人们的活动疆域也逐步固定下来。共同的经济市场、语言的统一、活动疆域的固定便利了民族共同体内的沟通交流和文化活动，进而形成了共同分享的文化历史传统。民族国家和资本主义的关系并非是单向的，资本主义在推动民族国家形成的同时，反过来，“民族性、语言同一性对于完全取得国内市场和经济流通的完全自由是一个重要的因素”③。民族国家是资本主义的理想政治组织形式，“民族是社会发展的资产阶级时代的必然产物和必然形式”，“民族国家对于整个西欧，而且对于整个文明世界，都是资本主义时代标本的正常的国家形式”④。民族国家是资本主义的通例与“常态”，“从民族关系方面看，民族国家是保证资本主义发展的最好条件”，“是保证资本主义最自由、广泛、迅速发展的国家形式”⑤。另外，民族运动与生俱来便是资产阶级性质的，民族斗争“实质上始终是资产阶级的，主要是有利于和适合于资产阶级的”⑥。俄苏马

① 《列宁文选》，人民出版社 1953 年版，第 822 页。

② 《斯大林全集》第 11 卷，人民出版社 1955 年版，第 289 页。

③ 斯大林：《马克思主义与语言》，中华书局 1958 年版，第 34 页。

④ 《列宁文选》第 1 卷，人民出版社 1953 年版，第 822 页。

⑤ 《列宁论民族问题》上卷，民族出版社 1987 年版，第 315 页。

⑥ 《斯大林论民族问题》，民族出版社 1990 年版，第 37 页。

克思主义文学批评对民族国家资本主义属性的考察，决定了对民族价值整体批判的基本立场，以致因此认为“马克思主义和民族主义是不能调和的”①。

另外，俄苏马克思主义文学批评充分肯定了资本主义民族国家在反对封建专制统治、被压迫民族享有民族自决权、殖民地民族解放以及社会主义文化下的民族形式等的进步性和合理性。尽管俄苏马克思主义文学批评对于民族抱着否弃的态度，但并非是全盘反民族的。俄苏马克思主义者以是否有利于生产力的提高为标准，从不否认反对封建专制势力的资产阶级民族解放运动的进步性。资产阶级民族国家争取摆脱封建制度的束缚，是人类生产力发展的支柱，是具有进步性的。只是到了资本主义的帝国主义时期，资本主义跨越民族国家疆界，民族国家成为生产力进一步发展的桎梏，它才失去最初的进步性，沦为反动统治的工具。俄苏马克思主义文学批评认识到，只有根除民族压迫，才能积极推动民族间的联系、接近和融合。不同于马克思从欧洲社会革命甚至人道主义伦理原则出发，支持被压迫国家独立要求的方式，俄苏马克思主义文学批评利用资本主义的民主原则，创造性地提出了“民族自决权”的概念。依据这一原则，俄苏马克思主义号召民族不分大小，一律平等，反对一切形式的民族压迫和兼并，被压迫民族有分离权和独立建国的权利，民族区域自治等。“民族自决权”不仅确立了民族的民主权利，而且为民族获取这些权利提供了依据。

俄苏马克思主义文学批评反对抽象地讨论民族问题，主张根据具体的历史形势对民族问题做出分别的分析判断，对于资本主义国家“应该把‘工人没有祖国’这个原则放在自己民族政策的首要位置，而同时绝不否认东欧、亚洲和非洲殖民地落后民族的民族解放运动重大的世界历史意义”②。不同于经典马克思主义对于殖民地民族解放的性质、方式和前途含混不清，俄苏马克思主义文学批评在社会主义革命中给予了殖民地民族解放以科学、清晰和积极的历史定位。俄苏马克思主义文学批评把民族殖民地问题和推翻帝国主义的问题联系起来，民族殖民地问题本身是国际无

---

① 《列宁论民族问题》上卷，民族出版社1987年版，第236页。

② 同上书，第161页。

产阶级革命总的问题的一个组成部分。殖民地民族解放事业通过被定位于社会主义革命事业的重要阶段和组成部分，从而明确了其世界历史的性质和意义，不再是性质、方向与前途不明的历史偶然或附属事件。苏维埃成立后，社会主义文艺中民族问题也成为俄苏马克思主义文学批评的关注对象。不同于革命成功前反对一切形式的民族主义，俄苏马克思主义文学批评在坚持文艺的社会主义内容的前提下，也承认仅是保持文化差异性意义上的民族形式的意义。在俄苏马克思主义文学批评中，内容对于形式具有决定性，形式相对于内容只有从属的意义，民族形式完全要服从与服务于社会主义国际主义的内容，并在这个过程中将民族的特殊性逐渐扬弃。由此可知，俄苏马克思主义文学批评对文艺民族形式的肯定仅是对于文艺民族性的肯定是十分有限的，与 20 世纪三四十年代中国马克思主义文学批评家对于文艺民族性的真诚标举和毛泽东将“民族的”作为新民主主义文化的首要属性有着截然的区别。

二 俄苏马克思主义文学批评对“民族文化”的抨击

反对文化艺术上的一切民族主义是俄苏马克思主义文学批评民族观的总基调。俄苏马克思主义文学批评拒绝“民族文化”的口号，反对“民族文化自治”论，即便后期肯定社会主义文化的民族形式，也只是工具性与权宜性的。俄苏马克思主义文学批评坚决摒弃奥地利马克思主义者奥托·鲍威尔宣扬的“民族文化”观念和“民族文化自治”论，通过把民族文化和民族主义置于马克思主义的对立面而加以排除，“谁拥护民族文化的口号，谁就只能站在民族主义市侩的行列里，不能站在马克思主义的行列里”①。为表明反民族主义的决绝立场，列宁在某些场合提出“同一切形式的民族主义进行坚决的斗争”②，甚至认为“爱国主义和社会主义是两个相互矛盾的任务”，把“爱国主义”视作放弃了阶级观点和阶级斗争的沙文主义情绪加以否定。无产阶级关心本民族的命运，不是出于“爱国主义”，而是缘于“祖国这个政治的、文化的和社会的环境，是无产阶级阶级斗争中最强有力的因素”，“无产阶级之所以关心国家的命运，

---

① 《列宁全集》第 20 卷，人民出版社 1958 年版，第 5 页。

② 《列宁论民族问题》上卷，人民出版社 1987 年版，第 275 页。

仅仅是因为这关系到他们的阶级斗争”。[①] 民族主义是“自私的、资产阶级的狭隘阶级本质动听的自由主义的空话”[②]，对外表现为粗暴侵略性的沙文主义，对内则是虚伪、“黑帮”的专制统治。

俄苏马克思主义文学批评不仅批驳公开的民族主义，更严密防范披着普遍主义和世界主义外衣的民族主义，“打着‘国际主义’的旗帜，而目的是想在这面旗帜下面更稳稳地偷运民族自由主义私货”[③]，这种民族主义十分隐蔽便更加危险。俄苏马克思主义文学批评认为，借“民族精神”说为民族主义张目是虚妄的，“辩证唯物主义证明了任何‘民族精神’都不存在，而且也不能存在”，“对于任何不存在的东西要加以任何捍卫，在逻辑上是愚蠢的”。[④] 社会主义革命成功以后，俄苏马克思主义文学批评仍强调民族文化自治并不能解决民族问题，还会使民族问题更加尖锐纷乱，但微调了列宁主义反对民族文化的方针，树立了“社会主义内容民族形式”的原则，苏维埃内部的民族文化的发展要符合社会主义的利益和要求，苏维埃外的民族文化仍是俄苏马克思主义文学批评所反对的。斯大林的民族形式论正如其自我评价的，只是在社会主义历史条件下对列宁主义民族观的继承。对于民族的立场与态度，相比经典马克思主义文学批评的批判性肯定，俄苏马克思主义文学批评有着某种明显的后退。

以阶级为认识和处理民族问题的绝对视域，是俄苏马克思主义对民族主义予以清算的前提，通过强调民族主义的资产阶级属性和与无产阶级利益的对立性，俄苏马克思主义文学批评对民族文化予以了清算。19、20世纪之交，俄国阶级矛盾日益尖锐化，社会革命情绪高涨，但沙皇统治和资产阶级为维护自己的统治，用民族主义的宣传企图转移视线，缓和冲突，涣散人心。另外，革命阵线内部也出现了民族主义的呼声，革命力量面临着分裂的危险。各种民族主义的宣扬是用“民族文化”的口号掩盖他们反动的肮脏的勾当，要用资产阶级的民族原则代替社会主义的阶级斗争原则，“在‘民族文化’的幌子下，策划反对无产阶级”[⑤]。为清除各

① 《列宁论民族问题》上卷，人民出版社1987年版，第108—109页。

② 同上书，第120页。

③ 《列宁全集》第20卷，人民出版社1958年版，第116页。

④ 《斯大林论文学与艺术》，人民文学出版社1959年版，第17—18页。

⑤ 《列宁论民族问题》上卷，人民出版社1987年版，第219页。

种民族主义对革命的消极影响，俄苏马克思主义文学批评提出与一切形式的民族主义斗争的主张。民族要求必须服从阶级斗争的利益，是俄苏马克思主义文学批评民族观总的前提，“阶级”是俄苏马克思主义文学批评看待民族问题不可逾越的视域，是俄苏马克思主义文学批评压倒一切的标准，“如果在文艺界运用阶级方面的概念”，“那是最正确的”①。列宁对高尔基、托尔斯泰等作家革命性的礼赞和局限性的批评，是俄苏马克思主义文学批评运用阶级标准批评文艺作品的典范。在帝国主义时代，民族国家作为帮助摆脱封建专制的人类生产力发展支柱的进步性已经成为过去，民族国家形式已经成为生产力发展的桎梏。“祖国是个过时的概念”，“早就成了过去的事情”，“再也不会产生能够唤起新的人民群众去参加新的政治和经济生活的进步的东西了”②。民族观念在抽象的、非历史的“保卫祖国”“民族解放”的托词下为帝国主义战争辩护，掩饰了它的掠夺目的和巩固压迫的真相，“保卫祖国”的词句在帝国主义战争中是种“欺人之谈”，“只是替战争辩护的一种最流行的、常用的、有时简直是庸俗的说法”③，民族主义的资产阶级反动性已表露无余。“民族文化”的口号是资产阶级的虚伪词句，“民族文化是资产阶级自我安慰的骗人空话”，沦为腐蚀、分化、欺骗和蒙蔽工人的甜言蜜语，表现出的资产阶级理解民族问题的局限性与狭隘性，必须加以严厉批判和坚决摒弃。并非所有的民族独立运动都是值得支持的，“任何民主的要求都要服从于无产阶级阶级斗争的总的利益，而绝不是什么绝对的东西”④。另外，俄苏马克思主义文学批评之所以拒绝笼统地讲“民族文化”，是因为笼统的“民族文化”是个含混不清的概念。由于阶级社会每个民族的文化都包含着代表不同阶级利益的文化成分，民族文化具有复杂性的构成，资产阶级统治下的民族，“资产阶级的文化，而且这不仅表现为一些‘成分’，而表现为占统治地位的文化”⑤，因此是资产阶级性质的。此种情形之下，不加辨析地宣传民族文化观念是为反动统治服务的，不加区分地谈论民族文化“是资产

① 《斯大林全集》第11卷，人民出版社1955年版，第280页。

② 《列宁论民族问题》下册，民族出版社1987年版，第613页。

③ 同上书，第608页。

④ 《列宁文稿》第2卷，人民出版社1978年版，第278页。

⑤ 《列宁选集》第2卷，人民出版社1995年版，第342页。

阶级民族主义思想的表现，都应该坚决反对”①。

将民族主义和马克思主义、国际主义等对立起来，是俄苏马克思主义文学批评清算民族主义的基本策略。为清算民族主义，俄苏马克思主义文学批评十分注意强调自己的马克思主义和国际主义立场及其与民族主义的矛盾性，“马克思主义同民族主义是不能调和的，即使它是最公平的、纯洁的、含蓄的和文明的民族主义”，“资产阶级的民族主义和无产阶级的国际主义——这是两个不可调和的、敌对的口号”②，“马克思主义提出用国际主义即各民族高度统一的融合来代替一切民族主义”③。民族主义是与无产阶级的社会主义国际主义相敌对的，“社会民主党反对民族文化自治的口号”，是因为它是“根本违反无产阶级斗争的国际主义的”④。社会民主党“一贯坚持国际主义的观点”，“不是主张‘民族文化’，而是主张‘国际主义文化’，国际主义文化只包含每一个民族的文化中具有彻底的民主主义和社会主义内容的那一部分”⑤。俄苏马克思主义文学批评的国际主义文化虽然不是无民族的，但是由资本主义统治所宣扬的民族文化不过是“超阶级的民族文化的信仰”，与组成国际文化的民族文化是根本不同的。另外，国际主义倡导民族间的交流和融合，然而“民族文化”使工人同本民族的资产阶级文化的联系得到加强，同时给工人的国际沟通联合却造成了障碍，从而削弱了正在日益创造和发展的全世界无产阶级的国际文化。

出于矫枉必须过正的考虑，俄苏马克思主义文学批评有时在言辞上表现出决绝的反民族主义立场，但事实上，俄苏马克思主义文学批评在如何评价爱国主义、国际主义和文化的民族性等的问题上从来都是将其置于具体的历史条件下做出谨慎、辩证的判断。首先，俄苏马克思主义文学批评虽然否认带有沙文主义情绪和为资本主义所利用的爱国主义，但并非不承认爱国主义的正当性，而是强调不能把爱国主义偶像化和奉为终极目标，要积极地把爱国主义热情转化到社会主义革命与建设中，“我们大俄罗斯

---

① 《列宁全集》第 20 卷，人民出版社 1958 年版，第 16 页。

② 《列宁论民族问题》上册，民族出版社 1987 年版，第 229 页。

③ 同上书，第 236 页。

④ 同上书，第 197 页。

⑤ 同上书，第 187 页。

的觉悟的无产者，是不是根本没有民族自豪感呢？当然不是！我们爱自己的语言和自己的祖国，我们正竭尽全力把祖国的劳动群众（即祖国十分之九的居民）的觉悟提高到民主主义者和社会主义者的程度”①。在这里，阶级革命与民族主义目标是统一的，爱祖国就要推翻阶级压迫，实现真正的平等、自由。民族主义需要树立革命的价值取向，超越狭隘的民族情感，不能盲目地、奴隶般地树立民族自豪感，那就需要对自己的行为、角色加以深刻的反省，自觉确立正确的民族意识。马克思主义不能离开世界社会主义运动的整体利益来抽象地谈论民族自豪感，狭隘的民族自豪感是不可取的。其次，俄苏马克思主义文学批评大多数时候虽然礼赞国际主义，但也拒绝抽象地理解和一味地推许国际主义，国际主义文化需要以民族文化为基础，资产阶级也谈国际主义，但却是殖民主义的国际主义，因此国际主义“如不加具体说明，那就毫无内容”②。另外，俄苏马克思主义文学批评也没有完全废弃文化的民族性说法，它用内容和形式的比喻，表明了自己对于文化民族性不无保留却肯定的态度。“俄罗斯、白俄罗斯等等的文化，按其内容是社会主义的，按其形式是民族的，这就是说按语言是民族的”。“内容是无产阶级的，形式是民族的。……无产阶级也不取消民族文化而是赋予它内容。相反，民族文化也不取消无产阶级文化，而是赋予它形式。”③ 这里的民族的“语言”和“形式”是工具性的，从属于内容，并非像俄国形式主义文论那样具有本体论的意义，并且民族形式要随社会主义、国际主义的内容扬弃与提升。尽管十分微妙，文艺的民族属性在俄苏马克思主义文学批评并没有被彻底抹杀和弃绝也是事实。

三 对俄苏马克思主义文学批评民族观的评价

俄苏马克思主义文学批评是在同经典马克思主义文学批评的“时代和历史的差别”中产生出来的，前者并不是对后者的脱钩或悖离，而正是对它在俄国历史条件下的充实和发展。俄国马克思主义文学批评的民族观既具有一般的国际品格和意义，也因为它是从俄国的革命和建设出发，

---

① 《列宁选集》第2卷，人民出版社1995年版，第450页。

② 《列宁论民族问题》下册，民族出版社1987年版，第453页。

③ 《斯大林论文学与艺术》，人民文学出版社1959年版，第18页。

这种根据特殊国情制定的关于民族问题的方针路线必然具有某种俄国色彩。由于俄苏马克思主义文学批评的鲜明民族特点，因此“不应不适当地强调它的民族观的普遍性，片面地夸大它的国际意义，这将把作为俄国革命和建设的列宁主义绝对化为僵化的教条模式，正如斯大林后来对列宁主义的认识与处理”①。中国马克思主义文学批评早期正是由于对它机械地照搬照抄，不能根据自己的国情和任务出发，而使自身造成一些不必要的损失。

俄苏马克思主义文学批评在民族问题上是从俄国革命和建设的具体历史条件出发，坚持和发展了经典马克思文学批评的民族观。俄苏马克思主义文学批评坚持用阶级分析的历史唯物主义方法辨析人类文化艺术的民族性，反对用“空洞的‘一般原则’、高调和空话”来看待民族文化问题。由于认为民族文化在资产阶级社会是资产阶级的性质，俄苏马克思主义文学批评反对抽象笼统地谈论民族文化的口号，它反对民族文化不是针对民族文化的民族形式而是它的资产阶级内容。无产阶级文化也不是没有民族形式的文化，因此俄苏马克思主义文学批评并不一概反对任何民族文化，而是要对各种民族文化作具体的阶级分析，反对民族文化掩盖下的资产阶级的反动文化，提倡彻底的民主主义、社会主义的进步文化。事实上，俄苏马克思主义文学批评也反对民族压迫，争取民族自主，承认民族原则在资产阶级社会的历史必然性和民族运动的合理性，但是这种承认只限于这些运动中进步的因素，绝不应该超越这个界限，把它理解为对一般民族主义的超阶级地维护和支持。

俄苏马克思主义文学批评拒绝拘囿于民族的狭隘范围谈论民族文化问题，而是从无产阶级的国际主义高度，把民族文化问题同无产阶级解放全人类的伟大历史使命紧密结合起来。对于俄苏马克思主义文学批评而言，“民族”更是一个关乎社会革命成败的“现实问题”，而不是一个纯理论的“学院式的问题”。俄苏马克思主义文学批评的民族文化否定论较之经典马克思主义文学批评对于民族有保留的肯定而言是一种后退，但是这种后退并非可以用简单的正确与错误来下结论，是否是马克思主义民族观在

① 张翼星：《列宁：关于列宁思想统一性的研究》，［匈］卢卡契《列宁》，张翼星译，台北远流出版社 1991 年版，第 10—12 页。

俄苏的具体运用和创造性发展，对它才是更为中肯、重要的判断标尺。俄苏马克思主义文学批评在民族立场的后退适应了俄苏社会革命斗争具体形势的需要，民族文化否定论是俄苏马克思主义文学批评根据特定的、具体的革命历史形势做出的理论决断。民族问题不是一成不变的，随着历史条件发生变化，它所面对的民族问题也会随着发生改变，并且由于所处革命形势和所设定革命目标的差别，也会影响对民族问题采取不同的认识和处理方式，马克思主义文学批评从不抽象、凝定、教条，而总是以历史、变化、具体的眼光看待民族问题。俄罗斯民族不处于被压迫与奴役的境遇，没有民族斗争与解放的任务，所以“民族”在俄苏马克思主义文学批评中并没有如在中国马克思主义文学批评中那样占据一个至关重要的位置。相反，由于无产阶级与地主、资产阶级的阶级矛盾日趋尖锐，革命形势日趋高涨，地主、资产阶级的代言人利用民族情感转移、软化和涣散阶级冲突，为避免革命从内部坍塌，俄苏马克思主义文学批评方才发起了对民族主义的挞伐。俄苏马克思主义文学批评不拘泥于对经典马克思主义民族理论的文本理解，不是把后者作为纯粹的理论予以教条地遵行，而是结合具体的革命形势要求，为实现既定的现实目标，创造性地解读和运用经典文献。

俄苏马克思主义文学批评的民族观是经典马克思主义民族理论在俄苏的具体发展，作为成功实践的理论结晶，本身亦成为马克思主义文学批评民族观的内在组成部分。列宁在批判“共产主义运动中的左派幼稚病”时曾指出，“各国共产主义工人革命策略的统一，就不是要消除多样性，消灭民族差别，而是要运用共产主义的基本原则时，把这些原则在细节上正确地加以改变，使之正确地适应于民族的和民族国家的差别，针对这些差别正确地加以运用”①。这段话本来是用于反思第三国际指导各国共产主义运动所犯的教条主义错误，但它同样可以用来理解和评价俄苏马克思主义文学批评在民族立场上的后退。俄苏马克思主义文学批评在民族问题上的意见并非是普世性的，它也只是根据俄苏的实际具体情况，运用马克思主义的民族理论加以应对和指导的结果，因此便并不一定适用于其他民族的社会革命运动。各民族的社会革命在解决自己的民族问题时，不能将

① 《斯大林论文学与艺术》，人民文学出版社1959年版，第74页。

俄苏马克思主义文学批评的民族观作为教条加以遵奉，而是要根据自己的历史条件灵活地加以运用和创造。俄苏马克思主义文学批评对于马克思“工人没有祖国”论断的解读，便是根据本国实际革命情况对马克思主义民族理论创造性发展的典范。列宁严格按照字面释义，得出“社会主义在旧的祖国范围内是不会取得胜利的”的推论，这种解释明显是与马克思在同一篇文献中指出的革命途径相龃龉的。马克思认为，无产阶级应首先推翻本国的资产阶级统治然后实现国际联合，而非先国际联合然后推翻世界资本主义的统治。因此，列宁的释读无疑是对马克思本意的歪曲，但这种歪曲是对迅速发展的俄国革命形势的积极回应，一方面，它反击了资产阶级利用民族情感欺骗工人的伎俩，另一方面，它给工人阶级斗争的国际联合提供了依据。列宁对马克思论断的误读有力地推动了社会革命，因而是创造性的。以我为主，根据变化了的形势，创造性地运用马克思主义民族理论，建构本土化的马克思主义民族观，是俄苏马克思主义文学批评民族观积累的重要经验，这一经验在中国马克思主义文学批评民族观的形成和建设中也得到了贯彻与实践。

尽管俄苏马克思主义文学批评的民族观是本土化实践的理论结晶，为丰富和发展马克思主义文学批评民族观做出了积极贡献，但我们并不能因此而回避揭示和批评俄苏马克思主义文学批评民族观在理论上客观存在的局限和偏颇。

在对待民族文化和国际主义文化上，俄苏马克思主义文学批评时而陷入一种缺乏历史唯物论的抽象辩证法中。俄苏马克思主义文学批评把同一民族依阶级标准，分为对立的无产阶级和资产阶级两个民族，将同一民族文化切割为资产阶级文化和无产阶级文化，有主观论和简单化之嫌。一民族之文化永远是作为一个整体而出现的，客观上并不存在泾渭分明的两种阶级文化可以供人指认。如果说此举是为了说明民族文化构成的复杂性，民族文化并非纯净、无斗争、超阶级的，强调民族文化内部阶级对垒的存在，尚有可理解之处，但是这种二元的划分确实过于简单化地理解了民族文化内部的阶级斗争格局。民族文化是无产阶级文化和资产阶级文化共同分享，你中有我、我中有你的空间，是双方展开压制与斗争、专政与反抗的场所，特定时候两者的关系可能表现为剑拔弩张的镇压与暴动，但更多时候正如葛兰西的文化领导权理论所言，双方处在一种协商、谈判与对话的互动过程中。

俄苏马克思主义文学批评抽象地谈论国际主义文化，在承认国际主义文化是萃取各民族文化中民主主义和社会主义成分的综合体的同时，却否认国际主义文化是基于民族文化实体性之上的，要以国际主义的普遍性扬弃民族文化的特殊性，社会主义国际主义文化“最坚决地反对一切在理论上是错误的、在实践上是有害的企图，如臆造自己的特殊的文化，把自己关在与世隔绝的组织中”①。俄苏马克思主义文学批评错置了普遍性与特殊性的关系，认为普遍性是特殊性化约的结果并能脱离特殊性而独自存在。实际上，没有所谓超然物外的普遍性，任何普遍性都需要附诸具体、特殊的个体之上，“抽象的普遍性是不存在的，普遍性体现于特殊性之中，没有特殊性，普遍性就无所依附”②。斯大林曾正确地谈论到人类无产阶级文化和民族文化的普遍性和特殊性辩证关系，“全人类的无产阶级文化不是排斥各民族的民族文化，而是以民族文化为前提并且滋养民族文化，正像各民族的民族文化不是取消而是充实和丰富全人类的无产阶级文化一样”。遗憾的是，这段话是为辩护文化同化的合理性，偏废民族文化的基础性意义，托举人类无产阶级文化的首要地位，并没有被俄苏马克思主义文学批评延展到认识文化一般问题的层面上。这套理论后来甚至成为苏联实行文化沙文主义的一套托词，俄罗斯苏维埃作为各民族无产阶级的“唯一祖国”，是国际主义文化普遍性的体现，各民族无产阶级要自觉扬弃民族主义的特殊性，向代表国际主义普遍性的俄罗斯苏维埃靠拢，其中的逻辑与当下以普世面目自居的西方的文化帝国主义行径并没有什么区别。

因为缺乏彻底的唯物史观的指导，俄苏马克思主义文学批评不可能充分估计民族和阶级、民族文化与国际主义的辩证关系，由于过于偏侧后者对前者的决定性，甚至把民族问题直接作为阶级问题来认识，而将民族与无产阶级、民族文化与国际主义对立起来，以至于作家作品即使表现出正常的民族性也被视作资产阶级性质的因素而被抵制。之所以如此，与俄苏马克思主义文学批评遗忘了经典作家关于民族是文化发展和阶级斗争的长

---

① 《列宁全集》第 4 卷，人民出版社 1958 年版，第 362 页。

② 胡亚敏：《论差异性研究》，《外国文学研究》2012 年第 4 期。

期场所的论断，也背离了自己所提出的各民族文化上的差别“在无产阶级专政在全世界范围内实现以后，也还要保持很久很久”的观点不无关系。俄苏马克思主义文学批评理想化地以为，民族是资本主义的独有现象，因此也将随资本主义的被推翻而消亡。事实上，把民族国家认为是资本主义时代特有的产物是将民族问题的长期性、复杂性和差异性简单化。马克思从未承认民族与资本主义有着必然的同一性，他把民族置于与部落、城邦等不同人类共同体的历史关联中，虽然认为民族国家出现于欧洲的中世纪晚期，与资本主义的推动有着重要关系，但也坦承不同民族国家的兴起会因地域和时代的差异而有着不同的性质与形态。[①] 历史的、具体的方法是马克思主义文学批评建立科学民族观不可移易的法宝，中国马克思主义文学批评正是根据本国实际情况，不仅正视了阶级与民族、民族主义和国际主义的对立冲突性，更认识到两者关系上互补、统一的另一面，这正构成了中国马克思主义文学批评民族观区别于俄苏马克思主义文学批评的重要特质。

第三节　中国马克思主义文学批评民族观的形成

晚清之际，浸润了传统中国族别意识影响的西方民族主义促发了国人现代民族意识的觉醒。中国马克思主义文学批评的先驱在这一时期的撰述和社会活动中几乎无一例外地表现出了强烈的民族主义观念，这为他们后来选择和接受马克思主义铺平了道路。民族主义是中国马克思主义文学批评形成时的思想动力背景与现实境遇任务，民族性自然地成为后者解析文艺时与阶级性并行不悖的考察维度和价值诉求。然而随着革命斗争的深入和俄苏马克思主义文学批评的介入，中国马克思主义文学批评开始以阶级性排斥民族性，以国际主义扬弃民族主义，文艺的民族性维度受到排挤。尽管如此，中国马克思主义文学批评并未彻底摒弃文艺的民族性，而是在批判、扬弃狭隘落后的资产阶级民族主义的同时，辩证容纳了与社会主义

---

① ［苏联］M. B. 克留科夫：《重读列宁——一位民族学者关于当代民族问题的思考》，贺国安、蔡曼华译，《民族译丛》1988 年第 5 期。

国际主义和无产阶级斗争相统一的民族主义。虽然是对经典与俄苏马克思主义文学批评民族观的继承，但中国马克思主义批评的民族观建设并没有一味地盲从和照搬前者，而是根据中国革命的实际展开了有别于和超越于它们的探求，从一开始便是具有某种“中国化”特质的发展。

一　民族主义与中国马克思主义文学批评的形成

19、20世纪之交，在革新、救亡与图强目标的驱策下，民族主义思潮风起云涌，国人的天下观念幻灭，现代民族意识觉醒。现代民族意识在中国的生成与“天朝”秩序的坍塌、天下观念的幻灭是同一历史过程的不同侧面。中国自古以天下自居，虽有狄、蛮、胡、戎等指示有异于己的族别称谓，然而在天下体制下，它们并不截然地被视为外邦，而是作为天下内在的组成部分存在，只不过在结构秩序中处于边缘和从属的位置而已。另外，“天下”偏侧于表示一种文化道德秩序。具有这些特点的“天下”与以明晰疆界、政治共同体为特质的民族国家体系有着显在的区别。“天朝”体系和天下意识在古代中国根深蒂固，即便经蒙、满等边疆各族数度入主中原，中遇印度佛教传入东土，但由于物质技术与制度文明的优势，“天朝”体制始终未受根本性挑战与毁灭性冲击，代代因袭传承下来，以至晚清有识之士不禁感喟，“视吾国之外，无他国焉，乃至于知有天下不知有国家”①；“数千年历史上无国际之名词，此无他以为中国之外无所谓世界，中国以外无所谓国家”②。直到19世纪中叶，英、法等民族国家相继以坚船利炮轰开闭关自守的国门，在一波接一波的侵犯和劫掠狂潮下，曾经坚若磐石的天下迷梦惊醒破灭。作为对来自西方民族国家刺激的回应，以及根于中国文化深处经世致用传统的促醒，民族意识首先萌发于以梁启超、陈独秀等为代表的一批首先睁眼看世界的仁人志士心底。他们通过办报（刊）撰文结引介宣传域外民族主义观念，使民族主义在国内迅速散布开来，掀起了一股声势浩大、影响深远的民族主义思潮。19

① 杨度：《论今日所处之世界》，《东方杂志》1907年第4期。对于古代中国天下观的滥觞与演化，参见刑义田《天下一家——中国人的天下观》，《中国文化源与流》，黄山书社2011年版，第284—315页。

② 梁启超：《爱国论》，《饮冰室合集》文集第3卷，中华书局1936年版，第66页。

世纪中后期，“民族”一语还只是偶见于报章杂志，而到20世纪头20年，它已“腾于众人之口”[①]。仅历半世纪，“民族主义”在中国由隐而未闻跃升为“世界最光明正大之主义”，被时人奉为挽民族危亡于既倒的济世良方，“故今日欲抵当列强之民族帝国主义，以挽浩劫而拯生灵，惟有行我民族主义之一策”[②]。

中国马克思主义文学批评的先驱在未成为马克思主义者之前，莫不深受民族主义思潮的感染，在自己的撰述与活动中表现出强烈的民族意识，中国马克思主义文学批评者“其实首先是一个民族主义者，他们的理想是建立独立、统一、富强、民主、自由的现代化民族国家”[③]。早年陈独秀与梁启超等人一道，本身便是民族主义思想的积极推介者。陈独秀的民族主义观念不仅形诸文章，而且通过办刊、讲演、组织社团等多种形式表达出来，在思想流向上也有着由激越感性向沉敛理智的延展。陈独秀初期的民族主义多是直白激昂的，其所组织的青年学会明白揭橥“以民族主义为宗旨”，行文中亦毫不含糊地直斥国人无爱国心之陋弊，呼唤死守尽土、合群爱国、独立尚任之爱国精神。[④] 新文化运动前后，陈独秀反省了自己早年的民族观，在《爱国心与自觉心》《我之爱国主义》诸文中，爱国心被理解为是“持续的治本的”“不在为国捐躯”，而在于日常行为中自觉的勤、廉、洁、诚、信等优良民德的培养。青年毛泽东深受康有为、梁启超民族主义译介的影响，其公开见刊的第一篇文章《体育之研究》表达了对中国命运的关心和对中国人民站起来承担救亡使命的召唤，溢于言表的民族主义或爱国情怀被认为“贯穿于毛泽东整个生涯的思想行动中的基本主题”[⑤]。新文化运动中的李大钊也明确指出，“今日世界之问

---

① 金观涛、刘青峰：《观念史研究：中国现代重要政治术语的形成》，法律出版社2009年版，第242页。

② 梁启超：《新民说》，《饮冰室合集·文集之六》第3册，新民书局1933年版，第4—5页。

③ 钱理群：《建国前夕对〈论主观〉的批判和胡风的反应》，《中国现代文学研究丛刊》2013年第4期。

④ 陈独秀：《安徽爱国会演说》，任建树编《陈独秀著作选编》第1卷，上海人民出版社2008年版，第10页。

⑤ 郑家超编：《西方学者谈毛泽东》，香港新世纪出版社1993年版，第31页。

题，乃民族之问题也”，号召“建立民族之精神，统一民族之思想”①。早年鲁迅在《文化偏至论》等文中以“外之既不后于世界之思潮，内之仍弗失固有之血脉”为破除旧文化、建设新文化的原则和目标，在文化发展主张上体现出鲜明的世界视野下的民族意识。如胡风所述，“五四”时期的鲁迅在新文化运动中也是同时“受到民族主义与社会主义革命的引导的”②。

中国民族主义深受传统华夏中心观念的影响，潜藏着世界主义的冲动，民族诉求甚至只具有“工具性和阶段性的意义”③。中国民族主义的这一特点在中国马克思主义文学批评先驱们身上也得到了鲜明体现，他们莫不在一种世界的视野下与范围内考虑和解决中国民族自身所面临的问题。毛泽东在设定“新民学会”宗旨时，接受了蔡和森的意见，“‘改造中国与世界’正与我平日主张相合”④。作为五四运动的参与者，瞿秋白最早的文字《不签字后之办法》和《欧洲大战与国民自解》等以恢宏的国际视野和自觉的民族担当，为中国拒签巴黎和会协议之后的事宜出谋划策，鞭笞国民遇事懒散、推诿、因循、清议的劣性，呼唤国民觉悟自强，以“世界的历史的眼光”“坚毅的志向”和“明敏的智能”，“建设一巩固的国家，去迎合世界的现势”⑤。李大钊觉察到民族主义的偏狭，在反对凡尔赛条约时坦陈，不是出于“狭隘的爱国心，乃是反抗侵略主义，反抗强盗世界的强盗行为”；“要把中国这个地域，当做世界的一部分，由我们居住这个地域的少年朋友们下手改造，以尽我们对于世界改造的一部分的责任”。⑥ 这是契合于社会主义国际主义的精神的。天下主义深刻影响下的民族主义充沛地洋溢在中国马克思主义文学批评先驱的思想与行动中。

民族主义不仅没有对中国接受马克思主义构成“心理障碍”，相反还

① 李大钊：《新中华民族主义》，《李大钊文集》上卷，人民出版社 1984 年版，第 301—303 页。

② 胡风：《“后记”》，《胡风评论集》下卷，人民文学出版社 1984 年版，第 345 页。

③ 金观涛、刘青峰：《观念史研究：中国现代重要政治术语的形成》，法律出版社 2009 年版，第 250 页。

④ 《毛泽东书信集》，人民出版社 1983 年版，第 3 页。

⑤ 《瞿秋白文集·政治理论编》第 1 卷，人民出版社 1987 年版，第 7 页。

⑥ 李大钊：《“少年中国”的“少年运动”》，《李大钊选集》，人民出版社，第 238 页。

为中国马克思主义的形成作了思想上的铺垫。[①] 有着强烈民族主义情怀的陈独秀、毛泽东、瞿秋白、李大钊等人，同时也是马克思主义在中国最初接受、传播和运用的主要成员，中国对马克思主义的接受，“首先是近现代救亡主题的急迫现实要求所造成的”[②]。李大钊在自己组织的《晨报》副刊、陈独秀在自己主编的《新青年》，都开设了“马克思研究专栏”，后者在五四运动爆发时还推出了马克思主义专号，刊出了不少的马克思主义经济、社会、政治、哲学等领域的著译文章。作为中国共产党成立后的理论刊物，由瞿秋白主持的改版《新青年》也有计划地译介和评述马克思主义的理论著作，其中既有对马克思主义文艺论著的翻译，也有对“无产阶级革命与文化”等问题的深入探讨，还有世界革命下中国民族解放运动途径与前景的剖析，等等，不一而足。民族主义为马克思主义在中国的接受的重要前提和动力，郑振铎追述了时人在“热烈的民族主义觉醒的同时，其中一部分人便已有民主主义和社会主义的倾向”[③] 的情形，瞿秋白也用精辟的语言描述和说明了当时中国由民族主义转向马克思主义实是一种自然的过渡。“五四运动的发展，摧残一切旧宗法的礼教，急转直下，以至于社会主义，自然决不限于民族主义了。”[④] 爱国运动“不能望文生义的去解释”，它不再是单纯的、民主主义性质的民族主义情绪，“帝国主义压迫的切骨的痛苦，触醒了空泛的民主主义的噩梦”，反对帝国主义的学生爱国运动“倏忽一变倾向于社会主义”[⑤]。因反帝而爱国，因反帝而接受批判资本主义的马克思主义学说，借由反帝，民族主义和马克思主义有机地勾连在一起。“十月革命的影响，和一九二六年前社会主义与民族主义运动的交叉，势之所至，使知识分子为追求理想而左倾。”[⑥]

深受民族主义影响的中国马克思主义文学批评最初并非从本土文艺创作实践中直接概括总结而成，而是在对经典与俄苏马克思主义理论的译

① ［美］列文森：《儒教中国及其现代命运》，郑大华、任菁译，中国社会科学出版社 2000 年版，第 117 页。

② 李泽厚：《马克思主义在中国》，生活·读书·新知三联书店 1988 年版，第 4 页。

③ 郑振铎：《〈文艺复兴〉发刊词》，《郑振铎选集》下册，福建人民出版社 1983 年版，第 1243—1244 页。

④ 瞿秋白：《自民族主义至国际主义》，《瞿秋白选集》，人民出版社 1985 年版，第 141 页。

⑤ 《瞿秋白文集·文学编》第 1 卷，人民文学出版社 1985 年版，第 26 页。

⑥ 郑学稼：《论“民族形式”的内容》，《中央周刊》第 3 卷第 5 期，1941 年 6 月 20 日。

介、阐释和运用中实现的。马克思主义文学批评在中国萌芽于五四新文化运动时期，它是“随着马克思列宁主义一般原理在中国传播与发展的”①。从新文化运动开始，包括文艺理论在内的马克思主义思想在国内大量传播开来，并逐渐成为20世纪20年代中国一支举足轻重的思想理论。马克思主义这一时期在中国的传播、接受、运用和建设都取得了不容低估的成果，中国马克思主义文学批评的形成是马克思主义在文艺文化战线上收获的重要实绩。瞿秋白、陈独秀、邓中夏、郭沫若等人在从事紧张的政治斗争、文艺创作和理论建设之余，尝试着用自己所接触、掌握和理解的马克思主义的观点、立场与方法从事文艺批评活动，或评析国内文艺，或绍述域外文坛，或考辨文艺一般问题。形成期的中国马克思主义文学批评积极介入和指导了“五四”时期的文艺实践，“革命文学”观念正是其所孕育的成果。由于民族主义同时是马克思主义进入中国的基本动力、中国马克思主义文学批评先驱的思想背景和中国文艺面临的现实境遇任务，如何认识和看待文艺的民族性问题，不可避免地成为中国马克思主义文学批评首先需要回应的问题。

二 对资产阶级民族主义的接受与排拒

中国马克思主义文学批评的形成②虽然历时仅十载，但在如何看待文艺的民族性这一问题上却经历了从起初承继新文化运动的简单认同，到接受俄苏马克思主义文学批评影响的一度排拒，再到后来根据中国社会革命形势需要的辩证容纳的曲折转换过程。由于民族主义是马克思主义进入中国的思想背景、基本境遇与时代任务，相形经典马克思主义文学批评批判性肯定与俄苏马克思主义文学批评整体性否定的状况，“民族性”在中国马克思主义文学批评中是以一个十分重要且正面的价值出现的。一般认为，以国际主义为视野、立场和追求的“马克思主义同民族主义是不能

① 王太顺：《关于马克思主义文艺思想在中国萌芽的问题》，《马克思主义文艺理论研究》第1卷，文化艺术出版社1982年版，第424页。

② 不同于已有多种著述以“革命文学”论争为中国马克思主义文艺批评史的起点，本书把中国马克思主义文学批评的滥觞前溯至“新文化运动”。从新文化运动到“革命文学”论争期间，陈独秀、瞿秋白、鲁迅等人在译介、述评和运用马克思主义理论时，对于文化艺术问题也发表了许多意见，可以视作中国马克思主义文学批评的组成部分。

调和的"[1]，然而马克思主义和民族主义在中国一开始却并没有出现因理念上的抵牾而相互对抗的局面，反而是出乎意料地协调共处，"马克思主义与民族主义相互成为对方内在的一个组成部分是中国现代引人注目的现象"[2]。马克思主义在中国的接受是出于民族救亡的目的，加之以阶级斗争学说引入的马克思主义一开始并不被认为是与民族性相冲突的，中国马克思主义批评取民族性为一种积极价值便是十分自然之事。

中国马克思主义文学批评刚登上历史舞台时，承认并推许文艺的民族性价值维度。陈独秀《文学革命论》领新文化运动之先声，虽然没有公开伸张文艺的民族性，但提出了文学应反对旧道德、提倡新道德的主张，联系其稍早前所作《爱国心与自觉心》《我之爱国主义》等文以民德的培养阐释自己的爱国主义观可知，陈独秀并没有舍弃民族主义，相反，他的文学革命论正是对文学民族性表达的具体要求与规范。早期中国马克思主义文学批评的另一主将瞿秋白在为郑振铎俄译小说《灰色马》所作的序言中，从文艺的内涵与性质上高度肯定了民族性，"文艺是民族精神及其社会生活之映影；而那所为'艺术的真实'正是俄国文学的特长，正足以尽此文学所当负的重任"[3]。在《荒漠里——一九二三年之中国文学》一文中，瞿秋白对文学凝聚民族精神的文化功能给予了赞许，"'民族国家运动'在西欧和俄国都曾有民族文学的先声，他是民族统一的精神所寄"[4]。瞿秋白并没有在"民族精神"或"民族性"等流行概念中注入单一的阶级语义，与当时的茅盾、郑振铎等民主主义作家的用词并无轩轾。此外，邓中夏《贡献于新诗人之前》在规定革命文学的内涵时，要求文学振奋民族精神，促进反对帝国主义侵略和压迫的斗争，"关于表现民族伟大精神的作品，要特别多做，警醒已死的人心，提高民族的地位，鼓励人民奋斗，使人民有为国效死的精神"[5]。肖楚女《艺术与生活》[6]一文

① 《列宁论民族问题》上册，民族出版社 1987 年版，第 236 页。

② 汪晖：《现代中国思想的兴起》第一部下卷，生活·读书·新知三联书店 2008 年版，第 1497 页。

③ 瞿秋白：《郑译〈灰色马〉序》，《俄国文学史及其他》，复旦大学出版社 2004 年版，第 169 页。

④ 《瞿秋白文集·文学编》第 1 卷，人民文学出版社 1985 年版，第 312 页。

⑤ 邓中夏：《贡献于新诗人之前》，《中国青年》1924 年第 10 期。

⑥ 肖楚女：《艺术与生活》，《中国青年》1924 年第 38 期。

从振奋民族精神的意义上，赞许了郭沫若的《棠棣之花》是难得的佳作。鲁迅对陶元庆绘画的推崇也是从其体现了合于世界潮流的民族性出发的，即便西洋绘画，但“作者是夙擅中国画的，于是固有的东方情调，又自然而然地从作品中渗出”①，就也是“和世界的时代潮流合流，而又并未梏亡中国的民族性”②。

形成初期的中国马克思主义文学批评对于文艺民族性的推崇很大程度上是接续新文化民主运动对于民族主义理性接受的结果。萌芽期的中国马克思主义文学批评推崇文艺的民族性，并非由于革命观念此时尚未渗入文艺活动中，事实上，阶级意识已在同时期瞿秋白《艺术与人生》、郭沫若《我们的文学新运动》等文艺批评文章中呈露出来。早在1923—1924年间，邓中夏、恽代英等早期共产党人便在文艺战线明确提出了“革命文学”的主张。中国马克思主义文学批评对民族性的认同接受，文艺的民族性和阶级性关系此时还没有表现出后来的焦灼的对抗性，很大程度上只是对从晚清到新文化运动的民主革命把民族置于一个十分重要价值的传统的传承。民族主义在中国的引介与传播，严重冲击了中国传统文化，然而民族主义唤起的反传统主义尚不足以指引中国摆脱内忧外患的困境。马克思主义在中国“一开始便是指导当前行动的直接指南而被接受、理解和运用的”③。作为马克思主义内在的一部分，马克思主义文学批评在中国的第一天所展现的也是革命实践的品格，“革命的理论不能和革命的实践相离”，“应用马克思主义于中国国情的工作，断不可一日或缓”。④ 民族危机的加深，现实生活的要求，使“五四”新文化运动融合了个性解放和民族解放的要求，“新文学底开始就是被民族解放底热潮所推动，人民大众底反帝要求是一直流贯在新文学底主题里面”⑤。中国共产党“一大”

---

① 鲁迅：《〈陶元庆氏西洋绘画展览会目录〉序》，《鲁迅全集第七卷·集外集拾遗》，人民文学出版社1981年版，第262页。

② 鲁迅：《当陶元庆君的绘画展览时》，《鲁迅全集·而已集》，人民文学出版社1981年版，第549—550页。

③ 李泽厚：《中国现代思想史论》，天津社会科学院出版社2003年版，第140页。

④ 瞿秋白：《〈瞿秋白论文集〉自序》，《瞿秋白选集》，人民出版社1985年版，第310—311页。

⑤ 胡风：《人民大众向文学要求什么?》，《胡风评论集》（上），人民文学出版社1984年版，第374页。

尽管已经直接接触和了解了俄苏马克思主义文学批评否定性的民族观念，但并没有采纳其意见。[①] 直到中共“二大”前，中国马克思主义文学批评保持着制订文艺方针路线上的自主性，坚持着以民族性为革命文艺实践重要价值的取向，“各国革命有各国国情，我们中国是个生产事业落后的国家，我们要保留独立自主的权力，要有独立自主的做法”[②]。

随着中共加入第三国际，俄苏马克思主义文学批评的介入深刻改变了中国马克思主义文学批评对于民族性的接受和肯定的立场。中国马克思主义文学批评开始极力推崇文艺的阶级革命属性，并以文艺的阶级性和国际主义质疑、对抗甚至否定文艺的民族性。接受了俄苏马克思主义文学批评的民族观，中国马克思主义文学批评通过强调文艺的国际性和阶级性，表现出了鲜明地排拒文艺的民族主义倾向。以 1924 年为界，中国马克思主义文学批评凸显出文艺的阶级革命属性与国际主义精神，在对待民族性的态度上发生了一个由认同到疏离再到排拒的逆转，民族性不再是一个纯然透明进步、无须质询的价值，而是需要重新认识、反省乃至抵制的取向。这一转变首先体现于这一时期中国共产党的民族政策上。中国共产党“二大”通过了“加入第三国际决议案”，根据加入第三国际条件的第 6 条，“凡是愿意加入第三国际的党，应该告发一切爱国社会主义”[③]，无产阶级是世界性的，俄罗斯苏维埃是全世界无产阶级的“唯一祖国”。中国共产党“须加紧宣传民族斗争虽然忠于而不能代替阶级斗争的理由，并须宣传民族的党和阶级的党使命之不同，使工人群众不至民族主义化”[④]。中国共产党“四大”在《对于民族革命运动之决议案》中明确表达了对民族主义的拒绝，“现代的民族解放运动，和原始的笼统的民族排外不同，……孤立的民族主义国家主义，已经不适宜于现代民族解放运动的工具了”[⑤]。民族利益需要服从于阶级斗争的需要，民族主义因为不适应甚至伤及社会革命而遭到中国马克思

① 张文琳、吕建云：《中共“一大”为何没有采纳列宁的民族和殖民地革命思想》，《甘肃社会科学》2004 年第 5 期。

② 包惠僧：《回忆马林》，《马林在中国的有关资料》，人民出版社 1980 年版，第 100 页。

③ 《中共中央文件选集》，中共中央党校出版社 1989 年版，第 69 页。

④ 同上书，第 404—405 页。

⑤ 同上书，第 330—331 页。

主义文学批评的遗弃，这种对民族主义的认识和处理已与俄苏马克思主义文学批评的民族观没有什么区别，俄苏马克思主义文学批评的民族观事实上成为中国马克思主义文艺批评的指针。①

中国马克思主义文学批评对民族性的排拒除体现于党的民族路线外，还具体地呈示于此一时期的文学批评活动中。瞿秋白取径马克思主义文学批评民族观的阶级论域，对民族主义思想进行了批判与扬弃，在《世界革命中的民族主义》一文中，他站在世界社会主义革命时代的角度，对中国国民党所发表的“民族主义”提出了质疑。瞿秋白通过反问民族主义思想中的“我们”是谁，回答“我们”实际是指“中国豪绅资产阶级与国际帝国主义”，“我们”的民族主义是“互相剥削中国工农之权的民族主义”②，从而消解了国民党名为“全民”实为“豪绅阶级”的民族主义，揭穿了国民党所鼓噪的民族主义的欺骗性与反动性。与政治观念同步，他在这一时期的文艺评论也放弃了先前要求文艺体现民族性的主张，旗帜鲜明地反对文艺创作中丧失了阶级革命意识、鼓吹所谓一般抽象的民族主义的现象。如果说瞿秋白是从阶级的角度对民族主义的欺骗性发起攻击，那么陈独秀则从国际主义立场出发确认了民族主义的落后性。陈独秀认为，民族主义的狭隘性已经不能适应于时代与革命的需要，甚至构成了对民族解放的阻碍。“纯资产阶级性的非国际性的民族主义，是前时代欧洲纯资产阶级的口号，这一口号，已属于过去的而且是反对的了；在现代各阶级联合的含有国际性的殖民地民族运动中，它已经是分散此运动在内外反帝国主义联合战线之障碍物。”③ 瞿秋白和陈独秀对民族主义的批评渗透和影响了这一时期的左翼文艺实践，以蒋光慈《无产阶级革命与文化》、郭沫若《我们的文学新运动》《革命与文学》为肇始，中国马克思主义文学批评对阶级性日益强调和重视，并将文艺的阶级性和民族性直接对立起来，在阶级性的挤压下，之前的文艺民族性诉求逐渐淡漠。在20

① 中国马克思主义对马克思主义的接受是通过列宁主义的中介，而不是建立在直接对马克思的研读、了解和思考上。中国马克思主义一度全盘接受俄苏，但最终摆脱出来，形成了中国的马克思主义——毛泽东思想，但一些结构性的东西仍潜藏延存下来。

② 瞿秋白：《世界革命中的民族主义》，《布尔塞维克》第17期，1925年6月。

③ 陈独秀：《孙中山三民主义之民族主义是不是国家主义?》，《陈独秀文章选编》下卷，生活·读书·新知三联书店1984年版，第213页。

世纪20年代末的“革命文学”论争中，文艺的阶级性要求甚至完全压倒、否定和取代了文艺的民族性诉求，以至鲁迅等反封建礼教的民主主义作家也遭到批判。中国马克思主义文学批评一度将文学的阶级性和民族性对立起来，很大程度上是受俄苏马克思主义文学批评对民族文化的批判左右，“对于中国社会，未曾加以细密分析，便将在苏维埃政权之下才能运用的方法，来机械的地运用”[①]。

无论是接受还是排拒，中国马克思文学批评形成的中前期所认识和对待的民族性都是资产阶级民主主义性质意义上的。前期马克思主义文学批评中，瞿秋白的民族论述颇具代表性，“‘我’对民族为个性，民族对世界为个性，无‘我’无民族，无民族性无世界，无世界，更无所谓‘我’，无所谓民族，无所谓文化”[②]。瞿秋白是在个体，民族与世界的特殊性与普遍性辩证统一的关系中肯定民族的。民族是“我”的依附所在，是世界的构成单位，是文化的承载之所。“民族”在抽象个性的民主平等原则下被讨论，“作为资产阶级的生产关系和所有制关系的产物”个体的“我”是民族的价值所系；对于世界而言，“民族”也既是“个体”也为“个性”。民族主义被置于人道主义之下接受审视与评判，“为爱国去杀人生命，掠人土地，是强盗的行为，是背人道反理性的行为”，“爱人的生活比爱国的运动更重要”。[③] 中国马克思主义文学批评对民族性的接受屏蔽了个体和民族的阶级属性，还停留在对民族理解的资产阶级民主主义性质上。随着俄苏马克思主义文学批评的介入和革命斗争经验的丰富，中国马克思主义文学批评认识到貌似客观公允的资产阶级民主主义性质的民族主义之欺骗性和狭隘性。“想不偏右也不偏左，纯粹站在‘民族’、‘国家’的利益上面，是不可能的事”，宣称所谓“国家民族利益超于一切”的论调，不过是资产阶级愚弄民众的伎俩。另外，民族性中有许多落后的因素，民族主义可能为反动势力所用，不能不加分辨地一概拥护。民族主义也不是“盲目的反对一切外国人”，“以国家或民族文化为最高原则”，实际上是资产阶级的民族主义，“终结的目的是造成中国资产阶级的帝国

---

① 鲁迅：《上海文艺之一瞥》，《文艺新闻》第20—21期，1931年10月27日、8月3日。

② 《瞿秋白文集·文学编》第1卷，人民出版社1985年版，第213页。

③ 《李大钊选集》，人民出版社1959年版，第328、238页。

主义”[1]。中国马克思主义文学批评排拒民族主义，既非要将正常的民族情感统统抹杀掉，也非否定民族性在无产阶级社会革命的积极价值，而是要与资产阶级具有蛊惑性和反动性的民族主义划清界限，避免“耽溺于资产阶级性的民族德谟克拉西的运动中”[2]。

三 阶级与国际主义视域下对民族性的辩证容纳

中国马克思主义文学批评对民族性的排拒是一段时期内党受共产国际左倾冒进策略指导，错误地估计革命性质与形势在文艺战线上的反映。随着党对社会革命首先是新民主主义性质的判定，与阶级性和国际主义相辩证的民族性被重新纳入中国马克思主义文学批评的价值体系中。“解放被压迫的劳动人民”和“解放被压迫的民族”是中国社会主义运动的两面大旗，民族解放和独立是中国革命首先需要完成的任务。资产阶级的民族主义固然是狭隘的，但遵奉泯灭民族性的大同主义对于被压迫的弱小民族而言更为虚妄有害，大同主义“在强大民族口中喊出，虽未必有益却无损，在被压迫的弱小民族口中喊出，则是何等昏聩无耻的话！是何等可怕的麻醉剂、催眠剂”[3]！缘此，虽然资产阶级民族主义不足取，但扬弃了前者狭隘反动封闭排外属性的、与无产阶级国际主义运动相协调的民族性仍可以和应作为中国马克思主义文学批评考察文艺现象与评判作品优劣的价值诉求和尺度。

中国马克思主义文学批评批判封闭狭隘的民族主义，吸纳与社会主义国际主义相统一的民族主义。针对资产阶级民族主义认为中国的民族独立运动应完全由中国人自己的力量来完成，拒绝外力援助的看法，中国马克思主义文学批评犀利地揭穿了它的狭隘性和落后性。资产阶级民族主义看似更为高调彻底，但实质上是为关门革命辩护的形式逻辑，“他们不是民族主义，而是闭关主义，他们不是独立运动，而是孤立运动”。在现代国际帝国主义造成的整个世界革命状况下，“一国家一民族关起门来独立革

① 瞿秋白：《中国国民革命与戴季陶主义》，《瞿秋白选集》，人民出版社1985年版，第198、182页。

② 《中共中央文件选集》，中共中央党校出版社1989年版，第336页。

③ 陈独秀：《大同主义与弱小民族》，《陈独秀文章选编》中卷，生活·读书·新知三联书店1984年版，第504页。

命是不可以得到成功的了"[①]。中国马克思主义文学批评对资产阶级民族主义的批判直接受教于对民族主义作阶级分析的俄苏马克思主义文学批评，但前者并没有完全对后者亦步亦趋，堕入"反对一切形式的民族主义"的观念中。抵抗帝国主义、谋求民族独立的斗争不应局限于一个民族范围内孤立地开展运动，而要与社会主义的国际主义协调起来。中国民族革命既是本民族的事情，也与其他民族的斗争相联系，它依赖于其他民族斗争的配合与协助，同时"中国革命的成功，将与伟大的影响于欧洲，乃至世界"[②]。"我们一方自己振作，一方和世界被压迫民众联合起来向帝国主义共同作战，那么我们民族必有达到完全独立之一日。"[③] 中国革命是世界的一部分，民族主义应摒弃孤立主义，与国际主义达成协调。这里的国际主义不能混同于超越阶级属性的大同主义，它不是不加区分地与所有民族的联合，而是"与全世界被压迫的劳动者，被压迫的落后民族结合在一起"。中国的解放需要接受世界无产阶级的援助，中国的民族民权主义需要在国际的民主主义中实现，在这个意义上，"中国的民族主义根本上是国际主义"[④]。

中国马克思主义文学批评反对维护封建资本主义统治的民族主义，肯定与无产阶级革命相协调的民族主义。针对文艺创作中盛行的对岳飞、文天祥等民族英雄的歌颂，中国马克思主义文学批评因其倡导愚忠驯顺、为专制统治辩护而对其给予了严肃地批评。民族主义应代表先进的力量和拥有进步的内涵，具体而言，即需要与反对国内外资本主义的阶级斗争结合起来。"我们国民革命，是站在全民众的观点上去反抗外国资本主义，而国民革命第一目标——民族主义——就是代表全中国民众与外国资本主义去实行阶级斗争"[⑤]，中国的民族解放斗争是与无产阶级的革命斗争统一

① 陈独秀：《世界革命与中国民族解放运动》，《陈独秀文章选编》下卷，生活·读书·新知三联书店 1984 年版，第 214—215 页。

② 李大钊：《中山主义的国民革命和世界革命》，《李大钊文集》下卷，人民出版社 1984 年版，第 864 页。

③ 恽代英：《中国民族独立问题》，《恽代英文集》上卷，人民出版社 1984 年版，第 550 页。

④ 瞿秋白：《瞿秋白文集·政治理论篇》第 2 卷，人民出版社 1988 年版，第 537 页。

⑤ 瞿秋白：《国民革命与阶级斗争》，《瞿秋白文集·政治理论篇》第 2 卷，人民出版社 1988 年版，第 387 页。

在一起的。资本主义的民族主义以人道主义为支撑，建立在以抽象的、无区别的个体或“生物学上的存在的人类”之上，“属于资产阶级旧民主主义的范围与范畴”[①]，纯粹的“艺术至上主义”、无民族性的“全人类的艺术”和超阶级性的“第三种人的文学”是与之相应的文学艺术观念。以鲁迅为代表的中国马克思主义文学批评通过对这些相继出现于20世纪20年代至30年代初的文学观念的批判，清算了资本主义的民族主义，进而主张与无产阶级革命相统一的民族主义。中国马克思主义文学批评坚持与无产阶级革命相协调的民族主义，把无产阶级、民众与民族的利益相洽无间地结合起来，这需要确保民族主义的无产阶级性质，保证无产阶级在民族运动中的主导与独立地位。毛泽东1921—1927年对“‘民’强调两重意义：一种指‘民众’，另一种指‘中华民族’，他的思想、著作和行为中把‘民众’和‘民族’联系起来了”[②]。“我们参加民族运动，是为了全民族的解放，并且为了无产阶级自己的利益，绝不是为了资产阶级的利益”，为了达到这个目标，无产阶级“不是附属于资产阶级而参加，乃是以自己阶级独立的地位与目的而参加”[③]。

中国马克思主义将民族的独立作为首要的目标，中国马克思主义文学批评将民族性作为与阶级性、国际主义相辩证的文艺的价值属性和诉求，是符合马克思主义经典作家在民族问题上的意见的，“不恢复每个民族的独立和统一，那就既不可能有无产阶级的国际联合，也不可能有各民族为达到共同目的而必须实行的和睦的自觉地合作”[④]。民族是无产阶级开展斗争的场所，成为民族是无产阶级革命的目标，民族诉求是与中国马克思主义的利益相契合的。连一向抵制民族主义的列宁对中国马克思主义文学批评标举民族性也表达了同情之理解，“印度与中国觉悟的无产者，除了走民族道路以外也不能走别的道路，因为他们的国家还没有形成为民族国家”[⑤]。不惟列宁，伊格尔顿在评价当代马克思主义的得失时也对此表示了理解与肯定，中国马克思主义批评对民族主义

---

① 胡风：《堂吉诃德底解放》，《胡风评论集》上，人民文学出版社1984年版，第180页。

② 郑家超编：《西方学者谈毛泽东》，香港新世纪出版社1993年版，第31页。

③ 《中共中央文件选集》，中共中央党校出版社1989年版，第330—331页。

④ 《马克思恩格斯选集》第1卷，人民出版社1972年版，第249页。

⑤ 《列宁全集》第36卷，人民出版社1959年版，第293页。

的容纳是一种对马克思主义的“同志式的”发展，而不是充满“敌意的反应”，“马克思主义一直是直到亚洲和非洲新革命民主主义行动的理论之光；但这点，不可避免地意味着修改该理论，以适应特定的新情况；革命的民族主义既复活了马克思主义，又迫使它自我反省”[①]。综观整个形成期的中国马克思主义文学批评，虽然没有形成体系化的民族观念，但它还是在辩证思索和容纳民族性上做出了可贵的探索。虽然是对经典与俄苏马克思主义文学批评民族观的继承，深受其影响与启发，然而中国马克思主义批评并没有一味地盲从、移植和照搬前者，而是根据中国革命的实际历史情形展开了有别于和超越于它们的探索。中国马克思主义文学批评对经典作家的著述和观点并不采取机械、教条和全盘的照搬和执行，而是批判的、有选择性的，“自己来决定马克思主义理论的哪些因素是可以接受的，哪些因素是应当修改或扬弃的”[②]，“并且纯理论的阐述应随着历史条件的不同和变化不断地变革和修改”，在这个意义上，中国马克思主义文学批评形成期的民族观从一开始便具有某种“中国形态”的特质，这一基调贯穿于整个中国马克思主义文学批评的民族观念建设中。

总之，经典与俄苏马克思主义文学批评直接影响了中国马克思主义文学批评的形成，但中国马克思主义文学批评对它们的接受从一开始便是具有主体意识的“研究、批评与决定”。对于文艺的民族性，从起初承续新文化运动的简单认同，到接受俄苏马克思主义文学批评指导的一度排拒，再到确认中国社会革命民主主义性质的辩证容纳，形成期的中国马克思主义文学批评在民族观上经历了曲折的转换过程。虽然尚未形成明晰、系统的理论，但中国马克思主义文学批评在文艺民族性问题上的考察逐趋独立成熟，完成了最初的探索，为中国马克思主义文学批评后来根据变化了的历史条件在民族观念上的长足建设奠定了坚实的基础。[③]

---

① ［英］特里·伊格尔顿：《理论之后》，商正译，商务印书馆2009年版，第34页。

② ［美］莫里斯·迈斯纳：《李大钊与中国马克思主义的起源》，中共党史资料出版社1989年版，第104—105页。

③ 胡俊飞：《中国马克思主义文学批评民族观的形成》，《华中学术》2014年第1辑。

第二章

百年中国马克思主义文学批评的民族观探求

与俄苏马克思主义文学批评对民族文化的批判、西方马克思主义文学批评对文学民族性的讳莫如深不同，民族主义是中国马克思主义文学批评一贯坚持的鲜明立场。从形成之日始，鲜明与一贯的民族立场、价值和诉求便是中国马克思主义文学批评区别于其他形态的马克思主义文学批评的重要特质之一。并非如列宁、奈恩、安德森、查特吉等一批理论家所言，马克思主义与民族主义是无法调和与根本敌对的，“民族问题是马克思主义的失败”，中国马克思主义以自己的理论与实践，有力地说明了马克思主义与民族主义是可以有机统一起来的。正如艾思奇所述，“如果说共产主义只是阶级论或国际主义者，不能成为真正的民族主义者，因此在中国的共产主义者也不能谈民族道德的发扬，这完全是一种公式的、形式论理学的曲解”①。根据中国社会历史和文艺文化实践的情势和需要，作为对经典与俄苏马克思主义文学批评民族观的批判性继承和创造性发展，从20世纪20年代形成直到当下，这近百年历程，虽然间或有着来自内外部的异议，但中国马克思主义文学批评始终坚守着民族主义的立场和标准，并在文艺民族性问题上进行了长足且富于成果的理论建设。

虽然中国马克思主义文学批评在每个不同的历史时期在对民族主义的坚持上都遭遇到不谐乃至质询的声音，但这些不仅没有动摇中国马克思主义文学批评坚持民族立场的主调，反而在与它们的辩驳中，中国马克思主

---

① 艾思奇：《共产主义者与道德》，《艾思奇文集》第1卷，人民出版社1981年版，第417页。

义文学批评逐步形成了自己对于民族主义明晰、科学、辩证的认识。在中国马克思主义文学批评的理论建设中，民族性不是完全孤立内在的存在，不能完全依它自身得到说明和阐释，而主要是在与阶级性、国际主义、现代化等的立体关系网络中确立自身的内涵与定位的。作为指导和总结成功实践的智慧结晶，中国马克思主义文学批评对于对民族性的把握、理解和坚持兼具原则性、灵活性和辩证性，是一种与马克思主义的国际主义视野相协调的“开放的民族主义”①。“开放的民族主义”是中国马克思主义文学批评贡献和丰富马克思主义文艺理论的重要成果，至今仍是中国当代马克思主义文学批评的基本立场、观点与标准。

第一节　民族：中国马克思主义文学批评的一贯立场、标准与诉求

西方马克思主义批评要么明确否定民族，如法兰克福学派阿多诺和霍克海姆在《启蒙辩证法》认为，把人从迷信和蒙昧中解放出来的现代理性，现在已翻转为统治社会和人的工具，结果使启蒙走向愚昧，民族主义即是现代理性的内容之一，它由正面地解放人变成了反面地束缚人。要么有所保留，或认为民族是人类逃避自由过程中权宜的组织形式，是一种绝非终极性、需要扬弃的扭曲历史形式，如弗罗姆和伊格尔顿；或是一个“除标明出生地外”其他一切都是虚构出来的想象的共同体，如威廉斯和安德森等。与西方马克思主义批评形成鲜明对照，中国马克思主义文学批评始终不移地将民族性作为自己的价值尺度和文化立场，并“将民族主义写入了本国马克思主义政党的章程”②。

中国马克思主义文学批评从形成至今，在坚持文艺的民族性标准和文艺研究的民族立场上不断丰富和拓展着，但这并不意味着它对于民族性的认识一成不变，更不表示中国马克思主义文学批评所面临的历史情势是凝

① 胡亚敏：《开放的民族主义——论中国当代文学批评之立场》，《华中师范大学学报》2007年第6期。

② ［英］特里·伊格尔顿：《马克思为什么是对的》，李杨等译，新星出版社2011年版，第213页。

定不动的。中国马克思主义文学批评“拒绝对民族一词作狭隘化、字面性的理解”，清醒地认识到“如果对民族形式没有一种正确而清晰的概念，它将是一个空洞无着的收获”[①]，正是根据和适应变化了的社会历史状况，中国马克思主义文学批评不断探求并调整着对民族性的理解。大致而言，中国马克思主义文学批评在民族观念的建设上经过了三个时期，即从对“民族主义文学”的批判到民族形式论争、从延安文艺座谈讲话的发表到“文化大革命”结束、从新时期到新世纪。中国马克思主义文学批评在不同时期里对民族观念的建设分别主要围绕民族与阶级、民族主义与国际主义、民族化与现代化三个主要课题展开。中国马克思主义文学批评对于民族性的坚持和民族观的建设并非一帆风顺和众口一词，它从来不缺乏遭遇来自外部的攻讦或出自内部的质疑，但也正是通过对这些异议的质辩，中国马克思主义文学批评完成了对于民族性符合时代要求的坚守与思索。

一 从“民族主义文学”批判到“民族形式”论争

新民主主义文化首先是“民族的”。20世纪20年代末到30年代初，一方面国内革命受共产国际左倾路线指导而遭受沉重挫折，另一方面日本悍然发动的“一·二八”等侵华事变加剧了中华民族的生存危机。在这种情势下，中国马克思主义开始重新评估中国社会的主要矛盾和与自己亟待完成的历史任务，明确认识到中国仍是半封建半殖民地的社会性质，社会革命不能一蹴而就，中国社会革命首先需经过无产阶级领导的新民主主义革命，民族的独立解放是中国马克思主义首当其冲的工作。在此历史条件下，虽然阶级仍是中国马克思主义文学批评的价值尺度，但民族性也自然地成为后者的重要诉求。作为对“五四”以来新文学成绩、经验和历次文艺论争的总结性文献，毛泽东在《新民主主义论》中指出，新民主主义文化应是“民族的、科学的与大众的”[②]，民族性是新民主主义文化的第一属性，这是中国马克思主义文学批评根据自身所处的社会情境和革命首先要完成的任务、对文化文艺问题做出

① 蒋弼：《关于文艺的民族形式》，徐遒翔编《文艺的“民族形式”讨论资料》，知识产权出版社2010年版，第486—487页。

② 毛泽东：《新民主主义论》，《毛泽东选集》，人民出版社1966年版，第702页。

的科学判断和提出的具体要求，正如汉学家费约翰所言，“国共两党在中国革命进程中的分裂不应该被描述为马列主义与民族主义之间的斗争”，“中国共产党也是民族主义的”。[①]

中国马克思主义文学批评对于民族性的科学理解发端于对“革命文学”以阶级性否定民族性偏颇的纠偏和对“民族主义文学”以民族性遮蔽阶级性的批判。针对“民族主义文学”企图以民族性掩盖阶级性进而打压革命文艺的论调，鲁迅、瞿秋白等人给予了尖锐犀利的驳斥。中国马克思主义文学批评对“民族主义文学”的批判并非否定文艺的民族性本身，而是旨在揭批它抽象、形式地谈论、阐释与借用民族性，矛头却指向勃兴的无产阶级革命文艺运动的反动实质。“民族主义文学”对民族性的坚持是虚假的，认为“阶级斗争是社会的病”的“民族主义文学”是帝国主义与本国地主资产阶级统治者的“鹰犬”，“来压迫无产阶级，以苟延残喘”，并非要唤醒反抗民族压迫的民族意识，“反而是于帝国主义有益的”，是“不抵抗的奴才主义，假抵抗的投降主义，卖国的民族主义”。“民族主义文学”的民族观是法西斯式的，不过是“绅商地主高利贷资产阶级杀人的口号”，鼓吹战争和屠杀民众，“所希望的是拔都的统驭之下的友谊，不是各民族间的平等的有爱”，是“诓骗民众牺牲个人维护国家‘安心做自己的奴隶’”。[②] 进而中国马克思主义文学批评指出，接受马克思主义的指引和无产阶级的领导是民族主义的正路，“民族主义文学”“只尽些送葬的任务，永含着恋主的哀愁”，“须到无产阶级革命的风涛怒吼起来，刷洗山河的时候，这才能挣脱出这沉滞猥劣和腐烂的运命”。[③] 中国马克思主义文学批评虽然批判“民族主义文学”，但并非重蹈“革命文学”唯阶级论的覆辙，它并没有否定民族性的正当性，反而在扬弃抽象、虚假的民族性中建立起了对民族性具体、历史地理解和持守。中国马克思主义文学批评抨击“民族主义文学”，并非是要否定民族诉求的合理性，而是要与国民党争夺对民族内涵合理解释的话语权。两者在民族问题

① ［澳］费约翰：《唤醒中国》，李恭忠等译，生活·读书·新知三联书店 2004 年版，第 502 页。

② 瞿秋白：《中国的狗道主义》，《北斗》第 2 卷第 3、4 期合刊，1932 年 7 月 20 日。

③ 鲁迅：《二心集·“民族主义”文学的任务与运命》，《鲁迅全集》第 4 卷，人民文学出版社 2005 年版，第 320—321 页。

上的分歧主要是与阶级的关系，“国民党人认为阶级斗争没有必要，而且对国家统一有害，而共产党人认为阶级斗争正是统一的先决条件”①。中国马克思主义文学批评并非是“以阶级论遮蔽了尖锐而复杂的民族矛盾”②，而只是揭穿了“民族主义文学”以民族主义为幌子妄图转移阶级矛盾、维护专制统治的伪善本质。中国马克思主义文学批评在保持阶级斗争锋芒的同时，也关注着民族危机。两者的关系是辩证协调共举的。③

20 世纪 30 年代中期，在抗日统一战线方针的指导下，中国马克思主义文学批评内部先后提出了“国防文学”和“民族革命战争的大众文学”两个口号，虽然相互间发生了激烈而持久的论争，但在要求文艺秉持民族立场上并无分歧。如果说对“革命文学”和“民族主义文学”的纠偏与反拨所形成的民族观，方式是间接、形态是零散的，那么在这次论争中，中国马克思主义文学批评对文艺的民族性首次做出了正面、系统的阐释和鲜明、坚定的标举。“国防文学”号召作家“描写民族解放斗争的事件和人物，努力于创造民族英雄和卖国者的正负的典型”，“使文学成为民族解放的武器之一”。④ 此外，“国防文学”礼赞了《八月的乡村》《生死场》等作品充盈的强烈民族感情，认为“爱国主义应该发展成为目前文化的一个主要内容”，文学应“普遍地提高人的民族意识，民族觉悟，民族认识，民族气节”。⑤ 在民族的生死存亡当前，“只有最坚定地把定民族

① ［美］阿里夫·德里克：《革命与历史：中国马克思主义历史学的起源，1919—1937》，翁贺凯译，江苏人民出版社 2004 年版，第 61 页。

② 张中良：《论 1930 年代民族主义文学思潮》，《中国现代文学研究丛刊》2013 年第 9 期。

③ 近年现代文学史界掀起了对 20 世纪 30 年代初国民党文人和 40 年代战国策派“民族主义文学”的重评研究（参见苏春生《文化救亡与民族文学重构——“战国策派”民族主义文学思想论》，《文学评论》2009 年第 6 期；高玉《重审中国现代文学史上的“民族主义文学运动”》，《人文杂志》2005 年第 6 期；张中良《论 1930 年代民族主义文学思潮》，《中国现代文学研究丛刊》2013 年第 9 期等），由于涉及对这一阶段马克思主义文学批评民族观探索的评价，应引起我们的注意。“民族主义文学”认识到民族主义在当时有其客观进步性，但它确有将民族问题抽象化，掩盖民族内部阶级矛盾之嫌，对于中国马克思主义文学批评在民族问题上坚持阶级的标准和立场，没有充分考虑其历史动因和必然性，我们不能对中国马克思主义文学批评兼顾民族性和阶级性的合法性探索一概否定和抹杀，应抱历史地同情之理解的态度。

④ 周扬：《关于国防文学》，《周扬文集》第 1 卷，人民文学出版社 1984 年版，第 168—169 页。

⑤ 周扬：《略谈爱国主义》，《周扬文集》第 1 卷，人民文学出版社 1984 年版，第 243—244 页。

的立场，最高度地发挥民族精神的文学，才能成为伟大的文学”①。与“国防文学”对民族性的弘扬英雄所见略同，“民族革命战争的大众文学”也公开承认，“现在中国最大的问题，人人所共的问题，是民族生存的问题”，“我不但是一个作家，而且是一个中国人”，反抗奴役的民族主义理应成为具体文艺实践的基本诉求。“民族革命战争的大众文学”应该“说明劳苦大众底利益和民族利益的一致”②，对民族立场的秉持并不必然意味着对阶级性原则的背弃。“民族革命战争的大众文学”是无产阶级文学在民族危机日益深重下的发展，包含着“无产革命文学在现在时候的真实的更广大的内容”③。在“民族革命战争的大众文学”的口号中所要求的文艺的民族性和阶级性是内在统一的，对民族性的倡导正是对阶级性坚守的体现和需要。中国马克思主义文学批评对民族主义的持守并非因应形势需要否弃阶级论而来的“突变”和权宜之举，实是与中国新文艺的传统一脉相承。

20 世纪 30 年代末 40 年代初，中国马克思主义文学批评在对鲁迅及其所代表的新文学运动的历史评价和民族形式论争等文艺活动中沿承了“开放的民族主义”立场。鲁迅逝世以后，毛泽东、冯雪峰、周扬等不约而同地都以“民族英雄”“民族魂”和“民族战士”等高度估价鲁迅在现代文学思想史上的身份和地位。毛泽东在纪念鲁迅时，称他是“一个伟大的文学家”“是一个民族解放的急先锋”，“近年来站在无产阶级和民族解放的立场”④，“是空前的民族英雄”⑤。与晚年鲁迅交往甚笃的冯雪峰在追念文章中也指出，鲁迅“是以一个民族的、社会的革命者的资格去接近文学的”，“毫无疑问的是民族利益的拥护者”⑥，是“一贯的最勇敢的民族战士”，并且因为并未“放弃阶级立场”，也没有陷入狭隘的

① 周扬：《从民族解放运动中看新文学的发展》，《周扬文集》第 1 卷，人民文学出版社 1984 年版，第 278 页。

② 胡风：《人民大众向文学要求什么》，《胡风评论集》上卷，人民文学出版社 1984 年版，第 376 页。

③ 鲁迅：《且介亭杂文末编·论现在我们的文学运动》，《鲁迅全集》第 6 卷，人民文学出版社 2005 年版，第 612 页。

④ 毛泽东：《论鲁迅》，《毛泽东论文艺》，人民文学出版社 1992 年版，第 48 页。

⑤ 毛泽东：《新民主主义论》，人民出版社 1975 年版，第 7—8 页。

⑥ 冯雪峰：《关于鲁迅在文学上的地位》，《冯雪峰论文集》上卷，人民文学出版社 1981 年版，第 41 页。

“爱国主义的污池里去”[①]。不同于胡风把鲁迅的思想转变描述为由进化论向阶级论、由小资产阶级民主主义向无产阶级马克思主义的观点，周扬将鲁迅定性为民族主义者，始终坚守民族的立场，其全部著作“贯彻着为民族解放而奋斗的精神”。作为新文学的旗手，鲁迅被周扬誉为“民族战士”，“鲁迅的一生是和中华民族解放不能分开的”，正是出于民族主义的情感，使鲁迅“写下了中国新文艺的光芒万丈的第一页”。鲁迅的思想是中国现代民族思想由萌发（排满）到演变（反帝国主义）再到深化（国际主义的民族主义）的整个历程的代表与缩影。鲁迅的创作“满熏着中国的土气”，但“这也正显示了作为一个真正民族作家的他的特色”，“在中国是没有谁比他更配称为民族作家”[②]。鲁迅等所开创的中国新文学“从开始就和民族解放运动密切地联系着，这个联系贯彻了新文学的全部历史”[③]。中国马克思主义文学批评“强化‘五四’的爱国主义性质，将爱国主义纳入到‘五四’叙述中”，建构起了“爱国五四”[④]。

旷日持久的民族形式论争更显示了中国马克思主义文学批评文艺民族性的坚守，并丰富和深化了文艺民族性的课题与内涵。作为民族形式论争的导引，在《中国共产党在民族战争中的地位》一文中，毛泽东提出了“马克思主义必须与我国的具体特点相结合并通过一定的民族形式才能实现”的重要命题，这一命题将“马克思主义”与“民族主义”的双重要求做出了高度融合与总结，解决了马克思主义的国际主义和中国文艺的民族诉求的冲突矛盾问题。[⑤] 毛泽东对马克思主义在中国的具体化，使之具有中国作风和中国气派虽是一般性的，但也表达了中国马克思主义文学批评在文艺民族化上的观点和要求，从而使在中国文艺界中长期聚讼不下的

① 冯雪峰：《关于抗日统一战线与文学运动》，《雪峰文集》第2卷，人民文学出版社1983年版，第7页。

② 周扬：《一个伟大的民主主义现实主义的路——纪念鲁迅逝世二周年》，《周扬文集》第1卷，人民文学出版社1984年版，第281—283页。

③ 冯雪峰：《从民族解放运动中看新文学的发展》，《周扬文集》第1卷，人民文学出版社1984年版，第267—268页。

④ 毕海：《延安对“五四”新文艺的重审及其意义——以“民族形式”论争为中心》，《中国现代文学研究丛刊》2013年第9期。

⑤ 钱理群：《建国前夕对〈论主观〉的批判和胡风的反应》，《中国现代文学研究丛刊》2013年第4期。

马克思主义与民族主义能否协调共处的纷争彻底止息下来。作为对文艺民族性观点的深化，在《新民主主义论》中，毛泽东明确提出新民主主义文化首先是民族的，它是“反对帝国主义压迫，主张中华民族的尊严和独立的，带有我们民族的特质”①。在民族形式论争中，内在于阶级性的民族性得到彰显，强调文艺的民族性并不是放弃阶级立场，“为民族形式的确立和发扬而斗争，就是为阶级的文艺的支配和发展而斗争”②，才真正是阶级立场。“在民族斗争中，阶级斗争是以民族斗争的形式出现的。”③ 在民族形式论争，作为对文艺民族性课题的扩展，中国马克思主义文学批评深刻认识到爱国主义是一个具有历史性的概念，在不同时代有不同的内容，因此不能抽象笼统、不加区分地一概肯定或全盘否定，在民族危亡、保障民族生存为第一义的情况下，爱国主义是现实的本质的具体要求，贬损保存自己的爱国主义，将其与为帝国主义张目的社会爱国主义混为一谈，是“对于前进的纯洁的爱国人们的卑劣的污蔑”④。

二　从延安文艺座谈会讲话到“文化革命”

民族独立是新民主主义的首要目标，但以指明了新中国文艺方向的“延安文艺座谈会讲话”的发表为标志，中国马克思主义文学批评开始为新的历史阶段即社会主义的垦拓作着积极的准备，民族问题在新的历史条件下受到重新考量。在民族解放战争胜利之际，之前处于暗影下的民族主义和马克思主义的国际主义立场之间的矛盾暴露出来。另外，随着大众化的需要，文艺的阶级性与民族性的地位此消彼长，民族性受到冷落，逐渐让位于、转移到文艺的大众化、普及与提高、表现新的群众的时代、为工农兵服务等新的与阶级性相关的课题上，创造“新的人民的文艺”成为中心工作，民族问题淡出了中国马克思主义文学批评的焦点议题范围，爱国主义在一些场合甚至再次被视为需要摒弃的“狭隘的小私有者的情感”⑤。中国马克思主义文学批评

① 毛泽东：《新民主主义论》，《毛泽东选集》，人民出版社 1966 年版，第 699 页。

② 蒋天佐：《论民族形式与阶级形式》，《奔流文艺丛刊》第 1 辑，1941 年 1 月 15 日。

③ 毛泽东：《统一战线中的独立自主问题》，《毛泽东选集》，人民出版社 1966 年版，第 527 页。

④ 艾思奇：《论爱国主义》，《艾思奇文集》第 1 卷，人民出版社 1981 年版，第 381—282 页。

⑤ 周恩来：《在音乐舞蹈座谈会上的谈话》，《周恩来论文艺》，人民文学出版社 1979 年版，第 181 页。

考察民族问题论域的转换是与它所置身的历史境遇的变迁相适应的。一方面，经过十多年数次的内外部论争，文艺的民族性与阶级性矛盾统一的关系已经厘清，中国马克思主义文学批评在这一问题上已经达成了牢固的共识，民族性中的阶级内涵暂时隐伏下来。另一方面，抗战胜利与民族解放在望，阶级的主体性地位确立之后，如何处理独立后的中国与世界其他民族的关系，如何协调中国共产党的民族任务和马克思主义政党的国际主义立场之间的矛盾，具体到文艺文化领域，如何认识中国文学与世界文学的关系，并在世界文学背景下发展民族文学，成为中国马克思主义文学批评新的时代课题。事实上，中国马克思主义文学批评对民族主义和国际主义关联的思索在“延安文艺工作座谈会上的讲话”之前便已偶有论及并初具成绩。

尽管对民族性的讨论已从与阶级性的关系转移到与国际主义的牵连上，但对民族性的持守还是承续下来，并没有因此而发生断裂，民族性仍是中国马克思主义文学批评这一阶段的重要价值尺度。从延安文艺座谈会一直到新时期，中国传统文化的天下主义和马克思主义的国际主义等普遍性价值观念对中国马克思主义文学批评的民族性诉求构成了巨大、持续的挑战。一些学者认为，“中国 20 世纪 50—70 年代民族观念衰颓，复活的新华夏中心主义泛滥并取而代之”①，甚至有学者通过对这一时期《人民日报》语汇的定量分析发现，“60—70 年代只提国际主义，爱国主义很少提及”②，佐证了这一看法。客观而言，中国马克思主义文学批评在这一时期的确存在冷落民族性的倾向，但若认为它完全摒弃了民族性、全面投入了世界性的怀抱，却也与事实不符。这一时期，深受普遍价值影响的中国马克思主义文学批评仍是立足于民族的实际，要开创的仍是具有鲜明民族特色的文化文学格局，并没有真正、更没有完全放弃民族的立场，它是在人类解放、世界革命的背景与视野下坚持文艺的民族性，中国马克思主

① 金观涛、刘青峰：《观念史研究：中国现代重要政治术语的形成》，法律出版社 2010 年版，第 250 页。

② ［日］村田忠禧、刘斌：《“我被骂成‘卖国贼’，但我无所谓”》，《南方周末》2013 年 2013 年 11 月 21 日，第 24 版。在新中国成立后到“文化大革命”一段时期，由于把自己视为世界社会主义革命的中心和策源地，中国马克思主义文学批评确曾一度反对民族主义。周恩来在这一时期同艺术界的座谈中，把民族主义当作小资产阶级的狭隘意识情感予以排斥和批判。另参见叶群《“在思想斗争战线上”——反对个人主义、自由主义、无政府主义、平均主义和民族主义》，《群言》1958 年第 1 期。

义文学批评对民族性的理解，相较一般民族观是更具体、更真实和更开放的。民族立场对于中国马克思主义文学批评而言，并非是“权宜性、工具性和阶段性”的。

中国马克思主义文学批评这一时期对民族性的弘扬全方位地体现在党的文艺方针路线的制定、对具体作家作品的批评和对各种文艺现象思潮的研判上。民族性仍是中国马克思主义文学批评在民族解放之际和之后的重要诉求之一。爱国主义是中国马克思主义文学批评根据新的历史条件对文艺创作在思想观念上提出的具体要求，文艺要“用爱国主义和社会主义的崇高思想教育人民”，“建设社会主义的民族的新文化”[①] 是中国马克思主义文学批评在这一时期文艺工作反复重申的总方针。在这一方针指导下，民族性十分自然地成为评判文艺作品价值有无、高低、优劣的重要标准，“我们的文艺要实行思想指导，要看我们的作品，今天的一个中心主题就是要表现‘爱国主义’”[②]。在具体的文艺创作上，体现和实践民族性也是中国马克思主义文学批评对文艺所提出的具体要求、要秉持的身份立场与需实现的功能效应。“作为中国人，不提倡中国的民族音乐是不行的”，文学艺术不能脱离民族的传统土壤与社会现实，我们“要创造出中国自己的、有独特的民族风格的东西”，只有如此“才不会丧失民族信心”。[③]

在空间观念上，中国马克思主义文学批评所坚持的民族立场是与国际主义矛盾统一的。中国马克思主义文学批评在世界的视野下审视民族问题、定位民族的价值，虽然反对各种反民族的观点，但这并不是意味着要将本民族孤立、隔绝于世界之外，相反，要积极、大胆地借鉴和吸收外国文艺的优秀成果作为自己文化食粮的原料，“要同别的民族文化相联合，建立互相吸收和互相发展的关系，共同形成世界的新文化”[④]。中国文学形成自己鲜明而有生命力的民族特色，不能固步自封、画地为牢，而要不断吸收外来事物“补求自己的落后，经过本民族的消化创造，便自然地

① 周扬：《为创造更多的优秀文学艺术作品而奋斗》，《周扬文集》第2卷，人民文学出版社1984年版，第234页。

② 周扬：《在中国共产党第一次全国宣传工作会议上的报告》，《周扬文集》第2卷，人民文学出版社1984年版，第75页。

③ 毛泽东：《同音乐工作者的谈话》，《毛泽东论文艺》，人民文学出版社1992年版。

④ 毛泽东：《新民主主义论》，人民出版社1975年版，第79—81页。

赋予了中国气派、中国作风与民族形式”。同时坚持文艺的民族性，不是要将特殊性的诉求极端化和绝对化，而是要通过“反映民族的特殊性”以达到“推动内容的普遍性”[①] 的目的。文艺民族性不是与世界性敌对的，它的实现和发展需要以世界性为视野与追求，“一个民族在生活上所走的路，越是‘人类性’的，则这民族也自然越走在远大的发展的路上”[②]。中国文艺的民族性不能狭隘地理解为必须源发于本土，包括五四新文学在内的许多中国文艺形式并非“纯粹是中国式的”。“我们的文艺历来是爱国主义的，也就是说，历来是反对帝国主义侵略和封建主义压迫，充满了对一切侵略者、压迫者的仇恨和对自己民族命运的深刻关心。”[③] 中国马克思主义文学批评把民族解放和人类解放统一起来，视为同一历史过程的两个不同阶段，这样的民族观念自然地包孕着国际主义精神，某种意义上甚至本身就是国际主义的。

中国马克思主义文学批评深刻认识到国际主义要立足于民族的坚实基石上，在民族国家时代，任何否定民族作为客观存在的组成单位的国际主义不过是高悬于空中的臆想之物。“真正的国际主义者是不能自己两手空空的，以自己的民族文化贡献于世界是成为国际主义者的条件基础。”[④] 创造本民族的新文学不能仅仅固守本土，要借助于和批判地学习外国文学的先进经验。中国文学必须具有自己的鲜明的民族风格，但“中国文学的民族特点，绝不是什么孤立的、狭隘的、闭关自守的东西，恰恰相反，中国文学可能而且应当在自己的民族传统的基础上吸收世界文学的一切前进的有益的东西”[⑤]。通过吸收世界文学成果形成的民族文学反过来“丰富了世界文化，同时也是对世界文化共同财富的贡献”[⑥]。中国马克思主

① 郭沫若：《“民族形式”商兑》，徐迺翔编《文艺的“民族形式”讨论资料》，知识产权出版社 2010 年版，第 254—255 页。

② 冯雪峰：《民族文化》，《雪峰文集》第 3 卷，人民文学出版社 1983 年版，第 53 页。

③ 周扬：《坚决贯彻毛泽东文艺路线》，《周扬文集》第 2 卷，人民文学出版社 1984 年版，第 56—57 页。

④ 同上书，第 61 页。

⑤ 周扬：《社会主义现实主义——中国文学前进的道路》，《周扬文集》第 2 卷，人民文学出版社 1984 年版，第 83 页。

⑥ 周扬：《关于在戏剧上如何继承民族遗产的问题》，《周扬文集》第 2 卷，人民文学出版社 1984 年版，第 156 页。

义文学批评主张向外国文学学习是立足于民族实际，并满足于民族的现实需要，最终是“用来创造和发扬中国的东西，创造中国独特的新东西”①。提倡自己的民族文化，也要尊重其他民族的文化，力戒产生“小私有者的狭隘民族情感和大国沙文主义的错误倾向”②。

在时间观念上，中国马克思主义批评所秉持的民族性不是泥古封闭或空想虚妄，而是符合历史辩证法的。中国马克思主义文学批评的民族观辩证地处理了历史、现在和未来的关系。首先“尊重自己的历史，决不割断历史”，清理古代文化的发展过程，给历史一定的科学的地位，是发展民族新文化、提高民族自信的必要条件。“割断传统与轻视传统都是违背历史主义观点，因而是错误的。”③ 然而对历史的尊重也不是颂古非今，更不是以古非今，而是要最终继承并发展它。继承传统是为了发展，没有发展的继承不是真正的继承，“传统只有创造性的发展才能得到真正的继续”。尊重传统不能发展为把自己拘囿于过去、对过去顶礼膜拜的国粹主义，相反，我们“主要地不是向后看，而是向前看”；所谓“推陈出新”，“推陈”不是“抛弃传统”，着眼于未来的“出新”不是凭空创造，“抛开传统自己传统中的好东西去凭空创造所谓新的东西，是没有效果的”④，“为了有助于我们的新的文学艺术的创造，继承和借鉴决不可变成替代自己的创造”⑤。对待文学遗产要用发展、批判的观点，“要做遗产的主人，而非奴隶，整理古籍，不是迷信过去而是由于相信未来”，继承文化遗产要以建设新文化为出发点和旨归，“向古人学习是为了现在的活人”。中国马克思主义文学批评绝不是要彻底否定和根本断裂历史传统，在对待民族传统上，它表现出了鲜明的历史原则、现实情怀和开放品格。

---

①　毛泽东：《同音乐工作者的谈话》，《毛泽东论文艺》，人民文学出版社 1992 年版，第 7 页。

②　周恩来：《在音乐舞蹈座谈会上的谈话》，《周恩来论文艺》，人民文学出版社 1979 年版，第 181 页。

③　周扬：《在中国音协第二次理事（扩大）会议上的报告》，《周扬文集》第 2 卷，人民文学出版社 1984 年版，第 445 页。

④　毛泽东：《新民主主义论》，人民出版社 1975 年版，第 61—62 页。

⑤　周扬：《让文学艺术在建设社会主义伟大事业中发挥巨大的作用》，《周扬文集》第 2 卷，人民文学出版社 1984 年版，第 479 页。

三 从新时期到新世纪

随着“文化大革命”结束，新时期到来，中国马克思主义抛弃了国内以阶级斗争为纲、国际以世界革命策源地自居的政治路线，中国马克思主义文学批评进入到一个新的时代。在这一历史阶段，阶级斗争和世界革命淡出了视野，“现代化”成为中国马克思主义新的工作中心。在为实现现代化而施行的对外开放国策中，中国马克思主义文学批评逐渐认识到中国只是世界民族国家体系中的一员，民族是文化生长和伸展的真实境遇，也是文化能贡献于和融入世界文化的历史主体。面对如潮涌入的外国文艺作品、思潮和观念对中国当代文坛与文化传统的冲击，在《文艺报》《光明日报》等组织的笔谈中，中国马克思主义文学批评重申了文学坚持民族性的必要性与重要性。通过对传统与创新、民族性与世界性、民族化与现代化几组关系命题细致而深入的辨析，中国马克思主义文学批评有力地证明了文学的民族化正是文学超越传统、获得世界性、走向现代化的可行和正确的路径，继续将“建设和创造出具有自己民族风格的社会主义文学”① 作为自己的方针与目标。

新时期的文艺民族化讨论不是旧话重提，而是在阶级革命斗争让位于现代化建设的新的历史任务和条件下，民族传统遭到严重诋毁刺激的结果，也是中国文学文化走向世界的现实需要。对于一批作家、评论家主张文艺的现代化“要横的移植，不要纵的继承”，视传统为现代化的羁绊，将继承民族传统与民族实现现代化对立起来的偏颇论调，冯牧、贺敬之、张炯、王先霈、钱念孙等一批学者给予了批驳与指正。文艺的现代化要立足于民族的传统和实际之上，文化传统是民族文艺发展的基础和前提，轻视以至否定它不是历史唯物主义的态度。文学的现代化要在适应和解决民族的现实问题中实现，横的移植的外因必须借助并转化为民族的内因才能发挥作用。中国文学的现代化不能完全依赖于对外国的借鉴，更需要“将根深深扎入民族的现实生活，反映和解决今天中国人所置身的现实与面对的问题”②，在被现代化镀亮了的传统中实现。中国文学要走向世界，

① 邓小平：《在中国文学艺术工作者第四次代表大会上的祝辞》，《邓小平文选（一九七五——一九八二年）》，人民出版社 1983 年版，第 184 页。

② 冯牧：《文学要和生活一同前进》，《文艺报》1983 年第 1 期。

不能靠扬弃民族性获得，而恰要在保持差异的民族性中实现。总之，文学的民族化“不是暂时的、被动的、防御性和策略性的口号，而是一个长远的、积极主动的、关系全局的战略性口号”[①]。民族性有稳定保守的一面，也有流动革新的另一面，呼唤文艺的现代化不应以取消文艺的民族性为代价。离开了现代化的民族化不会有生命力，离开了民族化的现代化也将失去根基与凭据，文艺的民族化与现代化的关系不是矛盾而是统一的，“文学的民族化与现代化是它走向世界的保证”[②]。

20 世纪 80 年代后期到 90 年代，“反思”成为这一时期中国马克思主义文学批评民族观建设的重要形式。中国马克思主义文学批评深刻反思了寻根文学创作、中国后殖民批评和文化失语论中隐约传递的狭隘民族主义情绪。“寻根文学”返顾传统，希望在传统中找到中国文化的根底，以此迎接现代化的挑战，抵抗外国文化的侵蚀。虽主观愿望和理论表述其情（理）可嘉，然而作为文学创作实践的“寻根文学”却并没有达到预期的社会文化效果。它们多对传统文化流露出浓郁的迷恋、沉湎、把玩、膜拜和伤悼情绪，对待传统缺乏批判性的甄别与考量，“排外与复旧，为民族化不惜与民族的现代化进程相抵牾”[③]，散发出一股遁古避世的国粹主义气息。尽管如此，中国马克思主义文学批评并没有否定“寻根文学”的民族诉求本身，而是在反思其偏狭的同时，对其“尝试通过对传统文化的张扬、反思、批判和重塑，寻求文艺现代化的不同规划策略路径”[④]的可贵探索精神给予了肯定。20 世纪 80 年代末，后殖民批评流行到中国，在民族观念上发生南辕北辙的变异，反民族主义的后殖民理论[⑤]在中国后殖民批评手中却悖论性地被演绎为批判西方中心主义、消解近现代中国文

① 梁一孺：《民族化：文学繁荣发展的必由之路》，《文学评论》1987 年第 4 期。

② 张炯：《关于我国文学民族化与现代化的对话》，《文艺争鸣》1987 年第 3 期。

③ 李新宇：《再论新时期文学的民族意识》，《理论与创作》1989 年第 1 期。

④ 吴雪丽：《启蒙重构与文化再造——从“五四”到“新启蒙”的思想实践》，《山西师范大学学报》2013 年第 4 期。

⑤ 后殖民批评对民族主义持守着毫不含糊的否弃态度，“爱国主义观念是无情自私和狭隘的，可能导致大规模的破坏”（［美］爱德华·萨义德：《文化与帝国主义》，李琨译，生活·读书·新知三联书店 2003 年版，第 24 页），民族主义潜藏着巨大的危险，“在所有情境下都应当被看作可以变成毒药的药物”（生安锋、李秀立：《后殖民主义、女性主义、民族主义与想象——佳里特亚·斯皮瓦克访谈录（上）》，《文艺研究》2007 年第 11 期）。

化殖民痕迹、寻找中国文学民族性的武器，后者所标举的正是前者所扬弃的。[①] 中国后殖民批评神经过于敏感，甚至将正常的文化交往也视作带有自我—他者权力宰割关系的文化入侵而严加拒斥，以至相信存在不借助任何他者而能遗世独存、绝对纯洁的民族性。由于现代性在西方的先行，中国后殖民批评便宣称要“告别现代性，回到中华性”[②]。中国后殖民批评用民族主义否定现代性，将现代性与中华性二元对举，看不到二者关系同构共生的一面，是对民族性与现代性可能协调统一关系的严重误读。中国后殖民批评渴慕和追逐纯粹自足的民族性，但在全球化经济文化交往的时代，“这样纯粹、绝对的本土性只存在于想象之中”[③]。

中国文论“失语症”论在20世纪90年代中期的文坛泛起，并非空穴来风，它实际上是用后殖民批评的思想资源对中国百年文论现代化进程与现状的一次病理诊断的结果，因此其文化立场便自然地延续了中国后殖民批评的民族观念。“失语论”将中西文论截然对立起来，否定两者间的可通约性，不承认已经语境化的西方文论已是中国文论的内在有机组成部分，以具体范畴、命题、问题提出者的民族属性作为评判文论民族归属的唯一裁决标准。“失语论”呼唤中国文论的主体性、差异性和创造性，是中国文论置身因长期遭受外国文论侵蚀而有被湮没取消危险的处境中所发出的合理正当吁求，然而其褊狭的一面也不能不察。所谓“本土”是在跟其他民族文化相互关系之中的本土，文论的本土化问题必须“放在全部民族关系中来考虑”[④]。域外影响下出现的适应民族变动的新因素可以成为民族的，不能简单地以它的外来性而否定它有成为民族的可能性，否则便成为将“千百年来‘夷夏之防’搬到新文艺的领域来了”[⑤]。正如20世纪30年代周扬对欧化和民族化关系所作的辨析，“欧化和民族化并不是两个绝不相容的概念”，“由于实际需要而从外国输入的东西，在中国特殊环境中具体地运用了之后，也就是不复是外国的原样，而成为中国民

---

① 赵稀方：《中国后殖民批评的歧途》，《文艺争鸣》2000年第5期。

② 张法、张颐武、王一川：《从“现代性”到“中华性”》，《文艺争鸣》1994年第2期。

③ 郭军：《后殖民文化批评和后现代语境及中国知识分子的身份定位》，《外国文学研究》2000年第3期。

④ 南帆：《文学理论：本土与开放》，《福建论坛》2009年第3期。

⑤ 《戏剧的民族形式问题座谈会（重庆诸家）》，徐迺翔编《文艺的“民族形式”讨论资料》，知识产权出版社2010年版，第443页。

族自己的血肉之一有机构成部分了"[①]。在这个意义上，出于中国社会文化实际需要的欧化正是民族化的重要步骤与有效途径之一，因此我们对于外来影响下中国文论的民族品格不需过度焦虑与担忧。

20世纪60年代以来，民族国家终结论首先在经济学，继而几乎在所有人文社会学科不胫而走。随着20世纪80年代中期"全球化"作为对一个新的历史时代的命名，对民族国家的征讨因置于其旗下更显得言之凿凿。民族主义的处境困厄异常，在西方人文理论中据说已被"合理清算"，而20世纪90年代以来，深受西方后现代学术话语影响的中国人文学界，也常因视"民族身份"为宏大叙事和虚构的神话而对之微辞相加。[②] 作为全球化时代新的文化立场，去民族性的后民族主义[③]、超民族主义[④]乃至世界主义[⑤]的各种旗号被纷纷祭出。对于全球化给民族国家、民族文学和文学的民族性造成的冲击，中国马克思主义文学批评并不悲观地认为前者便是后者的末日，"全球化不会最终取代民族或国家的形式，而将会造成和加强国家或民族之间的依赖关系"[⑥]，在全球化正加剧文化同一化的历史语境下，包括中国在内的各民族文学要坚持自己的差异性。[⑦] 当然，这里的"民族性"内涵不能固守旧观念，它需要根据全球化的形势做出新的阐释和建构，"开放的民族主义"[⑧] 正是中国马克思主义

---

① 周扬：《对旧形式利用在文学上的一个看法》，徐遒翔编《文艺的"民族形式"讨论资料》，知识产权出版社2010年版，第132页。

② 陶东风：《"后"学与民族主义的融构》，《河北学刊》1999年第6期。

③ "后民族"（post-nation）首先由西方马克思主义理论家哈贝马斯在《后民族结构》（曹卫东译，上海人民出版社2002年版）一书中提出，但真正引起中国文学研究界的注意，则要到2005年在湖北武汉华中师范大学召开题为"文学批评与文化批判"的国际学术研讨会，多位国外学者在提交的论文中涉及和讨论了"后民族主义"，参见胡亚敏主编的会议论文集《文学批评与文化批判》，华中师范大学出版社2007年版。

④ 王宁：《全球化、民族主义及超民族主义》，《西南民族大学学报》2007年第7期。

⑤ 王宁：《世界主义、世界文学以及中国文学的世界性》，《中国比较文学》2014年第1期。

⑥ 胡亚敏：《开放的民族主义——论中国当代文学批评之立场》，《华中师范大学学报》2007年第6期。

⑦ 胡亚敏：《论差异性研究》，《外国文学研究》2013年第4期。

⑧ "开放的民族主义"由胡亚敏首先著文明确提出，在其前后童庆炳、陆贵山、吴元迈、金观涛、钱念孙、许纪霖、张旭东、付长珍等一大批学者在不同地方都不约而同地强调民族性的开放品质，分别提出"开放的民族主义""开放的民族文学""开放理性的民族主义""开放的民族性"等范畴，以之作为当代文学批评、文学创作与文化建设的立场、标准与目标。

文学批评这一阐释和建构工作的重要理论结晶。中国马克思主义文学批评的“开放的民族主义”观既坚持民族的差异性，又推许有容乃大的气度，它要“突破边缘/中心、西方/本土等二元对立的怪圈，超越东西方等级秩序和狭隘的民族情绪，最大限度地向异质文化汲取有利于自身发展的因素，融汇中西，自铸伟词”①。具有丰富内涵的“开放的民族主义”是根据全球化的历史形势和中国文学文化发展的现实需要做出的科学论断，它是中国马克思主义文学批评民族观建设的最新进展。与中国文学批评的探索相应，中国文化学界也掀起了“文化自觉”的讨论。通过讨论，人们认识到“文化只有通过民族间的对话，在了解自己文化的基础上进行人类学的跨文化比较，才能获得一种高度的文化自觉，从而消除文化之间的误解和偏见，达到‘美美与共’的文化宽容境界”②，这种观点是与“开放的民族主义”契合的。“开放的民族主义”不仅是中国马克思主义文学批评过去和现在的立场，“正视文艺理论的民族性，坚持民族化方向，这（也）是中国未来文艺理论建设必须遵循的原则”③。中国马克思主义文学批评不能以别人的问题为问题，而要切实回到中国语境，即中国特有的历史文化，鲜活的现实经验，充分吸纳中国传统文论遗产，进行价值重估和精神接续。中国当代马克思主义文学批评深刻而清醒地认识到文艺不是风花雪月的闲情逸趣，而是赋予其十分重大的民族责任。在实现中华民族伟大复兴的中国梦的征途中，文艺的作用不可替代。中国文艺需要结合新的时代条件弘扬中华优秀传统文化，着力表现中国人民的生活实践和思想情感，“把爱国主义作为文艺创作的主旋律，引导人民树立和坚持正确的民族观，增强做中国人的骨气和底气”④。

总之，中国马克思主义文学批评将对民族问题的探索有机地融入各阶段的发展中，有力地反驳了一些西方学者乃至马克思主义批评家认为的

① 胡亚敏：《开放的民族主义——论中国当代文学批评之立场》，《华中师范大学学报》2007年第6期。

② 费孝通：《反思·对话·文化自觉》，《北京大学学报》1997年第3期。

③ 张江：《当代西方文论若干问题辨识——兼及中国文论重建》，《中国社会科学》2014年第5期。

④ 《习近平主持召开文艺工作座谈会强调：坚持以人民为中心的创作导向，创作更多无愧于时代的优秀作品》，《人民日报》2014年10月16日第1版。

“马克思主义与民族主义不能相恰”，“民族问题标志着马克思主义的挫败”等种种论断。中国马克思主义文学批评对民族问题锲而不舍的关注，对民族立场一以贯之的坚持，对民族标准的贯彻实践，是中国马克思主义区别于其他形态马克思主义的重要表现形式。中国马克思主义文学批评在民族观上的探索符合马克思关于民族是一个历史范畴的论断，在不同时期的中国马克思主义文学批评中，“民族”的内涵是不断变动的，在历史条件决定的不同时代课题中被赋予各别的阐发。中国马克思主义文学批评对民族内涵的探讨依次主要围绕着民族与阶级、民族主义与国际主义、民族化与现代化的关系命题展开。无论在解决的问题，还是在具体立场观点上，中国马克思主义文学批评都不是对经典与俄苏马克思主义文学批评民族观的简单直接继承与机械教条照搬，而是开辟了一条自己的艰苦卓绝的探索之路。

中国马克思主义文学批评坚持一贯开放的民族主义立场，是由其所置身的社会环境、担负的历史使命和面对的文学创作实际所决定的。“争取民族的独立解放，民族政治、经济、文化和意识的全面现代化，实现民族的崛起和腾飞，是本世纪（20 世纪）全民族的中心任务，构成了时代的基本内容，社会历史和民族意识的中心，对于这一时期包括文学在内的整个意识形态起着一种制约的作用，决定着这一时期文学的性质、任务、历史内容，以及历史特征。”① 民族主义是中国马克思主义文学批评一贯的思想基础与底色，但它并非固定僵化不变，而是在不同的历史条件有着不同的表现形式和理论内涵。中国马克思主义文学批评的民族主义“不是抽象和精神的，鼓吹沙文主义、种族主义和国粹主义，而是具体和唯物的，反抗压迫的求生存，争取人民的物质生活”②。中国马克思主义文学批评所坚持的民族立场的开放性主要体现在它辩证地处理了民族性与阶级性、国际主义和现代化之间的关系，它们两两既对立也统一。在这样的民族观念的指引下，20 世纪以来的中国文学、文学批评和文学理论具有了融阶级性、国际性和现代性于一体的综合性品格。以下便从阶级观、世界

---

① 陈平原、千理群、黄子平：《“二十世纪中国文学”三人谈》，《读书》1985 年第 12 期。

② 艾思奇：《民族的思想上的战士——鲁迅先生》，《艾思奇文集》第 1 卷，人民出版社 1981 年版，第 368 页。

观和现代观，对中国马克思主义文学批评民族立场的开放性内涵分别予以论析。①

第二节 民族是“阶级的暂时表现形式”

现代民族观念在中国“最早出现在‘世界’与‘世纪’的语境中，

① 如何处理民族国家与民族国家内各组成民族间的关系，也是百年中国马克思主义文学批评民族观探求的重要课题。民族区域自治和保护民族国家内各民族文化的发展权利，是中国马克思主义文学批评根据本民族国家及组成它的各民族的历史和现实情形，吸取苏联处理民族国家内民族政策的经验，在民族观上探索所得的具有中国特色的民族理论和政策，这种理论和政策也是中国形态的马克思主义文学批评民族观的重要组成部分。民族区域自治和保障民族国家内各民族文化发展的权利，在团结各民族取得民族国家独立、统一、解放、稳定和繁荣上曾经并且仍然在发挥着积极的作用，同时也为保障和发展民族国家内各民族文化的多样性做出了巨大的贡献。然而它在主张民族区域自治和文化发展权利的同时，也一定程度混淆了民族国家和其内部各民族的关系和定位，使一部分人把内部民族错误地升格为或混同为民族国家意义上的 nationality，从而有将民族国家处理内部民族的政策演变为一个国际政治而非内部治理和文化方针的问题，进而为内部民族分裂势力和国际上对其的支持提供托词的危险，对此中国马克思主义文学批评不能不察。中国马克思主义文学批评必须把作为整体的中华民族的民族国家（nation-state）与组成它的汉、藏、苗、壮等的内部各民族（minzu）严格区分开来，在尊重和发展民族国家内各民族文学文化多样性的同时，令内部民族问题“去政治化”，祛除掉内部民族作为民族国家解读的任何政治内涵（参见马戎《理解民族关系的新思路——少数族群问题的“去政治化》，《北京大学学报》2004 年第 6 期），从而在一体多元的格局下，增进民族国家对于内部各民族的凝聚力、保护民族国家内民族文化多样性的同时，不给民族分裂留下理论上的豁口。去政治化了的内部民族（minzu）与组成美国、加拿大等的内部族群（ethnicity）有着类似之处，但也不能简单地完全等同视之，由于历史和现实的原因，minzu 具有自身不同于后者的特质，对于后者的理解和经验不能直接套用于前者。另外，近年来的一些研究发现，在中国现当代文学实践中，民族国家充当了压抑女性的父权/男权机制的角色，柔弱的女性在强大的民族国家面前沦为喑哑沉寂、被牺牲、遭去性别化、被圣化的角色。（参见刘禾《跨语际实践——文学，民族文化与被译介的现代性（中国，1900～1937)》，宋伟杰等译，生活·读书·新知三联书店 2002 年版；在陈顺馨编《妇女、民族与女性主义》（中央编译出版社 2004 年版），马克思主义文学批评是以人类的自由解放为旨归的，女性解放是人类解放的重要组成部分，妇女与民族国家的关系因此也应该成为中国马克思主义文学批评建构开放的民族观需要思索的问题。中国马克思主义文学批评的民族观过去在女性解放的问题上并非毫无作为或全是负面的，它为男女平等和女性实现作出了努力。女性与民族国家的关系并不是尖锐对立的，由于当前在认识上存在误区，以及出于加深对民族国家和妇女两方面问题本身的理解，从理论上清理和说明民族国家与女性的关系，也应是总结、反思和建构中国马克思主义文学批评开放民族观的重要面向。对于中国马克思主义文学批评民族观过去在处理内部民族问题和妇女问题上所作的理论和实践探索的经验总结、教训反思和可采取的进一步策略，由于篇幅所限和问题本身的复杂性，笔者另拟专文探讨。

用于进化机制对社会组织蓝图的界定”[1]，民族主义初登中国舞台时并不具有阶级的维度和内涵。直到“五四”新文化运动前后，随着中国马克思主义文学批评的形成，阶级才逐渐开始成为民族内涵的重要一维。中国马克思主义文学批评对文艺的民族性与阶级性关系的探讨主要集中于20世纪20—40年代。此时，中国的阶级矛盾和民族危机交织并存，社会革命与民族解放成为中国马克思主义需要同时面对和承担的重大任务。缘此，考察民族与阶级的关系，对中国马克思主义文学批评而言并不是一个纯粹的学术问题，而是事关革命立场与政治策略选择的重大社会实践课题。事实上，中国马克思主义文学批评与国民党文艺政策在民族问题上话语领导权的争夺，也全系于此。尽管意义非同凡响，中国马克思主义文学批评对民族的阶级性问题却几乎没有正面、系统的解析，它对民族与阶级关系的讨论，要么被置于“文艺的阶级性”的总论题下[2]，要么是在对国民党授意下的“民族主义文学”运动与战国策派的民族观的驳斥批判中。中国马克思主义文学批评以唯物史观为指导，廓清了文艺的民族性与阶级性的辩证统一关系，它对民族的阶级内涵的考察，发展了马克思主义文学批评的民族观，并且对当代马克思主义文学批评思考和处理当前文艺文化所面临的现实问题仍具有警戒与启迪意义。

一　民族性与阶级性的矛盾

民族不是超历史的，在阶级时代，民族必然具有阶级性。中国马克思主义文学批评对于民族问题的考察从来都是以唯物史观为指导的。中国马克思主义文学批评坚持将民族问题置于具体的社会历史条件下，从阶级的视野处理，反对把民族祖国当作超于历史之上的偶像或“青天大老爷”，匍匐其下顶礼膜拜。在阶级社会里，民族不能超脱于阶级之上，必然打上阶级属性的烙印。中国马克思主义文学批评对“民族主义文学”的抨击并非针对民族主义立场本身，而是由于其以民族性至上为名，掩盖、否定

---

① 金观涛、刘青峰：《观念史研究：中国重要政治术语的形成》，法律出版社2010年版，第249页。

② “文艺的阶级性”问题发端于20世纪20年代后期的“革命文学论”。贯穿于30年代的文艺大众化、“两个口号”与“民族形式”论争等虽与其名号不一，但究其内涵，实是文艺阶级性问题的不同表现形态。

和抹杀文艺客观存在的阶级性。“民族主义文学”宣扬超阶级性的民族性，“不承认中国之有阶级，只有大贫小贫，阶级斗争是社会的病”[1]。中国马克思主义文学批评不仅指出了这种民族论的虚妄，并揭穿了其代表资产阶级统治利益的反动本质。“民族主义文学”以无产阶级革命文艺为对手，目标是压迫无产阶级，鼓吹人们与其受外族奴役不如做自己人的奴隶，是为延续地主资产阶级的专制统治服务的。[2] 正如“说主张文学没有阶级性的这句话本身，便是有阶级性的论调”[3] 一样，否认阶级利害的“民族主义文学”的民族性是“资产阶级的虚伪的客观主义”，它用“民族取消阶级”，认为“民族与阶级势不两立”[4]，并不是真的无阶级属性，而实是资产阶级性的。(民族主义文艺)“所谓的‘民族’实在只是统治阶级；统治阶级代表了‘民族’，所以他们所谓‘民族的利益’，就是统治阶级的利益”[5]。

不同阶级具有不同的民族性。由于具有大致相近的经济地位、政治活动与文化趣味，经过历史沉淀，不同阶级在同一民族文化中必然打上本阶级的特点，对于民族性，不同阶级有着不同内容。俄苏马克思主义文学批评认为由于“民族性”都是由统治阶级主导的，被统治阶级的特点在民族性中无法得到显现，所以所谓被统治阶级的民族性根本不可能存在。由于阶级矛盾不可调和性，俄苏马克思主义文学批评强调不同阶级民族性的截然相异与绝对对立，认为对民族性的推崇是为统治阶级服务，于被统治阶级的斗争反抗不利的，因此坚决地反对“民族文化”的口号。中国马克思主义文学批评继承了俄苏马克思主义文学批评的这一民族观念，承认不同民族文化之间和同一民族文化内部具有不同阶级属性的民族性的对立，“民族内部的矛盾和斗争，即阶级矛盾和阶级斗争，它们对民族意识、民族利益及民族道德等等固然起着制约的作用，

---

① 瞿秋白：《上海战争和战争文学》，《瞿秋白文集·文学编》第2卷，人民文学出版社1984年版，第243页。

② 鲁迅：《二心集·“民族主义文学”的任务与运命》，《鲁迅全集》第4卷，人民文学出版社2005年版，第321页。

③ 冯雪峰：《常识与阶级性》，《雪峰文集》，人民文学出版社1983年版，第294页。

④ 蒋天佐：《论民族形式与阶级形式》，徐迺翔编《文艺的“民族形式”讨论资料》，知识产权出版社2010年版，第430—431页。

⑤ 茅盾：《“民族主义文艺”的现形》，《文学导报》第1卷第4期，1931年9月13日。

给它们打上了阶级的烙印。看不到这一点，或否定这一点，就不是马克思主义者”①。中国马克思主义文学批评所主张和鄙弃的民族性都带有鲜明的阶级性，比如作为“两个口号”之一的“国防文学”便不是狭义、单纯、空洞的爱国主义，对内对外它都具有鲜明的阶级内涵，对外“不同于资本主义国家的市民们所熟知的那种狂妄的‘爱国文学’，任务在于防卫社会主义国家，对于帝国主义的揭露与抵抗，展示革命解放的前途”②，对内则在于唤起人民大众，投入到为民族解放的革命斗争中。

民族都有阶级性，但不是“只有”和“全然”是阶级性，肯定文艺的阶级性，并不能否定它同时具有的民族性。阶级时代的民族都具有阶级性，但并不能因此便极端地认为民族的全部属性都是阶级性，民族与阶级完全同一。鲁迅、瞿秋白、冯雪峰等马克思主义文学批评家一方面强调民族文学的阶级性，另一方面对“革命文学”论中存在的片面强调阶级性乃至以阶级性否定民族性的“左”的倾向给予了纠偏。鲁迅与批判他的创造社都承认民族文艺的阶级性，在《文学与出汗》《硬译与文学的阶级性》等文中，鲁迅鲜明有力地说明了在阶级社会中民族文艺具有无法避免的阶级性，并在《论“第三种人”》《又论“第三种人”》中揭露了民族文艺可以超脱阶级性论调的虚妄。中国马克思主义文学批评突出文艺的阶级性，但并不以此认为文艺只具有阶级性，或将文艺的阶级性与包括民族性在内的其他属性对立起来。鲁迅等人对此有着清醒的认识，“有些作者，意在使阶级意识明了锐利起来，就接力增强阶级性说，……若就性格感情等，都受‘支配于经济’之说，则这些就一定都带着阶级性，但是‘都带’，而非‘只有’”③。鲁迅对文学阶级性的强调不谓不高，但并没有如“革命文学”论者那样因片面强调文学的阶级性而拒绝承认文学民族性的合理性与独立性。事实上，即便在紧张激烈的革命年代，文学也

① 程代熙：《人民性·阶级性·共同美》，《艺术家的眼睛》，陕西人民出版社 1982 年版，第 313 页。

② 周扬：《“国防文学”》，《“两个口号”论争资料选编》上卷，知识产权出版社 2010 年版，第 1 页。

③ 鲁迅：《一心集·文学的阶级性》，《鲁迅全集》第 4 卷，人民文学出版社 2005 年版，第 127—128 页。

“表示一民族的文化”①。“革命文学”论之所以不合适地拔高文艺的阶级性，是“对于中国社会，未曾有细密的分析”，“机械地运用苏维埃政权下才能运用的方法的结果”。②“一味地强调文艺的阶级性，将文艺与阶级的关系说成是文艺与社会政治的唯一的、全部的关系，势必忽视、削弱、压抑乃至取消文艺其他方面的社会政治属性和自身的特性规律。”③中国马克思主义文学批评通过对“革命文学”在民族性上“左”的观念的纠偏，清算和摆脱了部分论者罔顾历史实际、照搬苏俄马克思主义文学批评民族观指导下造成的不良影响。

民族的阶级性是历史具体的，对民族性的扬抑不能笼统为之，而应视其阶级属性而定。不能用文艺的民族性否定文艺的阶级性，鼓吹所谓超阶级、超历史的抽象民族性，民族性中蕴藏着阶级性，具有阶级性的因素，还是基本的事实。对于马克思主义文学批评而言，阶级问题仍是基本论域与核心关切，在阶级并没有成为一个已然解决也许更为严重的重大现实问题面前，中国马克思主义文学批评对此还需要保持清醒的认识。民族的阶级性是由历史所决定，因此并非是抽象、笼统、模糊的，在阶级社会里，就只有带着阶级性的民族性，而没有超阶级的民族性。民族性既有统治阶级的民族性，也有被统治阶级的民族性，对于民族性，不能在对其阶级性未加甄别的情况下便妄下褒贬判断。中国马克思主义文学批评既不抽象地肯定民族性，也不把民族性作为简单否定的范畴，它所肯定或否定的民族性都带有鲜明的民族性。中国马克思主义文学批评坚持对文艺的民族性作阶级分析，“从国内外的阶级关系，也就是从文艺之间的支配关系来考察民族形式问题，这是我们必需坚持的原则”④。依据阶级立场，中国马克思主义文学批评主张扬弃封建主义、资产主义的民族性，推崇无产阶级、人民大众的民族性，中国马克思主义文学批评的这种立场主要体现在对中

① 鲁迅：《而已集·革命时代的文学》，《鲁迅全集》第3卷，人民文学出版社2005年版，第442页。

② 鲁迅：《二心集·上海文艺之一瞥》，《鲁迅全集》第4卷，人民文学出版社2005年版，第304页。

③ 《为文艺正名——驳“文艺是阶级斗争的工具”说》，《上海文学》1979年第4期。

④ 蒋天佐：《论民族形式与阶级形式》，徐遒翔编《文艺的“民族形式”讨论资料》，知识产权出版社2010年版，第434页。

外文化遗产取舍设立阶级性标准上。对待文化传统与外国文化，中国马克思主义文学批评主张采取“取其精华，弃其糟粕”，批判地加以汲取，并不能因为文化传统是中华民族悠久历史的积淀，便全盘地继承和吸收，也不能因为外国文化是异族的产物，便不加辨析地一概予以拒斥贬低。无论对于文化传统还是外国文化，都应该依其民族的阶级属性而采取相应的立场与态度。新民主主义文化作为“革命的民族文化”，对于中国古代文化应“剔出其封建性的糟粕，吸收其民主性的精华”①。对于其他民族文化，“应同一切别的民族的社会主义文化和新民主主义文化相联合，建立互相吸收和互相发展的关系，共同形成世界的新文化，但决不能和任何别的民族的帝国主义反动文化相联合”②。

二　民族性与阶级性的统一

历史辩证地看，文艺的民族性与阶级性不仅有对立的一面，也有统一的一面。对文艺的民族性和阶级性关系的看法，是国共两党争夺文化领导权的理论核心关键问题之一，其交锋之处在于民族性与阶级性是否截然对立。国民党的文艺政策极力说明两者关系的绝对对立，企图通过突出文艺的民族性掩盖乃至抹杀文艺阶级性的客观存在及其合理性。中国马克思主义文学批评及时地揭穿了阶级时代民族文学超阶级性观念的虚妄，与以之为指导引发的政治实践上的反动。如前所论，中国马克思主义文学批评同样看到并承认文艺的民族性与阶级性关系对立的一面，并且坚持文艺的阶级性对民族性的支配性地位，但它并不因此无视或否认两者之间的统一同构性关系。事实上，文艺的民族性与阶级性与能否统一，取决于中国马克思主义文学批评能否成功将“民族”有机吸纳进自身的价值系统中。中国马克思主义文学批评通过对文艺的民族性与阶级性关系统一性的系统阐述，使民族性成为革命时期中国马克思主义文学批评的重要价值标准。文艺的民族性与阶级性的统一，在中国马克思主义文学批评中具体体现在以下三个方面：

不同时代、不同阶级的民族文艺有着共同的民族属性。不同阶级虽然

---

①　毛泽东：《新民主主义论》，人民出版社1975年版，第61页。

②　同上书，第79—80页。

阶级地位有别，在文化趣味、审美习惯上面不能不打上阶级的烙印，但是由于社会历史的原因，他们共同生活在大致固定的地域、使用共同的语言、处于同样的经济政治条件下、共享同一历史文化传统和风俗习惯，不可否认有着共同性和一致性，即相同的民族特性。民族内的不同阶级有不同的美，但也有共同的民族美，“口之于味，有同嗜焉”[①]。事实上，“阶级的统一，就是民族。民族的历史越是悠久，某种阶级支配关系越是维持持久，所谓全民族共同的民族特征就越是显著”[②]。在阶级社会里，阶级意识的特殊性、差异性与民族意识的一般性、共同性联系在一起，民族意识的一般性、共同性正是通过阶级意识的特殊性、差异性表现出来的，因此“阶级性中寓有共同的民族性的成分，对立的阶级也存在某些一致性和共同性”[③]。另外，文艺的民族性具有保守性，也是它能与不同的阶级性统一起来的重要缘由。由于“艺术的民族保守性比较强一些，甚至可以保持几千年”[④]，文艺的民族性不会因社会历史阶级关系的变迁而立即更易，因此文艺的民族性可以在一定程度和相对意义上超越阶级性的局限，与阶级性保持统一协调的关系。只看到文艺的民族性而看不到其阶级性，是不符合历史实际的，但“如果只看到阶级性而看不到或者否认民族的共同性，也是违反马克思主义的常识的”[⑤]。把文艺的阶级性和民族性根本对立起来的做法是不正确的，民族性中含有阶级性的影响，阶级性中也包含了民族性的成分。两者既有交叉重叠，又相互区分，既相互联系，又相对独立。

一定历史条件下，民族性是阶级性的暂时替代形式，反过来，民族性也可以通过转换为阶级性而曲折表现出来。一般认为，阶级和民族为成为历史主体而竞争，因此常被看成对立的身份认同，然而它们事实上并非根本对立，而是可以相互协调甚至彼此转换的。毛泽东、鲁迅、周

---

① 何其芳：《毛泽东之歌》，《何其芳文集》第 3 卷，人民文学出版社 1984 年版，第 94—95 页。

② 蒋天佐：《论民族形式与阶级形式》，徐遒翔编《文艺的“民族形式”讨论资料》，知识产权出版社 2010 年版，第 431 页。

③ 顾骧：《人性与阶级性》，《文艺研究》1980 年第 3 期。

④ 毛泽东：《同音乐工作者的谈话》，人民出版社 1979 年版，第 2 页。

⑤ 程代熙：《人民性 · 阶级性 · 共同美》，《艺术家的眼睛》，陕西人民出版社 1982 年版，第 313 页。

扬等中国马克思主义文学批评家反复重申，在抗日反帝的历史情势下，由于中华民族反抗民族侵略和无产阶级对资本主义，帝国主义的斗争在对象上是一致的，过程是合而为一的，因此民族问题与阶级问题便是统一在一起的，在这一特定历史时期，对民族性的坚持正是阶级立场的临时与替代形式。毛泽东鲜明地指出，那种认为建立抗日民族战线就是放弃阶级斗争的看法并“不真正懂得阶级立场”，“在当前形势下，爱国主义正是阶级立场的具体表现”。[①] 鲁迅在辨析“民族革命战争的大众文学”口号的具体内涵时指出，这一口号一方面把民族解放作为重要诉求目标，另一方面也不放弃无产阶级在其中的“阶级的领导的责任”，“并且将更加重，更放大，重到和大到要使全民族，不分阶级和党派，一致去对外”。只有是“这个民族的立场，才真是阶级的立场”[②]。针对“国防文学”是放弃阶级斗争的指责，周扬从阶级与民族同一的逻辑出发予以了置辩，“国防文学”所要求的“民族感情，并非狭义的爱国主义，而是和勤苦大众为救亡求生的日常斗争密切地联系着”[③]。由此不难看出，虽然名号有别，各有偏侧，但“两个口号”在坚持民族性与阶级性的统一上并没有明显的分歧。不仅阶级立场可以表现为民族立场，而且民族立场也可由阶级立场代为表达。冯雪峰在解析鲁迅集民族与阶级感情于一体的精神世界时，便敏锐地发现“鲁迅先生对无产阶级的感情和民族的感情，常常交织在一起。……他深厚的民族感情是通过了阶级感情而表现出来的，民族的感情的阶级性是自然统一在一起的”[④]。巴人在论述“抗战文艺”体现了阶级性与民族性的辩证统一的特征时，对两者统一的形态与机理作了虽简洁却透辟的辨析：

它（抗战文艺）是在以阶级利益与民族利益力求一致与统一的

---

① 毛泽东：《中国共产党在民族解放战争中的地位》，《解放周刊》第57期，1938年11月25日。

② 鲁迅：《且介亭杂文末编·论现在我们的文学运动》，《鲁迅全集》第6卷，人民文学出版社2005年版，第612页。

③ 周扬：《论现阶段的文学》，《周扬文集》第1卷，人民文学出版社1984年版，第180页。

④ 冯雪峰：《冯雪峰忆鲁迅》，河北教育出版社2000年版，第58—59页。

大原则下而发挥其阶级性能的。这就是说，它是在以大多数的阶级利益为前提，归趋于被压迫民族的利益的争取而努力的抗战文艺应该是这两重阶级任务的统一的发挥。无视国际关系上民族之被压迫阶级性和国内关系上广大的工农小资产阶级的生活的改善与政治权利的获得，那么中国的民族革命，是没有前途的。而我们所谓殖民地中国之“大众文学”，就是这两重阶级性的辩证的发扬。①

这段话虽是针对“抗战文艺”放弃阶级立场的攻讦所作的辩护，但却可以作为理解民族性与阶级性在特定情境下可以相互转换的一般说明。

民族与阶级的统一还表现为，中国马克思主义文学批评把民族问题与阶级问题互相转化为对方的看待方式和处置方式。从阶级视野讨论民族问题，以民族概念分析阶级问题，在马克思、恩格斯、列宁的著作中也有着零星的示例，但中国马克思主义文学批评根据中国的历史实际与革命斗争的需要，做了大量、成功的运用。将民族问题化为阶级问题，把阶级问题视作民族问题，化解了中国马克思主义文学批评在理论与实践上遇到的许多难题。稍加辨析便不难发现，从 20 世纪 30 年代初的“文艺大众化”运动，到中期的“两个口号”论争，再到后期的“民族形式”讨论，都是以阶级论指导和为中心的文艺运动，这些讨论莫不深刻地打上了阶级话语的烙印。这些文学活动虽然表面表达民族诉求，但实质上只是阶级意识形态的另一种提法，在它们那里，“民族性都具有鲜明的阶级规定性”②。中国马克思主义文学批评以民族问题谈论阶级问题的方式是自觉而非无意的，“从本质上说起来，中国化的问题就是大众化的问题”③，“大众形式，用了民族形式的名义而提出”④。阶级论框架中文艺的民族性几乎变成大众化的同义语，“所谓的大众化、中国化、民族形式不过是以阶级论为轴

① 巴人：《民族形式与大众文学》，徐遒翔编《文艺的“民族形式”讨论资料》，知识产权出版社 2010 年版，第 109 页。

② 曹林红：《民族、阶级与“形式”的政治——论抗战时期“文艺的民族形式”讨论》，《中国现代文学研究丛刊》2011 年第 3 期。

③ 黄药眠：《中国化与大众化》，徐遒翔编《文艺的“民族形式”讨论资料》，知识产权出版社 2010 年版，第 81 页。

④ 冯雪峰：《民族性与民族形式》，徐遒翔编《文艺的“民族形式”讨论资料》，知识产权出版社 2010 年版，第 120 页。

心命题的各种表现形态，但它们把民族与阶级问题紧密地勾连在一起，本土性、民族性莫不掩盖着阶级性的逻辑"[①]。贯穿于20世纪30年代的有关文艺民族性的各种论争，是以民族问题表述阶级问题的事实范例。事物总非只有一面，相反的情形在中国马克思主义文学批评中也同样存在着。杜赞奇、查特吉在总结中国马克思主义的斗争经验时也敏锐地注意到，在中国马克思主义文学批评中，阶级不是单方面地被民族国家的阴影所笼罩，反过来，也在以阶级为概念对民族问题进行表达，具体分为三种情形：（1）把阶级视作建构一种特别而强有力的民族的修辞手法，即阶级民族主义。受列宁的阶级—民族论影响，中国马克思主义文学批评"就是以阶级的语言来想象在国际舞台上的中华民族的，中国人民是一个被西方资产阶级压迫的无产阶级，是国际无产阶级的一部分"[②]；（2）以某个人或群体的阶级身份为标准判别其是否属于民族共同体成员，并不是组成民族共同体的所有个体都能代表民族，这其中涉及一个以阶级为标准的遴选程序；（3）把阶级斗争的普遍理论置入民族语境之中，即毛泽东所谓"马克思主义的普遍真理同中国的具体实际相结合"[③]。

三　无产阶级与民族统一于"人民"

中国马克思主义文学批评对文艺的阶级性与民族性矛盾统一关系的考察，是符合马克思、恩格斯在民族问题上的基本看法的。文艺的民族性在阶级社会，不是超阶级的，必然具有阶级性。然而无论是在阶级性的外部或是内部，都客观存在着既深受其影响又相对独立的民族性，阶级性和民族性保持着交叉但不重叠、相互影响但又彼此独立的复杂关联，它们并非是完全同一或根本对立的。阶级与民族的同一性是代表不同阶级利益的中国马克思主义能与国民党组成抗日统一民族战线的思想基础。然而中国马

---

① 绛增玉：《中国现代文艺思潮中的现代性问题》，《作家》1999年第3期。另见［韩］金会峻《中国现代文学史上"民族形式论争"研究》，《中国现代文学研究丛刊》1996年第3期。

② Maurice Meisner, *Li Ta-chao and the Origins of Chinese Marxism*, Cambridge: Harvard University Press, 1967, p. 188.

③ ［美］杜赞奇：《从民族国家拯救历史》，王宪明等译，江苏人民出版社2008年版，第9—11页。另参见［美］帕尔塔·查特吉《民族主义思想与殖民地世界：一种衍生的话语?》，范慕尤、杨曦译，译林出版社2007年版，第9—10页。

克思主义文学批评并不因此把民族与阶级的关系推向与俄苏马克思主义文学批评完全相反的另一个极端，即认为不同阶级的民族性全然相同，不具有丝毫差异性，从而完全放弃对文艺的民族性作阶级分析，对民族性，要么全盘肯定，要么一概否定。事实上，中国马克思主义既承认不同阶级有相同的一面，也关注其分野的另一面，这是中国马克思主义坚持无产阶级在民族解放中的独立与领导地位，建设民族的、人民大众艺术的理论前提。中国马克思主义文学批评对民族问题富于建设性的探索并没有止步于此，它更进一步论证了无产阶级与民族的共谋关系。

无产阶级与民族的共谋同构关系具体表现在，无产阶级与民族具有共同的利益，无产阶级社会革命不仅把民族解放视为自己需要完成的任务，而且通过消除民族剥削、压迫、不平等的阶级基础，最终实现人类的自由解放，从而从根本上解决民族问题。中国马克思主义文学批评清醒地认识到，民族与无产阶级不是尖锐对立而是高度统一的，“共产主义者不鄙薄自己的民族，而且，相反，抱着高度的民族自尊心”[①]。艾思奇也明确地指出，“共产主义者如果只是空谈抽象的阶级道德，对民族的存亡问题置之不理，那明显是违反着真正的无产阶级道德的。在中国的情形下面，真正无产阶级的道德和民族的道德完全能够一致”[②]。周扬在总结“反日文学”的特征时，指出其中很重要的一方面便是“工农大众的阶级立场与民族立场的一致”。无产阶级和民族之所以构成共谋关系，首先是因为在所有阶级中，只有无产阶级才能最大限度地与民族利益统一起来，真实地代表民族的利益。“最最代表民族的是民族的阶级。……在这个意义上，阶级与民族并不冲突对立，相反，最阶级的艺术才是真正的无产阶级文学，也就是真正的民族文学。”[③] 其次还在于，中国的民族解放任务只有通过无产阶级的社会革命才能实现，争取民族解放的新民主主义革命是无产阶级社会革命的首先要承担的责任与内在于它的重要阶段，在这个意义

① 周扬：《王实味的文艺观与我们的文艺观》，《文学运动史料选》第 4 册，上海教育出版社 1979 年版，第 636 页。

② 艾思奇：《共产主义者与道德》，《艾思奇文集》第 1 卷，人民出版社 1981 年版，第 417 页。

③ ［日］臧原惟仁：《艺术中的阶级性和民族性》，文之译，上杂出版社 1953 年版，第 72 页。

上，民族解放和社会解放在中国表现为同一个历史过程的两个不同方面。对此，在民族形式讨论中，杜埃《民族形式创造诸问题》一文对此有着透辟的了解：

> 我们的民族主义任务，不只要求民族从帝国主义的压迫下解放出来，使之成为真正独立自由的民族；同时，它也将使民族从封建的及一切不合理的剥削社会里挣出，完成其经济生活的彻底解放。简言之，它同时带有民族解放与社会解放两重任务。所以我们的民族主义发展到完全地步时，必然要包括全国全体人民的利益。在这里，真正的民族利益与阶级利益是一致的。[①]

因此，民族解放与人民解放互为对方的内容，“民族解放应以人民解放为真实内容。以民族解放为同义内容的人民解放要求文艺能够更真地回答民族的需要和人民的需要”[②]。无产阶级的解放是民族获取解放的基石与保障，“没有人民大众底自由解放，没有人民大众底力量的勃起和成长”，“不可能争取到民族底自由解放”。最后，民族解放只有致力于无产阶级的社会解放，才是真实和彻底的，“如果说不是自由解放了的人民大众，那所要争得的自由解放的民族不过是拜物教底幻想中间的对象”[③]。

尽管中国马克思主义文学批评论述了无产阶级与民族关系的共谋性，但它并没有如马克思、恩格斯和列宁等人那样把无产阶级与民族不加区分地直接等同起来。中国马克思主义文学批评以其创造性发展的“人民”概念勾连起无产阶级与民族两端，民族与无产阶级最终统一于“人民”，“人民”立场和标准成为中国马克思主义文学批评坚持民族性与阶级性统一的集中体现。如果说对文艺的民族性与阶级性的对立统一关系的考察是对经典与俄苏马克思主义文学批评的综合辩证，那么通过赋予“人民”以丰富、科学的内涵与核心重要地位，将民族与阶级最终统一于“人

① 杜埃：《民族形式创造诸问题》，徐遒翔编《文艺的“民族形式”讨论资料》，知识产权出版社2010年版，第90页。

② 胡风：《逆流的日子》，《胡风评论集》下卷，人民文学出版社1981年版，第10页。

③ 胡风：《置身在为民主的斗争里面》，《胡风评论集》下卷，人民文学出版社1981年版，第19页。

民”，则是中国马克思主义文学批评对马克思主义民族观的创造性发展。它通过发展“人民”概念，将民族与无产阶级最终统一到“人民”上面，中国马克思主义文学批评的民族立场和阶级立场的统一最终归结到“人民”立场上。中国马克思主义文学批评的“人民”既坚持阶级的原则，但并不把自身限定于“无产阶级”，既代表最广泛、真实的民族利益，但并不把自身扩大为“民族全体成员”，这样的“人民”概念把阶级与民族有机连接并合理地统一了起来。不同于经典与俄苏马克思主义文学批评以绝对的阶级革命尺度规定民族的成员范围，中国马克思主义文学批评承继并发展了“人民”的概念。“人民”在不同时期马克思、恩格斯的论述中有着含义的变化，大致而言分为“社会全体”“以无产阶级为核心的革命群众”和“无产阶级”。越到后期，马克思、恩格斯笔下的“人民”指示“无产阶级”的意谓越为明晰，与俄苏马克思主义文学批评论述中严格阶级论框架下的“人民”内涵几乎没有了区别。对于经典与俄苏马克思主义文学批评的发展，中国马克思主义文学批评敏锐认识到包括全体国民的民族具有抽象性、虚幻性，显示不出马克思主义视域下民族的阶级内涵，而仅限于无产阶级的民族虽体现出鲜明的阶级内涵，由于范围过窄，并不能涵盖有利于社会进步的全体阶层。鉴此并根据中国的革命形势需要和阶级分化的特点，中国马克思主义对民族成员的组成有着明确的规定性，限度大致是以阶级为标准的，但民族的成员涵盖更广，并非局限于无产阶级，而是更为宽泛的“人民”，并非“全民”。①

“人民”概念在中国马克思主义文学批评中被创造性地发展为“社会中具有广泛共同利益且具革命性的阶级集合，是基于阶级又超越阶级的联合体”②。“人民”是民族和阶级的调和，它具有特定的阶级内容，没有囊括组成民族的全体成员，但也不是囿于某个具体的阶级，而是宽泛地指“推动特定历史阶段社会进步的基本阶层及其同盟力量”③。“人民”是一个历史范畴，在中国马克思主义文学批评中并没有一个固定的所指，它指

---

① ［澳］费约翰：《唤醒中国》，李恭忠等译，生活·读书·新知三联书店 2004 年版，第 502 页。

② 胡亚敏：《中国马克思主义文学批评的人民观》，《文学评论》2013 年第 5 期。

③ 马建辉：《新世纪文艺人民性研究的三种倾向及其辨析》，《文艺理论与批评》2013 年第 6 期。

向的是在不同历史时期有利于生产力发展、社会进步和人类解放的“包容广泛的统一战线”。“人民”在中国马克思主义中不是与民族国家的整体相呼应的“民众”“国民”概念，“国民不过是一个空名，并没有实际的存在”，所谓大众并不一般指国民，只有特定的阶级阶层才有资格代表民族。与此同时，中国马克思主义文学批评也不把“人民”机械、教条、僵化地等义于“无产阶级”，“人民”是建立在阶级分析基础上的，泛指对于社会革命和建设有益的阶层集合体。正是这样既具阶级原则性又富包容灵活性的“人民”概念成为中国马克思主义文学批评坚持民族与阶级的对立统一原则的交汇基点，“人民”立场和标准即是中国马克思主义文学批评坚持文艺的民族性与阶级性统一的具体体现，创造凝结了阶级和民族双重诉求的“人民文学”① 成为中国马克思主义文学批评一贯高举不易的旗帜。人民立场是中国马克思主义文学批评民族立场的真实、具体实现，“文学只有站在人民的，也才是真正而非伪的民族底基础上，始能够完成它底飞跃式的发展”②。

四　中国马克思主义文学批评民族观的当代反思

中国马克思主义自新时期起不谈以阶级斗争为纲，并不意味着它如某些西方马克思主义者那样抛弃了阶级的范畴，将革命的动力置于本能欲望和审美领域（马尔库塞）。跨国资本主义加剧了阶级分化的格局，在劳资斗争全球化并与民族国家矛盾相互纠结的今天，在国内随市场经济的启动，阶层分化已成为不可否认的现实情形下，阶级是仍然包括中国形态在内的马克思主义的基本视域。在全球化的新境遇下如何处理阶级和民族的关系，仍是中国马克思主义文学建构“开放的民族主义”观所需要思虑的核心议题之一。阶级问题和民族问题交织着在新世纪重新浮出历史的地表，这使中国马克思主义文学批评过去在民族战争与社会革命年代对民族

① 中国马克思主义文学批评的“文艺大众化”和“民族形式”讨论与葛兰西、法农的“民族—人民文学”论题交相映照，产生于完全不同社会历史条件下的它们，面对、探讨和解决着共同的问题。它们都注意到革命斗争对文学艺术发挥团结、教育和表现人民大众的需要，但彼此间也存在各种差别。在相互比照中研究这三者，有助于深化对它们各自的认识。

② ［日］臧原惟人：《艺术中的阶级性和民族性》，文之译，上杂出版社 1953 年版，第 1 页。

与阶级关系问题思考的辨析，并不完全成为一项类似清点尘封遗产的工作，现实的情形再度擦亮其似已黯淡的价值。虽然中国马克思主义文学批评不再以阶级斗争为中心工作，但在“市场经济条件下，阶级分化成为中国当下最基本而又处于匿名状态下的社会事实”①。尽管阶级的形态发生了变化，更多的文化内涵注入这个曾经主要是经济政治性质的范畴，但毕竟阶级问题重新进入了人们的视线，而在西方马克思主义批评中，“阶级”始终是其不曾离去的核心问题与论域。无独有偶，资本主义全球化下民族间经济、文化、政治的交流和冲突都史无前例的频繁与活跃，隐含着文化霸权（或谓新殖民主义）逻辑的全球文化一体化加剧了人们对多样差异性民族文化前景的担忧，甚至民族国家的命运也前途未卜。虽然不同于民族革命战争的过往情境，但阶级和民族的问题终究再度共同摆上了马克思主义文学批评的议事日程。历史虽已成过往，但在历史中积累的理论成果并没有被证伪和失效，在当下历史情形下，重温中国马克思主义文学批评曾经在文艺民族性和阶级性关系上做出的科学论断不是没有意义的，它能为当代马克思主义批评认识和应对当代重大文艺文化现实问题提供别样的视野与思想武器。至少从这样几个方面，中国马克思主义文学批评过去在民族与阶级问题上的思考可以为当下提供反面警戒与正面建设意义。

（一）摆脱民族与阶级绝对对立或直接同一的思维框架

在马克思主义文学批评中，阶级和民族在结构中不是完全平等和毫无交集的，阶级仍然具有根本的重要性，但它并不永远都是明白显露和剑拔弩张的，许多时候它会以民族矛盾、性别压迫等形式呈现与表达出来。当文化研究和文学批评以为阶级已经如冷战一样寿终正寝，并因此把关注的焦点转移到种族、性别、文化、身份等问题时，“然而，在当今世界，这些事物依然像过去那样，跟社会阶层紧密交织在一起”②。民族压迫与阶级斗争有着千丝万缕的联系，虽然阶级斗争是人类历史最基本的东西，但

① 孙佳山等：《当前文艺作品的价值观与评价标准问题》，《文艺理论与批评》2013 年第 5 期。

② ［英］特里·伊格尔顿：《马克思为什么是对的》，李杨等译，新星出版社 2011 年版，第 179 页。

民族独立运动并不仅仅是阶级斗争的一方面，它是相对独立的存在，有相对独立的历史轨迹，阶级斗争并不能包罗万象，不能对民族问题以阶级斗争一言以蔽之。[①]

中国马克思主义文学批评需要警惕以阶级对抗思维处理民族问题，避免以僵化的阶级标准裁剪衡量文学的民族性。[②] 中国马克思主义文学批评不能把全球化下民族间的相互依赖关系粗暴地定性为你死我活的阶级对抗关系，从而陷入民族沙文主义的情绪中。新中国成立后，在处理国内外民族关系问题上，中国马克思主义文学批评因袭了作为革命成功经验的民族与阶级问题的同一性认识，并在此基础上将其提炼发展，提出“民族问题的实质是阶级问题”的著名命题。这直接指导了在政治实践上把民族问题直接作为阶级问题的合并、同性处置的方针，滋长了民族问题上一面倒的惯性对抗斗争思维。不管如何辩证地认识两者的对立统一关系，理论上论证得多么严谨，强调现实环境如何需要，民族都不能直接或完全等同于或从属于阶级，民族有其特殊的、阶级不能涵括的内涵。中国马克思主义文学批评承认文艺的民族性和阶级性的同一性，并不是要把需在一定条件下才能成立、适应特定革命形势需要的“民族问题根本是阶级问题”这一命题，作为否定文艺的民族性客观和相对独立存在的真理性依据，这是对民族与阶级统一性关系的简单化、庸俗化、机械化和绝对化的错误理解与运用。中国马克思主义文学批评一度犯过这样的错误，留下了这方面的沉痛教训。新时期中国马克思主义文学批评对“民族问题归根结底是阶级问题”的命题做出了清算，恢复了民族与阶级对立统一关系的本来面目。民族主义要脱离出反抗各种新旧殖民主义的思维框架，谨防将阶级与民族问题等同起来加以合并处理所隐藏的造成对抗冲突的危险。

由于先后遭遇国际主义、现代化建设等新的时代课题的挑战，加上20世纪80年代对“民族问题归根究底是阶级问题”这一偏颇论断的清算，民族的阶级内涵逐渐淡出人们的视线，即便后来偶或论及，也主要是

---

① ［英］特里·伊格尔顿：《马克思为什么是对的》，李杨等译，新星出版社2011年版，第38—41页。

② 杨诚：《必须清理少数民族文学中的资产阶级自由化倾向》，《中央民族学院学报》1990年第4期。

作为一个学术而非关乎社会实践的课题。然而资本主义全球化下，民族文化之间关系的处理、解放政治抵抗空间的探求乃至“民族问题本质是阶级问题”命题的沉渣泛起，[①] 一下子又把民族与阶级关系问题推向历史前台。对民族与阶级关系问题的回答，直接决定了对前面这些重大理论与现实实践问题所采取的立场、观点与方针。民族问题中的阶级维度随着革命路线与思维的隐退，已经不是中国马克思主义文学批评民族观建设的中心命题。但这一课题在从中国马克思主义文学批评形成伊始一直到“文化大革命”结束，都牢固地占据着民族观建设统揽全局的焦点核心议题位置。中国马克思主义文学批评一度把民族问题与阶级问题根本对立（“革命文学”论争）或直接等同（“文化大革命”）起来，或认为谈民族问题就是对阶级问题的掩盖，是对阶级矛盾的转移，或指出“民族问题归根结底就是阶级问题”。这两种看似相左的意见却在看到民族与阶级的对立性与同一性，阶级对于民族有着决定性意义的同时，在忽略乃至无视了民族问题的复杂性、长期性、独立性、区别性这一点上，达成了惊人的共识。中国马克思主义批评在民族与阶级关系问题的思索上虽然走过一段弯路，但它在这一问题上形成的正确意见无论作为马克思主义民族观发展，还是中国马克思主义文学批评的实绩，都值得我们认真总结。在阶级区隔、劳资矛盾依然存在，甚至在资本主义全球化下更为隐蔽与固化的历史情境下，清理民族和阶级的矛盾性和同一性，对中国马克思主义文学批评处理现实的国际民族文化和国内族群文化之间的关系仍很有必要。中国当代马克思主义批评切忌武断地将民族与阶级问题等同视之，重蹈历史悲剧的覆辙。

（二）对全球化及其之下的各种文化立场作阶级分析

虽然不宜直接以阶级等同于民族，进而把当前全球化下民族之间和民族内部各族群间的关系以阶级对抗的模式估量与处理，但这并不意味着要拒斥将“阶级”作为一种合理而有效地透视资本主义全球化下国际秩序

---

① 民族问题阶级化的遗毒与思维还在一定范围内存在，如王蒙《中国天机》（安徽文艺出版社 2012 年版）一书在总结中国革命与建设成功经验时，仍重申了“民族问题根本是阶级问题”的论断。除极少数公开的支持外，这一命题更多地是以隐蔽的、变换了的形式遗存下来，如将民族间的正常经济文化交往强迫性地名以“压迫入侵”，极端、片面地评估资本主义全球化对于弱势民族的挑战与危险。

实质的视域框架。民族与阶级相互依赖、彼此联系，但相互间也决不构成一种完全平等、平行的关系。过分强调和拔高民族属性，以致忽视国际秩序不同民族和民族内不同阶层间客观存在的等级压迫逻辑，并不是以阶级为中心论域的马克思主义文学批评应有的立场和态度。作为一种历史现象和范畴的民族问题，并不能取代和令人遗忘人类自由解放事业的宏伟愿景，以此观之，民族的地位至高只能是一个过程与一种手段。对于马克思主义批评而言，在阶级未获最终解决之前，民族内外部必然仍受到阶级结构的影响、限制乃至决定，因此我们在致力打破阶级压迫秩序的同时，不能将民族国家树立、上升为损毁和遮蔽包括阶级、性别和种族在内的其他身份认同形式的另一僭主。中国马克思主义文学批评对民族问题所用的阶级视角和分析，对认识国际格局新秩序、解决民族间关系与民族内文化分层等问题仍具有其现实性与有效性。伊格尔顿、阿赫默德等当代马克思主义批评家在各自的研究中，坚持对民族问题作阶级分析，在这方面做出了成功的范例。

在所谓历史终结的时刻，当代马克思主义批评正极力寻求抵抗资本主义一体化的空间，民族与阶级的对立统一性，让我们看到作为阶级的别一种表现形式的民族是当前解放政治的希望所在。承继了马克思从阶级论域观察民族问题的路径，伊格尔顿对民族所有的肯定性论述几乎无一例外都是因为它与社会革命、阶级解放的紧密联系，甚至反抗殖民主义统治的民族主义的正义性也是因为它是变换了表达形式的阶级斗争，“民族早就是与这个对手进行阶级斗争所呈现的主要形式”，民族冲突“与阶级剥削具有同等的重要性”，“民族主义是一支效力惊人的后殖民力量，并非后殖民批评所发现的‘愚昧无知的沙文主义’或是‘种族至上主义’，因而摒弃了民族性的观点也倾向于抛弃阶级的观念，后者曾与民族革命结下不解之缘。如果那些民族国家部分失败了，无法与富裕的资本主义世界友好相处，那么超越民族似乎也意味着超越阶级，而这正发生在资本主义比以往更强大、更具掠夺性之时”。① 与过去一样，现在与将来的阶级解放与民族国家的前景也不可分割地勾连缠绕在一起，“民族主义就像阶级，拥有它，感觉它，是结束它的唯一办法，过早放弃它，就会受到其他借记和民

① ［英］特里·伊格尔顿：《理论之后》，商正译，商务印书馆2009年版，第11—12页。

族的欺负”①。“革命的民族主义确曾超越阶级观念，民族的不同群体与阶层面对共同的西方对手，……民族早就是与这个对手进行阶级斗争所呈现的主要形式。”② 伊格尔顿敏锐注意、有效利用并充分发挥了马克思主义视域中民族与阶级两种压迫形式的同构性命题，认识到不同形式的统治和剥削是相互联系的，必须将它们全部废除，以作为成功实现每个人解放的根本基础。诚如其而言，“只有女性主义和民族主义才能解构（高度资本主义文化模型的）后现代主义”③。

民族国家并未如各种谕示那样已然衰颓，它仍然是工人阶级解放的真实活动场景，而后殖民理论所宣扬的文化杂交性并不是诱人的普世文化民主，只不过是掩盖了阶级压迫的“跨国资本主义的文化声明”。马克思主义批评虽然承认“在帝国主义世界，民族国家的独立自主由于资本全球性入侵而大受其碍”④，但这只是事物的一面。更多民族国家在产生，美国、日本的民族国家政权依然鲜活健全，欧共体的存在取决于各民族国家间的协商，亚洲、非洲过去几十年的民族国家不是日渐衰微，而是日益巩固等事实，“会打消这种人为民族国家全球性衰微而产生的欣快症”。资本对待民族国家的态度是矛盾的，既抵制又依附，“帝国主义的结构辩证法表现为资本运作对一切现有地球空间的渗透和民族国家的强化并驾齐驱”。正是在这样的基本社会结构体系内，阿赫默德指出，“民族国家在全球范围内仍然是工人阶级的生命进程为出发点的所有政治形式的视野”⑤。后殖民主义发明的文化杂交性概念涉及的是生活和工作在西方宗主国的移民知识分子，它反映的只是一部分人的现实，“历史并不是由永久性的移居构成的，芭芭所声称的那种既是人类状况又是一种理想的哲学立场的‘置换’的普遍性，无论是作为对世界的描述，还是作

① ［英］特里·伊格尔顿：《民族主义：反讽与关怀》，《历史中的政治、哲学与爱欲》，马海良译，中国社会科学出版社1999年版，第309页。

② ［英］特里·伊格尔顿：《理论之后》，商正译，商务印书馆2009年版，第11—12页。

③ 吴芳：《特里·伊格尔顿与女性主义》，《文艺理论研究》2011年第2期。

④ ［印度］埃杰兹·阿赫麦德：《文化、民族主义和知识分子的作用》，［美］艾伦·伍德、约翰·福斯特编《保卫历史：马克思主义与后现代主义》，郝名玮译，社会科学文献出版社2009年版，第68—70页。

⑤ ［印度］艾贾兹·阿赫默德：《文学后殖民性的政治》，罗钢、刘象愚编《后殖民主义文化理论》，郭军译，中国社会科学出版社1999年版，第264—266页。

为一种有普遍性的政治上的潜能都是站不住脚的”。后殖民主义“以偶然性替代历史性，完全丧失特征意识，抛弃一切持久的结构性稳定”，掩盖了文化交融中实际存在的权力不平等关系，后殖民性实际上仍是一个阶级问题。在民族国家体系稳如磐石的大环境中，“漫不经心地津津乐道什么跨民族文化杂交性和偶然性政治实际上等于赞同跨国资本自己的文化声明”①。

（三）坚持民族的社会主义性质与人民导向

民族主义本身无法决定自己的性质，它的性质由掌握它的力量所决定。为保证民族主义的进步性，发挥其积极能量，中国马克思主义文学批评应坚持民族主义的社会主义性质和人民导向，将人类的自由解放视野作为民族主义的终极追求。如何避免获得解放后民族的进一步诉求陷入褊狭，保证其行进在理性、进步、开放的轨道内，对于这一棘手问题，把民族的立场引向为人民的社会解放事业，使前者服务于并成为后者内在的组成部分，是中国马克思主义文学批评通过探求民族和阶级的关系所提供的一种方案。② 民族主义没有独立、确切、系统的内容，一般只是作为实现某一目的的手段而存在，“不是个政治学说，不是个纲领”，“最终只不过是达到目的的手段与途径，它自身没有独立存在的价值，一旦达到目的，它自身就没有了意义”③，民族主义的这一特质使其十分容易滑入非理性的情绪深渊和被反动落后力量所利用，为此，如何避免这种情形的发生，便成为马克思主义批评需要切实应对的问题。民族的独立自主是实现民族社会建设和文化繁荣的前提与基础，“是一个真正获解放的男女生存的必不可少的条件”④，独立的民族对于人类的自由发展和全面解放具有基础性的意义，然而它毕竟只是人类获得社会解放的第一步，在民族获得独立后，民族意识需要“尽快引向政

① ［印度］艾贾兹·阿赫默德：《文学后殖民性的政治》，罗钢、刘象愚编《后殖民主义文化理论》，郭军译，中国社会科学出版社 1999 年版，第 256、271 页。

② 解殖理论家弗朗兹·法农和帕沙·查特吉在各自的著述中也都指明了获得民族独立后的民族主义需要发生这一转向，它可以引导民族主义在为人类解放的事业继续发挥正面的能量，而不致延续二元对立思维，引发民族间关系尖锐的冲突对抗。

③ ［法］弗朗兹·法农：《全世界受苦的人》，万冰译，译林出版社 2005 年版，第 134—135 页。

④ 同上书，第 230—231 页。

治意识和社会意识，转移到国内的经济和社会公正等事务上来"①，民族诉求应迅速转向为实现社会解放的目标上，为实现真正的和最终意义上的民族解放继续提供能量。民族主义的性质和作用全由掌握它的力量所决定，资产阶级只会把民族主义引向僵化、沙文主义的歧途，只有具有国际主义品格和致力于人类解放的事业的马克思主义才能引领民族主义驶在正确的航向。没有人民大众的解放，民族的解放既不可能，也无意义，而为使民族解放走上一条前进的道路，文艺应将"民族解放与社会解放结合起来"，以人民的解放为民族解放的真实和同义内容，"更强更真地回答民族的需要和人民的需要"②。民族文化是"人民创造自身并维护自身存在的行动而做出的全部努力"，民族在"操心国际威信之前"，首先"把尊严还给每个公民"，"使其成为有觉悟的和独立自主的人"；作为民族的文学则应以人民为中心，成为"人民的唤醒者"，"作文造句以表达人民的心声"③。在这个意义上，文艺立足人民的立场，便是文艺民族性的最高与集中体现。

第三节 民族是"个别与普遍之统一的相关物"

对于民族问题，除阶级维度外，百年中国马克思主义文学批评对文学的民族性与世界性的辩证关系同样做了持久而丰富、科学而深刻的讨论。当前，在民族国家终结、后民族（新帝国）时代到来论调的鼓噪下，人们或顺应它，主张去民族性，拥抱超民族主义和世界主义；或抗拒它，奉行表现为文化相对主义和原教旨主义的偏激民族主义。在此情形下，总结中国马克思主义文学批评过去在文学的民族性与世界性矛盾统一关系上的辨正，对于廓清上述两种貌似理念相左，但实际上都陷入了某种只取一端

① ［法］弗朗兹·法农：《全世界受苦的人》，万冰译，译林出版社2005年版，第135—136页。

② 胡风：《〈逆流的日子〉序》，《胡风评论集》下卷，人民文学出版社1981年版，第1—2页。

③ ［法］弗朗兹·法农：《全世界受苦的人》，万冰译，译林出版社2005年版，第135—136页。

不及其余的形而上迷误，并为处于全球文化结构弱势地位与资本主义文化异己因素的中国文学寻求应对之策，仍可以提供适之有效的理论武器。随着资本主义全球扩张和文化逻辑的普遍渗透，民族文化之间的同质化以及与之相伴的趋同性焦虑日益加剧，在此背景下，坚守以普遍性为诉求的民族差异性仍是中国马克思主义文学批评在现在及未来一段时期应予秉持的文化立场，它是中国马克思主义文学批评坚持和拓展“开放的民族主义”观念和立场的重要体现。

一 民族性与世界性的对立统一

不同于经典与俄苏马克思主义文学批评所遭遇的情形，以国际主义为诉求的马克思主义文学批评在同先它生根于中国土壤的民族观念发生接触时，一开始便展现出亲和、融通而非龃龉、冲突的面向。除救亡图强的民族斗争任务是贯穿于近现代中国文学的主线这一缘由外，还因为中国马克思主义文学批评在民族问题上的这一区别性特征与民族观念本身在中国形成的初始情境息息相关。由于中国现代民族观念是在从古典的“天下”到过渡形态的“万国”再到西方的“世界”的中介框架中逐步形成的，因此中国的民族观一开始便蕴有世界意识与胸怀的基因。如果说中国马克思主义文学批评自觉将民族问题作为阶级问题看待和处理是由马克思主义以阶级为中心的质的规定性所决定的话，那么跻身世界，“使中国文坛在国际文坛上站到一个地位”，“与前进的世界文艺交响合拍”①，则是中国马克思主义文学批评探讨文艺的民族性与世界性关系的重要背景和基本诉求。缘此，中国马克思主义文学批评所理解和主张的民族性从来不会是狭隘与地域的，它清醒地认识到不能将民族性和世界性对立起来，脱离民族性谈论世界性是空洞与虚妄的，抛开世界性言说民族性是封闭和形式的，文学的民族性和世界性之间是一种相生相克又相辅相成的矛盾统一关系。中国马克思主义文学批评从来不认为民族主义和国际主义是泾渭分明、截然对立的，“把国际主义的内容和民族形式分离起来，是一点也不懂国际主义的人们的做法，我们则要把

① 潘梓年：《新文艺民族形式座谈会上的讲话》，徐迺翔编《文艺的“民族形式”讨论资料》，知识产权出版社 2010 年版，第 275—276 页。

二者紧密结合起来”[①]，中国马克思主义文学批评所坚持的民族性是与世界性辩证统一着的。

（一）世界性寓于民族性中

对于中国马克思主义文学批评而言，在民族性与世界性的关系结构中，民族性更具有基础性意义。中国马克思主义文学批评之所以要求文学坚持和体现民族性，是多方面原因综合作用的结果。首先，因为文学所处社会历史条件的客观要求，在民族国家时代，任何文学活动都具体地发生在民族国家中，民族国家深刻地影响着文学的每个方面，“由于各民族发展的参差不齐，作为对民族生活反映的文艺形式大多数不能不带有或强或弱的特殊性，即民族性”[②]。作为文艺的基本属性之一，民族性在人类的民族国家时代终结之前将具有长期的历史合理性。对于处于灾难屈辱、渴盼独立复兴的20世纪中华民族而言，要求文学具有民族性除历史的规定外，它还具有特别的意义，即增强民族自信心，激发民族的创造力，提升人们对于民族的自豪感，正如有论者所指出的，“融有民族情感的文学可以加强对于读者的艺术申诉力量”，“激起我们对于民族的奴役状态的火一般的憎恨，正可以鼓励我们为民族的自由解放而斗争”。在积弱积贫的百年里，担负着包括文学文化在内的民族振兴重任的中国马克思主义文学批评，民族仍是其不可移易的立场和标准的根系所在，即便在全球化进程日益展开与深入的当下也不能发生根本改变。

其次，坚持文学的民族性是它获得世界性，为世界所接纳，贡献于世界的基础、条件与保障。文学文化如无民族自身的特色，便无以贡献于丰富多彩的世界文化，更无成为世界文化的可能。文学的民族独特性不但不会酿成隔阂和冲突，反而是民族交往得以实现和取得成果的保证，“有民族特点的形式不但不会成为（民族文化间）了解彼此的障碍，反而是通过它理解对方的民族生活世纪，加深友谊的桥梁”。民族性不是文学获得世界性的障碍，相反，“带特殊性的优秀的民族文化，

① 毛泽东：《中国共产党在民族战争中的地位》，《解放周刊》第57期，1938年11月25日。

② 胡风：《关于文学遗产》，《胡风评论集》上册，人民文学出版社1984年版，第84页。

恰是以帮助世界文化的发展"[①]，"只有我们创作了真正的民族文艺形式，我们才能够在世界文学史上站住我们的地位"[②]。针对那种认为艺术是世界性和属于全人类因此应该抛弃民族性的偏颇错误观点，中国马克思主义文学批评给予了有力且可信的辩驳，艺术的世界性"只是意味着它的相对的统一，不是绝对的统一。相反的，只有尽管发扬各个民族的特色"，"才能使国际艺术的总体丰富起来"。失掉文艺的民族性，首先便在自己民族中间立不住脚，越是强调世界性，越是应该发扬民族性，只有"在各个民族特色的发扬与相互渗透过程中，才能创造统一的国际性的艺术"[③]。国际要以众多独立自主的民族国家为基础，民族国家是构成国际的基本单位，没有独立自主的民族，马克思主义意义上的国际和国际主义便不会形成，同时没有民族性的国际性也是空洞、抽象和虚妄的。

最后，中国马克思主义文学批评虽然坚持民族性，但坚决与各种形式的狭隘民族主义划清界限，它所肯定的民族性是与世界性相统一的，世界性既是民族性存在和被意识到的基础，也是民族性能得到良性伸展的外在视野、内在动力和必然要求。一方面，民族性并不能完全脱离世界性而孤立发生和存在，民族性应是蕴含着世界性的民族性。民族间的国际交往是民族性出现的前提条件，只有"当民族有世界结合的必要的时候，各民族的文化就又发生着交互的关系，而相互影响，起着变化，并且在形成着国际的文化。在这样的时候，'民族性'才开始作为问题"。另一方面，"离开国际主义谈民族形式，将跌进狭隘的民族观念中"[④]，对民族性的强调如果离开了世界的视野和胸怀，将会沦为闭关自守、盲目排外的遁词。"我们应该有民族形式甚至民族的内容，但决不应有故步自封的狭义的民族的思维体系"，创立文艺的民族形式除了要把握民族的生活现实外，还

---

① 柯仲平：《谈"中国气派"》，徐迺翔编《文艺的"民族形式"讨论资料》，知识产权出版社 2010 年版，第 4 页。

② 黄药眠：《中国化与大众化》，徐迺翔编《文艺的"民族形式"讨论资料》，知识产权出版社 2010 年版，第 81 页。

③ 光未然：《文艺的民族形式问题》，《文学月报》第 1 卷第 5 期，1940 年 5 月 15 日。

④ 蒋天佐：《论民族形式与阶级形式》，徐迺翔编《文艺的"民族形式"讨论资料》，知识产权出版社 2010 年版，第 432—433 页。

要对它所处的“国际局势和世界文艺遗产取得深刻的理解”①。“民族之国际化是民族文化发展的内在的必然性”，“而且又是民族文化发展所必需的”，但“越是民族的便越是世界的”命题并不是必然成立的，它需要以一定的条件为基础，只有符合人类普遍追求，具有独创、先进和优秀的民族性才可能是世界性的，那种对于民族性偏于一端、不加辨别的推重的做法，不仅达不到成为世界的目标，反而“或简直想走自外于人类莫名其妙的路，则不但徒劳，而且也是有害的”②。

（二）民族性依存于世界性

中国马克思主义文学批评坚持国际主义的文化立场和批评标准，无产阶级大众文学应是“具有民族特色的国际艺术”③，但这里的国际主义不能混同于那种抹杀民族差异性、否定民族性合理性的世界主义价值取向。在中国马克思主义文学批评中，“国际”不是一个无民族差别和无民族界限的浑然一体、整齐划一的空间，而是由相互联系的独立自主的民族国家具体组成，国际主义并不是对民族文学和文学民族性的取消，而是形态各异的民族文化的统一。中国马克思主义文学批评民族观的国际主义品质和内涵是由马克思主义的基本属性、中国民族解放与建设的历史处境以及文学民族性的存在和发展方式等方面的因素所共同规定的。

首先，文学的世界性并非抽象的存在，它们需要寓于具体的民族性之中，并通过民族性具体地表现出来。民族性是它存在和发展的根基，因此强调文学的世界性不能排斥，而是需要坚守民族文学的多样性、特殊性、差异性与独立性。在人类的普遍王国实现之前，不会存在无民族性的世界性，任何世界性都要以民族性为前提和母体。不仅如此，世界性的呈现与发展也需要依托于民族性上，“普遍性体现于特殊性之中，没有特殊性，普遍性就无所依附”，“没有普遍性的特殊性是没有意义的”。④ 世界文学

① 胡风：《民族革命战争与文艺》，《胡风评论集》中卷，人民文学出版社1984年版，第81—82页。

② 冯雪峰：《民族性与民族形式》，徐迺翔编《文艺的“民族形式”讨论资料》，知识产权出版社2010年版，第120—121页。

③ 冯雪峰：《关于“第三种文学”的倾向与理论》，《文学运动史料选》第3册，上海教育出版社1979年版，第201页。

④ 胡亚敏：《论差异性研究》，《外国文学研究》2012年第4期。

并不是抽象、平滑和板结之物，它实际上只是各民族文学的联系、汇聚和交融，是向各民族文学开放，而不是将丰富多彩的民族文学熔为一炉，凝成一物。各民族文学不是等待世界文学吸纳和评判的客体，而是丰富发展它的主体。各民族文学以独立的身姿发出自己的声音，倾听别人的声音，这种对话正是民族文学步入世界的方式与过程，世界文学依赖于各民族文学的良性发展。无论从发生、呈现还是发展看，没有民族性，世界性都将不复存在，民族性与世界性相生相克、相辅相成，并且民族性之于国际性具有基础性的意义。由于民族性与世界性之间的这重特殊关系，坚持民族性便成为中国马克思主义文学批评国际主义文化视野的现实保证。

其次，民族性的价值需要在世界性的背景和基础上估量，某种意义上，世界性是民族性发展的终极追求和权衡尺度，中国马克思主义文学批评在坚持民族性的同时，不能不具有世界的文化视野。民族性不是孤芳自赏，民族文化的所有成就都需要接通“和人类底进步的文化传统间的联系”，都要“理解它得以实现底国际主义基础”，[①] 都要在世界文化的坐标轴而不仅是封闭于民族历史纵轴上予以定位，文艺的民族性决不应成为“故步自封的狭义的民族地思维体系”[②]。中国文学批评和文化建设既要避免毫无根基的虚妄世界主义，也要根除盲目自大的狭隘民族主义。文化之间民族的差异性是一个长期的历史过程，但它无论如何不是文学文化发展的目的和归宿。刻意放大民族文化间非此即彼的差异性，将造成彼此间沟通共享的障碍，甚至带来灾难性的冲突对抗。超越差异性，追求普遍性，应成为民族文学的基本诉求，甚而言之，“世界文化的建立是民族文化的最终目的”[③]，“创造新的中国文化要以新的世界的文化为目标”[④]。由此，普遍性程度应该成为民族文学发展的重要标尺之一。

中国马克思主义文学批评坚持具有世界性的民族性，保证了它在民族

① 胡风：《民族战争中的国际主义》，《胡风评论集》中卷，人民文学出版社 1984 年版，第 34 页。

② 胡风：《民族革命战争与文艺》，《胡风评论集》中卷，人民文学出版社 1984 年版，第 81 页。

③ 冯雪峰：《民族性与民族形式》，《雪峰文集》第 2 卷，人民文学出版社 1983 年版，第 71 页。

④ 冯雪峰：《过渡性与独创性》，《雪峰文集》第 2 卷，人民文学出版社 1983 年版，第 74 页。

问题上不会如一些民族主义者那样陷入狭隘与偏执的泥淖，令其民族立场具有了开放性的品格。正因如此，中国马克思主义文学批评坚持以民族性为基础的世界性，并不违背马克思主义的国际主义精神。中国马克思主义文学批评清醒地认识到，“共产主义也是踏着现实的土地的，而在现实世界的客观发展还没有达到必要的程度时，决不能勉强希望把空想施诸实行，在中国需要民族革命或民主主义的时候，共产主义者是最坚决地而且是最彻底地为着民族道德和民主主义而斗争，并且在将来为实现共产主义而斗争的当中，同样地是继承着和发扬着民族的道德”①。马克思主义的国际主义立基于民族的坚实而深厚的土壤之上，那种完全无视民族历史的合法性、抛开民族的现实利益的国际主义立场超脱于历史，是抽象与虚妄的。共产党人如果不去具体地“为民族解放而斗争，而只是把‘国际主义’当成装饰的空谈，那就是背叛了无产阶级的国际主义，但也要戒除民族保守和排外思想”②。需要注意的是，并非任何民族主义都是与国际主义相统一的，那种偏执于民族一隅、缺乏世界视野的民族主义是与马克思主义的国际主义相龃龉的，因而也不能作为中国马克思主义文学批评的文化立场与批评标准。对于民族问题应该从发展和联系的眼光出发，切忌抽象、孤立地估量，“民族问题应该从历史全局与世界全局来看，而不应该孤立地从局部的观点去看，不应该从任何超现实的抽象的观点去看”③。

（三）民族性与世界性的交融

中国马克思主义文学批评坚持民族性与世界性的统一，而不是超越/不依存于民族性的虚妄世界性，或疏离甚至摒弃世界性的狭隘民族性。中国马克思主义文学批评标举的民族性与世界性辩证统一关系体现在多个层面。

首先，文学的民族性和世界性是一对相辅相成、相生相克的范畴。不具民族性（国际性）的国际性（民族性）既与辩证法不符，也是客观不存在的。不以独立的民族和独特民族性为基础的国际主义和国际性，将沦为“装饰的空谈”（刘少奇）。将民族性和世界性割裂开来和对立起来的

① 艾思奇：《共产主义者与道德》，《艾思奇文集》第1卷，人民出版社1981年版，第417页。

② 刘少奇：《论国际主义与民族主义》，人民出版社1951年版，第10页。

③ 同上书，第35—36页。

做法是错误的，世界的存在总是个别的、具体的存在，而不是抽象、一般的存在。没有各别的民族，也就没有一般的世界。离开了各别的民族文学的艺术花朵，也就没有世界文学的艺术花园。艺术的民族特质“是和它人类的，世界的本质处在辩证的关系中”的，各自独立发展的民族文化在交互中形成国际文化的时候，文化的民族性才开始作为问题为人所发现与讨论，但此时的民族性已经向着世界性处于被扬弃的过程中，是谓“民族之国际化”。文学的世界性寓于民族个性之中，并通过民族个性体现出来，文学的民族个性则不同程度地蕴含着人类共性，“各民族文化具有世界性的内容”，“这世界性的内容必然而且必须具形为民族特质的民族形式而存在”，并且“民族的特质始终处于世界化，国际化的过程上”①，世界化与国际化是民族文化发展的内在必需和必然。文学的民族性与世界性相互依存，它们不能单独存在，脱离任何一方，便不完整并陷于偏狭和虚妄。“只有那种既是民族性的同时又是一般人类的文学，才是真正民族性的；只有那种既是一般人类的同时又是民族性的文学，才是真正人类的。一个没有另外一个就不应该，也不能存在。”②

其次，文学的世界性与民族性并不是根本敌对的，前者并不意味着对后者的否定，也不是要泯灭民族个性和特色，而只是要消除民族文化艺术的“片面性和局限性”。民族性与世界性“不是两个非此即彼的对立概念，而且有着彼此依存、相互补充、并行不悖的关系”③。在人类尚处于由民族共同体组成的漫长历史条件下，正如普遍一般不能离开特殊个别而自足存在，文学的世界性也不可能超脱于民族性之外而独立显现，离开民族性，世界性就失去了依附的载体；民族性也不会因为世界文学的形成而趋于瓦解，它不断地以多样化的民族特殊性为世界文学增添新的内容，而文学的世界性交流也反过来为丰富文学的民族性提供新的质素，不断促进民族性的升华与发展。文学的世界性要求克服民族局限性、片面性与封闭性，世界上没有两片完全相同的树叶，但也不存在两片截然迥异的树叶，

---

① 冯雪峰：《民族性与民族形式》，《雪峰文集》第2卷，人民文学出版社1983年版，第70—71页。

② 《别林斯基选集》第3卷，上海译文出版社1980年版，第187页。

③ 朱德发：《论四十年代中国文学的世界化与民族化》，《中国社会科学》2002年第6期。

强调民族的差异性有其合理性，但那种不适当地夸大差异性，甚至以此掩盖和否认民族文化的世界性的属性和追求，则将走向合理性的反面，以这种思想为指导的文学研究和文化建设势将步入“一条自外于人类的莫名其妙的路，则不但徒劳，而且也是有害的”①。

世界性和民族性在文学中构成了一组张力关系，中国马克思主义文学批评以民族化的方式实现世界化，反过来，也以充分世界化的方式实现民族化。中国文学的民族性因为具有开放性而具有世界性，“民族性同时也是因为具有独立性而具有世界性。世界性不是抽象的，而是通过具广泛价值的民族性体现出来的。民族的内涵只有面向世界时才具有世界性”②。文艺的民族性虽然不能脱离世界性独立抽象地存在，但对民族文艺提出独创能力和独创性仍是十分必要的，需要特别说明的是，“民族的独创能力和独创性的要求，并不是向着（绝对的）特殊的民族性的树立”③，然恰是它通往世界文化目标的条件与途径。独创之所以为必要，并非为保有各民族文艺之特色，而是因为相互一味模仿，不各自努力创造，将不能推动各民族文化的精进，也便无从创造出世界文化。“世界文化要靠各民族文化共同创造，这样地创造成的各民族的独创的特色，也就是世界文化的特色。”④

二 中国马克思主义文学批评民族观的现实启示

民族是个体与普遍的相关物，只强调其中任何一面都不是民族性的本来面目。中国马克思主义文学批评以这种民族观作为有力的批判武器，可以澄清当代文化批评种种陷入偏于一端误区的文化立场，并最终树立一种符合全球化下中国文学文化处境和利益的科学正确的民族观。

（一）反对割裂普遍性的文化特殊性论

在民族革命战争期间，民族生死存亡，民族矛盾尖锐深重，但中国

---

① 冯雪峰：《民族性与民族形式》，《雪峰文集》第2卷，人民文学出版社1983年版，第72页。

② 高玉：《论中国现代文学的民族性》，《广东社会科学》2004年第3期。

③ 冯雪峰：《过渡性与独创性》，《雪峰文集》第2卷，人民文学出版社1983年版，第74页。

④ 同上书，第74页。

马克思主义文学批评对叶青之流的国情特殊论的驳斥还言犹在耳，然而在全球化下，在民族危机解除，各民族文化相互渗透、互相交融的当下，奉行各种形式的民族绝对特殊性的观念却仍大有市场，不能不令人深长思之。在当代中国文学文化批评界，公开推行“文化例外论”或文化原教旨主义的论调虽极为少见，但青睐和推崇潜伏着文化特殊性思维逻辑的文化多元主义、文化相对主义等价值立场的却大有人在。文化多元主义本是多族群国家在国家内部推行的一项保护文化多样性的政策，后被用来处理当代世界各民族文化关系的原则和立场。文化多元主义承认各民族文化的特殊性，主张每个民族文化都拥有不容侵犯的生存和发展权利，世界文化应是各民族文化的多元共存，它对于促成和维护世界文化多样化的和谐生态格局无疑有其积极正面的价值。如果说作为一民族国家的族群文化政策的文化多元主义，还有统一的民族国家协调和凝聚各族群文化的关系和共识，在保证各族群文化生存发展的同时，促进各民族文化相互尊重和正常融合的话，那么作为世界文化下各民族文化的立场，由于如民族国家那样的统一协调机制的缺失，文化多元主义最终将沦为弱势文化，以保持文化多样性的名义拒绝对外交流开放的盾牌，将正常的文化互渗视作是对本民族文化特殊性的侵犯，而在强势文化则成为贬低弱势文化，阻止弱势进入世界文明秩序的借口，使其停留于仅供睥睨赏玩的对象，这实质上是一种冠冕堂皇、弱肉强食的丛林原则。不仅如此，文化相对主义以保护民族文化多样性为名，将民族文化之间的相对差异性绝对化和凝固化，否认民族文化之间存在先进和落后之别以及共同的价值理想。种种强调特殊性、忽视普遍性的文化立场无法阻挡全球文化标准化的侵蚀，事实上，绝对的差异性是另一种形式的普遍性，只是它将民族的特殊性打扮上升为一般普遍性而已。

警惕当代文学批评中民族文化的原教旨主义心态。世界文学一体化和各民族文学多样化的矛盾，一直是20世纪以来和未来很长一段时期内文学发展的一个基本矛盾。对此，世纪之交的中国当代文学批评时而流露出偏激的民族主义与虚妄的世界主义的情绪。在此情境之下，百年中国马克思主义文学批评所坚持的民族性与世界性辩证统一观念具有纠偏祛弊的现实价值。新时期以来，中国当代文学批评的民族观念、立场与标准愈趋凸显，相形之下，国际主义情怀则日益淡化，以至少有提及。当代中国文学批评的民族主义由于缺少国际主义的制衡与调和，在许多时候表现出其褊狭的一面，具体而言即中国后殖民批评的文化原教旨主义倾向和文论失语论中的文化殖民主义妄想症。这些带有狭隘民族情绪的文论批评话语以“中国性”或“中华性”为文学批评至高无上的规则和念念不忘的关怀，相信有某种纯粹、凝定的民族性存在。在这种观念指引下的文论建设变成了“关起门来自弹自唱，自说自话”，虽然殷殷爱国之心可鉴，但由于封闭了自我，从而切断了任何与世界融通的可能性。[①] 同样由于对民族性的过度关注，当代中国文学批评罔顾作为对象的中国文学深受西方影响的变迁事实，使作为衡量批评理论优劣的标准由阐发文学的有效性让位于寻找民族渊源有无和民族性成分多寡，文论建设一时似乎演变成“比谁对西学更敏感，谁更有爱国热诚”的竞赛，对文学本身的关注、阐释、判断和引导反倒舍本逐末地被弃置一边。[②] “通过对西方文化的批判排斥和民族身份的标榜，建立属于本土的文论话语，文学研究成为民族主义的讲台，简单地以非中即西的民族文化身份来作为泾渭分明的分水岭，而否认每个国家或民族中均含超越东西方的属于全人类共同的东西。”[③]

（二）摒弃抛弃特殊性的普遍主义文化立场

与狭隘的民族主义一样，摒弃民族差异性的普遍主义文化立场也并不适合作为当代中国文论建设和文化发展的指南。首先，普遍主义为文化中心主义乃至霸权主义提供合法性论证，并为其张目。20 世纪后半期的西方之所以鼓噪和推销普遍主义价值，正如詹姆逊、伊格尔顿等西方马克思主义批评家所揭示的，是与以其为主导的资本主义全球化进程相适应的。其所谓的文化一体化并不是各民族文化的平等参与、百花齐放，实质上是作为强势文化的西方对其他民族国家文化的侵蚀、挤压与同化的历史过程，“对全球化和世界主义的追求以及世界主义的理想不断地被现实的强

① 王峰：《学术一定要“中国”吗？——对“中国性”的批判性思考》，《云南大学学报》2009 年第 3 期。

② 南帆：《现代性、民族与文学理论》，《文学评论》2004 年第 1 期。

③ 代迅：《西方文论在中国的命运》，中华书局 2008 年版，第 222 页。

权政治和文化的本质特征所破坏”①。对于全球化格局中弱势民族和非资本主义中心区的文化而言，普遍性观念因为隐藏了不平等结构和同一化逻辑而有着更为深刻的危机。普遍性的观念在“世界共和国代替民族—国家，促成和平与和谐的到来”前，“会导致一种不健康思想的卷土重来，即各种文化是不平等的，在各种生活模式、艺术和语言之间存在某种等级”，并且并不代表殖民时代排异思想的终结，相反隐约闪现着“威胁弱小民族语言和文化的新殖民主义的全球化倾向”②。不仅如此，资本主义全球化使文化和商品相互转化、高度统一，商品的去差异化（differentiation）所导致的文化同一化，与文化的差异性不再是尖锐对立的，它们构成一种二律背反式的悖论，差异被标准化地生产出来，差异性销售实践中的区分并不等于和必然产生差异，“在资本主义全球化时代，取代和分化并不会导致差异，而是在消费主义的文化意识形态方面培育同一性，凡是资本到达的地方都会再生产这种同一性，差异、分化和混杂产生的是同一性而不是真正的差别”③。资本主义全球化对文化的全方位渗透，让普遍性披上了差异性外衣的伪装，使文化的多样性遭遇前所未有的挑战。以特定民族国家的特殊利益冒充为全人类的普遍利益，进而以这种虚假的普遍形式支配、压抑乃至取消其他民族文化的多元性和特殊性，以扩张自己民族的特殊利益，④ 这正是马克思曾在《德意志意识形态》中尖锐批判过的虚假世界主义，它植根于狭隘的民族主义基础之上，只不过比公开的民族主义更隐蔽，却更富对抗性和侵略性而已。

其次，取消特殊性和他者的普遍主义思维将窒息和堵塞任何民族文化的长远发展。全球文化的一体化不仅会扼杀在全球化格局中处于边缘与弱势的民族文化，也会对以普遍性自居的强势和中心民族的文化造成重大的伤害。自称普遍主义有利于推行民族主义的需要，全球化中的强势与中心民族文化将特殊性自我普遍化，以普遍性自居，将使本民族文化丧失通过吸收异己和超越传统而向前发展的动力。黑格尔主奴模式在普遍性与特殊

① ［英］安东尼·史密斯：《全球化时代的民族与民族主义》，龚维斌、良警宇译，中央编译出版社2002年版，第19页。

② ［法］勒克莱齐奥：《论文学的普遍性》，高方译，《当代外国文学》2012年第3期。

③ 王逢振、谢少波：《全球化文化与空间在中国的复制》，《社会科学》2006年第1期。

④ 郗戈：《马克思与世界主义：历史考察与当代启示》，《国外社会科学》2012年第1期。

性关系上上演，经济发达国家的文化实践在全球化的推动下，主动也是被动地将其普遍化，从而也丢失了自己的传统与向前创造的动力，只能以一种惯性中心化的、缺乏反思对象与动力的方式挪动，最终失去自我而崩溃。法国学者布律克内尔的《应该成为世界主义者吗?》一文在反思世界主义的局限和危机时也指出，在当前美国文化肆虐全球的情形，不能把所有文化都“美国化”，这将榨干包括美国文化在内的所有文化的营养成分，把它们变成木乃伊，使它们丧失了独特性和深度。[①] 文化普遍主义不仅是权利，也是一个不堪其负的重担，在它的重压之下，以普遍性自居的强势文化为维护自尊感，作为一个整体的形象迟早要被压垮（酒田直树）。德吉拉德、布律克内尔、酒田直树等的醒世之言虽然针对的是强势的欧美民族文化，但对素有华夏中心主义和世界大同主义情结的中国文学文化而言也不无现实的警戒意义。处于弱势和边缘位置的中国要融入世界文化的合唱，在世界文化格局中发出自己的声音，要坚持必要的民族差异性。需要说明的是，中国文学批评对民族差异性的强调要保持在一定的限度内，不能将其推展到绝对化的地步。我们不能一面批判普遍主义的霸权，一面又以普遍主义自居，否则所推行的不过是与西方中心主义本质无异的另外一套文化中心主义。

另外，支撑中外普遍主义价值观念的依据是脱离（要么超前，要么落后于）中国的现实历史情境的。民族国家仍是包括中国与欧美在内的文化存在和发展的主要活动空间与主导视界，是当今世界人们最重要的身份认同形式，尽管近来受到冲击与挑战，但并没有如文化普遍主义者所宣称的那样，已遭遇来自资本跨国流动、信息交通技术革新、劳动力国际迁移等综合性因素的毁灭性打击。在全球化的今日，民族国家虽然丧失了许多原来具有的功能，但作为“能使个性完全融入共性的唯一结构”的民族在可以预见的将来仍是不会消失的。对于曾遭受百年屈辱、正埋首于民族复兴大业的中国而言，相信民族已然终结的论调将是对自身历史、现状与未来的阉割、抹杀与迷失。另外，“天下”“王道”思想的产生和存在有其特定的历史条件与适宜的土壤，它们在与民族国家体系交锋中的溃

① ［俄］卡斯佩：《法国学者论当代民族主义与世界主义》，楚云译，《世界民族》2000 年第 4 期。

败，业已说明它们无法在现代历史中继续扮演自己的角色。它们充其量可以为今天的人们在设计人类未来的发展前景上提供有益的启示，但决不能罔顾时代的迁移，令传统成为现代社会的组织力量，重新登上历史的舞台。

（三）坚持以特殊性为基础并与普遍性相统一的民族文化立场

中国马克思主义文学批评所标举的民族性是特殊和一般的统一，“不能用世界性贬抑民族性，也不能用民族性排拒世界性，文学的世界性、全球性或全人类性均寓于具体的民族性之中，并通过具体的民族性表现出来”[①]。世界上几乎不存在绝对特殊的东西，也不存在全然普遍的事物，任何存在都是特殊和普遍的矛盾统一体。不仅如此，特殊和普遍还是彼此依存、相互实现的，一般的东西只有诉诸各种特殊的形式才能表现出来，“一般的只在个别的之中，只有依着个别的才方存在”，只有通过而不能绕过特殊才能达到普遍；另外，特殊的东西也常常是某种一般的东西的特殊化，“每个个别都是在某种方式上是一般的”，“特殊的东西只是被特殊化了的普遍，它是不能离开普遍（内容）而独立存在的”，[②] 特殊需要在普遍中实现，丢开一般，便也就无所谓特殊。正因如此，中国马克思主义文学批评以中国的特殊性之名，施行闭关自守主义，一味强调中国的“国情”和“特殊性”，抹杀人类历史的一般的规律，认为中国的社会发展只能依循着中国自己的特殊规律，中国自己的道路是完全在一般人类历史发展规律之外的。“这种思想的逆流采取各种各样的姿态出现，是狭义的爱国主义的言词。……不要以为这闭关自守的思想是为着民族独立的思想，相反的，这种反动的思想历来都是民族失败主义的思想。”[③] 完全无普遍性的特殊性将无法使人认识、理解与接纳，因而不会现实地存在，也将失去存在的意义。否定特殊性中的普遍性，势必“闭关自守，坐井观

---

① 陆贵山：《马克思主义文论的中国化问题》，《文艺理论与文艺批评》，作家出版社 2010 年版，第 120—121 页。

② 胡风：《关于“文学遗产”问题的补释》，《胡风评论集》上卷，人民文学出版社 1984 年版，第 113 页。

③ 艾思奇：《论中国的特殊性》，《艾思奇文集》第 1 卷，人民出版社 1981 年版，第 471—472 页。

天，不可能有世界各民族文化之间的交流借鉴”[①]。

承认中国国情和特殊性中的普遍性，并不等于我们放弃对具普遍性的差异性的坚守。失去特殊性将迷失自我，虽然“民族的”并不一定就是“世界的”，但“民族的”是成为“世界的”的条件。以为丢掉民族特性、一味迎合俯就根本不可能实际存在的世界普遍性，便可以成为世界的，这不过是虚妄的幻想，将把中国文学文化的发展引向歧途。世界文学并不是抽象的、整齐划一之物，它始终是向各民族文学开放着的，各民族文学只有充分展现自己的独特个性，才能使自己成为世界的，并充实和丰富世界文学。然而我们也不能为后现代所鼓吹的绝对和无处不在的差异所迷惑，不能忽视我们共同的特征，否则民族性将成为拒绝文化交流融通、捍卫所谓根本不存在的纯粹性的借口。“对自己民族国家的爱，如果不包括对人类的爱就不是爱而是偶像崇拜”[②]，把本民族的差异性和特殊性绝对化，将使自己龟缩进狭小的民族天地中，因缺少他者的激荡而陷于凝滞衰败。“同一个世界，同一个梦想”强调梦的世界普遍性，“中国梦”则凸显梦的民族特殊性，中国文学文化如摒弃某一方面而片面地伸张另一方面都将难免偏颇，唯有将两者辩证统一起来方是正途。“一个民族的文化或文明，重在一般事情能够特殊化，因地制宜，同时这特殊化的东西又能应用于一般生活。能够这样，是进步，不能够这样是堕落。”[③] 如果说过去的“马克思主义文学批评中国化”一直在做前一方面的工作，引介和运用马克思主义文学批评认识和解决中国的自身文艺问题，那么“马克思主义文学批评的中国形态”建构要在前者的基础上完成后一方面的任务，以中国化了的马克思主义文学批评为推进整个世界的马克思主义文学批评的发展做出贡献。

事实上，正如中国马克思主义文学批评反复说明的那样，民族文化的特殊性与普遍性是一枚硬币的两个侧面，须臾不可分离，离开一方而将另一方推向极端势必将陷入偏颇的境地。特殊主义和普遍主义并非如人们所

---

① 朱光潜：《关于人性、人道主义、人情味和共同美问题》，《文艺研究》1979 年第 3 期。

② ［德］埃里希·弗罗姆：《健全的社会》，欧阳谦译，中国文联出版社 1989 年版，第 57 页。

③ 沈从文：《一般或特殊》，《今日评论》第 1 卷第 4 期，1939 年 1 月 22 日。

想象的是水火不容、激烈对抗的两种社会哲学。正如日本学者酒田直树所作出的透辟分析，“特殊主义与普遍主义不是二律背反（antinomy），而是相辅相成的”，“与对方所宣扬的相反，普遍主义和特殊主义是相互加强和相辅相成的；它们之间从不存在真正的冲突，它们彼此需要而不得不努力寻求一种对称的互相关系以便避免一场对话式的碰撞”，“普遍主义和特殊主义为了隐蔽自己的毛病而互相认可对方的毛病，恰似两个同谋犯的狼狈为奸。在这一点上，民族主义这样的特殊主义决不可能是普遍主义的认真的批判”。[①] 在全球化格局中，处于边缘的文化体畏惧于强势与中心文化对自身的侵蚀，为了自身文化的存在与发展，常持守一种文化相对主义立场，不承认文化发展有高低先后之分别，封闭自己以达到民族纯洁，以绝对的差异性证明自身文化的价值和存在的意义。而作为强势文化的具体文化常反其道而行之，以普遍性的代表自居，从而确立自己的权威。粗而观之，坚持特殊性的民族主义和主张普遍性的世界主义所持的立场刚好相左，但细辨之则不难发现，它们在偏离个别与一般、特殊与普遍、融通与差异的辩证统一关系上实际是高度一致的，它们都在强调其中一个方面的同时阉割了另一个方面，从而要么陷入偏执，追求根本不存在的文化根基和纯粹性，要么滑向虚妄，以至成为不合理的霸权秩序论证张目的反动。如果沉溺于完全的同一性的幻梦，忘记“个性是普遍性的媒介”，普遍性只有寄寓于个体中才能获得真实的身份，否则由于缺乏外在他者的参照与激发，也将走向衰败。然而，我们也不能滑向追求后现代主义所谓完全的差异性的另一极端，“纯粹的差异性将会无法区分于纯粹的同一性。一个生活世界如果真正确立了与其他每一个生活世界的差别，它就将成为一个普遍的世界。就像今天的那些边缘或弱势文化，它们拒斥普遍舆论的‘暴政’，但有时却在它们自己封闭、自治、严格编码的世界中再生产它的一种微型版本的形式，并以此而告终”[②]。

在全球化境遇下，中国马克思主义文学批评应该跳出特殊主义和普遍主义非此即彼、二元对立的怪圈，坚持普遍性与特殊性的统一，既要有

① ［日］酒田直树：《现代性与其批判：普遍性与特殊性的问题》，张京媛编《后殖民理论与文化批评》，北京大学出版社1999年版，第385页。

② ［英］特瑞·伊格尔顿：《文化的观念》，方杰译，南京大学出版社2003年版，第64页。

“同一个世界，同一个梦想”（one world，one dream）的视野和胸怀，又要保持民族文化的“差异多元性”（diversity）①，正确处理好人类发展的普遍性和民族国家发展的辩证关系。世界上没有两片完全相同的树叶，也不会存在两片完全不同的树叶，任何事物都是普遍性和特殊性的统一，因此不应该人为或形式地将统一于文学的特殊性和普遍性对立起来。文学的普遍性和特殊性是相互依存、互为前提的，没有其中一者便没有另一方，现实中不存在脱离一方而孤立存在的另一方。差异性是民族文学得以发展的动力，是构建世界文学和谐生态的保障，普遍性是民族文学相互沟通的桥梁，是世界文学发展的目标与归宿，两者不可偏缺，相得益彰。民族性与普遍性是统一的，没有普遍性的特殊性没有意义，越是民族的并不一定越是世界的。抽象的普遍性也是不存在的，普遍性体现于特殊性之中，没有特殊性，普遍性就无所依存。② 人类社会的健康发展有赖于多元文化的存在，失却了文化间的差异，人类文化的发展将失去动力和活力。文学的世界性不是抽象存在的，它需要具体的寓于民族性之中，并通过具体的民族性表现出来。换言之，世界性是由民族性构成的，民族性是世界性存在和发展的根基。③ 我们在强调差异性的同时，也不能放弃普遍性。尽管全球化下鼓吹普遍性潜藏着普遍主义霸权的危险，“世界是由差异构成的，但我们为了得过且过，需要制造同一性”，“后现代主义对规范、整体和共识的偏见是一场政治大灾难”④，然而后现代主义过于强调差异性的要求，以至无视对同一性的客观需要，将导致世界的碎片化、文化间对话沟通的不可能。即便为了反对普遍主义，特殊主义（由于前面已经说明了的它与普遍主义的同谋关系）也不是能够解决问题的理想武器。事实上，强调世界性正是文学发挥民族功能的需要，“越是强调文学的普遍性，它的民族作用就越大”⑤。民族性需要超越自身的局限性，获得一定的普遍

① 前者是2008年北京奥运会，表明了中国融入世界的渴望，但不能强使别人同己，给中国威胁论以口实把柄，后者是2012年伦敦奥运会的口号，提示了中国融入世界的方式，但不能只强调中国（经验、道理、模式）的特殊性，使自己隔绝孤立于世界。

② 胡亚敏：《论差异性研究》，《外国文学研究》2012年第4期。

③ 陆贵山：《经济全球化与文学的民族性》，《高校理论战线》2006年第2期。

④ ［英］特里·伊格尔顿：《理论之后》，商正译，商务印书馆2009年版，第15—16页。

⑤ ［美］乔纳森·卡勒：《文学理论入门》，李平译，译林出版社2008年版，第40页。

性，民族性的世界性程度是衡量民族文学发展的重要指标，追求完全的民族性既不存在，也是没有前途的。对于中国文学文化的发展而言，不能把自身置于世界之外，我们追求文化艺术的“民族特色”“中国气派”，但不能将其扭曲为“中国例外”，否则合理的诉求将堕入自绝于世界的文化相对主义迷思中。标举绝对的特殊性，将导致民族闭关自守与盲目自大，强调绝对的普遍性，将引发民族的文化霸权主义和特色的淹没丧失。

第四节　民族是现代性的悖反

建设既是“民族的”又是“现代的”文学，是中国马克思主义文学批评发展新文学的具体目标，也是其评判文学优劣高下的基本尺度之一。中国马克思主义文学批评坚持民族性与现代性的辩证统一，具体地体现在中国文学现代化与民族国家的同构关系、个人与民族的兼顾、批判地弘扬传统等方面。中国马克思主义文学批评既实现了前者，建立了兼具审美性、崇个体和反传统的现代文艺观，体现出其与西方文学现代性相通的一面，又达成了后者，使中国现代文学成为民族国家建设的有机组成部分，以在民族中肯定个体实现了对资产阶级市民主义的超越，以反传统为弘扬传统的方式反思了断裂式的历史进化论，呈现出其与西方文学现代性相异的民族性的另一面。中国马克思主义文学批评的现代性之所以具有民族特色，是由中国民族解放和社会革命的历史实践所决定的，而社会主义作为批判、超越和替代资本主义的另一套现代性方案深刻影响了中国的文艺状貌，使其既汲取了西方现代文学观念，又与其保持了鲜明的区别。[①] 中国马克思主义文学批评应该继续立足于民族的社会主义实践，提出、探讨和发展自己的现代性命题。

一　民族国家与中国文学观念的现代化

民族国家的建立与民族意识的形成是现代性十分重要的组成部分，而现代意义上“文学”的发生既是其导源又是其成果。民族国家的形成是

① 参见王钦峰《社会主义与中国文学理论的现代性》，《文艺研究》2008 年第 1 期；汪晖《当代中国的思想状况与现代性问题》，《天涯》1997 年第 5 期。

现代性最重要的成果之一，不论是17—18世纪的欧洲，还是19—20世纪的亚非拉地区，先后建立起来的“民族国家作为现代化的合理结构受到普遍欢迎”[①]。与民族国家的形成差不多同时，传统宽泛意义上、表达“书写”“文献”的文学观念也开始了它的现代化转型，专指审美性、想象性和虚构性的文艺作品。民族国家的形成与文学观念的现代转型的同步并不是偶然的，两者不仅共生，而且彼此密切互动。现代文学与民族国家息息相关，现代文学由民族国家所规定，同时是民族国家想象的重要载体。民族国家和现代文学的紧密关联，在许多国外学者的文学谱系学考察中都可以找到佐证。

不惟西方、日本和印度等民族国家，[②] 现代文学的发生与民族国家的建立在中国同样呈现出交织共构的关联。在中国马克思主义文学批评形成以前，无论是梁启超的小说新民说，还是陈独秀的文学革命论，这些最先将“文学”从传统观念中解脱出来、建立独立学科建制的努力莫不指向建立独立的民族国家的诉求。与此同时，作家也将文学作为振奋民族精神、反思国民劣性的事业经营，正如有论者归纳的，“现代民族国家”作为“现代性”的支配性范畴和核心动力，毫无疑问地重新规划了人们对世界图景、公共领域和个人生活的理解，现代国家想象成为影响中国现代文学的形成、发展、转折和变化的具有起源性和引导性的决定因素。[③] 随着中国马克思主义文学批评的形成，经过一段曲折的探索，中国马克思主义文学批评将民族性确立为中国现代文学的核心属性。20世纪30年代提出的“民族革命战争的大众文学”兼顾文艺的阶

---

① ［南非］曼西亚·迪亚瓦拉：《论非洲区域观念》，［美］杰姆逊、三好将夫编：《全球化的文化》，马丁译，南京大学出版社2001年版，第126页。

② 对于欧美、日本和印度现代文学与民族国家的共生同构性，参见［英］彼得·威德森《现代西方文学观念简史》，钱竞、张欣译，北京大学出版社2006年版，第36页；［英］雷蒙·威廉斯《关键词：文化与社会的词汇》，刘建基译，生活·读书·新知三联书店2005年版，第271页；［美］乔纳森·卡勒《文学理论入门》，李平译，译林出版社2008年版，第38—39页；［英］特雷·伊格尔顿《二十世纪西方文学理论》，伍晓明译，陕西师范大学出版社1987年版，第26、32页；［印度］阿吉兹·阿罕默德《在理论内部：阶级、民族与文学》，易晖译，北京大学出版社2014年版，第1—43页。

③ 罗岗：《现代国家想象、民族国家与“20世纪中国文学”的重构》，《文艺争鸣》2014年第5期。

级性与民族性，将民族性置于与阶级性同等甚至暂时处于优位的位置。40年代“民族形式”论争的成果之一便是将富于中国作风、中国气派、成为“民族的”奉为新民主主义文化的首要目标。总之，在新中国成立过程中，文艺都是服务于抗战救亡建国的民族任务，“文学及其形式在讨论中成为形成‘民族’认同和进行‘民族’动员的重要方式”①。文学在建构民族国家的同时，民族国家的进程也全方位影响、规约和决定了中国现代文学的具体形貌特征。随着民族国家的建成，现代文学与中国民族国家间曾有的紧密互动关系并没有发生断裂，而是衍生出更多的议题，将两者牢牢联系在一起。中国马克思主义文学批评始终将文艺工作作为民族国家建设不容忽视的领域和力量，文艺继续被征用来为维护和巩固中国民族的合法性、弘扬传统、凝聚民族认同等服务。80年代的文艺民族化与现代化讨论、90年代的中国后殖民批评、新世纪的文化自觉以及当下文化建设的“中国梦”实践与弘扬民族优秀传统文化等，中国马克思主义文学批评一直赋予文学文化以民族的性质、功能和使命，“民族性”是中国马克思主义文学批评对于现代文学的核心规定之一。② 而对伴随经济全球化而来的文化一体化危机带给国人的“趋同性焦虑”，如何坚持文学文化的民族差异性，成为新的历史条件下中国马克思主义文学批评在民族问题上遭遇到的新的难题与挑战。③

在文学表达民族诉求的过程中和引导下，中国文学自身也完成了由传统向现代的转型，民族的独立和复兴并不简单地作为背景而存在。在救亡图存的感召下，经王国维、梁启超、陈独秀等人，文学由淹没于经史子集到建立独立的学科建制；由奇淫伎巧、士大夫莫为到被列为文化中一个举足轻重、被赋予新民救国使命的门类；由泛指言志载道的人文知识文献到特指受西方现代文学观念影响的，具有审美性、超越性、自足自律性、想象性、虚构性等特征的文本概念。在促成中国文学完成现代转型的众多因素中，民族国家建设和民族主义意识扮演了极其重要的角色。不仅如此，

① 汪晖：《现代中国思想的兴起》下卷第2部，生活·读书·新知三联书店2004年版，第1495页。

② 参见仲呈祥《文艺宗旨是提高民族精神力量》，《文艺理论与批评》2013年第1期。

③ 胡亚敏：《论差异性研究》，《外国文学研究》2012年第4期。

民族主义还在很大程度上形塑了现代文学的主题选择、形式鼎革与话语嬗变。① 中国马克思主义文学批评承续了西方现代的审美想象性文学观念，但并非全盘接受照搬，而是有所批判和发展。西方现代文学观念肇始于康德美学，他将曾经未为理性笼罩驯服的感性、情欲、肉体等单列出来作为一门独立自主的知识门类，中国马克思主义文学批评也不认为文学只是依附性的、无关痛痒的闲情野趣，不仅将它从众多知识领域中独立出来，而且根据革命工作的需要，将文学的地位提升到革命的“第二支军队”与“第二条战线”的高度，文艺尽管是“螺丝钉”，但也是“整个革命事业的一部分”。

中国马克思主义文学批评的文学观与西方现代文学观也有明显分野，它认为文学并不是自律自足、纯粹透明的超然之物，实际是处于与政治、经济等的复杂关联中，并受其制约乃至决定的，文学是争夺文化领导权的意识形态国家机器，并不是如西方现代文学观念所宣称的那样超乎功利和不带思想倾向。中国马克思主义文学批评并没有陷入如某些俄苏或西方马克思主义批评的庸俗社会学、机械唯物主义的泥沼，也没有遁回中国古代文论文以载道的老调，它承认意识形态性是现代文学的基本特质，同时认为文学对意识形态的表达需要通过艺术的、审美的、形象的方式，文学是“历史的”和“美学的”统一。针对革命文艺是“浅薄的宣传品”的指摘和革命文艺表现出的粗糙的标语口号式的不良倾向，鲁迅对文艺的意识形态性与审美性及其关系予以了辨析，“一切文艺固是宣传，而一切宣传却并非全是文艺”，革命文艺不仅因为它是革命的，还要“因为它是文艺”②，借助文艺，革命文艺的动员宣传才能更有力量与久远。毛泽东《在延安文艺座谈会上的讲话》确立了中国马克思主义文学批评对文艺的认识规范，虽然其强调政治的第一性与艺术的第二性的文艺批评标准，但并没有以政治掩盖和抹杀艺术的重要性，文艺从属于和服务于政治，但又“反转过来给予伟大的影响于政治”。中国马克思主义文学批评要求文艺

① 参见王学振《民族主义与中国文学的现代转型及话语嬗变》，中国社会科学出版社 2011 年版；单正平《晚清民族主义与文学转型》，人民出版社 2006 年版。

② 鲁迅：《三闲集·文艺与革命》，《鲁迅全集》第 4 卷，人民文学出版社 1981 年版，第 84 页。

做到政治与艺术的统一，“革命的政治内容和尽可能完美的艺术形式的统一”，“反对只有正确的政治观点而没有艺术力量的”[①] 文艺创作倾向。新时期中国马克思主义文学批评对过去一段时期独尊政治正确、打压甚至代替了对艺术形式的关注的文学创作、批评和理论状况予以了反思和清算，重申艺术的形式与审美意义。世纪之交中国马克思主义文学批评围绕“审美意识形态”展开的文艺本质论争，不管交锋各方观点如何相左，但对“审美是文学的本质、功能和价值的不可或缺的组成部分”却是共同认可的。[②] 受卢卡契、阿尔都塞、詹姆逊等西方马克思主义批评理论的启发，政治是形式化了的政治，“形式”较之“内容”，是打开文本意识形态内涵更为适宜的窗口，中国马克思主义文学批评将艺术形式分析和政治内涵挖掘有机结合起来，尝试建立起了意识形态叙事理论与形式—文化批评模式。[③]

总之，中国马克思主义文学批评自觉地把民族救亡、为民族国家提供合法性论证、实现民族富强复兴作为对现代文学的具体要求，有力地说明了现代文学与民族国家具有同一性的关系，两者相互补充、丰富与强化。现代文学的产生和发展不仅与中国成为现代民族国家的过程同步，并且二者密切互动，现代文学是民族国家的产物，反过来又为民族国家提供意识形态论证。中国现代文学无处不渗透了民族国家的影响与烙印，以至于詹姆逊在考察第三世界文学时得出结论，西方资本主义文化在公与私、诗学和政治之间产生严重裂痕的同时，包括中国在内的第三世界文学都可以作为“民族寓言”阅读，第三世界文学对个人和个人经验的叙述同时就是对民族集体和集体经验的叙述。直接表现民族生活的作品自不必言，“甚至那些看起来好像是关于个人和利比多趋力的文艺，也总是以民族寓言的形式来投射一种政治”[④]。尽管詹姆逊的这一论断因为未充分注意到第三世界文学内部的异质性等因素而受到许多学者的批评，但它所强调的第三

---

① 毛泽东：《在延安文艺座谈会上的讲话》，人民出版社 1975 年版，第 32 页。

② 陆贵山：《审美意识形态理论述评》，《文艺理论与文艺批评》，作家出版社 2010 年版，第 386 页。

③ 参见胡亚敏《詹姆逊·新马克思主义·后现代主义——兼论中国文学批评的建设》，博士学位论文，华中师范大学，2002 年。

④ ［美］詹明信：《晚期资本主义的文化逻辑》，陈清侨等译，生活·读书·新知三联书店 1997 年版，第 523 页。

世界文学与民族国家之间的天然关系却是大体符合中国现代文学的实际和中国马克思主义文学批评的一贯主张的，对民族国家的想象与再现，是中国文学现代性的重要表征。

二 民族观的现代性

中国马克思主义文学批评民族观是现代的，它集中体现在对个体的尊崇和反传统的时间进化论上。在胡风、冯雪峰等人的民族论中，中国马克思主义文学批评在过去并没有完全遗忘个体，虽然在实践中一度以民族国家压倒甚至扼杀了个体，使个体陷入共名的笼罩下，但随新时期市场经济的启动，文艺理论中人道主义和主体论的讨论，个体重新浮出了历史的地表。中国马克思主义文学批评虽然重视传统，但批判地继承传统却是它对传统的一贯态度，中国马克思主义文学批评的反传统与现代性秉承的时间进化论是一致的，中国马克思主义文学批评崇个体和反传统与西方资本主义现代性是一致的。

（一）崇个体

“个体”（individual）是现代性的核心观念之一，它同是权利的主体和社会组织的基本单位，① 构成了现代性其他价值的根基，因此如何认识和处理“个人”及其与“民族”的关系，便成为衡量中国马克思主义文学批评民族观是否是“现代的”另一关键点。② 中国个人观念起源于“天下”社会秩序的解体，人从道德伦常关系和各种有机的社会联系中解放出来”③，致力于现代民族国家建设之时。“个人”和“民族国家”观念在中国从一开始便是交织同步、相辅相成的。但作为对中国民族主义非现代性的指证，无论是“救亡压倒启蒙”说（李泽厚）还是“民族主义阻

---

① 金观涛、刘青峰：《观念史研究：中国现代重要政治术语的形成》，法律出版社 2010 年版，第 152 页。

② 除民族国家的兴起外，个人主义也是现代文学发生的重要动力性因素，它也是现代文学观念的重要内涵和鲜明特征。参见英国文学史家伊恩·瓦特《小说的兴起》（高原、董红钧译，生活·读书·新知三联书店 1992 年版）第三章“《鲁滨孙漂流记》、个人主义和小说”和瑞士文化学家雅各布·布克哈特《意大利文艺复兴时期的文化》（何新译，商务印书馆 2010 年版）第二篇“个人的发展”的相关内容。

③ 金观涛、刘青峰：《观念史研究：中国现代重要政治术语的形成》，法律出版社 2010 年版，第 155 页。

挠人的现代化”论（董健），都否定了这一点，它们都将民族与个体直接对立起来，认为民族诉求阻碍、压抑乃至阉割了个体对自由、平等权利和民主、幸福生活的实现和追求。这种至今颇有影响的论调不能说没有一定道理或完全与实际不符，在以每个人的自由为人类自由的条件的共产主义社会实现之前，集体与个人的矛盾将一直存在，具体到中国马克思主义而言，在极左政治统治的一段时期内，“大公无私”“斗私批修”运动在矫正极端个人主义危害的同时，也一度将合理的个人情感、尊严和利益错当作资本主义市民的罪恶一并摒弃，因而对个体的价值和实现造成比较严重的伤害。但也要看到，这种对个体的偏颇认识，尤其是将民族和个人关系对立起来的处理方式，并不是中国马克思主义文学批评的主调。虽然在民族危机深重的历史形势下，出于救亡图存的需要，中国马克思主义文学批评将“民族性”置于优先考虑的价值诉求，但并未因此完全忽略、无视个人的意义，而是在认识到个人不是孤立和绝对的，而是具体的和社会的存在的基础上，时时注意辩证地处理个人与民族的关系，并在民族独立、阶级革命和人类解放的坐标关系中确立个人的地位与意义。个人与民族的统一实际上就是启蒙与救亡的统一，没有民族的独立不会有真实和完全意义上的个体实现，觉醒了的个人同时是民族救亡和复兴的可靠保障。中国马克思主义文学批评的个人启蒙之途不同于没有严重民族危机和倡导资产阶级市民个人主义的欧美，它有着更为博大和超越的视野，从一开始就是将个体权利实现融入民族独立和社会革命的规划之中的。

中国马克思主义文学批评不是经济决定论，见物不见人，它尊重个人的权利、尊严和实现，个人解放恰是民族解放的条件和标志，中国马克思主义文学批评的民族诉求并不反对个人启蒙，那种据此认为中国的民族性是非现代或反现代的看法是缺乏依据的。中国马克思主义文学批评重视个人，但这里的“个人”不是超历史、孤立自足的，而是民族的组成部分，个人解放是民族解放的基础和保障。早年鲁迅提出“立人”是改造国民性的根本之途，“首在立人，人立而凡事举”，主张“尊个性而张精神”，“张个人，排众数”，陈独秀指出宗法制度对个人的损害，提出“以个人本位主义，易家族本位主义”[①]，这种强调个人的自我价值、自我觉醒、

① 陈独秀：《东西民族根本思想之差异》，《新青年》第1卷第4号，1915年12月15日。

警惕以集体的名义对个体的扼杀的个性解放思想，构成了20世纪中国文学一条绵延不绝的传统，也是中国文学具有现代性特征的重要依据。[①] 虽然在“革命文学”论争中，中国马克思主义文学批评明确提出了反对个人主义、提倡集体主义的价值号召，[②] 但以胡风、冯雪峰为代表的一批马克思主义文学批评家仍坚决维护“五四”民主和科学的启蒙传统，反对个人的启蒙简单地服从于民族救亡斗争的需要，强调应把启蒙注入救亡之中，使救亡具有民主性的新的时代特征和世界水平。[③] 然而，中国马克思主义文学批评深刻认识到人道主义中的个人是空洞和抽象的，所有个人都是处于一定社会关系和具体历史中的个人，任何剥离社会性和超脱历史性的个体不过是“动物的个人主义”，和个人必定从属于一定集体（如阶级、民族、性别）的“集团精神是不相容的”，“在为民族解放和进步的工作里面，应消除这种病的现象”。[④] 个体观念是近代思想家构筑民族国家理论的一个组成部分，“个人的解放是通向群体、社会和国家的真正解放的基本条件，它不过是现代性的目的论历史观和民族国家理念的独特的呈现形式”，“并且是其中最重要的和最活跃的部分”。[⑤] 个人解放是民族解放的基础保障，没有个人解放的民族解放是无意义的，也不能视为民族的真正解放。毛泽东把中国进入社会主义前的历史阶段定位为新民主主义革命时期，将争取人的自由、平等、民主权利作为此一时期中国马克思主义的核心诉求，表明他把对个人权利的尊重融入民族独立解放的事业中，两者最终统一到社会主义革命事业上。然而尽管如此，由于急迫的民族革命形势，个人在中国马克思主义文学批评的主导意见中日益淹没于作为集体身份的民族、阶级和人民等共名之下。

---

① 参见钱理群、黄子平、陈平原《“二十世纪中国文学”三人谈》，北京大学出版社2004年版，第56页；严家炎、袁进《现代性：20世纪中国文学的显著特征》，《北京大学学报》2005年第5期。

② 参见麦克昂《英雄树》、蒋光慈《现代中国文学与社会生活》等文，《“革命文学”论争资料选编》（上），人民文学出版社1981年版，第74—80、81—89页。

③ 李泽厚：《记中国现代三次学术论战》，《中国现代思想史论》，生活·读书·新知三联书店2008年版，第76页。

④ 胡风：《漫谈个人主义》，《胡风评论集》上卷，人民文学出版社1984年版，第387页。

⑤ 汪晖：《汪晖自选集》，广西师范大学出版社1997年版，第48、67页。

（二）批判传统

反传统是现代性内涵的重要方面，也构成了中国马克思主义文学批评民族观对待传统的基本立场。根据卡林内斯库、韦伯、哈贝马斯、威廉斯等人对现代性的考证与诠释，“现代性”概念首先是一种直线进步、不可重复的时间意识，现代意味着“新”，指的是一种“求新意志”，“基于对传统的彻底批判来进行革新和提高的计划”①，是一种与循环论、倒退论的时间认识框架完全不同的历史观。“现代”是一个向未来敞开、持续更新的过程，它意味着比过去更好，而且是通过与过去的对立或分离来确定自身。② 一般认为，马克思没有直接探讨“现代性”范畴，但实际上他终生致力于资本主义现代性批判。马克思在《共产党宣言》中阐述资本主义深刻改变了社会历史进程时曾感慨，“一切坚固的东西都烟消云散”，正是一种现代性体验，暗中应和了现代性指一种旧的不断逝去、新的不断再生的进步历史观。由于共同的传统是构成民族共同体的基本质素，传统观便成为民族观的重要面向。受进化论观影响，反传统、重创造和对进步的信仰是中国马克思主义文学批评民族观从一开始的主导基调。中国马克思主义文学批评这种对待传统的态度是与现代的直线进步历史观相吻合的。

中国马克思主义文学批评反对泥古不化、墨守成规，把民族性简单地等同于古代性和传统性，而主张从当代的视野和发展的眼光认识和处理传统。中国马克思主义文学批评的反传统民族观与严复《天演论》运用达尔文生物进化论于社会历史演进的观察和研究不无关系，包括梁启超、陈独秀、李大钊、鲁迅等在内的一批中国马克思主义先驱早年莫不是进化论的信奉者。20 世纪初，梁启超、陈独秀等对旧的文学传统首先发难，呼唤文学革命以新国新民，李大钊对“今”与“青春”由衷的礼赞，鲁迅早期对进化论的推崇（冯雪峰语），莫不表现出推陈开新的意识，他们“投射于一个理想的未来，而民族国家观念是对未来理想社会展望的核心

① ［美］马泰·卡林内斯库：《现代性的五幅面孔》，顾爱彬、李瑞华译，商务印书馆 2002 年版，第 18—19 页。

② 汪晖：《韦伯与中国的现代性问题》，《汪晖自选集》，广西师范大学出版社 1997 年版，第 6 页。

成分，因此这种历史观念透着强烈的民族主义情绪”[①]。虽然建立在科学发现基础上的社会历史进化论在对社会历史发展的动力、规律和前景的认识上都与马克思主义唯物史观迥然有别，但在社会历史是不断向前发展演化的观念上却无根本分歧。某种意义上，前者在中国知识分子中受到追捧，为马克思主义在中国的接受和传播扫清了障碍，奠定了基础，铺平了道路。与一般的以重传统为民族化的道路不同，中国马克思主义文学批评深刻认识到传统的腐朽与反动，意识到返古和遁古并不是民族化理所当然的言下之意，民族化只有以现代化为目标，才能保证它的进步性质和稳步实现。对此，毛泽东曾鲜明地指出，“民族化应该是向前看，而非向后看，即便向后看也是为了更好地向前”[②]。中国马克思主义文学批评的民族诉求从不倡导复古，“扬弃中国旧的民族文化，而创造新的中国民族文化”[③] 才是其基本的主张。民族性有其稳定的一面，也是不断变动的，固守传统不啻刻舟求剑。它只是一种形式主义的民族化，并无法实现真正的文艺民族化，面对、回应和解决民族现实生活的问题才是文艺民族化的中心源泉，“民族形式并不是要求本民族在过去时代所造出的任何既成形式的复活，它是要求适合于民族的今日的新形式的创造”[④]。民族化不是仅靠继承传统便能实现的，仅凭借对传统的继承的民族化会遮蔽、罔顾和窒息民族的现实生活，“死板地执着狭隘的利用旧形式的办法，把现代中国人生活中已经死去了语言，当成为不可更改的法则来利用。因为这些死去了的写作形式，只有会窒息我们以中国的现代生活为内容的作品，只有会模糊了我们中国人的现代精神”[⑤]。

三 现代观的民族性

中国马克思主义文学批评的现代观又是民族的，它虽然向西方资本主

---

① 张灏：《中国近代思想史的转型时代》，许纪霖、宋宏编《现代中国思想的核心观念》，上海人民出版社 2011 年版，第 12—13 页。

② 毛泽东：《新民主主义论》，人民出版社 1966 年版，第 36 页。

③ 冯雪峰：《民族性与民族形式》，徐廼翔编《文学的“民族形式”讨论资料》，知识产权出版社 2010 年版，第 72 页。

④ 郭沫若：《“民族形式”商兑》，徐廼翔编《文学的“民族形式”讨论资料》，知识产权出版社 2010 年版，第 263—264 页。

⑤ 黄药眠：《中国化与大众化》，《大公报·文艺副刊》，香港，1939 年 12 月 10 日。

义现代性那样尊崇个人和批判传统，但对于它而言，个人不是孤立、抽象的个人，反传统不是隔断与过去联系的绝对进化论。中国马克思主义文学批评是在民族中肯定个人，是以反传统的方式弘扬传统，因此它的现代观表现出不同于资本主义现代性的民族性的一面。

（一）在民族中肯定个人

中国马克思主义文学批评对个人的肯定并不必然导致对民族的否定，反之亦然。颇为吊诡的是，它在表述“个体独立性的同时，事实上已经把个体的独立态度建立在这种个体意识和独立态度的否定性的前提——民族主义的前提之上”[①]。中国马克思主义文学批评不把个体与民族直接尖锐对立起来，无论是肯定还是否定个人，它都坚持自己的民族标准和立场，它通过分别强调个人之于民族的责任和权利，在合理对待个人相悖的立场的同时坚持民族立场。权利和责任是不可分离的统一体，当自由主义要求个体的绝对权利，并因此必然与民族利益相龃龉时，中国马克思主义文学批评更侧重于个人需要履行的责任的一面。在这一逻辑的引导下，个体与民族是统一而非对抗性的，现代民族恰恰构成了个体意识的形成前提和部分归宿。中国马克思主义文学批评自来便非常强调个体意识对民族解放事业的重要性，它还是民族主义正义性质的重要保障。陈独秀在《爱国心与自觉心》一文中指出，民族主义要以个人意识的自觉为基础，否则就是愚昧的偶像崇拜和非理性情绪，“以爱国主义代替自我意识是既愚蠢又有害的，将导致国家对人们的奴役，只有在发展个人意识的自觉的基础后，爱国主义才会变成中国社会生活中的一种积极力量”[②]。李大钊也认为，爱国主义与自我意识并不矛盾，爱国主义是人们发展自我意识的重要动力，民族主义要与个人参与社会和政治生活的责任统一起来。[③] 中国马克思主义文学批评中的“个人”并不是抽象的思辨概念，而是作为社会变革主体的人；不是自私自利的“唯一者”或“孤独个体”，而是充满社会责任感和自觉精神的“己”和“我”。因此，他所要求的自由自然不

---

① 汪晖，《汪晖自选集》，广西师范大学出版社 1997 年版，第 321 页。

② ［英］莫里斯·迈斯纳：《李大钊与中国马克思主义的起源》，中共北京市委党史研究室编译组译，中共党史资料出版社 1989 年版，第 24 页。

③ 同上书，第 26—27 页。

是抽象的人的自由，而是和特定时代的中国人民摆脱专制统治和异族侵略的现实行动密切联系的人的自由。[①] 中国马克思主义文学批评把人民利益和个人利益、社会责任和个人自由融为一体，把民族、社会甚至是整个人类的事业视为自己的事业，从而把人的主体性、个体的解放与人类前景联系起来。[②]

中国版本的现代性叙事之中，民族国家与个人之间具有某种奇异的张力，民族国家包含了限制和规训个人的权力机制，与此同时，个人解放却也是民族解放的条件之一，这两者间看似矛盾，但在更深意义上却是一致的，民族国家的救亡强盛之梦时常潜入个人意识中。[③] 一方面，民族国家是个人意识的重要内容，是个人自觉认同的重要内容，而不是像某些学者所说个人被民族国家的被动的压抑乃至抹杀。另一方面，在胡风等人看来，民族国家救亡独立也把个人解放当作自己的重要任务甚至前提条件，只是后一方面经常被前一方面淹没和淡忘。在全球化下中华民族致力于伟大复兴的今天，迫切需要将它打捞出来甚至凸显起来。在中国现代文学实践中，个人和民族的协调统一与西方现代性陷入个人与集体、私域与公共世界严重分裂的状况差异分明，但我们不能因为把后者认作是现代性的，就否认前者的现代性品格，实际上前者仍是现代性的组成部分，并且可以反省、纠偏和弥合后者的局限。

（二）*以反传统的方式弘扬传统*

尽管反传统，但中国马克思主义文学批评并不全盘割弃和截然断裂传统，而是遵循古为今用的原则，希望通过扬弃传统中与现代价值不合的因素，转换传统中于现代价值仍充满活力的成分，延续民族文化的基因。传统需要反思，对于传统我们既不能全盘反对，也不能不加辨析地欣然接受。传统是民族文化之根基，其中有许多民族智慧的结晶仍能为现代文明所用或给予启发，然而我们也应辩证地看到其中也存在大量反动、腐朽的成分，如一任其不加扬弃地为今人所接受，将阻碍社会的发展与进步。当前充斥于银幕、荧屏和讲坛的对开明君主、宫廷内斗、清

① 汪晖：《汪晖自选集》，广西师范大学出版社 1997 年版，第 144 页。

② 同上书，第 145 页。

③ 南帆：《全球化与想象的可能》，《文学评论》2000 年第 2 期。

官贤臣、太平盛世的玩赏，大多缺乏现代价值的审视和渗透，仿佛现代文明较之封建社会是一种历史的倒退，灌输的是一种与现代价值相悖的反动思想观念。中国马克思主义文学批评对于传统并不因噎废食，而是从中汲取通往未来的资源和动力，辩证看待推陈与出新之间的关系。中国马克思主义文学批评致力于为中国文学文化提供新的前景规划，并没有如一些论者所言造成了传统文化的断裂，事实上它从未忘却和忽略传统文化对于建设富于民族特色的文学艺术的价值与意义。20世纪三四十年代的“民族形式”论者在利用传统创造人民大众喜闻乐见的艺术作品上达成共识，毛泽东在“延安文艺工作座谈会上讲话”及之后的各种场合反复强调，创造富有中国气派的文艺作品应该古为今用，将传统文化有机融入当代的艺术实践中。新时期到21世纪近30年，中国马克思主义文学批评为抵御西方文化的潮水般涌入，始终致力于对优秀传统文化的挖掘、表现和弘扬，有力地表明中国马克思主义文学批评并非一味、全盘地反传统，它也有返回传统的另一面。中国马克思主义文学批评对传统的返顾并不是故步自封的文化保守主义与泥古不化的国粹主义，它十分注意辩证地处理传统与现实的关系，“民族性不是僵死凝固的，它是随着历史的发展不断流动变迁的，离开了当代性的民族性不会有生命力”①。尽管当代是在传统的基础上发展起来的，但传统要保持生机活力还需要为解决当代现实问题提供助力。利用传统要以建设新文化为目标，有所发展才能更好地继承，也才是真正的继承，“真正的继承一定要发展，……传统只有经过创造性的发展，才能得到真正的继承”②。

中国马克思主义文学批评对传统的批判和利用不是相互冲突，而是辩证统一于解决民族的文化现实问题的。利用传统并不是为了返古，“既成的形式我们自当作为历史的贡献而宝贵它，然而已经失去时代性的东西决无法恢复其旧有的势力，尊重民族形式并不是复古，那是无容置辩的”③，

---

① 张炯：《关于我国文学民族化与现代化的对话》，《文艺争鸣》1987年第3期。

② 周扬：《让文学艺术在建设社会主义伟大事业中发挥巨大的作用》，《周扬文集》第4卷，人民文学出版社1985年版，第479页。

③ 郭沫若：《抗战以来的文艺思潮》，《文学运动史料选》第4册，上海教育出版社1979年版，第232页。

“结算过去式的‘温故’，并不是为了保存古迹供人凭吊”①。不管是批判还是利用传统，都需要立足和落脚于现代中国的文化实际，“如忽略了‘现代’与‘中国’，就会失去根基、目标，形成遮蔽而显得虚空”②。“温故是为了知新”，“温故”必须为了“知新”，而且必须是能够“知新”③。返回传统也是以现代化为目标，并非为传统而传统。现在要接受传统的衡量与裁决，不能把中国马克思主义文学批评的返回传统与一般的国粹主义、传统主义混为一谈，“我们的文艺除了‘中国化’外还应加上‘现代化’。一种艺术形式之能够在历史上被遗传下来，必然是它这种形式能够适合于当时某种生活内容的表现，可是在今天生活的内容已经变了，所以我们今天也就只能够撷取那些适合于表现我们现代生活的艺术形式”④。中国马克思主义文学批评这种“反—返传统”的民族观也与西方现代文学要求不断与传统决裂，将传统与现代置于封闭的二元对立结构的关系中的模式显著有别，它认识到传统和现代之间的关系除紧张外，还存在着交织互动的协调一面，现实不是空穴来风、无根之木，它承认并开掘传统文化的现代性特质，传统的生命力正在于其蕴含着对于现实的积极价值，传统总是在过去和现代展开的积极对话中扮演着中介桥梁的角色，但传统毕竟不同于现实，传统要扮演这样的角色，必须批判地接受。

四　中国马克思主义文学批评民族观的当代价值

正因为现代性和民族性在中国文学实践中是辩证统一的，因此中国马克思主义文学批评应立足于社会主义文艺实践的中国经验，在现代性的话语平台上，而不能一味靠乞灵于传统，发展自己的独特主题。不能因为中国马克思主义文学批评追求民族性，便认为它必然悖离于或需要放弃现代性。事实上，“民族意识的培育是现代性工程的重要方面”，中国马克思主义文学批评“切莫为了自己的特性而撇开现代性的基本规章，而到头

① 胡风：《关于结算过去》，《胡风评论集》中卷，人民文学出版社 1984 年版，第 99—100 页。

② 胡风：《民族战争与文艺性格》，人民文学出版社 1984 年版，第 147 页。

③ 胡风：《关于结算过去》，人民文学出版社 1984 年版，第 99—100 页。

④ 黄药眠：《中国化和大众化》，《大公报·文艺副刊》（香港），1939 年 12 月 10 日。

来落入阿 Q 精神的怪圈"[①]。在现代性话语平台上发展民族主题，不仅是与他民族达成对话的客观需要，也是自己参与并贡献于世界历史进程的要求。中国马克思主义文学批评如果要超越民族的局限性，创造一种不是为中国所独有和独享，还可以为别的民族所接受和吸收，贡献于世界的东西，便"必定是同现代性条件相匹配的"[②]。中国批评理论唯有在现代性的话语平台上发现、提出、回答和解决文学文化中一些既具民族特殊性又具人类一般性的问题，才能"打破西方对于现代性话语的垄断权，避免历史局外人的角色"[③]。中国马克思主义文学批评也不能因为要求现代性而舍弃民族独特性，虽然现代性是人类世界历史的共同规划，但这并不意味着各民族文化要以整齐划一的方式与形式实现和表达现代性，它应是异彩纷呈的，中国文学的现代性在形式和内涵上应具有自己的民族独特性。批评理论并非是"中国的"便万事大吉，它还需要具有阐释现实和指引未来的活力，否则所谓的中国性就是无意义的。而一种能阐释和指引现代中国文化艺术经验的批评理论必定会是中国的，尽管现代化过程的先后之别，决定了它疏离于中国古代传统、亲近于西方现代理论。

中国马克思主义文学批评现代性的民族性源于它所开展的社会主义历史实践，离开社会主义，既无法理解中国的现代性，也无法理解现代的中国性。中国马克思主义文学批评的"社会主义现代性"[④]或"反现代的现代性"（汪晖）不是对现代性的否定，而是建立在对现代性反思和超越上的现代性，它以现代性的基本价值为追求目标，不能因为现代性暴露出某些问题而从根本上否定现代性本身，正如马克思既是资本现代性的无情批判者，又是资本现代性的热情赞美者，它不是要否定、拒斥现代性而是要扬弃、超越现代性。中国的社会主义实践不是反现代的，它本身就是一种现代社会形态，它"以实现现代化为目标，而且它本身就是中国现代性的主要特征，它强调民族国家的地位和作用"[⑤]。在中国马克思主义文学

① 陆扬：《关于后现代性话语中的现代性》，《文艺研究》2003 年第 4 期。

② 张旭东：《全球化时代的文化认同》，北京大学出版社 2006 年版，第 3 页。

③ 南帆：《现代性、民族与文学理论》，《文学评论》2004 年第 1 期。

④ 王钦峰：《社会主义与中国文学理论的现代性》，《文艺研究》2008 年第 1 期。

⑤ 钱理群：《毛泽东时代与后毛泽东时代》下卷，台湾联经出版社 2012 年版，第 274 页。

批评内部虽有重视个人的声音，却始终没有成为主调，并用以指导自己的社会文化历史实践。当代中国马克思主义文学批评要重拾接续这种声音，肯定民族条件下个人的价值、权利和尊严的合理性，但中国马克思主义批评的社会主义性质决定了它既立基也要超越个人主义，这才是社会主义现代性的理想与前途，不能以一种抽象的西方“个人”“自由”等概念和标准衡量和裁决中国现代与否。

中国马克思主义文学批评不能如一些论者那样，[①] 把本相互协调统一的民族性和现代性人为地对立起来，中国文学的民族性是现代的，中国文学的现代性也是民族的。马克思主义文学批评自登上中国历史舞台，便先是参与、后则主导了中国文学现代化的历史进程，只是这种现代化因为民族的特定历史条件和历史实践而有着独特的内涵。中国马克思主义所从事的阶级革命、民族解放、人民民主等也是现代化的重要内容和具体表现，不能因为它与西方以自由、市场、个人、市民为核心概念的现代性有所区别而对此予以拒斥和否认。现代性不是单一的而是复数的，不是同质的而是多元的，中国马克思主义文学批评的社会主义现代性是对西方资本主义现代性的反思、扬弃和超越，它们是统一于现代性本身的，是现代性不同

① 中国批评理论经常将民族性和现代性对立起来，要么要从“现代性”回到“中华性”，以民族性反对首先发源于西方的现代性，要么要抛弃民族性，追求普世的现代性，似乎现代性和民族性是鱼与熊掌，不能统一在一起为我们兼得，这是不符合中国文论建设的实际和目标的。中国过去百年批评理论建设既是现代的也是民族的，对其所取得的成绩不能以诊断以“失语”而一概抹杀。参见董健《民族主义文化情结：消解启蒙理性，阻挠人的现代化》，《探索与争鸣》2013 年第 4 期；杨春时《现代性与现代民族国家在中国的断裂和复合》，《学术月刊》2001 年第 1 期；张法等《从“现代性”到“中华性”》，《文艺争鸣》1994 年第 2 期；曹顺庆《文论失语症与文化病态》，《文艺争鸣》1996 年第 2 期等文。对于民族—现代性和现代—民族性的统一，在现代文学史研究中是早就达成共识的意见，早在 20 世纪 70 年代末到 80 年代中期，王瑶《现代文学中的民族传统和外来影响》，《昆明师范学院学报》1979 年第 1 期和《中国现代文学和民族传统的关系》，《上海师范大学学报》1982 年第 1 期；唐弢《西方影响与民族风格——中国现代文学发展的一个轮廓》，《文艺研究》1982 年第 6 期；钱理群、黄子平、陈平原在《读书》杂志上连载的“二十世纪中国文学”三人谈等文对 20 世纪中国文学的现代性和民族性进行了清理，予以了确认，几乎不会有治现代文学史的学者会否认 20 世纪中国文学是现代的，中国现代文学不是民族的。然而在文论研究中，这个问题由于没有得到及时的探讨和总结，最后却成了一个问题。正是由于忽略了 20 世纪中国文学理论不同于中国古典文论的现代性特质，低估了中国现代文学理论所取得的成绩，否认深刻受到域外文论影响的 20 世纪现代中国文论仍是具有鲜明民族性的，一些学者才作出中国现当代文论失语、中国文化发生了根本断裂的偏颇判断。

但并非根本敌对的方面和阶段。具体而言，中国马克思主义文学批评虽然强调文学的政治功能和意识形态属性，但也从来都认为审美性（艺术性）亦是现代文学的重要和基本属性，即便在民族革命战争年代，中国马克思主义文学批评也没有因为形势迫切需要发挥文艺的政治宣传功能，而否认审美艺术性也是现代文学的基本属性和文学批评的重要标准。只不过它并不如西方现代文学观念那样主张审美的超功利性，而是明确地要求具有审美性的文学发挥振奋阶级斗争、凝聚民族意识的社会历史功能。中国马克思主义文学批评坚持民族立场，但同样重视个人，只是它的个人是处于一定社会关系中的“现实个体”，而非理论设定或抽象演绎的绝对孤立、超时空的个体。中国马克思主义文学批评虽然弘扬传统，但是批判地弘扬，这不同于西方现代性鼓吹与传统断裂、推崇现时性的历史进化论叙事。总之，中国马克思主义文学批评的文学观、个人观和传统观既有与西方现代文学观念相通的一面，又在相通一面基础上存在着与之相异的另一面。

中国马克思主义文学批评应继续旗帜鲜明地向现代文学提出民族的功能。现代文学和文学批评从一开始就具有非常直接的社会政治功能，是政治斗争的重要组成部分。[①] 只是康德肇始的现代文学观念的审美话语遮盖了文学活动在民族建构上的社会政治功能，而马克思主义文学批评则用“政治话语”将它重新揭示出来，接通了文学与社会历史的有机联系。伊格尔顿在《二十世纪西方文学理论》藉爬梳“英国文学的兴起”，考察了现代文学与民族国家的关系，现代文学及其理论不仅在它发生的初期与民族国家的形成紧密相关，而且在其后来直至今日的实践中也是与民族主义意识形态始终缠绕在一起的，文学理论虽然隐蔽曲折，却一直展现着民族主义意识形态的兴衰，全球资本主义下的当代西方理论中的后结构主义解构民族主义，正是文学理论所表达的民族主义立场。现当代西方文学实践深受民族主义的塑造，“欧美文化话语中殖民地与帝国的表现”，“是对民族主义压力的一种反应”，并“使得随后的理论研究也是从现存的民族主义前提和倾向出发的”，“各种各样的文化民族主义充当了理论立场的建构性意识形态”，而随着非洲文学在黑人民族主义推动下进入美国文学教

① ［英］特里·伊格尔顿：《历史中的政治、哲学与爱欲》，马海良译，中国社会科学出版社 1999 年版，第 8 页。

学大纲，反殖的民族主义成为重新思考西方殖民化的主流文化文本的理论标志。[①] 中国现代文学过去担负着建立民族共同体的重任，在争取民族独立解放的斗争中，文学团结人民，扮演了非常重要的角色，这是文学民族性的重要体现。在今天，现代文学的民族性不仅仍要体现在它是民族建设的重要部门，而且还要表现在现代文学继续在凝聚民族认同，反思民族劣根性，指引民族未来等方面发挥民族功能的角色上，正如加拿大女作家玛格丽特·阿特伍德所言，“文学在民族文化的作用是一幅思想的地图，把它作为我们由此知道我们是谁和曾经到过那里的产物”[②]。当代文学实践仍要发挥国民教育、凝聚民族认同、表达民族现实生活、反思民族自我的功能，使现代文学和民族国家携手同行，共同成长，只有如此，文学才有坚实的根基和生命力源泉。反过来，以语言为根基的文学艺术将为正被全球一体化磨钝的民族感提供它正在失去的形象性与美学依据。当一切都行将被汹涌的主流文明无情地整容，对现代化的抵抗力不从心的时候，唯有语言文学可以从历史的深处延伸而来，成为民族最后的指纹，最后的遗产。[③]

---

① ［印度］阿吉兹·阿罕默德：《在理论内部：阶级、民族与文学》，易晖译，北京大学出版社 2014 年版，第 64—65 页。

② ［加］帕米拉·麦考勒姆、谢少波编：《后现代主义质疑历史》，中国社会科学出版社 2008 年版，第 10 页。

③ 韩少功：《完美的假定》，昆仑出版社 2003 年版，第 25 页。

第三章

语境与借镜：中国马克思主义文学批评民族观的拓展

作为中国当代马克思主义文学批评拓展和建构“开放的民族主义”观的语境，“全球化”是人们对当今世界经济、政治、社会和文化格局形势的一种描述和测绘，但由于“全球化”作为一个术语在当前已经被滥用到仅仅提及已经不能表示任何确定意义的程度，中国马克思主义文学批评需要对它的实质和文化逻辑作出自己的剖示。作为全球化下将民族问题作为核心议题的批评理论，后殖民理论和当代国外马克思主义批评的民族观对于中国马克思主义文学批评“开放的民族主义”观的拓展和建构，无疑是一面极具参考、鉴戒价值的借镜。正如有学者指出的，“与现当代西方文论，包括西方马克思主义文艺理论互动对话，批判性吸纳其中有价值的思想理论资源，是发展和创构当代形态的马克思主义文艺形态的重要理路”①，中国当代马克思主义文学批评建设适应全球化新历史形势的民族观念，同样可以而且需要取径于此。中国马克思主义文学批评将在通过对后殖民理论和当代国外马克思主义批评民族观的批判性检视和吸纳的基础上，拓展和建构适应全球化新历史条件的开放的民族观。②

① 陆贵山：《对话与重构——建设当代形态的马克思主义文艺理论的重要理路》，《中国人民大学学报》2014 年第 2 期。

② 包括中国传统文化和西方其他文化理论在内，还有许多思考可以为中国马克思主义文学批评民族观的当代建构提供思想支援。之所以选择后殖民批评和西方马克思主义，是因为它们是在全球化语境下做出的比较系统、成熟和独到的思考，它们中的一些成分直接启发甚至作为了当代中国马克思主义批评民族观建构的一部分。

第一节 全球化、民族国家与文学的民族性

对于如何称谓当前世界所处的历史境遇，当代马克思主义批评发明了名目繁多的范畴术语，如全球化、后工业、消费主义、景观、晚期资本主义、跨国资本主义、信息资本主义等，不一而足。其中，“全球化”无疑是受捧最众、阐述最力但歧见也最为纷呈的一种，各种论述对于“全球化”一语的滥用使它无所不包的同时，丧失了确切的所指，它可以与上述其他术语实现无隔互换，不加限定的“全球化”已不能表示任何实际的含义。“全球化”范畴的这一特点既为我们的论述带来便利，将所指宽泛、驳杂的“全球化”设定为当前中国马克思主义文学批评讨论民族国家、民族主义和文学的民族性问题的历史语境不会为错，但也给我们提出了挑战。由于全球化所指游移不定，在探讨全球化下民族国家的命运和坚持文学的民族性的必要与可能之前，“全球化”的本质和特征需要接受唯物史观的审察与揭示。只有在此基础上，全球化下民族国家的前景和它对民族文学（或文学的民族性）的冲击才能被科学瞻望和审慎测度。我们以为，那种认为全球化意味着民族国家和（民族）文学双重终结的论调是言过其实、危言耸听的，坚持文学的民族性对于抵抗全球化下文化日益同质化的趋向，既为必要又为可能。需要指出的是，这里的民族性并不是任意的，它有着特定的所指，全球化下中国马克思主义文学批评需要在过去探索的基础上，进一步拓展和建构开放的民族观新的科学内涵。

一 全球化的实质与文化逻辑

全球化不能简单地被理解为是某种经济、传媒、技术概念，它是资本主义的最新阶段，是世界彻底为资本主义所改造的新时代，在“结构或质上”已不同于资本主义以往的民族国家、帝国、垄断历史阶段，在这个时代，原属于不同政治性质的国家和不同集团间的敌对关系为各种商业关系所取代，信息、通信技术的发达形成了名副其实的世界市场和世界金融管理。所有的一切都与资本主义息息相关，自然、感性、肉体、无意识等曾经被认为是资本主义飞地的领域也不能幸免，并且它不单指这些领域

作为特殊的商品被纳入生产的总体进程中，而且还表明它们的内在肌理也均被打上了资本主义的浓重烙印，文化艺术成为当代资本主义内在的不可分割的一部分。直言之，全球化是资本主义历史发展的一个新阶段，全球化的所有现象与结果都是由资本主义引发的，“离开资本主义的全球胜利来理解全球化是不可能的”。苏联与东欧社会主义的崩解与全球化的泛起和席卷在时间上几乎同步，也从一个侧面说明了全球化与资本主义之间的密切联系，“社会主义在20世纪80年代的衰落为资本全球化打开了通道”[①]。全球化不是自人类社会以来便已存在的状况，它是资本主义发展到当代的特定产物，资本是全球化的动因、内涵与舞台，在这个历史阶段，“资本结构不是被松动、消解和颠覆，而是恰恰相反，不管是在广度上还是深度上，资本都最大限度地加强了它对世界的驾驭和统治”，它“把人类和民族国家带入不可挽回与不可逆转的相互联系中，个人的命运通过民族国家的中介与世界真实有机地联系在一起”[②]。全球化时代，资本主义蔓延和渗透入一切空间和领域，资本与它们高度同一，“从伦理学到科学，从艺术到教育，从体育到建筑，不言及资本主义就不可能正确处理这一切”[③]；反过来，不综合考察这一切也无法理解和把握当时代的资本主义。基于全球化与资本主义的这一紧密内在关联，在詹姆逊的用辞中，晚期资本主义与全球化可以等义互换，只要全球化在足够复杂的、经济意义上被领会。

全球化不仅是资本主义地理空间上跨疆越界的简单扩张，更是逻辑上的深刻渗透，它是一个世界为资本主义全面改造的过程，马克思“资本按照自己的面貌塑造世界”的预言正在成为展开的现实。[④]全球化并不是可以狂欢的盛世，它是殖民主义的延续和帝国主义的替代，“帝国主义已经离去”，然而替代它的不是享受全球繁荣与民主，而是“新殖

---

① ［美］阿里夫·德里克：《全球现代性：全球资本主义时代的现代性》，胡大平、付清松译，南京大学出版社2012年版，第41页。

② ［日］柄谷行人：《康德、黑格尔与马克思》，夏莹译，《哲学动态》2013年第10期。

③ ［美］弗雷德里克·詹姆逊：《全球化的文化》序言，马丁译，南京大学出版社2001年版，第1—2页。

④ ［美］吉塔·卡普尔：《全球化与文化：探索虚空》，［美］詹姆逊、三号将夫编《全球化的文化》，马丁译，南京大学出版社2002年版，第132页。

民主义和全球化”[①]。全球化并不意味着“无丝毫裂痕、任何人都能平等参与经济活动的统一体，它同殖民主义的进程是相互纠结在一起的”[②]。全球化也不是均匀平等一致的，在经济上，它是一小部分统治性国家对所有国家金融市场的控制，在文化上，它是资本中心强势文化对边缘弱势文化的渗透与侵蚀，“全球化并没有填平中心和边缘之间的鸿沟，相反在更为分散的诸多节点上不断地复制中心/边缘关系”[③]。全球化不仅是资本主义的全球覆盖，而且将资本的逻辑渗透到所有领域，它不但改变了商品的生产和消费，而且也形塑了新的文化逻辑。通过资本的去差异化与解域化改造，世界进入一个似乎不可逆转的夷平与挂钩的过程，世界文化的标准化实际上是美国风格的资本主义及其固有世界观的传播，与个体直接面对世界，处于无法退出的全球关系网络中，成为界定全球化的真正核心。

（一）去差异化—夷平

全球化文化逻辑的去差异化很大程度上源于这一时代经济与文化的高度同一化。如果说垄断资本主义的殖民政策还是运用外在、暴力和客观化的方式进行资本化的话，那么全球化时期则是资本在所有空间和领域的内在、隐秘渗透与和平、主动接纳，文化与经济之间的清晰界线被抹平，经济的文化化和文化的经济化成为常态。全球化下的经济不再使用价值与交换价值的等价交换，在搭载了符号和形象意义的大众传媒广告的狂轰滥炸下，已演变为交换价值远高于使用价值的象征性消费。经济行为中充斥了文化的色彩与因素，在资本主义抽象系统中，比商品实际的使用价值更重要的是它的华丽外观和展示性景观，“消费者不是对物而是对价值的消费，消费中更吸引人的不是物品本身的功能，而是某种被制造出来的象征性符号意义”[④]，“无论是在符号逻辑还是在象征逻辑里，物品都彻底地与

① ［美］弗雷德里克·詹姆逊：《文化转向》，胡亚敏等译，中国社会科学出版社 2000 年版，第 135 页。

② ［美］三好将夫：《“全球化”，文化与大学》，［美］詹姆逊、三好将夫编《全球化的文化》，马丁译，南京大学出版社 2002 年版，第 195 页。

③ ［美］阿里夫·德里克：《全球现代性：全球资本主义时代的现代性》，胡大平、付清松译，南京大学出版社 2012 年版，第 29—30 页。

④ ［法］让·鲍德里亚：《消费社会》，刘成富、全志钢译，南京大学出版社 2008 年版，第 59 页。

某种明确的需求或功能失去了联系”①，“无论生产还是消费，都靠符号而在符号的遮蔽之下存在。当今社会愈来愈多的根本方面属于意义逻辑范畴，属于象征规则和体系范畴”②。赋予商品以文化的形式与意蕴，成为今日经济繁荣秘而不宣的奥妙，商业活力和美学感觉成为商品获得者成功的两个必要条件。总之，在全球化时代，“大企业变得具有文化性，更加依赖形象包装与展示，文化产业成了大工业”③。

全球化不仅是文化艺术向经济的渗透，也是经济对文化艺术的殖民，“传统的生产方式和社会体系被摧毁，商品化的形式在文化艺术中无处不在，文化、工业生产和商品紧紧结合在一起”④。全球化的文化全面商品化，不仅简单表现为文化创造是一种特殊的精神商品生产，“经济直接为艺术提供稳固的物质基础”，更体现为商品的逻辑深刻渗入文化的肌理，影响和革新了文化艺术的形态、性质和功能。商品的时尚逻辑，即商品的价值不在于坚实耐用延长使用时间，恰在于缩短死亡更新周期，深刻改变了当代艺术的生存，“艺术变得昙花一现，这倒不是为了影射生命的短暂性，而是为了适应市场的短暂性”⑤。不仅如此，“美感的创造、实验与翻新完全遵照商品社会的规律”，“在这样的社会整体的生产关系中，美的生产愈来愈受到经济结构的种种规范而必须改变其基本的社会文化角色与功能”⑥。

全球化不是许多人认为的差异性与同一性的共存统一，更不是各民族文化的百花齐放、争奇斗艳，而是表面虚假的差异性与深层真实的同一性，是以差异性伪装了的同一性，是差异的同一和同一基础上的差异，并不存在与同一性斗争的差异性。资本主义全球化中的差异化和标

① ［法］让·鲍德里亚：《消费社会》，刘成富、全志钢译，南京大学出版社2008年版，第1页。

② 同上书，第9页。

③ ［英］特里·伊格尔顿：《理论之后》，商正译，商务印书馆2009年版，第41页。

④ ［美］弗雷德里克·杰姆逊：《后现代主义与文化理论》，唐小兵译，陕西师范大学出版社1987年版，第128—129页。

⑤ ［法］让·鲍德里亚：《冷记忆2》，张新木等译，南京大学出版社2009年版，第69页。

⑥ ［美］詹明信：《晚期资本主义的文化逻辑》，陈清侨等译，三联书店1997年版，第429—430页。

准化之间是一种虚假对立，它们在深层是同质同构的，差异本身吊诡地成了作为同一的全球景观的一部分。由于文化和经济的重叠互渗，文化生产复制了经济的逻辑，资本主义下等价的商品交换原则削平了各异的商品使用价值，文化艺术生产被强行纳入到一种全球标准化的模式轨道中，文化艺术由原先的鲜活、富于个性变得枯燥、千篇一律，它所允诺的是一副世界文化一体化、同质化的图景。文艺的创造性反作用经济呈现出的多元化只是抚慰人心、不堪一击的虚弱假象，而经济活动高度一体化对文化艺术的同一化训导则是假象掩盖下不可撼动的磐石。民族的历史和文化在商品全球自由流通中变得碍手碍脚，“一切标新立异的东西，不论在一开始显得多么富有颠覆性，最终逃脱不了消费主义的罗网”①。全球化既不像后现代主义所宣称的那样是同一性的消除与差异性的狂欢，也不像德里克、谭好哲等一些学者所研判的那样，是一个同质化与异质化、标准化与多样化的矛盾统一过程，它实质上是以差异性为表象掩饰下的深刻同质化进程。从表面看，在全球化“新的世界里，文化表现出前所未有的丰富性与多样性”，但若注意到从事文化生产的市场和生产区域被迅速同化整合进全球劳动分工的单一空间中，民族的独特性业已消失，世界文化“进入一幅无与伦比的全新范围内标准化的图景中”②。

资本主义全球化为攻占市场会利用民族的、种族的、阶级的、性别的、个体感性的因素，从而会在产品中呈现出某种多元化的表征，然而它所表现出的这种差异性实际上只是一个拟个人化或伪个性，它仍将因为被投入标准化/一律化的生产机器中而将凝聚在上述不同因素身上的文化情感记忆抽空，成为毫无个性的干瘪的抽象符号。在这个意义上，差异化悖论性地经历了一个同质化的过程，差异化不是与同质化对立，而是内在于并加深同质化的因素。全球化对于文化而言是一个深刻彻底得令人绝望的同一化过程，它假意容纳，实则真正吞噬差异性，全球化下的“空间不

① ［美］三好将夫：《没有边界的世界？从殖民主义到跨国主义及民族国家的衰落》，陈燕谷译，汪晖、陈燕谷编《文化与公共性》，生活·读书·新知三联书店 1998 年版，第 505 页。

② ［美］弗雷德里克·詹姆逊：《对作为哲学命题的全球化的思考》，［美］詹姆逊、三好将夫编《全球化的文化》，马丁译，南京大学出版社 2002 年版，第 56—58 页。

过是表面的无限延展，作为时间现象的差异性让位给（空间的）同一性和标准化”，“一切都是带着差异的重复与同一”①。后现代主义“对差异的崇拜正是建立在差别丧失之基础上的”，资本主义垄断集中化生产与差异在逻辑上是无法兼容的，“它们之所以可以共存，恰恰是因为差异并不是真正的差异”②。个体所追求的“被消费了的”差异只不过是普遍化生产中的一个领域，都是依照同样的模式被生产出来的，全球化的去差异化文化逻辑深刻到连差异性本身也是被同一地制造出来的，在此，差异性不再发挥区分彼此的功能，差异性本身都标准化了，全球化的标准化文化逻辑“不仅删除个性和差异，使整个社会趋向同质和单一，而且能克隆标准的个性和差异”③。

（二）解域化—不可脱钩

解域化（de-territorilization）和不可脱钩（de-linking）④ 是资本主义全球化的另一重要文化逻辑，全球化意味着空间障碍和束缚的不断被穿透和克服。由互联网技术、电子金融、跨国公司组成的全球经济体系穿透和消弭了曾经坚不可摧、密不透风的民族国家间的界隔，发达的信息技术消除了资本转移的时空障碍，“资本从一国移向另一国的过程能够瞬间实现”⑤，国界的意义越来越变得可疑。资本主义的各个要素，包括原材料、技术、信息、劳动力、工厂等，在全球范围内自由迁移、零散分布，资本失去了稳固单一的民族主体，凌驾于具体特定的民族国家之上，资本在各种空间中穿梭，各种界隔对于全球资本而言形同虚设。资本主义总是向最有利可图的空间和领域逃逸，所谓“解域化”正是指的是资本生产这种没有固定领地、自由流动状态，产品没有语境和区域，固有的民族和地方属性变得一无是处，沦为纯粹的市场口实。电子金融的发展加剧了资本的非领土化趋势，“资本

① ［美］弗雷德里克·杰姆逊：《奇异性美学》，蒋晖译，《文艺理论与批评》2013 年第 1 期。

② ［法］让·鲍德里亚：《消费社会》，刘成富、全志钢译，南京大学出版社 2008 年版，第 72 页。

③ ［加拿大］谢少波：《资本主义全球化与文化批判》，《天涯》2007 年第 1 期。

④ Samir Amin, *De-linking: Towards a Polycentric World*, London: Zed Books Ltd., 1990.

⑤ ［美］弗雷德里克·詹姆逊：《文化转向》，胡亚敏等译，中国社会科学出版社 2000 年版，第 139 页。

的转移通过虚拟的方式跨越民族空间，金钱环绕全球的闪电般的运动废除了传统的空间概念，而资本也变成自由浮动的能指”[①]。金融资本的符号转移，成为不需要具体生产和消费行为的抽象运动，蜕变为在虚拟空间里的能指嬉戏。[②]

资本全球化对各种界线的抹平使全球呈现一种去民族化的地方化、碎片化的景象，为自己的全球流动打开方便之门，资本通过对空间的殖民化或者说重新配置，使人们置身于一个没有内外的平滑表面。资本的解域化不仅是一个单纯的地理空间概念，还意味着各种知识领域的不再泾渭分明，资本全球化取消了高雅与低俗、经济与文化、形象与现实、历史与叙事、意识与无意识的一切界线与差别，“把不同层面的、截然不同的经济、文化、政治问题混为一谈，正是后现代性和全球化的基本结构特征”[③]。资本四海为家，相比无产阶级而言，资本主义才没有自己的祖国。全球经济的无边界性和空间上的政治重组，使地方、族群、性属、阶级等身份形式绕过民族国家直接面对世界，民族及其文化能否在未来继续组织人类的有效单位形式被蒙上一层阴影。[④] 在信息技术的支持下，世界的空间距离消失，地理不再是一种联系的障碍，全世界的人借此获得某种同质性，人们分享共同的生活习惯，使得文化的民族之根和习性在不断地剪除和消亡。[⑤]

全球化并不意味着单一的碎片化/地方化过程，它也有着向心凝聚力地对碎片/地方的整合。全球化是一个不可脱钩、不可逆转的世界关联网络，个人、区域和民族等不随自己主观意志被迫进入到世界体系的统一图画中，与此同时，个体由于资本主义的分解日益原子化和内在化。与之前的世界体系可以退出不同，全球化中的任何地方和个人“与这个世界体

① 陈永国：《资本的非领地化与现代性叙事》，王宁编《文学理论前沿》，北京大学出版社2004年版，第191—192页。

② 参见［美］詹姆逊《文化与金融资本》，《文化转向》，胡亚敏等译，中国社会科学出版社2000年版。

③ ［英］特里·伊格尔顿：《理论之后》，商正译，商务印书馆2009年版，第48页。

④ ［美］阿里夫·德里克：《全球现代性：全球资本主义时代的现代性》，胡大平、付清松译，南京大学出版社2012年版，第23页。

⑤ 汪民安：《机器身体：微时代的物质根基和文化逻辑》，《探索与争鸣》2014年第7期。

系‘解除关系’已经不再可能，甚至是无法想象的”①。全球化下要求脱钩的愿望根本不可能实现，民族国家的发展战略需要屈从于世界资本主义的所谓全球化战略，民族与世界之间这种不可脱钩的关系正是全球化的重要特征，对全球化的抵抗，“不仅意味着边缘化，而且意味着灭亡”。全球化各区域关系盘根错节，使得发生在某区域的局部事件立即便具有世界性的效应，过去那种只与某个单一民族国家有关的事件不再存在，任何个人和事件都可能和必然是全球性的。网络信息技术轻松地跨越民族国家疆界的障碍，“人们只在触屏手机上滑动手指，在键盘上输入信息，便能将世界与自己相关联”②，个人绕过民族国家直接呈现于世界的背景下与舞台上。就文学而言，作家虽然只能写自己周围的生活，但作品的价值却可能会具有世界性，个人可以超越民族国家，直接与世界紧密地联系在一起，世界成为个人的活动空间和价值坐标。此时，“世界与我直接相关，我直接介入世界，地方和民族的背景退后甚至隐匿”③。个体直接面对世界的同时，也日益使自己成为一个孤立自在的世界，“我们把自我困据在超乎外物的单元个体之中，把世界囚禁于自我的无边孤寂之中”④，这种不假外求的个体由于切断了自己和外界的联系，把自己封闭和埋藏起来，因此不可能找到突破资本霸权的出路。总之，在资本无孔不入的穿针引线下，世界对于任何个体和区域而言都是一张无法挣脱的巨网，那种密切交往、彼此互动、普遍联系和互相依赖的图景不再停留于概念、畅想与趋势，而成为带有某种强迫性的客观存在与不容否认的事实。

二　全球化下民族国家的命运

在文学理论的发展脉络中，民族主义意识形态的前途很大程度上是由民族国家的命运所决定的，全球化下民族国家受到包括经济（跨国公司、电子金融）、政治（大众民主、联合反恐、生态保护）、文化（移民、少

---

① ［美］弗雷德里克·詹姆逊：《对作为哲学命题的全球化思考》，詹姆逊、三好将夫编《全球化的文化》，马丁译，南京大学出版社 2002 年版，第 56—58 页。

② 汪民安：《感官技术》，北京大学出版社 2011 年版，第 69—71 页。

③ 盖琪：《后福特主义时代的话语表达机制》，《探索与争鸣》2014 年第 7 期。

④ ［美］詹明信：《晚期资本主义的文化逻辑》，陈清侨等译，生活·读书·新知三联书店 1997 年版，第 448—449 页。

数族裔身份认同）等各种因素的冲击与挑战，一个“后民族”（post-nation）的时代据说正在或已经到来。跨国公司、电子金融对世界经济日渐具有主宰性，削弱了民族国家对经济的干预调控能力。在经济上，“跨国公司和多国公司早已准备漠视国界，在任何地方制造贫困区”[①]，并且“跨国公司倾向于要求全体员工效忠于公司认同，而不是他们各自的民族国家认同”，已经培育出了一大批跨国资产阶级群体，他们将接管后民族国家时代主体的位置。[②] 利用信息技术的电子金融解除了民族国家疆界对资本转移的束缚，资本在不同民族国家间实现了瞬时无阻碍流动。在政治上，民族国家的历史合法性及其内政管理智能受到侵蚀。民族国家丧失了施行全球大众民主、社会福利政策法规的基础、条件与能力，依据主权高于人权的话语逻辑，民族国家成为全球民主进程的绊脚石。与此同时，“经济全球化破坏了阻止资本主义崩溃的社会福利国家的历史局面，单国的社会福利体系成为不可能，为维持福利体系，原有的民族国家需要向跨国经济的政治共同体转型”[③]。此外，单个的民族国家在应对和解决生态环境危机和国际恐怖势力上也日益显得力不从心。在文化上，移民流动、多重的文化身份打破了之前相对纯粹、稳固的民族认同格局，内部少数族裔提出的文化要求也对统一的民族文化构成了威胁，民族认同逐渐被建立在亚民族文化交融杂糅、去中心、多样化、流动性基础上的不同身份形式所取代，[④] “民族文化越来越不重要，现在是文化多元主义的时代”[⑤]。全球化下的文化正在经历一个去民族性的过程，“虽然民族主义耀眼如昔，但它在历史上的重要性已经日益西斜”，“不管是在何种意义上，未来的

---

① ［美］三好将夫：《“全球化”，文化与大学》，［美］詹姆逊、三好将夫编《全球化的文化》，马丁译，南京大学出版社 2002 年版，第 213 页。

② ［美］三好将夫：《没有边界的世界？从殖民主义到跨国主义及民族国家的衰落》，陈燕谷译，汪晖、陈燕谷编《文化与公共性》，生活·读书·新知三联书店 1998 年版，第 499 页；另参见［美］威廉·罗宾逊《全球资本主义论：跨国世界中的生产、阶级与国家》，高明秀译，社会科学文献出版社 2009 年版。

③ ［德］尤尔根·哈贝马斯：《超越民族国家？论经济全球化的后果问题》，柴方国译，《马克思主义与现实》1995 年第 5 期。

④ ［英］沙伦·麦克唐纳：《博物馆：民族、后民族与跨文化认同》，尹庆红译，《马克思主义美学研究》第 13 卷第 2 期，中央编译出版社 2010 年版，第 78—79 页。

⑤ ［美］三好将夫：《没有边界的世界？从殖民主义到跨国主义及民族国家的衰落》，汪晖、陈燕谷编《文化与公共性》，生活·读书·新知三联书店 1998 年版，第 501 页。

世界都不可能是‘民族’或‘民族主义’的历史。未来将在新兴的超民族主义中重建全球过程”①。经济、政治和文化等领域正越来越扩展和打破国界，这必将“触动过去建立的民族国家体系，后民族国家的形势正在明显地确立”②。

然而事实并非如此，并没有充分十足的证据显示，民族国家和民族主义正在走向衰亡，“相信民族国家消亡的说法非常愚蠢，当今不同的思想、社区和团体间的交流越来越多，但知识分子仍是依附于自己的民族情境的”③。民族国家与全球化处于一种辩证的发展过程中，各自都无法离开彼此，民族国家并不拒绝全球化，任何民族国家都具有向外融入世界的冲动，全球化并不是要形成一个没有界线的一体化世界，它是以民族国家为基本构成单位的。实质上，当前是美国把自己的利益、制度和价值装扮上升为普世的全球化，把其他民族国家和民族主义视为自己需要对付和清算的敌人，某种意义上正反映了民族国家的坚固。民族国家并没有退出历史舞台的迹象，即便截至目前最成功的区域联盟——欧盟，也没有消灭和超越民族国家，它在各方面复制了民族国家的逻辑，只不过是民族国家的扩大版而已。④ 民族国家内公民的民族认同感并没有因全球化而削弱，反而大有增强之势。外部经济、政治、文化的全球化与内部差异自主意识的抬头，非但没有在理论与实践上证明民族国家的消亡，反倒为它提供了当代形式，民族国家格局对个人和群体的影响较之以往甚至更为深刻。信息、贸易和资本可以轻易穿越、但并没有消除民族国家的界线，全球化甚至加剧了民族国家的政治警惕性，“民族国家越来越多而不是相反的越来越少”，人们想象中的“全球主权”和无中心的新帝国时代仍遥不可及，“空间的政治界线仍然顽固地存在，甚至表现得越来越强而有力”⑤。资本或金钱的抽象流动并没有改变民族国家作为抽象统一体和调节者的功能，

---

① Eric Hobsbawm, *Age of Extremes*, London: Verso, 1990, p.182.

② ［德］哈贝马斯：《在全球化压力下的欧洲的民族国家》，张庆熊译，《复旦学报》2001年第3期。

③ ［美］詹明信：《晚期资本主义的文化逻辑》，陈清侨等译，生活·读书·新知三联书店1997年版，第24页。

④ 曹卫东：《后民族结构与欧洲的复兴》，《读书》2003年第7期。

⑤ 汪民安：《感官技术》，北京大学出版社2011年版，第69—71页。

“只不过它现在属于一个更大的力场；它协调这个力场内各个力的流动关系，表达其主导和从属的关系，为金钱、商品、私有财产的解码流动建构、发明、编织符码，因而起到抑制全球化的自编码和重新领地化的作用”①。

全球化不是民族国家的末日，但会给民族国家带来巨大影响，加强民族国家间相互依赖关系和引发民族国家功能的调整是这种影响的重要两端。根据马克思的论述，资本主义与民族国家之间是一种同源共谋关系，两者唇齿相依，资本主义的全球化与民族化是同一历史过程并行不悖的两个方面，一种开放性的民族主义并不是融入资本主义全球化的障碍，“资本主义全球化不会终结民族国家，它只是会更为紧密地加强民族国家间的相互依赖联系”②。民族国家是与资本主义相适应的社会组织形式，资本主义是民族国家得以形成的最根本的因素，资本推动了民族国家的产生和扩展，民族国家反过来繁荣了资本与市场经济，民族国家是资本主义的通例与常态，以致俄苏马克思主义将民族国家当作资产阶级的组织形式予以严厉清算，民族国家的崛起与铺展跟资本主义全球关系网络的形成是同一历史过程的两个不同方面，民族国家与资本主义之间的这种同源共谋关系已为马克思、列宁、安德森、吉登斯③等人的著述反复论证揭示，“没有现代意义上的民族—国家，资本主义就不可能得到长足发展”④，与其把民族国家和（民族主义）作为全球化的对立物，毋宁把它看作是资本主义全球化的伴随物与副产品。正是资本主义与民族国家之间的同谋关系有力地说明了，民族国家在资本主义瓦解之前不会坍塌，作为资本主义一个发展阶段的全球化无法逾越作为其基石的民族国家，资本主义方兴未艾的全球化并不会是民族国家的终结之时，民族国家的消亡要以阶级和私有制的毁灭为前提条件，即便民族国家随阶级和私有制消亡而消亡，蜕掉国家

① 陈永国：《资本的非领地化与现代性叙事》，王宁编《文学理论前沿》，北京大学出版社2004年版，第192页。

② 胡亚敏：《开放的民族主义——中国当代文学批评之立场》，《华中师范大学学报》2007年第6期。

③ 参见［英］吉登斯《民族—国家与暴力》，胡宗泽、赵力涛译，生活·读书·新知三联书店1998年版。

④ 仰海峰：《现代性的框架：世界性与民族性的双重审视》，《哲学动态》2014年第4期。

机器的民族作为区别各自文化特点的社会组织形式仍将继续存在。“民族国家非但不会在全球化面前退却，反而会利用全球化加强自己的国力。”[①]尽管全球化不会导致民族国家的消亡，但并不意味着它不会带给民族国家任何影响，“全球化意味着文化的输出与输入，预示出民族文化之间极其频繁地接触与相互渗透”，“全球化使得不同文化间可能进行兼收并蓄的接触与借用”[②]。全球化消除了民族国家间封闭自我的隔绝与对立，为“不同民族文化之间的交流、对话与沟通创造了基础、契机与平台”[③]，全球化就是马克思所言的“世界交往的普遍发展”的新时代。全球化密切民族国家间的关系是双面的，即使民族文化通过互渗、互鉴、互融达成共进，由于直接频繁面对，也增加了不同民族文化间发生摩擦、矛盾乃至冲突、对抗的可能。除加强联系外，全球化也会带来民族国家传统功能的转换，民族国家对经济的调控能力减弱，社会政治功能会得到加强，“民族国家越来越不适应全球化的生产和文化过程，民族国家的社会政治功能面临深刻变化”[④]，民族国家在推进大众民主、提高社会福利保障、改善生态环境、打击恐怖犯罪、激发文化活力、增强民族认同等方面需发挥自己应有的功能。

总之，全球化使民族国家联系加强、功能发生调整，但并没有导致民族国家的衰亡，民族国家仍是当今及未来很长一段时间世界政治、经济、文化的基本组织单位，给人类归属感和特定历史命运提供一种根本的文化政治认同，那种把民族国家过早丢进历史垃圾堆的想法不过是一厢情愿的假定。在当今全球化时代，民族国家作为民族与国家的理想组合，受到来自内外部各种因素的冲击挑战，已不再拥有昔日绝对的权威，但“民族国家确实发挥而且仍在发挥某些作用，而且至今还没有什么东西可以替代民族国家的这些作用”，经济全球化虽然削弱国家的职能，但人类还是以民族国家政权为坚固支撑与坚强保障。只要民族国家仍是现代世界体系的

① ［美］阿里夫·德里克：《全球现代性：全球资本主义时代的现代性》，胡大平、付清松译，南京大学出版社 2012 年版，第 4—5 页。

② ［美］弗雷德里克·詹姆逊：《对作为哲学命题的全球化的思考》，［美］詹姆逊、三好将夫编《全球化的文化》，马丁译，南京大学出版社 2002 年版，第 59 页。

③ 费孝通：《费孝通文集》，群言出版社 1999 年版，第 395 页。

④ 汪晖：《当代中国的思想状况与现代性问题》，《天涯》1997 年第 5 期。

一个必要特征，无论全球化发展到何种程度，民族国家的实体仍将继续存在下去，民族特征也仍将是一家“生意兴隆的商行”①。构成世界的民族国家体系还将继续，我们不能凭主观意志便宣称历史进入了一个后民族时代。全球化下共同的政治、经济、军事甚至货币都可能达成，但分化的语言却不可能统一起来，以语言为主要载体的民族文化依然会是对民族国家的社会模式构成坚固顽强的支持，基于经济利益和凭借政治操作达成的统一，无法根本解决文化认同问题。② 也许民族国家不是中国实现现代化的唯一政治载体与利益单元，跨国的地区主义或世界主义作为备选项一次次闯入曾以“天下”描述世界秩序的当代中国人的思想视野。③ 天下主义可以作为润滑紧张国际关系的一种思路，但产生它的社会历史土壤已经不复存在，一方面，失去物质根基的“天下”不可能作为现实复现于人间，另一方面，在中国复兴和崛起的当前重提“天下”，它所释放出的复兴昔日帝国辉煌的意味，明显逾越了民族国家体系独立自主、平等互利的基本原则，传递出独大、排外、自我中心的沙文主义气息，对此不能不察。

三 全球文化趋同化与坚守文学民族性的抵抗

全球化虽不是民族国家和民族主义的末日，但对现代文学观念和民族文学生存却发起了严峻的挑战，文学与民族关系的脱钩势将导致现代文学观念与形态的嬗变，文学想象将与民族国家实践断裂，民族性作为现代文学的特性或将不复存在。西方现代文学观念是与如今所谓的“浪漫时代”一并发展起来的，与“创造性”“想象性”一样，民族性是现代性现代文学不彰的基本属性，不惟欧美如此，包括中国、日本在内的其他地区文学实践亦然。“想象的共同体”将文学和民族有机连接起来，现代文学是民族国家形成与合法化的重要动力因素，本身又是民族国家建设中的重要成

---

① ［美］三好将夫：《没有边界的世界？从殖民主义到跨国主义及民族国家的衰落》，陈燕谷译，汪晖、陈燕谷编《文化与公共性》，生活·读书·新知三联书店 1998 年版，第 502 页。

② 杨慧林：《“全球化”与基督教的自我诠释》，《在文学与神学的边界》，复旦大学出版社 2012 年版，第 171 页。

③ 参见赵汀阳《天下制度》，江苏教育出版社 2005 年版；姚大力《“天下兴亡，匹夫有责”的再诠释与中国近代民族国家意识的生成》，《世界经济与政治》2006 年第 10 期；孙向晨《民族国家、文明国家与天下意识》，《探索与争鸣》2014 年第 9 期等著述。

果，现代文学与民族国家是一种同构共谋关系，全球化在深刻影响民族国家与民族文化的同时，将改变我们对文化艺术的根本理解。“全球化对文学的概念发起了潜在而巨大的挑战，民族文学曾经是现代文学最重要的存在方式，但全球化或谓资本的全球统治已导致文学民族传统的重大调整甚至中断。”① 文化艺术的去差异化和非领地化是全球化带给民族文学最巨大的挑战，国内外众多作家、学者对此已投入严重关切。法国诺贝尔文学奖得主勒克莱齐奥指出，全球化迫使人类采取唯一的表达方式，是殖民时代排异思想的延续，在其中隐约闪现着威胁弱小民族语言和文化的新殖民主义的倾向。② 来自中国的另一位诺贝尔文学奖得主莫言也认识到全球化下文化多样性正受到威胁，包括语言在内的原本属于能够充分表现和体现民族特征和民族个性的艺术，由于经济的一体化，信息传播的便捷化，面临着严重的冲击，很多东西正在渐渐消亡。③ 文化与经济融为一体，文化消失于经济之中，商品正被审美化地消费，经济的跨国化使文化抹去和丧失了各自的民族特性，全球文化进入一种标准化、同一化，根本是美国化的过程中。跨过资本主义消除了一切民族文化和社会制度的区别，一个全部由高速公路、超级市场、摩天大楼、广告牌构成的无差别的“大同世界”正向我们逼近。④ 资本主义制度正在“全球化展现沉闷而一元的文化”，这种灾难性状况已经引发包括西方尤其是处于弱小边缘民族人们广泛而强烈“趋同性焦虑”⑤。民族文学在全球化中似乎正在走向末途，现代文学将失去自己的民族属性。

整齐划一不是世界文学的应然状态，坚决抵抗文学的趋同化是马克思“世界文学”观念给予我们的教导。“虽然在共产主义的社会组织中，完全由分工造成的艺术家屈从于地方局限性和民族局限性的现象无论如何会消失掉”，但在资本主义统治一切，民族国家仍是现实视域的情形下，艺术具有各自民族的特性仍将保持较长的一段时期。马克思所谓的世界文学

---

① ［韩］白乐冲:《全球化时代的民族与文学》，［美］詹姆逊、三好将夫编《全球化的文化》，马丁译，南京大学出版社 2002 年版，第 162 页。

② ［法］勒克莱齐奥:《论文学的普遍性》，高方译，《当代外国文学》2012 年第 3 期。

③ 莫言:《传统与创新》，《文艺研究》2013 年第 12 期。

④ 李陀.《“开心果女郎”》，《读书》1995 年第 2 期。

⑤ 胡亚敏:《论差异性研究》，《外国文学研究》2012 年第 4 期。

并不是对民族文学的取消，不是丧失了差异性的千人一面，它所要打破的不是民族文学之间的隔绝和对立而是文学的民族性本身，其实，世界文学正是民族文学的多元协调共存并进，“世界文学应该同情而非猜疑民族文学”，世界文化的同质化是对“世界文学的压制，而非促进，更非世界文学的崛起”[①]。根据詹姆逊对马克思“世界文学”范畴的阐释，“世界文学”并不是超越民族国家语境，而指的是知识界网络本身，强调的是不同语境间的思想文化联系，在世界文学中，人们有条件和机会接触异地的思想社会环境并与之沟通，“就文学而言，它并不意味着创作某种立即具有普遍意义的作品从而跨越语境去诉诸所有的人”，“世界文学”的含义并不是把文化活动从它们的各自民族语境中剥离出来，投入到绝对的领域中，而是“积极介入和贯穿每一个民族语境”，充作“不同的民族环境或民族文化之间接触和交流的媒介与场所”[②]。民族文学不是与世界文学抵牾对抗的，世界文学文化要以民族文学文化为基础，文化的全球化是世界各民族文化的相互交流与对话，彼此影响与融通，“全球化绝对不是脱离民族文化而存在的超民族文化，推动文化的全球化不能通过削弱和消解文学的民族性，而必须通过“认真地在民族生活的土壤上，创造有充分民族特点的民族文化”[③] 的方式实现。需要指出的是，世界文学虽然以民族文学为根基，但并不意味着民族文学要固守狭隘的民族性，民族文学要突破民族和地域的狭隘性，才能成为世界文学。

坚持文学的民族差异性将影响、改变和减缓文化全球同质化的进程，被“视为十分有害的实体与准则”的民族国家和它们的民族文化在抵抗全球文化标准化上可以被召集来扮演正面的角色。民族国家（主义、文化）是“对抗全球市场和跨国资本主义的侵蚀，以及对抗第一世界的资本输出权力中心的唯一途径”[④]，民族文学或文学的民族性在

① ［韩］白乐冲：《全球化时代的民族与文学》，［美］詹姆逊、三好将夫编《全球化的文化》，马丁译，南京大学出版社2002年版，第167—168页。

② ［美］詹明信：《晚期资本主义的文化逻辑》，陈清侨等译，生活·读书·新知三联书店1997年版，第49页。

③ 王向峰：《文化全球化及其民族基础》，《长江学术》2002年第3期。

④ ［美］弗雷德里克·詹姆逊：《对作为哲学命题的全球化的思考》，［美］詹姆逊、三好将夫编《全球化的文化》，马丁译，南京大学出版社2002年版，第78页。

全球化面前并不会毫无反抗、束手就缚，推动民族文学运动是对全球化时代的挑战经过深思熟虑后的反应。民族文学因语言的壁垒和地方性知识而成为消费主义最难攻克的高地，“在遏制全球性消费主义文化的入侵时，忽视文学领域的作用在战略上是愚蠢的”①。“民族特性，作为一种处于中间位置的特殊形态而非分裂的地区特性，无论在文学之中或是其他领域之中都占据着举足轻重的位置，民族文学运动是一种可应付全球时代的实践，同时也维护和丰富世界文学。”② 全球化中的中国当代文学实践必须确立坚定的民族意识，保持其民族差异性，“对于处于资本边缘和受宰制的民族文化而言，过早地放弃民族认同、意识、责任与觉悟，我们将丧失自我”③。

通过坚持文化的民族性抵抗全球文化的趋同化既是必要的，也是可行的，民族国家的稳固与长期存在，为文化坚持民族性提供了坚实的物质支撑，民族国家与资本主义的同构关系，使第三世界文化坚持文化的民族性抵抗资本主义全球化具有现实的可能性。全球化下民族国家并没有衰亡，反而有加强之势，在资本主义消亡之前，它还将长期存在，这一状况使文学文化必将打上民族的印记和具有民族的属性，文学文化离不开民族性这一点为它坚守民族性抵抗全球文化的同一化奠定了强有力的现实基础。此外，民族国家与资本主义的共谋性也为处于资本主义边缘的文学文化通过弘扬民族性反抗被同化的命运提供了理论上的可能。面对全球化的席卷，通过论证民族国家是有效的抵抗空间力量，美国马克思主义批评家詹姆逊对第三世界文学借助坚持民族差异性抵制文化的被同化寄予了深切期望。第三世界文学是第一世界晚期资本主义生产出的、遭其压抑贬斥的“他者”，但同时也是它自身的无意识，对于资本主义的文化机制和总体进程而言，第三世界的民族文学是一个幽灵般的集体性或集体性的幽灵，它位于资本主义内部，却具有打破资本主义同质性幻象的力量，是一种无法被资本主义文化机制吸纳、同化的异质集体性因素。④ 另外，英国马克思主

① ［韩］白乐冲：《全球化时代的民族与文学》，［美］詹姆逊、三好将夫编《全球化的文化》，马丁译，南京大学出版社 2002 年版，第 163—164 页。

② 同上书，第 171—172 页。

③ 陈众议：《全球化与文学研究的民族意识》，《当代作家评论》2014 年第 4 期。

④ 王钦：《杰姆逊的“民族寓言”：一个辩护》，《文艺理论研究》2014 年第 4 期。

义民族学家本尼迪克特·安德森指出的民族语言宿命般的多样性也为第三世界坚持文学民族性抵抗全球文化同质化浪潮提供了凭据。尽管坚持民族性总的方向战略得到确立，但这并不意味着中国马克思主义文学批评在寻找如何应对全球化的策略上大功告成。并不是什么性质和内涵的民族主义都是合适的，中国马克思主义文学批评应该坚持怎样的民族性，标举怎样的民族立场和标准，是需要更进一步展开的课题。具体而言，中国马克思主义文学批评需要在新的历史条件下，结合中国文化实际和前进的方向，总结和反思之前处理文化的民族问题的经验与教训，借鉴和吸纳各方面的思想理论资源，丰富和拓展“开放的民族主义”新的内涵。不管是詹姆逊、伊格尔顿还是安德森、阿赫默德，国外马克思主义批评为中国文学在全球化下坚持民族差异性提供了理论的借鉴与支撑，中国马克思主义文学批评的民族观建设实有以其为参照的必要。此外，在当代社会历史语境下，后殖民理论和当代国外马克思主义批评也在民族问题上发表了较为系统的真知与谬见杂存的论说，前者可以给我们以有益启示，后者需要引起我们的警戒，中国马克思主义文学批评在拓展和建构适应全球化语境的民族观不仅可以，而且需要对其予以检讨性研究和批判性吸纳。

第二节 后殖民理论的民族观批判

后殖民理论与马克思主义之间有着血肉般的亲缘关联，是继马克思、列宁之后批评理论论述民族问题的又一重镇。正如伊格尔顿为对马克思远离激进政治的无端指责所作的辩护那样，尽管并非始终和鲜明，[①] 马克思仍是反殖民斗争当之无愧的先锋。对于反殖民的民族解放运动，马克思并不把目光囿于民族的范围，而是带有一种更加国际主义的视野，坚决否定了资产阶级民族主义的发展道路，[②] 把民族—殖民地问题看作无产阶级革命学说的重要组成部分，将殖民地的民族解放斗争视为无产阶级世界革命

① 赵稀方《后殖民理论》（北京大学出版社2009年版）认为马克思始终、鲜明和坚定地支持殖民地民族的反殖民斗争的观点，笔者以为不实，参见《〈不列颠在印度统治的未来结果〉与早年马克思的民族观》，《群文天地》2013年第4期。

② ［英］特里·伊格尔顿：《马克思为什么是对的》，李杨等译，新星出版社2011年版，第214页。

的先要步骤与同盟军。马克思的反殖民理论声援和启发了非殖民主义理论家，不同时期的后殖民理论都闪现着马克思主义的身影，从第一代反殖民主义（anti-colonialism）的法农到第二代后殖民主义（post-colonialism）的赛义德，再到第三代解殖民主义（de-colonialism）的查吉特，几乎所有的非殖民批评家都可以称作宽泛意义上的马克思主义者。马克思主义支持殖民地的民族解放斗争，但毕竟不是以殖民地民族为中心和本位，并且一度对殖民地民族问题的性质把握不清，“殖民地斗争的性质和途径尚不清楚”。另外，在马克思看来，殖民地的民族解放未超出民主主义的性质，对于社会主义革命的总任务而言只是阶段性、工具性和权宜性的，从殖民统治下获得解放后的民族需要立即向社会主义的国际主义过渡，他并没有充分意识到民族问题的历史复杂性、长期性与艰巨性。

上述马克思主义在考察民族主义与殖民主义关系上留下的若干局限，在非殖民主义论述中得到了细致考察与深入辨析。虽然或直接或间接、程度或深或浅地受益于马克思主义，但后殖民理论却并不拘囿于马克思主义考察民族问题的阶级斗争与社会革命视野，它们从殖民地的解放斗争实际出发，肯定了民族主义在反抗与推翻各种形式的殖民主义统治上的积极意义，探析了民族主义与文化建设的重要课题，反思了从旧的殖民主义下获得解放的民族主义在新的历史条件下的危害与局限，并在此基础上，重构和规划了民族主义的新内涵与前景。对于全球化语境下中国马克思主义文学批评民族观的拓展与建构而言，汲取后殖民理论中的合理成分无疑是一种有益的丰富和补充。然而由于非殖民主义在语境、立场、方法论、诉求等方面都与中国马克思主义文学批评迥然有别，且其民族观深刻与片面、洞见与谬识并存，不宜全盘照搬和机械接受，无论褒贬取舍，中国马克思主义文学批评都需要通过批判、甄别与辨析，吸收其可取之处，揭示其迷误及其深层根源与政治倾向，从而为中国马克思主义文学批评的民族观建设提供有益借鉴与及时警戒。

一　民族主义是摧毁殖民体系的利器

尽管对民族主义的微词程度不一，但几乎所有的非殖民主义理论都正视和肯定了民族主义在动员凝聚力量、抵抗殖民主义、从事文化重建中所发挥的积极效应。“殖民主义出自西方，反殖民主义思想也出自西方”[①]，为合法化自己的统治，殖民者为殖民地引入了民族主义，民族主义却成为殖民地民族常常采用的行之有效的抵抗策略。以法农、阿明为代表的反殖民主义理论家最先认识到并成功运用民族主义于反抗殖民主义事业。法农并没有如奉其为先师的后殖民批评所作的过度阐释的那样否弃民族主义的立场，相反却强调了“民族意识和民族文化的问题在非洲具有特别的重要性”[②]，民族主义对于被殖民者反抗殖民压迫，认识自己的真实处境与前景，创造和发展自己的文化具有无可替代的价值。

尽管将拆解本质论的民族主义作为重要理论旨向，但后殖民批评也并不否认民族主义过去在殖民地抗击帝国主义、争取独立的斗争中所发挥的巨大能量。后殖民批评对民族主义充满着敌意，“爱国主义观念是无情自私和狭隘的，可能导致大规模的破坏”[③]，“民族主义在所有情境下都应当被看作可以变成毒药的药物”[④]，战后民族主义的复兴“通常只能通过种族清洗和暴力”，“破坏他人的身份来确定自己的身份”[⑤] 来表达，然而它并不把矛头指向所有的民族主义，也并未要彻底埋葬民族主义，它从未在任何时候断然否定民族主义对于解放政治、解释与改造当代世界的价值，“民族，尤其是作为反殖民斗争和后殖民重建武器的民族主义，对于讨论殖民主义极为重要”[⑥]。赛义德指出，民族主义是一种“恢复民族团结、强调民族个性、开创新文化实践的政治力量，它发动并推进了非欧洲世界里比比皆是的反西方霸权的斗争”[⑦]。吉尔伯特也充分肯定了文化民族主义在帮助结束正式的殖民主义时代上被证明是极其有效的，甚至仍可以在

---

① 赵稀方：《民族革命与文化身份——马克思主义与反殖民主义传统中的法侬》，《南京大学学报》2009 年第 2 期。

② ［法］弗朗兹·法农：《全世界受苦的人》，万冰译，译林出版社 2005 年版，第 173 页。

③ ［美］爱德华·赛义德：《文化与帝国主义》，李琨译，生活·读书·新知三联书店 2003 年版，第 24 页。

④ 生安锋、李秀立：《后殖民主义、女性主义、民族主义与想象——佳里特亚·斯皮瓦克访谈录》（上），《文艺研究》2007 年第 11 期。

⑤ 生安锋：《后殖民性、全球化与文学的表述——霍米·巴巴访谈录》，《南方文坛》2002 年第 6 期。

⑥ David Huddart, *Homi K. Bhabha*, London&New York: Routledge, 2006, p. 68.

⑦ ［美］爱德华·萨义德：《文化与帝国主义》，李琨译，生活·读书·新知三联书店 1993 年版，第 395 页。

抵抗西方占统治地位的全球秩序上发挥有效的作用。[①] 此外，后殖民批评的另外两位主将斯皮瓦克与霍米·巴巴也分别表达了对于民族主义在崩解旧的殖民主义统治中起到正面效应的赞许。与其认为企图终结民族主义，不若说后殖民批评发现了旧有民族观念的危害性与局限性，要用一种经过后现代主义改造和重释后的民族观念——他们在著述中有时以“后民族主义”（post-nationalism）名之——取代或置换旧有的本质式、封闭性、对立化的民族思维框架，以求最大限度获取思考民族问题的开放性。后殖民批评对于民族主义的批判有着特定的所指，正如杜赞奇所指的，“后殖民主义旨在批判现代独立的民族国家继续在旧的殖民主义或启蒙历史的格局及其有关不同生活方式和时间的等级之内运作的方式”[②]。

尽管将民族主义为何不能完成解殖任务作为重要课题，但解殖民理论仍然承认民族主义在抗击旧殖民主义上的阶段性意义。由于披上了伪装的殖民主义仍是现实存在，因此民族主义并未丧失其价值，但民族主义需要借助马克思主义，在对自己的超越中才能根除殖民主义。以查特吉、杜赞奇为代表的解殖理论家致力于在更深邃、开阔的视野下反思、挖掘与回答反/后殖民主义在考察殖民主义与民族关系问题上遗留的偏误、肤浅与不及。与反/后殖民主义一样，解殖理论仍是在与帝国主义密不可分的关联中阐述与肯定民族主义在现代世界里的意义，但解殖理论并不承认殖民主义已经成为过往，“肃清殖民化仅仅是争取彻底解放和恢复自我的前奏”[③]，解殖仍是需要知识者努力的未竟之业。尽管许多方面都发生了重大改变，但殖民主义并未离我们远去，民族国家仍是20世纪后半叶世界秩序的“普遍化标准范式”，“新的全球化生产、流通和文化交流”并没有如哈特、奈格里所说，能够为“无边界、无中心的世界帝国的诞生创造可能性条件”，“正如我们依旧生活在民族国家时代，我们也为能超越帝国主义”，各种帝国主义的操作手段在今天依然有效，“曾经一度盛行

① ［美］巴特·穆尔-吉尔伯特：《后殖民理论：语境、实践、政治》，陈仲丹译，南京大学出版社2001年版，第254页。

② ［美］杜赞奇：《从民族国家拯救历史——民族主义话语与中国现代史研究》，王宪明等译，江苏人民出版社2008年版，第4页。

③ ［美］阿尔伯特·敏米：《殖民者与受殖者》，魏元良译，许宝强、罗永生编《解殖与民族主义》，中央编译出版社2002年版，第58页。

但在去殖民化过程中式微的帝国主义行径正在再度出现”[①]。民族主义脱离了启蒙理性本身，“并不拥有进行这种挑战的意识形态工具”。民族主义在政治上成功地结束殖民统治，并不标志着它有一种有效的方法，可以解决民族主义思想的问题和主题之间的矛盾，这一矛盾只有当民族主义“获得足以与资本的‘普遍’意识相匹敌的政治—意识形态资源时，才可能被消除”。民族主义在今天已经完成了它的规划，它将在全球遍地“建构成为了一种国家意识形态”，并接受全球权力的现实，在这一“普遍格局之中找到了自己的位置”，但它还并没有穷尽自身的历史，资产阶级意识形态的裂痕还“清楚地标记在它的表面上”[②]，民族主义将在对自己的超越中完成对殖民主义的终结。

二　民族国家与文化建设的同构性

被殖民民族的政治解放需要借重民族主义，民族主义对于其文化的重生和建设同样具有非凡的意义。殖民者对殖民地不仅进行军事占领和政治控制，也对殖民地文化予以系统、毁灭性的打击，使后者“否认民族的现实”，“本能地承认自己的文化是低级的、虚幻的甚至无组织能力与不完善的生物特征”[③]。因此，“反对殖民主义的民族主义具有深刻的民主性，它“克服了以种族、宗教或语言为基础形成的共同体所具有的狭隘的排他性，奠定了团结的基础，从而组建了现代国家”[④]。民族现实的衰败与民族文化的垂危相互联系着，遭受奴役的民族不可能发展出自己的文化，“在殖民地状况下，几乎所有领域的民族文化都戛然而止”，“民族文化没有且永远不会出现新的起点或变化这类现象”。因此，民族的独立与自主不仅是民族建设的第一步，也是文化繁荣的前提与基石。在一个殖民地的国家里，民族是文化最可依凭的主体，是捍卫文化“最虔诚和最有

① ［美］帕沙·查特吉：《今日之民族主义》，杜可柯译，张颂仁等编《我们的现代性：帕沙·查特吉读本》，上海人民出版社 2012 年版，第 130、141 页。

② ［印度］帕尔塔·查特吉：《民族主义思想与殖民地世界：一种衍生的话语?》，范慕尤、杨曦译，译林出版社 2007 年版，第 238 页。

③ ［法］弗朗兹·法农：《论民族文化》，马海良译，《外国文学》1999 年第 1 期。

④ ［印度］埃贾兹·阿赫默德：《文学后殖民性的政治》，郭军译，罗钢、刘象愚编《后殖民主义文化理论》，中国社会科学出版社 1999 年版，第 266 页。

效”的形式，“文化生存要以民族的解放与国家的振兴为条件”，“为民族文化而战首先意味着为民族的解放而战，只有在这样的基础之上，才能进行文化建设”。民族也是“文化充实、不断更新和深化的必要条件”，为民族而进行的战斗“推动了文化的前进，打开了创造的大门”，“给予文化可信、有效、有生命力和创造力”，并使文化之间的相互影响与渗透成为可能，也对文化提出了各种要求，不是迈向特定民族的文化运动，只会离文化越来越远，文化只有在民族的范围内才能“有所收获，保持本质，具有一致性”①。民族意识塑造着文化，“文化是民族意识的表现”，“民族意识是文化的最精心设计好的形式”②。不同于法农的文化政治视域，萨米尔·阿明主要从经济社会方面申明了民族对于反抗殖民压迫，建立独立主体的重要性。阿明从非洲殖民经验出发，发现资本主义中心国对于外围国家的经济控制，是造成外围国家不发达的根本原因。资本主义的扩张让外围国家甚至谈不上有完整的民族经济，“不发达经济是由各部门、各公司组成的，他们互相并列而不高度结合。我们在这里看不到经济意义上的具有完整国内市场的国家”③。新殖民主义正是通过对原殖民地民族肌体的系统破坏而完成对它们的继续控制与掠夺的，从这个意义上来说，建立经济、社会上完善的民族主体对于政治上获得独立的民族摆脱对资本主义中心国的依附关系具有重要的战略意义。

首先，后殖民理论对民族与文化的辩证关系予以了辨析，独立的民族是文化生长与繁荣的基石与保障，文化反过来塑造和凝聚民众的民族意识，是民族展开斗争的重要领域。尽管文化与民族双向互动，但它们之间的关系并不是对等的，民族对于文化具有根本的重要性，文化只是民族的一个方面，民族的存在不是通过文化而是由人民的现实战斗来证明的，民族的重要性还体现在它全方位地影响着文学的形态。民族与文化是紧密关联的，没有民族的统一、独立和自主，便不会有文化的创生与繁荣可言，“文化首先是民族的”，民族为文化提供现实的土壤与活力的源泉；反过

① ［印度］埃贾兹·阿赫默德：《文学后殖民性的政治》，郭军译，罗钢、刘象愚编《后殖民主义文化理论》，中国社会科学出版社1999年版，第171—172页。

② 同上书，第173页。

③ ［埃］萨米尔·阿明：《不平等的发展——论外围资本主义的社会形态》，高铦译，商务印书馆1990年版，第200页。

来，文化铸造着民族意识，是民族斗争的重要领域与形式。民族对于文化具有根本性的意义，民族不仅对于文化具有决定性的意义，也全方位、根本性地影响着文学，“民族意识的进步使作家的表达更为精确，民族意识的升华不仅冲决了文学风格和主题”[①]，而且创造了“人民”这个全新的读者群体，只有面对人民说话的文学，才可以称为民族文学。文化与民族的关系是双向互动的，民族在规范着文化的同时，文化反过来也“铸造着民族意识，为其打开了无限的新视野”，民族只有在异常丰富的文化形式下才能生存；另外，文化也是民族斗争的重要形式与空间，“殖民地人民恢复民族主权而进行的自觉和有组织的事业最充分、最明显地体现于文化，文化是民族斗争最有效和有活力的方式”。尽管文化与民族彼此需要，“文化新形式是同民族意识的成熟过程结合在一起的”，但民族对于文化仍具有无与伦比的重要性，“民族以自己的形成方式和自身的存在对文化发挥着根本性的影响”，决定着文化的表达内容和形式以及性质，“民族斗争自身的发展和内在的进步赋予民族文化以价值和形状”[②]，反过来，文化只是民族的一个重要组成部分，民族不是通过文化而是依靠人民现实的社会实践而延续、充实和发展自身的，“本土知识分子迟早会意识到，民族的存在不是通过民族的文化来证明的，相反，人们反抗侵略的战斗实实在在地证明了民族的存在”，“民族文化毕竟只代表民族的一个方面”。[③] 由此可知，不惟马克思主义，法农在对文化与民族关系的讨论中也揭穿了民族是纯然文化想象与人为制造的产物这一观念的虚幻性。

其次，民族的生命在于立足现实土壤的创造与发展，不能一味效仿其他民族，但也不可闭关自守和盲目排外，单个民族的发展需要借助彼此之间的积极沟通交流。独立起来的民族的发展需要摆脱对前宗主国文化的追随，尽快超越与其吻合、对接的无差别复制和无选择吸收的阶段，立足于本土实际，创建自己的文化。“不打破欧洲文化的统治，就不可能进步”，“今天我们什么都可以干，只要不笨拙地效仿欧洲，只要不痴迷于赶上欧洲的欲望”。为此，我们必须更新观念，创造新人类，到欧洲以外的地方

① ［法］弗朗兹·法农：《论民族文化》，马海良译，《外国文学》1999 年第 1 期。

② 同上。

③ 同上。

寻找答案，“力图创造出欧洲未能使之获得辉煌成就的完整的人”①。阿契贝在贬斥殖民主义批评的欧洲中心主义时主张文学应该立足民族实际，保留民族的特殊性，“每种文学都应表现属于它自己的东西，换句话说，表现某个特定的地方，叙述它发生、发展的历史，它的过去，它的现在，以及它的人民的渴望和命运”，唯有如此，才能进行真正的艺术创造，从而给其他民族的艺术提供有益的启示。“美国人有他们的观点，我们有我们的，我们并不认为自己的观点更高明，而只想保留它”②。但坚持民族的立场与差异性并非必然导致拒绝交流，相反，文化只有以民族为主体才能实现良性的交流，民族是文化交流的主体基础，坚持民族立场并不必然导致相互之间的冲突对立，“民族自我意识并非对沟通关闭，哲学的思考教导我们它是沟通的保证”③，民族的发展应该鼓励畅通、平等、和谐、真正的沟通，摒弃仇视排外思维，防止狭隘封闭。

另外，现实的刺激与人民的需要是民族文化发展的根本动力。民族不能一味沉湎于传统，只在传统中寻求发展的动力、路径与前途，人民是民族的主体，人民着眼于未来的现实战斗才是民族文化发展不竭的源泉。“民族文化不是与人民的当前现实联系越来越少的一些无谓行动的惰性残渣”，它“应该置于身于这些国家正在进行的自由斗争的核心”，我们不能“一头扎进过去”，必须“和人民合着同样的节奏进行工作与战斗，这样才能建设未来”。人民是民族的存在主体、力量源泉与文化建设者，“民族政府如果想使民族的，则应该由人民来管理和为了人民而管理”。“只有男男女女参加一些有教养和有成果的任务才会赋予民族觉悟以内容和密度”，“表示民族生气勃勃的是全体人民自觉行动起来”，“被殖民的人们为重建民族主权而从事的有组织的、自觉的斗争是最充分的文化表现”，民族文化是“人民创造自身并维护自身存在的行动而做出的全部努力”④。作为民族的文学应以人民为中心，成为“人民的唤醒者”，“作文造句以表达人民的心声”。民族文化的繁荣需要依靠人民放眼于未来的现实实践，对民族主义性质的判

---

① ［法］弗朗兹·法农：《全世界受苦的人》，万冰译，译林出版社 2005 年版，第 236 页。

② ［尼日利亚］希努亚·阿契贝：《殖民主义批评》，罗钢、刘象愚编《后殖民主义文化理论》，刘建男译，中国社会科学出版社 1999 年版，第 300 页。

③ ［法］弗朗兹·法农：《全世界受苦的人》，万冰译，译林出版社 2005 年版，第173 页。

④ 同上书，第 135—136 页。

别关键看它欲“建立一个怎样的处所与社会关系，具有什么对人类社会的设想”，它同时也是民族发展的依据与导引，民族文化只有着眼于未来才能生生不息。人民现实战斗是实现未来设想的保障，也是民族文化的源头活水，人民“斗争的价值是他（民族）实现发展和创新文化的最高条件”，“文化战斗如果离开人民的斗争，就不会有任何进展”[①]。

三　解构和置换反殖民的民族主义

尽管后殖民理论从抵抗和推翻殖民霸权、从事文化建设上肯定了民族主义的价值，但它们更多的是对民族主义的反思以及基于对现实的判断与未来的规划对旧式民族主义的解构和置换。旧的民族主义在反抗殖民统治中消耗殆尽了自己的能量，已经不适宜也不适应新的历史时代解殖任务和文化建设的需要。民族主义与殖民主义共享一套霸权逻辑，独立后的民族若继续以民族主义为指引，势将陷入对外侵略和欺压其他民族的殖民主义老路，对民族内部的其他政治认同形式，如底层阶级、妇女和少数族裔的内部殖民，或走向封闭、僵化、自守、强调纯粹绝对差异性的文化相对主义/原教旨主义。不仅如此，民族主义在描述全球化过程中那些交叉流动的文化形式时，总显得捉襟见肘，也无法提供绝对认同的绝对保证。民族国家与民族主义虽未到终结之时，民族仍是一种描述现状、提供方案“持续不断的刺激物”，但其功能与内涵亟须得到重新思考、调整和置换(displaced)。[②]

（一）民族主义与帝国主义的共犯

后殖民理论发现了在资产阶级范围内，民族主义与帝国主义具有同源共谋性，资产阶级民族主义不可能担负起根除殖民主义的任务，对民族主义的过度伸张势将导致侵略、掠夺、对抗与不义。赛义德指出，法农是第一个认识到正统的民族主义走着帝国主义铺设的道路的重要反帝理论家，民族主义与帝国主义是一致的，只不过方向相反。[③] 斯皮瓦克同样认为，民

① ［法］弗朗兹·法农：《论民族文化》，马海良译，《外国文学》1999年第1期。

② 生安锋：《霍米·巴巴的后殖民理论研究》，北京大学出版社2011年版，第58—59页。

③ ［美］爱德华·赛义德：《文化与帝国主义》，李琨译，生活·读书·新知三联书店2005年版，第39页。

族主义“是一个欺骗性的范畴，与殖民霸权共用一种逻辑，具有同谋性”[①]。法农等人的论述是片段格言式的，真正从理论上对此作出论证的是解殖主义理论的代表思想家查特吉，他发现民族主义与殖民主义同属资产阶级启蒙理性计划，说明了民族主义与帝国主义走的只是方向相反的同一条道路。

查特吉的论证分为三个步骤。首先，查特吉借取结构主义语言学的“语言”与“言语”范畴用以类比“启蒙理性体系”与民族主义之间的关系，民族主义只是启蒙理性的具体化，它的内涵、意义和性质完全取决于前者。民族主义起源于西方，它滥觞于资本主义兴起与发展后的启蒙理性规划，作为资本主义核心国，英、法等民族国家根据自己的社会思想观念设定了一套全球新标准，即包含了进步、技术、教育、民主、平等、自由等的启蒙理性体系。这套标准使自己与其他共同体相互区别开来，并形成了先进与落后、中心与边缘的秩序格局，这便是最初的民族国家形态。自我与他者的区分是民族国家产生的基本前提与意识内涵之一，但作为启蒙理性体系组成部分的民族国家规划一开始便在自我与他者关系中注入了等级、宰制的结构。民族主义是启蒙理性体的具体展开，启蒙理性是民族主义的结构原则，民族主义“对社会和政治主张的陈述，其语法和语义结构，甚至意义都必须依照后启蒙时期理性思想的‘语言’规则”，民族主义只是启蒙理性的一些言说，“它的意义都是由后者提供的语法和词汇体系决定的”。正是这样的民族主义随着殖民主义征服传入东方，民族主义在东方扮演着对于殖民主义既抗拒又顺从的矛盾角色，这是查特吉论证的重要中间环节。一方面，东方“用西欧先进民族推行的全球标准判断出本民族的落后状况”，为了追赶便要按照标准改造自己的文化，“以适应进步的需要”，然而这种改造并非简单的模仿。另一方面，为符合民族主义保留文化独特性的要求，东方又需要“拒绝外国的入侵者与统治者”，民族主义反转过来又成为抗拒殖民主义的武器。正是在民族主义的凝聚与指引下，东方在政治上成功地结束殖民统治，建立了独立的民族国家。前一方面的问题并没有随后一个方面表面上的解决而崩解，民族主义

① 都岚岚:《民族主义与文学想象——斯皮瓦克后殖民思想述评》,《文艺理论与批评》2007 年第 5 期。

没有解除前宗主国对前殖民地国家的压迫关系，反而使从殖民体系下独立出来的民族国家继续坠入模仿、赶超西方的深渊。民族主义在东方既扮演着要求独立、反抗压迫的武器，又以西方早先设定于其中的启蒙理性标准内在地训导着东方。最后，查特吉搬用萨特的主题—问题（thematic-problematic）框架说明了东方民族主义与东方主义的同一性。东方民族主义在问题上，即具体观点上与东方主义正好相反，东方民族主义的对象与东方主义一样虽都是“东方人”，却是主动的、积极的、独立自主的，而不是东方主义所认为待被表述、沉默的他者，前者也没有后者中存在的西方对东方的操纵关系。然而在主题层面，即“认识论和伦理体系”上，东方“民族主义思想完全接受和采纳了与东方主义相同的本质主义概念”，基于“东方”与“西方”的区别，也“同样是由超验的研究主体提出的类型学”与“后启蒙时期西方科学认知中的‘客体化’程序”①。

民族主义的结构和其所批判的殖民主义的权力结构是一致的，民族主义思想中的这一内在矛盾决定了其无法作为武器完全根除殖民主义。不同于法农、赛义德把帝国主义资产阶级和民族资产阶级人为区别开来，说明民族主义与帝国主义走的只是方向相反的同一条道路的方式，查特吉把两种资产阶级重新统一起来，由资产阶级灌注了启蒙理性的、本身作为资本主义规划一部分的民族主义注定出演不了同是资本主义规划的殖民主义的掘墓者角色。查特吉虽没有明确以马克思主义为指导，也没有连接阶级革命与民族主义的关系，但他在与资本的关系，甚至是在资本批判中探讨殖民主义与民族主义的关系，实是与马克思主义异曲同工的。由此不难看出，赛义德和斯皮瓦克都断章取义地挪用和扭曲了法农论述的本意。事实上，在资产阶级领导下，并非所有的民族主义都必然具有沙文主义的性质，“民族资产阶级的活动，愈来愈带有种族主义色彩”，“资产阶级凭着狭隘的民族主义和种族掌了权”，“与通常的部落主义，甚至与宗教社团之间的敌对没有主要的区别”，“把民族的觉悟禁锢在使之枯燥无味的形式主义中”。②

---

① ［印度］帕尔塔·查特吉：《民族主义思想与殖民地世界：一种衍生的话语?》，范慕尤、杨曦译，译林出版社2007年版，第48—49页。

② ［法］弗朗兹·法农：《论民族文化》，马海良译，《外国文学》1999年第1期。

（二）解构本质主义、二元对立的民族主义

非殖民主义将矛头指向民族主义，但只是针对特定而非所有形态的民族主义，民族解放式的民族主义是其主要诘难对象。“在全球化了的后殖民境况中，我们可以将民族解放式的民族主义送进博物馆。”① 那么，民族解放的民族主义究竟具有什么样的特质，以致遭到后殖民批评如此忌恨呢？在后殖民批评看来，民族解放的民族主义是本质主义、历史主义的，它相信民族有着作为自然事实存在的稳定本质与单一属性，任何对其本质与属性的侵蚀行为，都被视为对其的攻击；它认为民族是历史地形成的，具有不可置疑的历史正当性，任何对民族合法性的怀疑与反思都是不被接受的。另外，民族解放的民族主义在思维方式上是二元对立的，它闭关自守、强烈排外、偏执好斗乃至引发暴力冲突，刻意营构独立、纯粹、稳固的理想王国，不承认民族文化混杂、交融的常态性与相互依赖、沟通的必要性。后殖民批评所致力消解的正是这种本质主义、历史主义和二元对立的民族观念。后殖民批评认为坚持这样的民族观，将造成严重的政治后果，“把历史交给本质主义，而本质主义将把人类置于互相争斗之中”，“如果每个人都要坚持自己声音的纯粹性和至上性，我们得到的将仅仅是无休止的争斗声和血腥的政治混乱”②。

后殖民理论通过揭示民族的历史性、建构性与异质性，指出民族不是自古就有，而是历史新近社会历史文化叙事所建构的产物，其内部充满了不断冲突的各文化要素的混杂和交互作用，从而揭穿和打破了民族是天然、凝固、单纯、整一的虚假民族性观念。后殖民批评对民族主义的反思是破立结合的，虽然对民族主义心存不满，但仍认为它是解释和改造当代世界格局可靠的刺激物，它要用一种新的民族观置换掉旧的民族主义。非殖民主义否定本质主义的民族观，强调民族的构成性与叙事性；摒弃历史的宏大叙事，主张在自我与他者的结构关系中重新认识与处理民族问题；打破民族身份的本真/纯真性神话，彰显民族文化的动态/杂交性。后殖民

① 生安锋：《后殖民主义、女性主义、民族主义与想象——佳亚特里·斯皮瓦克访谈录》（下），《文艺研究》2007年第12期。

② ［美］爱德华·萨义德：《文化与帝国主义》，李琨译，生活·读书·新知三联书店2003年版，第326页。

批评服膺于福柯、拉康、德里达的后结构主义理论，援用话语、他者、差异、权力等范畴，怀疑存在某种自我确证的主体和纯粹不变之物，悬搁了考察民族问题的本质主义与历史主义思维模式。另外，后殖民批评辩正了自我与他者的关系，主体的确立需要他者的介入，主体通过借助他者返观自我，破除内在自我的局限性，从而戳穿了民族主体的完满性、自足性与单一性迷思。

尽管后殖民批评在民族观念上大致相通，但他们的思考路径还是各自有别的。赛义德通过揭示帝国主义对文化的征用和文化对帝国主义的反抗一体两面的秘密，发现文化“不是单一、统一或自成一体的，它们实际含有的‘外来成分’‘异物’和差别等等比它们有意识地排斥的要多”[①]。民族形象是构建性的，它按照自己设计的样子塑造，并有意识地排除掉不符合需要的因素。民族文化不断变迁，而非凝固不动，民族身份在很大程度是与权力运作密切相关的“人为建构的历史、社会、学术和政治过程”。斯皮瓦克接受了安德森“想象的共同体”的民族理论，认为民族是通过重新记忆建构起来的集体想象的产物，但她否定“想象的”与真实构成对立面，民族并非因是“被想象的”而弱不禁风，反因此能迸发出巨大的能量与超强的适应性。与赛义德、斯皮瓦克相比，霍米·巴巴较疏离于殖民主义的实际经验，更倚重的是理论的抽象与演绎。霍米·巴巴由想象性的民族论衍生出民族的叙事性观念，“民族就像叙事一样，在神话时代便失去了源头，只能在心灵的视野上确认自己的地平线”[②]。巴巴以民族的叙事性为理论预设，通过检视民族叙事的虚构性、矛盾性、暂时性、非连续性、偶然性、异质性等，有力地挑战了本质主义的民族观，消解了民族的本源性与本真性神话。巴巴把赛义德模糊意识与零碎表达的文化观念通过发明混杂（hybridity）、居间（in-between）、模棱（ambivalence）、第三空间（third space）等若干新范畴，将其提升为较为系统、明晰的后殖民文化理论，重新表述后殖民情境下文化的含混、差异性特

① ［美］爱德华·萨义德：《文化与帝国主义》，李琨译，生活·读书·新知三联书店2003年版，第426—427页。

② Homi K. Bhabha, “Introduction: Narrating the Nation”, *Nation and Narration*, London&New York: Routledge, 1990, p. 1.

征，从而拒绝了任何与民族形式相关的界定严格、稳固单一的身份认同形式，强调了越界、混杂和交融是文化的常态，从而否定了有某种纯净的民族文化神话的存在。为表明自己的文化观，巴巴还特别辨析了自己推崇的“文化差异”（difference）与一般所用的“文化多样性”（diversity）的微妙区别。文化多样性的“文化”是一个认知概念，预先给定了内容，是静态的，相对独立的，“居于一种相对论的时间框架内”；文化差异中的“文化”处于“指义过程之中”[①]，不是一个本体论结构，而是一个过程结构，它是未定的、非自足性的、动态的与交互的。

非殖民主义对民族的开放性理解，打破了民族的对立封闭思维，鼓励对话沟通融合，强调民族文化的混杂性与动态性，尊崇民族的自我批评精神，凸显边缘和居间视野立场的超越性，力陈民族文化间保持非对抗性的差异的重要性。后殖民主义试图打破民族主义和殖民主义的本质论身份观与二元论定式，消解民族自我与他者的对抗与冲突，代之以一种民主、协商、更具包容性的关系与间性空间。“疆界”或“间隙”不是区别彼此的鸿沟，而是彼此竞相进入、纠缠不休、对话竞争的所在，不是事物停止生长的地方，而是事物开始呈现其所在的地方，并且疆界处的文化更为活跃，“最真的眼睛现在也许属于移民的双重视界”[②]。“民族文化的‘本土性’既非统一的，也非仅与自身相关联，它也没有必要仅仅被视为与其外在或超越相关联的‘他者’”[③]，而是自我与他者的统一，这一民族文化观念肯定各民族国家文化的混杂性与依赖性，解除了民族主义的对抗性思维，有利于相互之间的合作与交流。后殖民批评推许民族文化的差异性，差异在人类文化交往过程中起着积极的作用。后殖民理论强调“差异”尤其特别的性质和使命，它不是静态或二分的，也“不仅来自传统、语言或环境，而且形成于全球关联的政治文化新条件下”[④]，它要“对差异

① Homi K. Bhabha，*The Location of Culture*，London&New York：Routledge，1994，p. 34.

② Homi K. Bhabha，“Life at the Border：Hybrid Identities of the Present”，*New Perspective Quarterly*，1997（1）.

③ Homi K. Bhabha，“Introduction：Narrating the Nation”，*Nation and Narration*，London&New York：Routledge，1990，p. 4.

④ ［美］詹姆斯·克利福德：《论东方主义》，马海良译，罗钢、刘象愚编《后殖民主义文化理论》，陈永国等译，中国社会科学出版社1999年版，第40页。

意味着敌对，意味着对立永远无法消解这类观念以及从中产生的一整套对立性认识提出挑战”①。“文化差异”观念改变了我们对于传统与现代、自我与他者的二元对立观念，强调文化以互动性为基础的现在性，打开了文化发展的辩证重组空间。

四 民族主义的新人道主义与社会主义规划

民族主义是一种特殊的意识形态，正像不是历史的起点一样，它也不是历史的终点，只是通往世界主义的一种过渡性阶段，并且它本身无法决定它是好的或是坏的、进步的或是反动的，这是由掌握它的力量的性质所左右的。非殖民主义坚持认为，民族主义先于殖民主义，同属于现代性规划，它先于反殖民主义出现，便不会因为旧的殖民主义统治秩序的坍塌而告终，民族在当前仍是文化生长与演展的主要现实场域。民族主义毕竟不是人民心理精神和社会实践的自然产物，它没有独立、确切、深刻、丰富、系统的内容，只是作为实现某一目的的手段而存在，“民族意识不是全体人民内心最深处的憧憬的协调一致的结晶，不是人民动员的最明显的直接产物，不管怎么说，只不过是个无内容的、脆弱的、粗糙的形式”，“民族主义不是个政治学说，不是个纲领。民族主义最终只不过是达到目的的手段与途径，它自身没有独立存在的价值，一旦达到目的，它自身就没有了意义”②。民族主义的性质和作用全由掌握它的力量所决定，资产阶级把民族主义引向了僵化、沙文主义的歧途，“不发达国家的资产阶级领导把民族的觉悟禁锢在使之枯燥乏味的形式主义中”，“精神束缚是资产阶级社会的创造物，我把一切在确定形式中僵化，禁止一切发展、前进、发现的社会叫做资产阶级社会”③。

民族主义不能成为引导人类获得完全解放的武器，完成独立建国后的民族意识需要尽快被引向政治意识和社会意识，由人道主义所掌控。“民族主义这一美妙的歌声激起群众反对压迫者，它在独立后不久就土崩瓦解

① ［美］爱德华·萨义德：《文化与帝国主义》，李琨译，生活·读书·新知三联书店 2003 年版，第 451—452 页。

② ［法］弗朗兹·法农：《全世界受苦的人》，万冰译，译林出版社 2005 年版，第 134—135 页。

③ ［法］弗朗兹·法农：《黑皮肤，白面具》，万冰译，译林出版社 2005 年版，第 178 页。

了”，“如果不对民族主义加以阐明、丰富和深入，如果它不很快地转变成政治觉悟和社会觉悟，转变成人道主义，则会引向一条死胡同”。民族的努力必须持续地调整到不发达国家的一般事务上来，独立后不必要再用民族主义的对抗逻辑，而应当本着人道主义精神，转移到国内的经济和社会公正等事务上来。“如果真正想民族国家避免倒退，避免这些停顿、这些缺点，那么应该迅速从民族觉醒过渡到政治和社会自觉，民族只存在于一个由革命领导起草和由群众清楚和热情地修改的纲领中。应该经常把民族的努力置于不发达国家的总范围中。”① 法农并非如赛义德所指，“没有也不可能针对民族资产领导民族主义运动造成的破坏提出一个制度或理论上的对策”②。法农引入了马克思主义的阶级视角，对民族主义做阶级分析，虽然认为民族主义造成僵化、对抗的局面，是因为它是由资产阶级所领导的，但他并没有将民族主义的前途导入社会主义的国际主义轨道，而是提出一种务实的致力于国内社会政治建设的新人道主义的主张。遗憾的是，法农并没有对新人道主义的内涵展开说明，新人道主义的合理性也许需要细加辨析，但它确实提供了一条不同于马克思主义的思路。

在法农的基础上，解殖理论家的思考更进了一步，他们认为民族主义要对作为启蒙理性物质依托的资本发起挑战，进而从根本上铲除殖民主义，必须找到自己的意识形态工具，用“新的主题和问题，将旧的取而代之”，马克思主义被寄予期望。民族主义在反对殖民统治时，“对某种特殊形式的城市资本主义形成了制衡”，但讽刺的是却正是“在理性的名义下取得的”。民族主义不可能以民族主义的名义，对理性和资本结合的合法性发起真正的挑战，民族主义脱离了启蒙理性本身，“并不拥有进行这种挑战的意识形态工具”。民族主义在政治上成功地结束殖民统治，并不标志着它有一种有效的方法，可以解决民族主义思想的问题和主题之间的矛盾，然而这一矛盾只有当民族主义“获得足以与资本的‘普遍’意识相匹敌的政治—意识形态资源时，才可能被消除”③。民族主义在今天

① ［法］弗朗兹·法农：《全世界受苦的人》，万冰译，译林出版社 2005 年版，第 135—136 页。

② ［美］爱德华·萨义德：《文化与帝国主义》，李琨译，生活·读书·新知三联书店 2003 年版，第 395 页。

③ ［印度］帕尔塔·查特吉：《民族主义思想与殖民地世界：一种衍生的话语?》，范慕尤、杨曦译，译林出版社 2007 年版，第 48—49 页。

已经完成了它的规划，它在全球遍地将“自己建构成为了一种国家意识形态”，并接受全球权力的现实，在这一“普遍格局之中找到了自己的位置”，但它还并没有穷尽自身的历史，资产阶级意识形态的裂痕还“清楚地标记在它的表面上”，民族主义将在对自己的超越中完成对殖民主义的终结。虽然态度十分游移，但查特吉对以资本批判为中心工作的马克思主义担当民族主义挑战资本、根除殖民主义的意识形态资源寄予了期望，“民族解放运动与社会主义意识形态相联系，不仅可以完成民族革命的民主任务，还可以在世界范围内加强反对资本的斗争，并建立社会主义的国际主义”。查特吉之所以对马克思主义与民族主义的结合在根除殖民主义的前景上略显消沉，主要是因为社会主义在一些国家的实践中出现了困难与问题，这些困难和问题显示以技术为核心要素的现代性未受到挑战，在这种情形下，“理性与资本的同一性都仍然是一个事实”。然而，查特吉又从马克思的论述中找到了力量，晚期的马克思认为全球形式的资本是“与科学和启蒙理性为敌的”，尚未被资本奴役的国家的人民大众的“陈旧的”反抗有开启新的历史的可能。一方面，正在展开的全球化将打破资本与理性的联盟，作为全球资本主义文化逻辑的后现代主义系统地清算了启蒙理性奠定的价值观念；另一方面，民族主义应解放和团结过往被自己压制、抹去和掩盖的包括性别、种族、阶级形式在内的大众力量，并集结在马克思主义的旗帜下，向殖民主义发起进攻。只有用社会主义的新的主题和问题置换掉资本主义启蒙理性设计的主题和问题，民族主义才能真正完成解殖任务。

五 后殖民理论民族观的启示与局限

后殖民理论揭示了内部殖民的情况，发现民族主义对于内部的各种身份形式而言，有着与帝国主义同构的霸权逻辑，“文学研究的民族特征模式无视和排除民族国家内部各种少数身份形式的权利、声音和差异，民族主义在此扮演着强加和使单一的民族身份合法化的角色，无异于改头换面的帝国主义”。要关注民族主义“对地域和民族差别予以抹除的行为”，比起外来的殖民化，更要警惕来自内部的殖民化，民族主义无法让内部的他者上升到理论的高度，民族主义要承认和包容民族内部性别、种族、文化和阶层的差异。后殖民批评反对民族主义有着特定的所指，它所反对的是旧式的反殖民民族主义（anti-colonialism nationalism），并不一般地反对所有民族主义。它不是从自我和他者的冲突、对抗、压迫，而是从自我和他者的联系、互动、依存、改写和增生的意义上来定义民族的。虽然它掩盖和抹除民族文化间的强弱事实和权力关系，但开放了一种新的理解民族的思路和观念，这种思路和观念是符合全球化文化交流日益频繁的趋势和能应对同样日益紧张的文化冲突问题的。

非殖民主义理论是中国马克思主义文学批评拓展和建构适应全球化新历史条件的民族观的重要批判性思想资源，也带来了丰富启迪和有益警戒。由于全球化不过是殖民主义的新的形式和版本，是换上了现代新装、变化了，较之旧的殖民主义更为稳固、隐蔽和深刻。过去民族主义成功推翻了旧的殖民秩序，在新的历史条件下，对抵抗表现为文化同质化的文化帝国主义/殖民主义仍不失其意义。另外，由于民族对于文化的根基性地位和文化对于民族的建构功能，民族是文化得以生长和繁荣的重要保障，而文化作为民族的重要领域对于凝聚民族认同也具有不容小觑的价值。然而正如非殖民主义所反思的，反抗旧的殖民主义的民族主义并不能适应新的历史时代的要求，其本质主义和二元对立的思维定式将造成民族文化间的隔膜、冲突乃至对抗。鉴此，非殖民主义主张开放性地理解民族主义，揭示和强调民族的建构性、关系性和历史性的特质，并为推翻了殖民秩序的民族主义指明了一条“新人道主义”（法农）和“马克思主义”（查特吉）的道路，这些都为中国马克思主义文学批评民族观的当代拓展提供了可资汲取的思想观念。后殖民批评在民族问题发表了大量意见，其中包括对传统在民族文化建设中的作用的见解，对传统做出的重新解释，给民族主义指明的社会主义人道主义的发展方向，提出民族文化要兼顾特殊性和普遍性，利用自我和他者的范畴对民族的本质作一种非本质主义的关系结构理解，对民族主义无法彻底完成解放政治任务及对彻底转换话题的马克思主义寄予期望的见解。这些对中国马克思主义文学批评的民族观建设而言是一种默契的呼应和有益的补充。不仅如此，后殖民批评在民族问题中在社会主义人道主义、传统和他者等课题上的具体观点更是直接启发了本书对中国当代文学批评民族观的当代建构。

尽管后殖民主义给中国马克思主义文学批评的民族观建构提供了丰富的资源，但其思想上的乌托邦性与政治上的右翼性同样需要警惕。首先，后殖民主义抽空了民族和民族主义的历史内涵，解除了其对国际间客观存在各种压迫、等级、奴役秩序的警惕和武装，使其成为漂移于历史解构之上的话语飞地，沦为全球资本主义的新一波话语商品。后殖民批评的非历史化论述，使其所强调的混杂、对话、间性民族观念往往忽略了客观存在的压迫过往和宰制结构，难免带有浓郁的理想化色彩与乌托邦性质。后殖民主义与其他各种后现代话语形式相配合，对不利于资本主义全球化推进的民族主义予以了清算，通过对民族主义的拆毁，缴械了殖民主义批判的有效理论武器，使资本主义卸下了历史的包袱与精神的负担。后殖民批评所建构的“第三空间”“混杂”等概念反映的是跨国资本主义的文化现实，并为其合理化提供了理论的支撑。后殖民主义伸张的是西方去殖民历史的诉求与全球资本主义的利益，它“津津乐道于什么跨民族文化杂交性和偶然性，实际上等于赞同跨国资本自己的文化声明”，体现了“全球化大市场无限自由的内部逻辑”,[①] 同时掩盖了东西方之间客观存在的权力关系，造就了一幅资本无主体的幻象，资本背后的民族国家形象与力量由此遁于无形。“第三空间”“混杂”等概念掩盖了文化之间客观存在的不平等权力宰制关系，在第三世界的政治实践中，它传达出的文化观念依然是一种奢望，带有强烈的乌托邦性质。正如本尼特·派瑞所指出的，“我们不能因为要符合话语之激进主义的当代理论的成规，便放弃民族的观念”[②]，民族主义的革命能量尚未耗尽，它始终具有颠覆统治意识的战略价值。后殖民时代，权力结构依然以隐蔽的方式存在，自我的他者化，去除自我中心论，或他者的自我化，他者内在于自我，成为自我建构的一部分，这种理想的自我与他者关系只停留在理论的言说中。放弃民族主义，让其自我化为他者，致其丧失主体性，从而同时失掉反抗的根基和谋划未来的目标，不合理公正的权力结构便会因失去对立面而永久合理化和固化。“不管后殖民知识分子如何强调定位的杂交性和可置换性，不同的位置在权力结构中并非全都处于平等地位”，“后殖民主义忽略了殖民主

① ［印度］艾贾兹·阿赫默德：《文学后殖民性的政治》，郭军译，罗钢、刘象愚编《后殖民主义文化理论》，中国社会科学出版社1999年版，第266、272页。

② Benita Parry，“Resistance Theory/Theorizing Resistance，or Two Cheers for Nativism”，in Francis Barker（ed.），*Colonial Discourse/Postcolonial Theory*，Manchester：Manchester University Press，1994，p. 176.

与殖民地间不对等的权力宰制关系，以中间性和杂交性为殖民主义去罪化"，"掩盖了事实真相，将特殊性普遍化"，是第三世界出身的第一世界知识分子按照自己的形象规划和构造世界，这不是无权者而是新权贵的表现。[①]

其次，后殖民批评从后结构主义而非马克思主义的角度出发，对殖民经验"文化方面予以了非历史化（de-historicize）与非在地化（de-locate）分析"，抽空了后殖民话语的具体历史内涵，成为一种"文化主义，它谈论身份、表征的重要价值，却时常回避背后的经济剥削问题"，"忽略了经济、阶级和权力支配等建构性维度，而成为漂移于历史结构之上的话语飞地"。同样由于非历史主义的考察，后殖民批评不能根据具体历史，辨析进步的和消极的两种民族主义形式如何并存于民族主义的具体变迁之中，无法探究国家在当代帝国主义与民族主义之间的协商斡旋。后殖民主义所发明的诸多概念正如其揭示的民族的建构性一样，也并非普遍的客观存在，也"包含着相当程度的想象性建构，只能存在于知识界和学术界的理论话语之中，较民族的想象性有过之而无不及"[②]。后殖民理论企图站在非此非彼的第三空间，这种看似激进批判的立场，实质上是一种无法自圆其说、难以落到实处的理论折中主义。

另外，中国马克思主义文学批评虽然要谨防历史中的民族具有恒定不变的本质的思维，通过虚构一个抽象而悬空的国民性，将民族抛出历史之外，从而奉行对抗他者或封闭自我的民族二元论立场，但也并不能彻底抛弃民族本质和主体的范畴，本质和主体并没有失去其进步意义，正如伊格尔顿所告诫的，"不要以为本质就意味着亘古不变，它们同样存在于特定的历史时刻和物质世界中"，"本质就如同流动的岩浆，它的形状可以随时处于运动和变化之中"[③]，它并不因此就不是泥浆。过早地丢弃本质和主体范畴，只会有助于资本主义全球化的席卷，而对保持世界各民族文化的多样性不利，不管是处于资本主义中心还是边缘的民族文化，都是如

---

① ［美］阿里夫·德里克：《后殖民气息：全球资本主义时代的第三世界批评》，陈燕谷译，汪晖、陈燕谷编《文化与公共性》，生活·读书·新知三联书店1998年版，第459—460页。

② 石海军：《从民族主义到后殖民主义》，《文艺研究》2004年第3期。

③ Terry Eagleton, *The Event of Literature*, New Haven: Yale University Press, 2012, p. 45.

此。我们虽然不能赞成后现代主义的主体观，但在后现代之后，我们也不能回到现代性的先验、主客二元的主体观，我们需要调整对主体性的认识。中国文化还没有到告别本质论和主体性的时候，西方对本质和主体的反思是建立在它们巩固后并显露出危害的基础上的，而中国现代文化尚处于建设之中，且处于西方中心文化受排挤、遭忽视的边缘他者的地位，坚持民族文化的主体性是中国文化现实和目标的具体要求，过早地放弃文化本质论和主体性是对后结构主义无批判并不顾中国文化现实语境的迎合，对此不能不加以警惕。

第三节　当代国外马克思主义批评的民族观批判

列宁之后的马克思主义批评与民族学在西方的主流意见中，向来被看作两无芥蒂的知识领域，[①] 宽泛地计作马克思主义民族学名下的学者，一般是将各种时鲜理论，如结构主义、精神分析学、文化唯物主义等与马克思主义的某个观点或命题相嫁接。真正接受了马克思从阶级革命和人类解放视域，并在应对不断调整变动的资本主义形态挑战中，沿承、深化和发展马克思主义批评的民族问题研究者可谓寥若晨星。[②] 尽管如此，马克思主义民族学内部还不时传出反戈一击的声音，如英国马克思主义民族史学家汤姆·奈恩直言，“马克思主义在民族主义上遭遇了‘历史性溃败’”，安德森否认有一种真实的“马克思主义民族主义理论”存在，“对马克思主义理论而言，民族主义已经被证明是一个令人不快的异常现象”。[③] 在当代马克思主义批评里，安德森、伊格尔顿、詹姆逊和阿赫默德是为数不多的把民族问题放在自己马克思主义批判理论中一个十分显要的位置，并在当前社会历史语境下考察民族主义的正负效应，重新界定民族的概念，研判民族主义在抵抗资本主义全球化和推进社会主义事业的战略性地位前

---

① Tom Nairn, “The Modern Janus”, *New Left Review*, Vol. 94, (11 - 12) 1975.

② 参见白振声《西方马克思主义民族学剖析》,《中央民族大学学报》1998 年第 1 期。

③ ［英］本尼迪克特·安德森：《想象的共同体：民族主义的起源与散布》，吴叡人译，上海人民出版社 2011 年版，第 3 页。

景的理论家。[1] 他们都在后冷战、后殖民主义、后现代主义和全球化（很多时候，若不严格计较，它们指示的是同一历史时期、同一个事件与同一种内涵）语境下，发表了大量关于民族问题的批判性意见。当代马克思主义批评对民族国家和民族主义予以了审慎的质疑、辩护和重释，它们对民族主义流露出爱恨交织的矛盾情感，肯定民族主义在反抗殖民统治进步作用的同时，也对其中隐藏的种族主义、沙文主义因子深有戒惧。另外，他们都对民族主义在抵抗资本主义全球一体化进程中的积极意义寄予了乐观程度不一的期望。尽管他们有很多一致，但区别也是明显的，如对民族主义的内涵、价值和前景，切入的角度不一，观点各别，在民族主义的普遍性和特殊性诉求中，谁应被更优先地考虑也意见相左。在马克思主义批评的旗帜下，缘于不同知识背景和立足于不同历史语境形成的这些不同，呈现出安德森、伊格尔顿、詹姆逊和阿赫默德等人在考察民族问题上各异的思索路径，然而它们都是当代马克思主义批评民族理论的创获。

一　质疑民族主义

革命的民族主义虽然只是政治解放过程中需要依靠的力量，但它在反对殖民主义上居功至伟，它是“现代史上仍然最为壮观的、成功的激进主义运动中一种改革的政治力量”[2]，然而民族主义又是一个“极为矛盾的政治现象”[3]，在某种意义上也包含着纳粹主义，释放出排外、冲突、对抗等负面能量。如何使民族主义既反对各种形式的殖民主义又不致陷入纳粹主义、沙文主义、帝国主义的泥淖，正是当代马克思主义批评一直致力解决的问题。安德森同情和尊重一切反帝反压迫的民众民族主义的积极历史意义，但也清醒得意识到它存在极易堕落为反动的官方民族主义或侵

---

① 除安德森、伊格尔顿、詹姆逊和阿赫默德外，威廉斯、弗罗姆等也在各自的理论工作中切入与回应了民族研究中的某些难题。威廉斯的文化唯物主义民族观直接启迪了安德森与霍布斯鲍姆的民族与传统研究，开创了民族研究的建构主义路径，弗罗姆则运用社会精神分析法，论析了民族为何是资本主义社会人们逃避自由必要经历的异化形式。他们的民族研究所取得的成绩丝毫不逊于上述思维，但由于他们的民族论述规模实为有限，且不是在资本主义全球化语境下发表的，此文不赘，另拟专文讨论。

② ［英］特里·伊格尔顿：《文化的观念》，方杰译，南京大学出版社 2003 年版，第 73 页。

③ 王杰、徐方赋：《“我不是后马克思主义者，我是马克思主义者”——特里·伊格尔顿访谈录》，《文艺研究》2008 年第 12 期。

略扩张的帝国主义的危险，民族主义本身并不是什么邪恶的东西，而且可以作为社会的黏合剂，但同样可以导致封闭、歧视、冲突，这种民族主义需要得到升华，以超越狭隘的民族主义，民族归属不太重要的一天会很快到来。[①] 伊格尔顿也认识到民族主义的内涵是多义且含混的，具有两面性，可以是在褒、贬或中性意义上的任何一种类型，不能简单地摒除或赞同。伊格尔顿充分承认民族主义在反抗殖民主义统治的进步作用，但当将民族主义作为反抗资本主义的激进力量评估时，立马流露出矛盾纠结。伊格尔顿既在看到民族与阶级的同一性的同时，也警觉忧虑于民族显而易见的局限性，民族是一种“狭隘扭曲的形式，最终将证明是不恰当的。阶级斗争虽首先需要采用民族斗争的形式，但在内容上大大超越了这种形式”[②]。尽管承认资本与民族国家之间并没有不可调和的冲突，民族国家仍是世界未来很长一段时间结构体系的基本构成单位，甚至与资本主义名义一样长久，但伊格尔顿还是怀疑民族国家在眼前分崩离析的世界可以担当值得信赖的集体归属形式，“社会的理想模式一度被认为是民族国家，但如今即便是一些民族主义者也不再将它当作唯一称心如意的活动范围”，但也承认，后现代世界缺乏稳固的身份“对民族国家的普遍性是一种消解，但也反证着民族国家的坚固”[③]。

与伊格尔顿一样，詹姆逊对民族性也表露出矛盾的心态，在警惕民族价值的偶像化、压抑性、不合时宜甚至暗藏种族主义基因的同时，也肯定了其在抵抗全球文化的标准化、组织变革既定秩序的有效社会集体性行动中所可能扮演的正面、积极角色。詹姆逊一面指责民族主义的神秘偶像性与鼓励对抗的危险，一面哀叹全球化下“新的民族文化和艺术生产消失的倾向”，在全球的层面，“差异的敌人不再是民族国家权力，而是跨国体系本身，是美国化和从此统一的、标准化的意识形态的标准化产品以及消费习惯。就这一点而言，民族国家和他们的民族文化忽然被召集来扮演正面角色”。只有坚持民族的差异性，“才是对抗全球市场和跨国资本主

① ［英］本尼迪克特·安德森：《日本应超越狭隘的民族主义》，《参考消息》2012 年 11 月 15 日。

② ［英］特里·伊格尔顿：《理论之后》，商正译，商务印书馆 2009 年版，第 12 页。

③ 同上书，第 22 页。

义的侵蚀，以及对抗第一世界的资本输出权力中心的唯一途径”[①]。詹姆逊对民族文化艺术对差异性的坚持在抵制全球文化一体化中的成效的态度是摇摆不定的，一时表现出谨慎的乐观，在那篇著名的“民族寓言”文章、与中国学者的对话以及近来的研究中，他表露出对文化艺术坚持民族差异性的赞许，一时又悲观消沉，资本主义全球化渗透所有领域与空间，不会有被遗落的“飞地”，“一切都是赚钱”，民族主义不过是对“不复存在的社会自律的怀念”。[②] 在詹姆逊最近的表述中，他的矛盾犹疑之绪并没有消除，而是得到延续，“倾听来自祖国的召唤，今天这样的想法恐怕不合时宜，但它的完全消失也不得不令人警醒”。民族是一种普遍性、规范化的霸权与体制，走到极端“会带来种族清洗和大屠杀”，但“文化和民族的自我肯定也同样构成了对帝国主义、标准化和由全球化引发的民族特性的消亡的抵抗”。[③] 民族国家和民族认同建立在对他者的区分和憎恨的基础上，鼓励竞争与仇恨，全球化的到来使主体与他者泯然一体，脱离了民族庇护的个体，因处于无名的世界统治秩序下，也便丧失组织改变世界的集体行动计划的能力与可能。但“即便民族—国家仍然是有效的武器，它也带有一系列压制的结构和意识形态”[④]。或许是忌讳于清算了民族主义的西方主流论调的纠缠，詹姆逊有时委婉地赞叹民族主义是一种危险和神秘之物。为避免有鼓动沙文主义之嫌，他有时对“民族”一语也闪烁其词，常以“集体性”这样宽泛、模糊的辞藻代为表达。这也从一个侧面反映出詹姆逊对待民族主义的矛盾心态，不满与不甘尽显其中。

印度马克思主义批评家阿赫默德也反思了民族主义，“大多数民族主义的逻辑反对文化上的多样性、包容性和差异性，而主张排他性、纯正性”，“民族主义往往成为种族主义的同类品”，“极具复仇性和攻击性”，

---

① ［美］弗雷德里克·詹姆逊：《对作为哲学命题的全球化的思考》，［美］詹姆逊、三好将夫编《全球化的文化》，马丁译，南京大学出版社 2002 年版，第 77—78 页。

② ［美］弗雷德里克·詹姆逊：《论“文化研究”》，《快感：文化与政治》，［加拿大］谢少波译，中国社会科学出版社 1998 年版，第 439 页。

③ ［美］弗雷德里克·杰姆逊：《奇异性美学》，蒋晖译，《文艺理论与批评》2013 年第 1 期。

④ Michael Hardt&Antonio Negre, *Empire*, Cambridge: Harvard University Press, 2000, p. 336.

对特殊性的警惕，也使阿赫默德放弃了“‘单一民族国家’是唯一的、值得向往的出路”的观念。虽然阿赫默德对潜藏着沙文主义、法西斯主义与种族主义因子的民族主义也与伊格尔顿、詹姆逊一样，抱以警惧，但他认为对民族主义的全盘否定会忽略帝国主义问题。民族主义是帝国主义的对立面，“从事反帝斗争的人们是不能放弃民族主义的”，第三世界民族文学“作为民族的一种反对帝国主义霸权的表现，这一发展过程是实实在在、真真切切的”，“是他们自己历史的一个组成部分”。和詹姆逊一样，阿赫默德也认为民族主义不能被简单地被看作是全球化、后现代主义的对立面，有各式各样的民族主义，一些民族主义如文化多元主义，已经被全球消费主义和个人主义所侵蚀与吸纳、利用与重组，“民族主义即便在其鼎盛期也难以独立解决问题，因为资本能够也确实打破了所有民族国家的疆界，形形色色的民族主义会轻易地融入资本主义普遍化的进程，任何人难以径直龟缩进某种纯民族文化的怀抱”[①]。后现代主义炮制的文化差异主义话语，掩盖了帝国主义资本渗透的真相，并使边缘国家自动放弃了反抗霸权的进步事业。

二　为民族主义辩护

不同于西方诋毁民族主义的主导论调，安德森更乐于强调民族主义合理与可贵的一面。民族国家在当代虽然受到次/亚民族主义（sub-nationalisms）的强劲挑战，但次/亚民族主义以成为民族国家为梦想，恰反证了民族主义的坚固，事实证明，“长久以来被预言将要到来的民族主义时代的终结，根本还遥遥无期”，“民族属性”（nation-ness）仍是我们这个时代的政治生活中最具普遍合法性的价值。[②] 尽管民族身份经常是为了某种需要而创造出来的，民族主义情感也是想象性的，但这并不有损于它的深沉与珍贵，由于“民族想象与出生地、语言等个人不可选择的事物密不可分，使这种想象产生了一种古老而自然的力量，民族情感因而是一种无

① ［印度］埃杰兹·阿赫麦德：《文化、民族主义和知识分子的作用》，［美］艾伦·伍德、约翰·福斯特编《保卫历史：马克思主义与后现代主义》，郝名玮译，社会科学文献出版社2009年版，第64页。

② ［英］本尼迪克特·安德森：《想象的共同体：民族主义的起源与散布》，吴叡人译，上海人民出版社2011年版，第2页。

私和尊贵的自我牺牲”[①]。此外，安德森也指出全球化带来的文化同质化或美国化趋势具有抵御功能，可以让人说出不同的故事，听到不同的声音，使世界变得多元丰富和异彩纷呈。另外需要特别说明的是，尽管安德森揭示了民族的想象性特质，但这里的“想象”是在一定历史条件下多种因素综合作用的产物，并非是无中生有、凭空捏造的偶然幻影，那种认为安德森的“想象的共同体”的民族理论是对民族主义的消解的观点是不实的。

伊格尔顿从阶级的视阈对民族主义的历史合法性给予了论证。伊格尔顿对民族所有的肯定性论述几乎无一例外都是因为它与社会革命、阶级解放的紧密联系，甚至反抗殖民主义统治的民族主义的正义性也是因为它是变换了表达形式的阶级斗争，“民族早就是与这个对手进行阶级斗争所呈现的主要形式”[②]。民族冲突“与阶级剥削具有同等的重要性”，“民族主义是一支效力惊人的后殖民力量，并非后殖民批评所发现的‘愚昧无知的沙文主义’或是‘种族至上主义’，因而摒弃了民族性的观点也倾向于抛弃阶级的观念，后者曾与民族革命结下不解之缘。如果那些民族国家部分失败了，无法与富裕的资本主义世界友好相处，那么超越民族似乎也意味着超越阶级，而这正发生在资本主义比以往更强大、更具掠夺性之时”[③]。与过去一样，现在与将来的阶级解放与民族国家的前景也不可分割地勾连缠绕在一起，“民族主义就像阶级，拥有它，感觉它，是结束它的唯一办法，过早放弃它，就会受到其他借记和民族的欺负”[④]。“革命的民族主义确曾超越阶级观念，民族的不同群体与阶层面对共同的西方对手，……民族早就是与这个对手进行阶级斗争所呈现的主要形式。”[⑤] 伊格尔顿敏锐注意、有效利用并充分发挥了马克思主义视域中民族与阶级两种压迫形式的同构性命题，认识到不同

① ［英］本尼迪克特·安德森：《想象的共同体：民族主义的起源与散布》，吴叡人译，上海人民出版社2011年版，第12页。

② ［英］特里·伊格尔顿：《理论之后》，商正译，商务印书馆2009年版，第12页。

③ 同上书，第11—12页。

④ ［英］特里·伊格尔顿：《民族主义：反讽与关怀》，《历史中的政治、哲学与爱欲》，马海良译，中国社会科学出版社1999年版，第309页。

⑤ ［英］特里·伊格尔顿：《理论之后》，商正译，商务印书馆2009年版，第12页。

形式的统治和剥削是相互联系的，必须将它们全部废除，以作为成功实现每个人解放的根本基础，这对于当今世界肯定与承认民族的现实价值是一种有效的论证路径。然而他有时将阶级与民族、性别、种族等压迫形式同解放政治混为一团，没有发现民族与阶级和阶级与其他压迫形式间的本质区别，关注民族的政治解放潜能，而对民族的文化抵抗功能少有阐发。

在反抗殖民主义统治斗争中取得胜利的民族主义，在抵抗资本主义全球化这一新的帝国主义形式上陷入了困境。在新帝国主义的情境下，我们已经不能在原来的意义上谈论民族国家和民族主义议题，对民族国家问题的考察需要置于新的历史语境之中。反抗殖民主义的民族主义在建立起来的独立民族国家迅即受到新的资本主义霸权形式的操纵，虽然没有了直接的军事、政治控制，但经济的打压与文化的渗透使其更深地裹挟、依附于资本主义中心。归根究底，“民族解放运动在其实现过程中并没有达到它自身的目的：它们从宗主国那里独立，又立刻陷入资本主义全球化的‘权力场’”。过去的民族主义“依然局限于一种古老的、反帝国主义的民族主义范围内，与入侵的新型全球资本的强大力量相比，是无法匹敌的”。尽管如此，詹姆逊并没有放弃从民族国家角度发展出一种新的集体性行动计划的努力。全球化是民族力量的扩张，民族国家的衰微实际是美国力量压制与渗透的结果，美国作为民族国家的强势正说明了民族国家消亡论只是一份“出于无知的讣告”，一厢情愿地过早摆脱民族国家的差异，只会对压迫者有利。民族国家仍是社会革命的思想资源和现实动力所在，“很难看到有什么斗争能够在民族主义之外展开”，“对于政治斗争来说，在今天，民族国家依然是唯一的现实领域与解释框架”。①

对于后殖民理论，阿赫默德认为它是以“民族主义中的进步力量在全球范围的后退”为基本背景的，“民族国家垮台而不再作为一个政治视界存在”是其三大基本主题之一。阿赫默德对其欺骗性做了深刻揭批，虽然承认“在帝国主义世界，民族国家的独立自主由于资本全球性入侵

① ［美］弗雷德里克·詹姆逊：《全球化与政治策略》，《当代国外马克思主义评论》第2辑，刘春荣译，复旦大学出版社2004年版，第288—291页。

而大受其碍"[①]，但这只是事物的一面，更多民族国家在产生，美国、日本的民族国家政权依然鲜活健全，欧共体的存在取决于各民族国家间的协商，亚洲、非洲过去几十年的民族国家不是日渐衰微，而是日益巩固等事实，"会打消这种人为民族国家全球性衰微而产生的欣快症"。资本在对待民族国家上的态度是矛盾的，既抵制又依附，"帝国主义的结构辩证法表现为资本运作对一切现有地球空间的渗透和民族国家的强化并驾齐驱"。正是在这样的基本社会结构体系内，阿赫默德指出，"民族国家在全球范围内仍然是工人阶级的生命进程为出发点的所有政治形式的视野"[②]，强调"民族主义在反抗殖民征服时期起着一种进步作用"，"反对殖民主义的民族主义具有深刻的民主性"，它"克服了以种族、宗教或语言为基础形成的共同体所具有的狭隘的排他性，奠定了团结的基础，从而组建了现代民族国家"。阿赫默德以民族国家立场对后殖民主义所称印度是"帝国主义的遗产"论进行了抨击，印度的国家地位不是"源于帝国主义的管辖"，而是产生于印度人民"反殖民统治运动的进程中，这一运动内在的民主程度远远超过"它的宗主国。后殖民主义发明的文化杂交性概念涉及的是生活和工作在西方宗主国的移民知识分子，它反映的只是一部分人的现实，"历史并不是由永久性的移居构成的，芭芭所声称的那种既是人类状况又是一种理想的哲学立场的'置换'的普遍性，无论是作为对世界的描述，还是作为一种有普遍性的政治上的潜能都是站不住脚的"。后殖民主义"以偶然性替代历史性，完全丧失特征意识，抛弃一切持久的结构性稳定"，掩盖了文化交融中实际存在的权力不平等关系，后殖民性实际上仍是一个阶级问题。在民族国家体系稳如磐石的大环境中，"漫不经心地津津乐道什么跨民族文化杂交性和偶然性政治实际上等于赞同跨国资本自己的文化声明"[③]。

---

① ［印度］埃杰兹·阿赫麦德：《文化、民族主义和知识分子的作用》，［美］艾伦·伍德、约翰·福斯特编《保卫历史：马克思主义与后现代主义》，郝名玮译，社会科学文献出版社2009年版，第68—70页。

② ［印度］艾贾兹·阿赫默德：《文学后殖民性的政治》，罗钢、刘象愚编《后殖民主义文化理论》，郭军译，中国社会科学出版社1999年版，第264—266页。

③ 同上书，第256—271页。

三　民族内涵重释

民族是“想象的共同体”。受到威廉斯的启发，不满于斯大林式的民族定义，深感马克思主义在民族概念界定上的失败乏力，安德森试图提出一个令人比较满意的关于民族主义的新理论典范。在安德森看来，民族不是如斯大林的定义那样，只是若干客观因素的简单抽象叠加，这既无法反映民族是特定历史的产物，也表达不了民族情感的形成机制。安德森另辟蹊径，将民族界定为“想象的、有限的、拥有主权的共同体”，它是特定生产体系和生产关系（资本主义）、传播技术（印刷）和人类语言宿命的多样性诸因素相互作用的产物，资本主义是其中最基本的因素。民族是18世纪末一种特殊的文化人造物（cultural artefacts），是各种彼此独立的历史力量复杂的交汇过程中自发地萃取提炼出来的一个结果。① 安德森的民族定义接通了民族的产生和发展与历史文化变迁的关联，民族不是恒存永生、自在抽象之物，它是在特定历史条件下植根于人类深层意识的心理建构，这种界定兼顾了民族的主观心理性质，虽然民族是想象性的，想象是民族国家创制的方式与渠道，但这里的想象要以一定的历史条件作基础，并非可以肆意捏造，且想象性并不否定民族仍是一种“社会事实”，想象和发明不等于捏造与虚假。安德森十分注意避免陷入经济还原论的窠臼，充分关注民族形成和流播过程中的文化心理主观向度，但本应是政治经济因素的王朝崩解和印刷资本主义在论述中被转化和融入与语言、宗教、情感、文学等处于同一层级的文化范畴中，民族被论证为一种纯粹的文化现象。虽然留意于民族在政治经济之外与文化的相涉，但安德森过于突显民族的文化意识层面，轻忽了政治、经济在民族的产生和演化中更为重要的意义，难免有削“政治经济”之足适“文化意识形态”之履的嫌

---

① ［英］本尼迪克特·安德森：《想象的共同体：民族主义的起源与散布》，吴叡人译，上海人民出版社2011年版，第4页。实际上，安德森的民族理论并非原创，早在他之前，至少在雷蒙·威廉斯的多种著作中已能见得其端倪，《关键词：文化与社会的词汇》在“nationalist（民族主义）”词条中便表明，民族主义通常发生在具有特殊语言的群体，或想象的种族共同体之群体中，在《走向2000》一书中也指出民族主义只与出生地相关，其他一切不过是想象的产物。

疑。[①] 然而安德森对民族的界定毕竟恢复了民族的历史维度，接通民族国家与资本主义建立起有机关联，弥补了以往马克思主义批评对意识形态在民族创造中地位的忽视，从这些方面而言，安德森对民族定义的重新厘定并非是对马克思主义的摒弃，而是对马克思民族观念的继承及在新的历史语境下的拓展。

民族国家是“个别与普遍之统一的相关物”[②]。伊格尔顿坚持民族差异性的重要性，但否认无普遍性的差异性是社会主义理论与实践的终极性目标。享有抽象普遍权利的唯一意义就是“发现和展现自己的特殊差异”，整个历史进程的归宿“不是普遍真理、权利和统一性，而是具体特殊性”[③]，“坚决反对那种毫无个性的统一”[④]。世界确实是由差异构成的，但“后现代主义对规范、整体和共识的偏见是遗产政治大灾难”[⑤]，仅仅赞美特殊性和多元性，而没有径直从抽象的普遍性中穿越，对于政治解放来说，仍是“一种不成熟的乌托邦主义”。由民族的差异性达至世界的普遍性，并不能如文化大同主义或文化帝国主义那样，直接、主动地放弃差异性，把自己的特殊性同化进或上升为普遍性。正像阶级一样，民族“本身就是一种异化形式，它把个体生活的特殊性删削为一种集体无名的状态”[⑥]，要消除这种异化，只能穿越而不能绕过它。通过扬弃和享有启蒙理性的抽象平等权利，“发现和展现自己的特殊差异”，这种特殊性是穿越了抽象的平等而来的，是包孕并体现了普遍性的特殊性。从这个意义上而言，普遍性仍是人类终极性前景不可缺乏的因素。资本主义的意识形态窘迫之处部分表现在“从未真正调和差异和同一、特殊与普遍”，对于资本主义普遍化的批判与抵制，相对于激进浪漫派固守本土的感性特殊和

① 邹赞、欧阳可惺：《“想象的共同体”与当代西方民族主义叙述的困境》，《中南民族大学学报》2011 年第 11 期。

② ［英］特里·伊格尔顿：《文化的观念》，方杰译，南京大学出版社 2003 年版，第 67 页。

③ ［英］特里·伊格尔顿：《民族主义：反讽与关怀》，《历史中的政治、哲学与爱欲》，马海良译，中国社会科学出版社 1999 年版，第 321 页。

④ ［英］特里·伊格尔顿：《马克思为什么是对的》，李杨等译，新星出版社 2011 年版，第 40 页。

⑤ ［英］特里·伊格尔顿：《理论之后》，商正译，商务印书馆 2009 年版，第 16 页。

⑥ ［英］特里·伊格尔顿：《民族主义：反讽与关怀》，《历史中的政治、哲学与爱欲》，马海良译，中国社会科学出版社 1999 年版，第 309—310 页。

不可化约的个体——其实是最抽象的东西——立场，马克思主义所采取的内部批判无疑更为有效，它“把对象放在自己最珍视的价值逻辑里，揭露出这个理想的普遍王国与它所神秘化的特殊性欲求之间必然出现的断裂”，最终发现资本主义汲汲于营构的平等、自由的普遍世界，其实是服务于资本主义这一最特殊的个体。“令人鼓舞的是，反抗资本主义的运动正尝试着勾画全球性与地方性、多样性与一致性的新关系。”① 为了实现民族的特殊性与普遍性统一，受基督教义启发，伊格尔顿认为至关重要的便是协调好民族自我与他者的关系，“个体化是我们物种存在的一项活动，而不是与之冲突的条件”，“一个人的发展来源于其他人的发展”，“自我的实现必须依靠他人的自由参与”，“从长远看，只有他人欲望的实现，自己的欲望才能实现”②；反过来，一个人为整体所做出的贡献，也“不是通过苦涩的自我牺牲，而只是通过（自由全面地）表达自我”，“每个人的自我实现，成为他人实现的基础”③。个人与世界就这样和谐地统一起来——伊格尔顿有时把它称为“爱”，这是伊格尔顿所憧憬的民族间关系应有的形态，也是他为解决民族主义的特殊性与普遍性冲突问题所提出的原则方案。伊格尔顿对民族主义的释读和主张与中国马克思主义文学批评坚持民族的特殊性和普遍性统一的基本原则是高度契合的。

针对民族主义陷入的困境与不适，詹姆逊对其进行了积极的改造。由于普遍性与特殊性之间的对立深埋于全球体系民族国家的当下历史处境之中，总试图把自己的特殊性加以普遍化，因此，民族主义可以在局部内部展开，却无法贯彻到底。另外，信息科技对主体性结构的改变，也给民族的现实活力提出了挑战，具体表现为人“对时间的经验替换为对空间的经验”，“一切终止于身体和此刻”④，这种历史观念的萎缩使民族认同变得困难。为回应新的政治形势，必须对旧有意义上的民族主义内涵进行改造与重释。为此，詹姆逊设计出两套方案。

---

① ［英］特里·伊格尔顿：《理论之后》，商正译，商务印书馆2009年版，第16页。

② 同上书，第209—310页。

③ ［英］特里·伊格尔顿：《人生的意义》，朱新伟译，译林出版社2012年版，第95—98页。

④ ［美］弗雷德里克·杰姆逊：《奇异性美学》，蒋晖译，《文艺理论与批评》2013年第1期。

（一）民族主义与现代化策略相结合。民族主义归根究底，不可能充当任何政治行动的终极目标，它只是实现目标的中间环节和手段方式，“是一个超越民族主义的更大政治的组成部分”，因此不使形式目标失去内容，必须赋予民族主义以实质性的内涵。现代化策略是詹姆逊在各种选项中附加于民族主义形式的内涵，“如果要选择民族主义策略，我将取帕塔·卡特基所提出并论证的观点，卡特基表明，民族主义纲领与现代化策略是不可分的，前者内在地包含了后者步骤中的所有非一致性成分”①。民族主义和现代化的结合，发展独具一格的现代性，可以帮助民族国家摆脱既定的全球体系。另外，詹姆逊在文化艺术领域敏锐地发现，在抵制民族文学和艺术的力量中，出现了捍卫民族文化的力量的复苏，而这种捍卫者是用民族文化和现代主义文化将艺术层面与政治统一起来的。受其触动，詹姆逊设计出“用民族—现代主义策略反对葛兰西的民族—大众策略，使宏大的集体或民族的政治事业可能实现”②。在这里，詹姆逊接受了法兰克福学派对大众文化性质的阐释，即大众文化并非革命性的力量，它是融于并同构于资本主义秩序的，而现代主义文化的反思姿态与批判精神作为对资本主义的疏离、对立因素，才是民族主义反全球化斗争所需要的。为此，詹姆逊将葛兰西的民族—大众文化策略进行了一番改造，将“大众”置换为“现代主义”，提出了“民族—现代主义文化”策略作为民族文化的发展策略。

（二）民族是区隔与连通自我与他者的关系范畴。大众文化研究配合了全球化对民族价值的敌视，为把民族国家视为十分有害的实体与准则营造了氛围，后学思潮使民族主义在西方价值观念体系中遭到了系统的清算，甚至背负了“第二次世界大战后世界的罪恶与中毒症状”的恶名。为遏制民族中的负面效应，詹姆逊一方面认为在全球化下，单一的主体形式已不可能，“我们需要的是多重主体立场，参差不齐的诸方面复合层迭”——这一点与伊格尔顿不谋而合；另一方面，试图在新的

---

① ［美］弗雷德里克·詹姆逊：《对作为哲学命题的全球化的思考》，［美］詹姆逊、三好将夫编《全球化的文化》，马丁译，南京大学出版社 2002 年版，第 77—78 页。

② ［美］弗雷德里克·詹姆逊：《论“文化研究”》，《快感：文化与政治》，［加拿大］谢少波译，中国社会科学出版社 1998 年版，第 440 页。

语境下重释“民族国家”以赋予其新的内涵，民族应该是个关系性概念，“应该用来表示一个系统中的一部分；这一部分应该暗指（多于两项的）相关性”，“‘民族’现在仅仅是一个关系词，用来表示世界体系的各组成部分”。全球化下民族应蜕去各种可能导致尖锐对抗的本质性内涵，仅表示世界组成部分的关系范畴。民族国家不再具有僵硬、凝定因而缺乏韧性、灵活性的本质主义内涵，它随物赋形，成为与资本主义统治规范秩序在一切方面保持对抗的“奇异性因素”。民族也可以表示完全不同的东西，即不同于纯经验的社群或集体。詹姆逊援用的“民族”，应该被看作是指一种物化的“文化类型”，它“一度是部分地解决困境的办法，然后变成了新问题的组成部分”[①]。这就是说，民族不仅是某个集体的名称，而且是一个话语的、认识论的问题的名称，它的意思是试图对这个集体说话并代表这个集体说话。詹姆逊通过对范畴的创造性转化，赋予了民族抵抗与变革资本主义秩序的功能。詹姆逊坚持在现代性的平台上开发民族主义的潜能，以自我和他者的关系范畴重释民族的内涵，对于中国马克思主义文学批评建构适应全球化语境下的民族观提供了有益的启示。

阿赫默德主张以历史的观点，拒绝从抽象的理论评判民族主义。民族主义本身并不是带有某种预定本质和价值的统一体，民族主义形形色色，有些是进步的，有些具有危害，这需要根据情况具体辨析。民族主义自身并不具有决定其发展轨迹的一定之规，它的发展决定于高举它的“势力集团在特定形势下确定的方向”，同样，“一种民族主义作为一种特殊物质性力量，能否产生出积极的文化实践”，也“取决于那些掌握和运用它的权力集团在建立自身霸权的过程中所表现出的政治性质”。由于相同的政治性质，第三世界资产阶级的民族主义尽管致力于殖民主义统治下的民族解放事业，建立和发展民族国家，但它们与后现代主义并不矛盾，“实际它们需要它”[②]。只有社会主义才能将民族主义引向正确的方向和光明

---

① ［美］弗雷德里克·詹姆逊：《论“文化研究”》，《快感：文化与政治》，［加拿大］谢少波译，中国社会科学出版社 1998 年版，第 440—442 页。

② ［印度］埃杰兹·阿赫麦德：《詹姆逊的他性修辞和“民族寓言”》，罗钢、刘象愚编《后殖民主义文化理论》，孟登迎译，中国社会科学出版社 1999 年版，第 340 页。

的前途，盖因“我们需要既体现人的特殊性又体现人们普遍性的政治形态”[①]，而资本主义注定“无法调和差异与同一、特殊与普遍的矛盾与脱节”[②]，唯有社会主义的理论与实践才能担此重任，在普遍性与特殊性之间达到真正的协调。

然而阿赫默德提出用社会主义或马克思主义协调民族主义的普遍性和特殊性矛盾的方案与伊格尔顿、詹姆逊却并不一样。虽然三人都遵循民族主义的普遍性和特殊性相统一的原则，极力避免偏废某一方或将两者对立起来的情形，但在特殊性与普遍性的优先性和迫切性的抉择上，阿赫默德对普遍性的强调与伊格尔顿、詹姆逊对差异性的坚持发生了分野。阿赫默德之所以会持如此背离主流的立场，首先是因为他认为，“文化总是在特定的斗争领域里出现的，因此总有其特殊性”[③]，特殊性是自然而然的，不需要特意地创造与坚持；其次，他不相信第三世界生产的文化艺术会对西方主导的全球文化形态具有破坏力；另外，他发觉后现代主义对宏大叙事的消解和文化差异主义的伸张潜藏着政治上的危险。后现代主义摒弃集体性，致使政治解放的前景黯淡，对资本主义秩序的反抗“永远只能是个人的、微观的，反抗活动的共同参与者只能是少量的、确定的个体，他们存在于阶级、性别和民族的所谓‘宏大叙事’之外，只是偶然碰巧走到一起”[④]。后现代主义对文化差异性持终极目的论观点，结果“每种文化都说成自成一体，只指涉自身，完全自足自律，使人无法从外部对其认识或评说”。“这种文化差异主义的思想逻辑是要把自我再现凌驾于一切再现形式以上，并视自我再现为绝对真实的时刻”，缓和地讲，它是一种

---

① ［印度］埃杰兹·阿赫麦德：《文化、民族主义和知识分子的作用》，［美］艾伦·伍德、约翰·福斯特编《保卫历史：马克思主义与后现代主义》，郝名玮译，社会科学文献出版社 2009 年版，第 75 页。

② ［英］特里·伊格尔顿：《民族主义：反讽与关怀》，《历史中的政治、哲学与爱欲》，马海良译，中国社会科学出版社 1999 年版，第 321 页。

③ ［印度］埃杰兹·阿赫麦德：《文化、民族主义和知识分子的作用》，［美］艾伦·伍德、约翰·福斯特编《保卫历史：马克思主义与后现代主义》，郝名玮译，社会科学文献出版社 2009 年版，第 64 页。

④ ［印度］埃杰兹·阿赫麦德：《东方主义及其问题》，罗钢、刘象愚编《后殖民主义文化理论》，萧莎译，中国社会科学出版社 1999 年版，第 69 页。

“纯身份政治”；极致而言，它是“笼罩着全世界的各种原始法西斯主义”①。阿赫默德伸张民族的普遍性给我们以及时警醒，中国马克思主义文学批评在抵抗文化的同质化趋势、主张文化差异性时，不能执迷于绝对的特殊性迷梦，我们所尊崇的特殊性内含普遍性并以普遍性为诉求。

不管是安德森、伊格尔顿还是詹姆逊、阿赫默德，他们都对民族国家和民族主义从不同角度做出了谨慎的质疑、辩证的肯定和创造性的阐发。不难发现，他们的论述都是承接马克思主义经典作家所给出的线索提示做出的。安德森对民族概念的创造性重释，在恢复民族的历史属性的同时，揭示了民族起源和演变中的文化心理机制。② 伊格尔顿的民族问题论述基本都是在民族与阶级的同构性假设上生发的，而这一假设正是马克思历史唯物主义地考察民族问题所得出的基本结论，也是他把握民族问题的视域框架。受马克思阶级异化扬弃途径的启发，伊格尔顿提出民族问题的解决必须以民族性的坚持为前提，回避或绕过民族问题并不能实现对民族的超越。詹姆逊坚持对民族在资本主义不同局势下作具体研析，是马克思历史唯物观在当代民族问题研究中的具体体现。詹姆逊对民族概念进行了改造与转化，将其解释为层迭多重主体之一种的“关系性”范畴，这不是对马克思的偏离，而恰是对马克思民族价值属性“自我与他者协调”观念的合理延伸。阿赫默德对后殖民主义关于民族问题的阶级分析，得出民族问题本质是阶级问题的推断，无疑也是对马克思民族思想的呼应。阿赫默德对普遍性的强调是对当前民族主义过于执守于特殊性的一种纠偏，这是对马克思关于民族普遍性与特殊性的辩证观点的现实运用。马克思主义经典作家的民族思想为当代马克思主义批评提供了丰富的矿藏，在民族问题上后者已经结合当代社会历史语境做出了切实、有益的思考，这些思考对于中国当代马克思主义文学批评建构适应全球化语境的民族观念而言，是十分珍贵的兼具参照性、借鉴性和警戒性的理论资源。

---

① ［印度］艾贾兹·阿赫默德：《文学后殖民性的政治》，罗钢、刘象愚编《后殖民主义文化理论》，郭军译，中国社会科学出版社 1999 年版，第 271—272 页。

② 安德森虽然认为马克思不曾“直接研究民族主义问题”，并为“马克思为何不深究民族问题”感到困惑和遗憾，但却承认“马克思的观点”是自己关于民族问题的思考提供了“基本理论”的支撑，参见王炎、本尼迪克特·安德森《想象民族的方法》，《读书》2015 年第 1 期。

第四章

中国马克思主义文学批评民族观的当代建构

中国马克思主义文学批评过去所确立的开放的民族立场、观念和内涵应该根据变化了的社会历史形势和任务作出深刻的反思和完善、进一步的拓展和建构，这是由马克思主义文学批评坚持历史唯物主义地考察民族问题所决定的。民族国家遭到全球化前所未有的冲击，民族国家的功能受到削弱，民族国家的历史合法性受到质疑，民族主义在话语中日益贬义化，民族主义在实践中的狭隘性和非理性市场显现，基于此，许多人认为或呼唤一个“后民族”时代的到来。然而，正如前文所论，全球化并不是民族国家的终结，也不会迅速导致世界文化的一体化，相反，全球化并没用耗尽民族国家的生命，或许还会引发文化上更强烈的民族诉求。[①] 尽管对于全球化下民族国家和民族主义的前景表示乐观，但我们并不能因此而放弃对“开放的民族主义”的坚守，中国马克思主义文学批评不仅面临着形形色色的对于民族性的攻讦，同样要处理由于全球文化同一性危机而可能引发的狭隘民族主义的反弹，因此需要拓展和建构一种具有更为丰富和开放性内涵的民族观。

中国马克思主义文学批评开放的民族主义观的当代建构不是无中生有的，中国马克思主义文学批评一方面需要反思和调整自己过去和其他批评理论的民族观，另一方面还要力求切合中国文学文化的具体处境。本书第三章对非殖民主义批评和当代西方马克思主义批评民族观中的合

---

① 牛运清等：《民族性·世界性：中国当代文学专题研究》，山东大学出版社 2010 年版，第 5 页。

理性和局限性给予了较为细致的批判性检视，汲取了其中对于当代中国马克思主义文学批评而言的可取之处，然而它们毕竟是在处于不同的历史语境和处于各异的目标诉求下做出的，虽然可以作为重要的思想资源，但并不能代替中国马克思主义文学批评自身对当代民族问题的思索。通过对后殖民批评和国外当代马克思主义批评在民族问题上的批判性梳理和检视，可以发现它的许多议题和观点，如民族与阶级、民族性与世界性、民族化与现代化问题，都与中国过去马克思主义批评的民族观形成了某种呼应、对话、强调、完善、发展关系，但它也提出了一些新的值得中国马克思主义文学批评建构当代民族观时借鉴与汲取的课题，如民族解放后内部的民主政治建设、如何认识传统本身及其承续、怎样理解主体及处理与他者的关系等。

鉴此，本章拟从个体观、传统观与主体观三个方面，对开放的民族观作进一步的拓展和建构。之所以选取这三个方面，是因为它们是中国当代马克思主义文学批评处理民族问题所遭遇到的最主要的几个矛盾。中国马克思主义文学批评在民族与个体的问题上，由于救亡的迫切和富强的重任一直偏侧于民族，而对它与个体的辩证关系少有审慎的清理，文学实践中的个人主体性没有得到正常的彰显。对个人正当利益、合理权利的尊重、对个人追求美好生活的满足是民族复兴的重要维度与题中之意，重新辨析民族与个体的关系，对摆脱了民族压迫、正奋力于民族兴盛的中国当代马克思主义文学批评而言已是不容回避的课题。其次，中华民族有着悠久、丰富的传统文化，而在当下积极弘扬传统文化之际，为防止对传统的推崇误入沉迷炫耀的阿 Q 主义、故步自封的保守主义、拜倒臣服的国粹主义，开放性地辨析传统与现在、未来的关系，形成科学的传统弘扬观，便显得尤为迫切。另外，全球化加强了民族文化间的相互接触、交流和认识的广度、强度和深度，民族文化往往是你中有我，我中有你，一个民族文化不能离开另一民族文化而独立存在和发展，文学的历史已进入马克思所言的“世界文学”阶段。但世界文学并不意味对民族文学的取消和文学民族性的抹杀，民族自我和他者之间不再是纯洁分明和不相往来的，也不是统领与从属、优越与卑下、中心与边缘的关系，重新辨析自我与他者的关系成为定义民族文化的突破口和着眼点。从以上三个命题考察所得的民族观，既带有解决世界文化所面对问题的普遍性，也具有处理中国文学面临问题的特殊性，从而使中国马克思主义文学批评的民族观既区别于其他形态的马克思主义文学批评，也能超越自身，丰富和发展马克思主义文学批评“开放的民族主义”的内涵。

第一节　中国马克思主义文学批评的民族—个体观

如何协调处理好民族与个体之间的关系，是中国马克思主义文学批评建构适应全球化新形势下“开放的民族主义”观的重要课题。全球化下民族国家和个人的前景与状况，为中国马克思主义文学批评协调处理民族和个体的关系既提出了挑战，也提供了机遇。民族国家受到全球化冲击，历史合法性受到质疑，而资本市场、技术革新和消费主义越来越将社会分解为无根的原子化个体，制造出个人貌似可以绕开民族国家、自由出入世界的狂欢幻象。[①] 如何定位和处理民族与个体的关系，是中国马克思主义文学批评建构适应全球化条件下民族观的重要课题。个人在当前处在一个新的复杂历史条件下，社会主义现代化建设需要将个人的现代化置于自身的任务中，但在消费资本主义和信息技术的统治下，个人却越来越陷入原子化的状态，即便在群体中也感受着深沉的孤寂、焦虑和恐惧，个人认同显出碎片化、虚拟化、内在化和脆弱化的特点。[②] 为协调处理好新的历史语境下个人与民族的关系，使两者协调统一起来，我们既需要总结和反思20世纪中国文学文化，尤其是中国马克思主义文学批评民族观处理个人问题的经验和教训，也要科学地认识马克思主义个人观。

---

① 消费社会需要个体作为消费者，个人主义价值体系是资本主义社会的支撑，而消费社会正在生产消费者的个人主义，在这里，消费被编排成一种自我指向的话语，消费物品是无组织、相互封闭孤立的，对财富和物品的拥有表现为非集体性和非历史性，消费社会所塑造的价值是一种“疯狂的自私自利，把任何外在社会对他的约束和赋予他的责任均视作一种需要抵抗的剥削和控制”。参见［法］让·鲍德里亚《消费社会》，刘成富、全志钢译，南京大学出版社2008年版，第66—69页。

② 参见［美］雪莉·特克尔《群体性孤独》，周逵、刘菁荆译，浙江人民出版社2014年版。

一　民族国家是“现实的个人”的基本社会关系

要厘清和摆正民族和个体关系，需要坚持唯物史观。唯物史观认为，人是必然和历史地活动在各种社会关系中，人是历史的创造者和主体，不是社会历史的“消极的、被决定、被支配、被控制者，成为某种既定生产方式和上层建筑巨大结构中无足轻重的沙粒或齿轮”，但人对于社会历史的主体性，不是唯意志的，而是建立在客观历史规律和承认自己是处于一定社会关系中的基础上的”①，因此不能把唯物史观混同于一般的人道主义。在各种攻讦民族主义的论调中，有一种影响巨大且深远的观念认为，民族诉求妨害个人的自由、权利与自我实现，在中国过去的社会历史实践中，“救亡压倒了启蒙”（李泽厚），民族主义“消解启蒙理性，阻挠了人的现代化”（董健），“否定了个人自由”（加西亚·略萨），对于个人而言，民族主义是需要彻底和及早清算的专制力量。这种看法反映了中国马克思主义文学批评在民族革命战争条件下所作选择的部分历史现实，深刻反思了抹杀个体的民族主义的危害，有其一定的道理，至今仍得到许多人的认同和附和。虽然观点截然相反，它实际上与前者一样，也将个体和民族对立起来，视民族为个人自由解放的障碍，追求绝对的个体主义，同样陷入了一种非历史的偏执中。实际上，不管是民族国家还是个人及其观念，它们都是现代历史的产物，均是现代性的重要成果和内涵，正如前文对马克思民族观所作的考察，两者都是资本主义萌发的结果，因此是同源共生的，由氏族、部落、城邦演变发展而来的民族国家作为资本主义时代人类的组织形式是作为个体的人的基本社会关系之一，个体与民族国家的关系可以类比于人与历史的关系。人并不是被无主体的历史的被动客体、机械木偶与无用的填充物，人是历史的创造者，“并不是‘历史’把人当作手段达到自己——仿佛历史是一个独具魅力的人——的目的。历史不过是追求着自己目的的人的活动”②。所谓历史“无非就是通过人的劳

① 李泽厚：《批判哲学的批判——康德述评》，人民出版社1984年版，第428—429页。

② 《马克思恩格斯文集》，人民出版社2009年版，第295页。

动和生产过程的人的自我创造”[①]。然而人创造历史并不是随心所欲的，由于历史不是某种抽象精神的空转或人性的异化—复归历程，创造历史的人不是脱离社会历史的、内在的孤立存在，他必然处于一定的历史时空和特定的社会关系中。人在创造历史的同时也为其所创造，历史与人是同一的，它们是同一历史过程的两个不同方面，不能像人本学马克思主义把人拔高为凌驾于历史之上的超然绝对主体，也不能将人贬低为历史被动的奴隶和赘物。人是处于历史中的人，历史是人创造的历史，两者相互依存，共同实现。不能只强调人是“社会关系的总和”、为社会历史所制约的一面，也不能只看到人是超尘脱俗的、仅具血肉之躯的感性个体的一面，对人的本质的理解要将两者结合而非对立起来。历史唯物主义既不是肤浅的人道主义，也不是把人当作历史的驯顺工具的庸俗决定论，只有将对人和历史关系的理解建立在这样的唯物史观的基础上，才能真正认清和摆正民族与个体的关系，而不会得出民族与个人根本敌对的简单片面结论。

民族国家是当前历史条件下“现实的个人”的社会关系和活动场所，那种试图超越民族国家、剥离民族属性的个体不过是理论抽象之物和“心造的幻影”。民族国家不是自有人类以来便存在，且不会消亡的永恒之物，也不是如后现代民族理论所指斥的，是一个“出于意识形态目的而人为虚构出来的”并不客观存在的概念，或某种“地域性、排他性和混乱性的东西”，它是历史进入现代，在一定的经济、政治和文化条件下，由人的生产实践历史地创造出来的与之相适应的人类组织形式。民族国家作为当前历史条件下的正当社会组织形式，“是人们出于生产需要的历史创造，同时个人的活动受到它的支配，民族国家是规约现代社会人的行为、主宰人的命运的最强大而持久的现实驱动力”[②]。需要注意的是，这里的个人“不是抽象的——孤立的——人的个体”[③]，或“单个的孤立的猎人和渔夫”[④]，而是“现实的个人”[⑤]，他“以一定的方式进行生产活

① ［美］E. 佛洛姆：《马克思关于人的概念》，徐纪亮、张庆熊译，台北南方书业出版社1988年版，第36页。

② 孙伯鍨：《卢卡契与马克思》，南京大学出版社1999年版，第156—157页。

③ 《马克思恩格斯选集》第1卷，人民出版社1995年版，第60页。

④ 《马克思恩格斯选集》第2卷，人民出版社1995年版，第1页。

⑤ 《马克思恩格斯选集》第1卷，人民出版社1995年版，第67页。

动”，并“发生一定的社会关系和政治关系”[①]，现实的个体总是处于一定社会历史关系中的。由于民族国家是当前个体所处的历史阶段，民族国家对于个体具有规定性，个体的各种政治、经济和文化活动莫不受到它的规约，并打上它的烙印，在这个意义上，民族性是个体无法抹除的基本属性。民族国家不是个人简单叠加结合而成的群体，而是当前历史条件下人的基本社会关系之一，因此“人总是民族的人，个体也永远无法摆脱民族群体给予他的某些特质”[②]。全球化虽然从各个方面对民族国家造成了严重冲击，但正如前文所论，它并没有终结作为一个历史阶段的民族国家，民族国家在全球化下仍是个人的主要活动空间、基本视域单位和重要身份形式，离开民族国家，个人的活动将无所附丽。总之，民族国家是当前历史条件下与资本主义生产方式相适应的社会关系的重要组成部分，并不是纯然的主观想象或人为构建的文化人造物，它具有自己的客观物质根基与历史合法性，不会依人的意志而存续或消亡。个人与作为现实历史阶段的民族国家不是相互外在的，而是处于一种复杂缠结的关系之中，民族虽然不是在任何方面都直接影响个人的现实生活，但个人毕竟是在民族国家的社会关系中活动和实现，因此个人必将或深或浅地打上民族国家影响的烙印。那种认为在当前历史阶段“个人”可以置身于民族国家空间之外、祛除民族身份和属性的看法是非历史的，这样脱离了历史和社会的“个人”是理论抽象的结果，这种的个体观念同样是历史发展的产物，它是“资产阶级的生产关系与所有制的产物”，表面上涵盖所有一般的人，最终所指的不过是“资产者的中等市民的悟性”[③]和“利己的市民个人”[④]，马克思主义批评从来拒绝从这样的人出发建立自己的理论。

民族国家会对个人形成某种规范和限制作用，但并不能依此认为两者是一种必然且不可调和的冲突对抗关系。事实上，在人类步入自由王国的历史前，民族国家为个人自由、权利和实现提供了保障，没有民族的独立、统一和自主，不会有真正意义上的个人自由，作为一种异化的人类组

① 《马克思恩格斯选集》第1卷，人民出版社1995年版，第71页。

② 董学文、张永刚：《文学原理》，北京大学出版社2001年版，第52页。

③ 《马克思恩格斯选集》第3卷，人民出版社1972年版，第297页。

④ 《马克思恩格斯选集》第2卷，人民出版社1995年版，第145页。

织形式，民族需要在个体的坚持中才能被超越。民族国家为个体提供安全归属感，以集体文化和精神的联系排斥和抵抗异己力量，“对于个体而言，没有民族国家作为其存在的依托，一个人是无法发展的；而离开了他所属的那个文化价值系统，一个人便失去了对生活意义的理解”①。即便认为民族对于个人是一种需要扬弃的异化组织形式的弗罗姆也承认，民族认同是个人在追求自由中，避免陷入孤立与不安全感，并与他人和世界建立联系的重要纽带，“宗教与民族主义，以及无论多么荒唐和低贱的风俗和信条，如果仅仅使个人和他人相连，也是逃避最令人恐惧的孤独的避难所”②。不仅如此，“在经济、社会和政治条件没有为个体化（即自由地发展）实现提供基础前，民族是人逃避自由，与他人及世界建立某种联系的避难所”③。从这个角度看，民族国家不仅不是阻挠人的现代化的专制力量，而是克服人在实现现代化过程遇到的困境的依凭，在相当长一段历史时期内，民族国家都是个人争取自由解放和全面发展的活动场所。但毕竟民族国家对于个人的自由发展和人类的整体解放而言是一个扭曲狭隘的组织形式，一方面要首肯人将自己从异己的压迫和束缚中解放出来的实践活动的价值，但另一方面也要承认历史必然对个体选择的规范。

民族对于个人是一个漫长的历史过程，任何非议民族的义愤、感伤的情绪化价值判断都无济于事，民族并不会因个人的憎恶而自行消亡，也不会因个人的逃避而不复存在。对于马克思主义的解放事业而言，“一厢情愿地摆脱阶级或民族，或者像某些当代后结构主义理论那样，全力救活不可还原的此时的差异，只能对压迫者有利”④。个人的发展既受社会的制约，也受到它的推动，人要从禁锢他的社会力量中解放出来，“与对这些社会力量的承认密切相联，也与在这种承认基础上发生的社会变化密切相联”⑤。民族对于个人而言是一种异化的组织形式，“它把个体生活的特殊

① 李怀亮：《质疑“文化普遍主义”》，《文艺报》2003年4月19日第3版。

② ［美］埃里希·弗罗姆：《逃避自由》，刘林海译，国际文化出版公司2007年版，第17—18页。

③ 同上书，第32页。

④ ［英］特里·伊格尔顿：《历史中的政治、哲学与爱欲》，马海良译，中国社会科学出版社1999年版，第309页。

⑤ 董学文、张永刚：《文学原理》，北京大学出版社2001年版，第275页。

性删削为一种集体无名的状态”，自身形成一种抽象的普遍权力，因此是需要克服的。然而正如马克思所告诫的，异化的扬弃和异化走的是同一条道路，产生异化的条件本身为扬弃此种异化准备了条件，对异化的扬弃需要以异化的社会条件为现实基础。① 具体到民族这种异化而言，“要消除这种异化，就不能绕过民族”，“拥有它，感觉它，是结束它的唯一办法”②。民族虽然对于个体而言是一种异化的束缚形式，但“自由王国只有建立在必然王国的基础上，才能繁荣起来”，个人不是从一开始就是自由的，而是在对各种异化形式的扬弃超越中实现的，民族国家是个人自由不可绕过、只能穿越的历史阶段。唯有深刻认识民族的存在，承认它是一个无法回避的客观现实，而不是虔诚地希望它自行主动消失，才可能将其摧毁。无论是从民族国家是个体的社会关系网络之一维，还是从消除民族的可行途径而言，个人都需要坚守民族立场，加强民族的认同和责任感，那种用人道主义审判民族国家对个人的压抑的义愤只是一种浅薄无力的感伤主义。

个体需要坚持和加强民族认同，这不仅是唯物史观的要求，也是从全球资本主义正在加剧割断个体与社会、历史有机联系，重建个体与民族、国家、社会的联系也是个体投入和参与社会历史进程出发考虑的结果。包括鲍德里亚、福柯、詹姆逊在内的一些西方马克思主义理论家已经敏锐地认识到，资本主义全球化和消费主义正在将个人从原本连接他们的各种共同体中分解出来，成为相互隔离、竞争、防备、不可理解的原子化个体。虽然世界喧嚣扰攘，但每个人都沉浸于个人生活与内心世界中，公与私的断裂切断了个人与社会、历史的联系，个体被直接暴露在资本主义侵蚀的全球统治下。全球资本主义正在放纵和滋养着一种对自己虚假的抵抗幻觉，在自由而充满创意的消费活动背后，人们体验到空前的个体主体性，却还没有觉察个体狂欢背后深藏的危机，人们受到资本主义的规训，无法察觉、更无法摆脱——由于高度的个体化——被资本主义剥削奴役的整体状态。全球资本主义以表面形式的（消费）自由平等掩盖了实际的不自

① 刘秀萍：《“巴黎手稿”与现时代》，《哲学动态》2014 年第 8 期。

② ［英］特里·伊格尔顿：《历史中的政治、哲学与爱欲》，马海良译，中国社会科学出版社 1999 年版，第 314—315 页。

由不平等，并压抑乃至取消了争取实际自由平等行动的可能性。更为严重和迫切的问题是，西方世界在原子式的个人主义观念支配下已经出现市场与道德的紊乱状况，人们开始反思资本主义下的个体化，并重新寄望于民族主义的集体价值与计划，以超越资本主义强加在人身上的冷冰冰的自由。相比仅受到资本主义全球化渗透与分化的情形，中国的情况更显复杂。由于过去长期将民族救亡和社会革命作为中国马克思主义的主要任务，民族、阶级诉求严重挤压了个体的空间，个体成为民族革命驯顺的工具。随新时期改革开放，摆脱束缚，突出个人物质欲望，强调个人自由、利益、尊严和权利的个人主义自然成为时代的主潮，但这种思潮在中国社会主义引入市场商品机制和全球资本主义渗透的推波助澜下，有将本具有历史进步性的合理个人主义发展为极端利己主义，造成认同危机和社会断裂之虞，个体已经深刻感受到被从社会历史轨道中抛出的迷惘和孤独。面对个体和民族紧张关系翻转的复杂现实，中国马克思主义文学批评“既要正视 1980 年代形成的个人主义在历史精神链条上的正面意义”，也要“防止个人主义陷入极端、偏执歧途的危险”[①]。中国马克思主义文学批评需要反思过去将个体视为民族这架马车上无足轻重的附属品和无关痛痒的牺牲品的观念，但也不能因噎废食，彻底剪断个人与民族国家间的社会联系，失去民族国家作为背景和依托的个人，将是脱离历史、无所依附和寄托的存在。民族国家作为抵抗资本主义全球一体化的堡垒、战壕与空间，是个体真实的处境和实现参与社会历史进程的纽带。

在全球资本主义将社会分解为原子化的个体的历史形势下，要十分警惕以个人自由、私人写作和纯文学的名义放弃、拒绝、排斥和诋毁民族认同，陷入民族虚无主义的情绪中。民族的传统与现实虽并不全面、直接、具体地影响和触及个体的生活，但在民族国家时代，个体总是民族国家中的个体，总是生活在民族的传统中和土壤上，并通过自己的实践更新传统和推动现实发展，民族的现实关乎个体的命运。中国马克思主义文学批评并不反对文学艺术对个人生活和情感的集中表现，所不赞同的是，当代文学艺术完全沉迷于个人的悲欢世界，吟咏一己的私情闲趣，切断个人与民族的现实联系，这样的写作回避了真实存在的民族背景，退回到个人孤立

---

① 孙郁：《抵抗没有历史的历史——谈杨庆祥的文学批评》，《东吴学术》2014 年第 1 期。

封闭的天地中，艺术格局和境界难免流于狭窄、琐屑和浅薄。个体总是处于一定的社会历史关系中的，“自我不是神秘难解的精神”，“单独的个体的意义追求并不能根据自己的特殊性来设定，在自身内部完成”，“个体的人生意义需要在一个更大的整体中发挥作用，离开这个背景，个人将只是空洞的符号”①，艺术家在这种象牙塔的思想状态下虚构的世界“多少是正确的”，但终究是“抽象而无力的”②。民族国家是个体的社会关系总和之一，作家具有强烈自我意识和将个人与民族联系起来并不矛盾，作家若将鲜活个人的书写置于更广阔深厚的民族和人类背景下，则更可能让自己的写作得到扩展和升华，从而获得更为深刻、崇高、久远的意蕴。

二 民族国家是人类历史活动的产物和通向自由解放的途径

作为“现实的个人”的社会关系，民族国家是个人活动的真实处境，个人因此需要加强对民族的认同与责任感，但这并不意味着民族国家是个人的归宿和目的，个人要做无条件地驯服于民族国家的工具，相反，民族国家只是人类通向自由解放和全面发展，进入自由王国的历史前的准备阶段，尽管是一个漫长的阶段，但民族国家终究将在人类争取自由解放的社会革命胜利后，随阶级的终结而逐渐消亡。民族国家也不是人的目的，它是“从一定的个人的生产活动过程中产生的”③，民族是个人活动的产物。民族国家是人获得更多自由和施展更大潜能的保障，是人类获得自由解放和全面发展事业的途径和手段。“现实的个体”在马克思的理论中是一个普遍的历史概念，“用来指处于社会关系中的与共同体相对立的单个人”，“强调单个人的独立与自由”。“现实的个人”是历史唯物主义的出发点，是民族等“共同体赖以存在的基础”④。

基于个体与民族关系的上述定位，中国马克思主义文学批评虽然主张个体加强民族认同，但这并不是重蹈以民族抹杀个体的覆辙。承认个体价

① ［英］特里·伊格尔顿：《人生的意义》，朱新伟译，译林出版社2012年版，第14—15页。

② ［法］加罗蒂：《马克思主义的人道主义》，刘若水、惊蛰译，生活·读书·新知三联书店1963年版，第55—56页。

③ 《马克思恩格斯选集》第1卷，人民出版社1972年版，第71页。

④ 侯才：《马克思的“个体”和“共同体”概念》，《哲学研究》2012年第1期。

值的合理性，关切个体的自由、权利和实现，应是中国马克思主义文学批评“开放的民族主义”观在处理个人和民族关系问题上的重要内容。在前现代、现代和后现代因素并存的当代中国，标举个人对摧毁其中的前现代因素、完成新民主主义未竟的任务而言仍为必要。马克思认为“个人”是“资产阶级认识论抽象出来的普遍化概念”，从来拒绝将自己的理论与这样的“个人”概念相调和，他的理论完全打破了那种从关乎“个体的”人道主义认识论到经验与知识场域，因此不能将其混同于一般的资产阶级人道主义者。然而马克思虽以最严厉彻底的资本批判者闻名，但他对资本主义现代性的礼赞超过以维护资本秩序为己任的自由主义者。马克思虽然揭穿了各种和一代代人道主义者所鼓吹的抽象、内在、孤立的个人不过是“中产阶级市民”的谎言和秘密，但他仍积极肯定这种个体观在摧毁封建礼教和等级压迫的历史中发挥的巨大作用。新时期以前，中国的资本主义始终没有充分发展起来，作为其意识形态的个人主义虽然有所生长，并作为启蒙武器，对扫除封建思想、在促发人们对于自由、民主和平等的要求上确实起到了积极的作用，但随着民族革命危机的加剧和社会主义集体主义价值主导地位的确立，个人主义即便在“五四之子”胡风看来，也是“应该消除的病的现象”[①]，张光年甚至直接以“癌”譬喻之。[②] 民族虽由具体的个人组成，个体却无条件地服从于民族，与其步调保持整齐一致，个人主义的不彰使得许多封建思想在社会主义集体主义的掩护和名义下残存下来。20 世纪 80 年代，随市场经济的重启，肯定个人价值、权利和尊严的个人主义高涨，虽然其引发的一些恶劣社会现象引起了人文精神失落的讨论，但个人主义在进一步完成反封建任务上的价值却不容抹杀，个人主义的进步性不能因为反对极端利己主义、警惕资本主义全球化割裂个人与社会历史的联系而遭到完全否认。在实现民族现代化的征途中，人的现代化是其重要的一环，中国马克思主义文学批评不能重蹈以民族的名义扼杀个体合理权利和自我实现的覆辙，不能将人是“社会关系的总和”的

① 胡风：《漫谈个人主义》，《胡风评论集》上卷，人民文学出版社 1980 年版，第 387 页。

② 对中国个人主义的发生和演变情况，可参见李泽厚、刘再复《个人主义在中国的浮沉》，《告别革命》，香港天地出版有限公司 2004 年版，金观涛、刘青峰《观念史研究》一书对于“个人”的论述。

论断绝对化、教条化，把本作为目的的人颠倒为作为社会关系牺牲品的手段的人。

中国马克思主义文学批评所致力的社会主义事业要求切实保障个体的权利和利益，尊重个人自由、平等、尊严的合理权利，为每个人的全面发展和自我实现提供条件应是社会主义民族国家的核心价值取向。马克思不仅在清除封建主义上肯定抽象的个体观念，在其关于社会主义的论述中，现实的个体同样有重要的地位。虽然马克思主要从生产力和生产关系的社会结构中考察人类社会的历史演变规律，并指明其社会主义方向，但他并非见物不见人，马克思曾宣言，“全部人类历史的第一个前提无疑是有生命的人的个体的存在”①。马克思之所以注重物，也是为了冲出意识形态的重重迷雾，更真切地关怀人的命运。马克思在人所处的真实境况，即在历史形成的社会经济结构的整体制约中分析人的价值取向和行为方式，从而为人类寻找到通向自由解放的道路，不可能提出现实方案的一般人道主义道德意识形态在它的面前显出其褊狭、肤浅和虚弱的面目。马克思“把个体放在特定时空的社会条件下和过程中来具体考察，认为它是人类历史走向的理想和成果，个人不是理论的出发点，却是历史的要求和归宿”②。马克思的社会主义是彻底的人道主义的实现，它将人道主义所倡导的个人价值、自由、民主、平等等抽象概念所代表的精神在人间的充分具体地实现。社会主义包含着自由、民主、平等的内涵，社会主义只是手段，其目的是为人的全面发展和自由解放创造条件。“马克思并不是自由的敌人，只不过马克思所说的自由具有比现存（资本主义）民主所设想的自由远为彻底的意义”③，人道主义只是实现资产阶级市民的自由，马克思致力于人类全体而不是一部分人的自由解放事业，它包含和超越而不是排除了它所反对的资产阶级自由。正是在人类解放的坐标中，马克思高度肯定每一个个体的意义，“每个人的自由发展是一切人的自由发展的条件”。社会主义的性质决定了中国民族主义要回应和实现民族国家范围内

① 《马克思恩格斯文集》第1卷，人民出版社2009年版，第519页。

② 李泽厚：《历史本体论已卯五说》，生活·读书·新知三联书店2008年版，第4页。

③ ［美］E. 佛洛姆：《马克思关于人的概念》，徐纪亮、张庆熊译，台北南方书业出版社1988年版，第69页。

每个人的自由平等、全面发展的合理诉求。在半个多世纪前民族解放的前夕，胡风曾言，“没有每个人自由、平等和发展，民族的独立解放只是虚幻的拜物教，是没有意义和不彻底的”，此话言犹在耳。

重视个体的自由、权利和实现不仅是中国民族国家的社会主义性质所规定的，也是实现中国梦的题中应有之义，中国马克思主义文学批评尊重具体、现实和社会关系中而非抽象、一般和原子化的个人。民族主义是一个历史范畴，不同时期的民族主义应有不同的时代内涵，在摆脱外族威胁、实行改革开放、集中精力从事现代化建设、民族主义的内容已经由追求民族独立发展到振兴中华民族的今天，虽然忧患意识不可无，但过去那种反帝救亡的民族意识已经不合时宜，民族主义的重心应该转移到民族国家内部的经济、政治、文化等自身建设上来，民族主义不能用来转移和掩盖自身内部客观存在的矛盾和危机，不能再发生在民族国家的名义下，个人的一切都可以成为无足轻重的附属品或牺牲品的悲剧。个人是民族鲜活而具体的组成部分，实现中华民族伟大复兴的中国梦离不开每个个体的努力，同时，个人的现代化也是内在于中国梦的重要组成部分，没有对于每个个体权利、尊严和实现的切实保障，便没有真正意义上中国梦的实现。中国梦不仅召唤个体聚集到民族的旗帜下，而且以切实保障个人的自由、权利和全面发展为自身的重要内容。中国马克思主义文学批评不能以民族的名义和标准对个人随心所欲地裁决、评判、予夺、操控，不反对作家对各种独特生活经历和情感体验的自由展现与抒发，不能要求每个作家都明确站在民族国家的高度和背景下创作。每位作家充分展现自由个性和创作才华，每个读者尽情享受欣赏和阅读的趣味，正是文学中国梦的具体实现。中国马克思主义文学批评虽然鼓励作家个人创作自由和创作赋予个性的形象情感，但这里的“个人”和“个性”不是抽象空洞的，不是“脱离了社会历史、仅仅作为对象”的人，而是“处于一定社会历史进程的具体的、能够通过客观的社会历史实践活动创造、肯定、确证和发展自己的人”，具体而言即社会主义建设劳动者，“社会主义无非是为这些人提供自由的、理性的、积极向上的和独立的人创造条件”①，否则作家的创

① ［美］E. 佛洛姆：《马克思关于人的概念》，徐纪亮、张庆熊译，台北南方书业出版社1988年版，第69页。

作将成为无根的浮萍、无病的呻吟和无魂的躯壳。中国马克思主义文学批评肯定处于社会现实中的具体个体，但拒绝肯定抽象的个人，这样的个人只能是非历史、孤立和无差异的存在，实质上是“资产阶级市民”，而不是人类全体或每一个人。这种将人抽象化处理和谈论的方式，是用实现“人的价值”掩饰自己极端利己主义的真相，只能为巩固日益分化的、不平等的阶层秩序服务。另外还需注意的是，“开放的民族主义”尊重现实的个体时，要注意协调和兼顾个体的民族性与个体的阶级、性别等其他社会属性的关系。人是社会关系的总和，个人的社会性不仅只有民族性一维，还有阶级、性属、种族、宗教、职业等其他维度，处于社会历史进程中的个人是由它们共同组成的网状结构。虽然民族性与在个人社会性中占有决定地位的阶级性具有同构性，但也不能用民族身份框限、删除、遮蔽和取代个人的其他身份形式。

中国马克思主义文学批评不肯定抽象的个人，也不抽象地肯定个体，与自由人文主义者相比，它对自由、平等权利的理解有着不同的内容。开放的民族主义的社会主义性质决定了它对个人自由、民主的关注不应是形式的，它不承认个人是脱离社会历史的原子式的，而是认为个人的自由和民主是在社会中现实地实现的，因此它需要兼顾社会公正和平等。自由人文主义者对自由、民主和个人权利的关注虽然是可贵的，但是抽象而不够具体，因而是虚弱且无法实现的，“只要个人自由仍然依赖于出卖劳动或压迫他人，任何特定个人的自由就只能是无力的和寄生的，社会主义要使自由、民主、平等等抽象概念得到充分、具体和实际的应用”①。社会主义对自由和平等有着不同于人道主义理论的理解。在自由问题上，社会主义认为，个人主体性是历史发展的产物，个体的自由不是与生俱来的，它是经过一定历史阶段才可能被提出，且需要通过斗争争取才能获得，在人类进入自由王国的历史之前，自由只能是对必然的认识和改造，自由不是随心所欲，而是基于必然性的对必然性的超越；自由也不是放纵个性，而是在历史必然性的客观辩证法中创造性地发挥个性”，“他人的自由不应

① ［英］特里·伊格尔顿：《二十世纪西方文学理论》，伍晓明译，北京大学出版社2007年版，第227页。

是每个人自由的界限而相反地是它的条件”①。在民族国家的历史条件下，民族国家不是对个人自由的限制而恰是个人享有自由的条件和保障，个人的自由需要在民族国家的框架内展现，并以此最终实现对民族国家的超越。对于平等，中国马克思主义文学批评将它与平均和齐一区别开来，民族国家内的个人平等不是民族国家要以完全相同的方式对待每个人，无差异地给予每个人同样的东西，而是差异化地满足不同人的各别需求，社会主义平等“不是抹平差异性的抽象统一，而是保持和尊重差异性的总体谐和”（汪晖）。社会主义要将自由和平等有机结合起来，“没有自由的平等会造成僵化的平均主义，没有平等的自由是没有什么实际内容的抽象自由”②。“开放的民族主义”在尊重个体的自由、权利和实现的同时，要警惕将它引向富于情绪化、破坏性的民粹主义，社会主义对个人、自由和平等的科学认识和界定，是防止民族主义堕为民粹主义的重要精神防线。

在资本主义全球化将个体去主体化，转化为无名的、标准化的诸众，使个人对个性的追逐走向它的反面——伪/拟个性——的时刻，民族国家需要最大限度地保护和激发自己范围内每个人的个性和创造力，这是民族国家富于生机与活力的基石；对于充分个人化的文学艺术活动而言，强调个体的创造性更尤其必要。资本主义全球化将社会分解为高度整齐划一的原子化个体，成为丧失了对资本社会进行反思和批判能力的单面人，而消费主义带给个体所追求的“被消费了的”差异只不过是普遍化生产中的一个领域，都是依照同样的模式被生产出来的，全球化的去差异化文化逻辑深刻到连差异性本身也是被同一地制造出来的，在此，差异性不再发挥区分彼此的功能，差异性本身都标准化了，个体所追逐的个性不过是资本伪造并给予虚幻满足的幻象。在这种历史语境下，民族国家抵抗资本主义全球一体化进程，肯定个体的价值、权利、尊严与自我实现自有其重要意义。中国马克思主义文学批评深知，整体民族国家的活力，需要依靠每一社会个体内在潜力的充分调动和发展。具体到文学艺术活动而言，作家要捕捉独特的生活体验，创作出具有鲜明个性的作品，民族文学非但不排斥

① ［法］加罗蒂：《马克思主义的人道主义》，刘若水、惊蛰译，生活·读书·新知三联书店 1963 年版，第 239、256 页。

② 郑著超：《西方学者谈毛泽东》，香港新世纪出版社 1993 年版，第 240 页。

而且正需要这样的作家作品。只有如此，才能使民族文学形成丰富多彩、千姿百态的生态景观，而不致陷入千人一面、彼此雷同的模式化格局。具有个性并不必然不具民族性，相反，富于个性的优秀作家总是自觉地立足于民族文化传统，运用民族语言，表达个人在特定民族范围内的生活体验，因而自然带有鲜明的民族特性。民族文学正是通过对独特个人的关注，表达出对人类命运的关怀，才能使自己跨越狭窄的民族疆域，而具有世界的意义。

三 民族与个体的动态平衡和协调统一

个体是民族国家的基本构成单位，如何处理个体与民族之间的关系，成为中国马克思主义文学批评建构开放的民族观不可回避的重要课题。马克思主义不是僵化的历史决定论，人要无条件地服从历史结构，从而把民族奉为与人的实践无关、而人需要谨守的规范。它也不是肤浅的人道主义，不能把历史看作完全以人为中心、由人随意建构的产物和把玩的东西、把民族看作因是对人自由的反动而亟须扬弃清算的异化形式。民族由人的生产生活实践产生，并制约人的生产生活实践，民族是人类的一个历史阶段，既不能把民族历史对人的规定神秘化虚无化，也不能将人对历史的主体地位绝对化极端化。过去中国马克思主义文学批评在这个问题上有经验也有教训。在民族革命战争年代，中国马克思主义文学批评将个体统一到民族国家的旗帜下，获得了民族的独立解放，然而在民族独立后，中国马克思主义文学批评不顾已经变化的历史条件，仍奉行将个人集聚在民族国家的共名下，鲜活的个体和鲜明的个性因此遭到轻忽和阉割，间接地酿成了惨重的人道灾难。开放的民族主义不是凝固僵化不变的，在不同的历史情境下应有不同的内容，中国马克思主义文学批评要汲取经验和总结教训，根据自己所处的历史条件和现实任务，调整处理民族和个体关系的方针战略。中国马克思主义文学批评要打破民族与个体二元对立的结构思维，将二者协调统一起来。“开放的民族主义”既要尊重每个个体的个性、尊严与对美好生活的理解和追求，又要明确个体的历史性和社会性，个体是民族国家中的个体，个体的价值可以在民族的繁荣昌盛中得到体现和实现。

“开放的民族主义”以现实的个人为价值根基，尊重个人的自由民主权利和全面发展的要求是其重要内涵。在民族生存危机解除的今天，过去那种将民族绝对凌驾和笼罩于个体之上，认为民族对于个体拥有无限主体性的观点和做法，需要得到反省和清算。具体现实的个体是民族国家的主体，个体自由是民族独立的保障，个体的独立自主权利是民族自由和社会进步的基础和标志。民族要关切个人的自我实现，应把个人的自我实现当作民族自身建设的题中之意，民族主义如果不落实到对每个个体的尊重，将失去自己得以存在和发展的支撑点，没有个人主体性的确立，就不会有健康、理性和进步的民族主义。一味强调个体自我对民族他者的服从，实现不了开放的民族主义。“个人是民族的战士，但也要使个人的生活有意义”①，个人要关切和投入民族现实，但也不能为民族性的集体主义所桎梏，个人要展现出自己的鲜活个性。社会主义虽然提倡集体精神，但并非简单粗暴地排斥个人主义，社会主义应是对个人自由的极大丰富而非减弱。在《神圣家族》中，马克思明确写到，“坚持一个人的个体性，是一个人存在的重要体现”，马克思主义要追求的是每个人的充实和每个人价值的实现，“马克思政治思想的全部目的就是要使个人能自由地发展，只要我们铭记这种发展必须以集体的发展为前提”②。只有在集体认同不受威胁的条件下，才有可能在个人认同方面精益求精，民族富强是个人实现的重要支撑，即便美国梦式的个人成功也是以美国民族的强盛作为背景的，好莱坞电影超级英雄背后总有一面招展的星条旗。

然而肯定个体对于民族的重要性，不能把它推向个体视民族为地狱的极端，个人的自由与权利并不是与生俱来，不受社会约束的，个人首先是社会整体的一部分，脱离一定社会生活的个人自由和权利是不存在的。个体活动于一定社会历史关系中，因此不是孤立而必然是在群体中的，个体的自由不是自我没有限制的扩张。只有在社会群体中，才能有真正的个人自由、平等和发展，“离开个人所属的阶级和民族，侈谈个人权利和尊严，实际上并没有多大意义”③。在进入自由王国前，个人追求绝对的自

① 艾思奇：《艾思奇文集》第1卷，人民出版社1981年版，第370页。

② ［英］特里·伊格尔顿：《马克思为什么是对的》，李杨等译，新星出版社2011年版，第90页。

③ 蔡翔：《革命/叙述：中国社会主义文学——文化想象（1949—1966）》，北京大学出版社2010年版，第271、323页。

由不但不能实现，反而会导致自我的迷失，与“资产阶级是在取得更多一些的占有算计里肯定自己”不同，社会主义下的个体“却是在渴望新生的集体精神里面充实自己”①。把个人当作整个世界和全部目的，违背了人的社会性质，离开社会结构背景的个人，只是一个空洞的符号。民族国家是现代社会赋予个人自由和发展的场所空间，民族的发展离不开个人的努力，同时，个人的发展也需要在民族中才能获得和实现。人生的意义是由个人创造的，但这种创造不是随心所欲的，它“依赖和受制于自然、现实世界和相互依赖的人类联系”②。每个人的人生意义只能在包括民族国家在内的社会和群体的认同中实现，即使个人的幸福也是一种社会实践和生活方式，而不是某种秘密的内在心灵状态，它“需要一种社会政治条件，能让你自由地发挥自己的创造性能力”③，原子化的个体看似独立自由，实则软弱无力。文学虽是一种十分个人化的活动，但不能因此认为它是一种只关乎个人的活动，把个人置于民族的背景上和关系中，不是泯灭，恰是赋予个人意义。民族不是个人自由和发展的障碍物，而是个人自由和发展的庇护所，民族主义立足于抽象、孤立、内在的个体，“只会使其滑入自由主义或人道主义的方向与轨道，而不是走向一种真正左派的革命政治”④。

民族与个体的关系是平衡统一的，但这种平衡统一不是静止绝对的，而是在动态矛盾中达成的，中国马克思主义文学批评根据现实条件和具体任务，在民族与个体之间会有所偏侧，但这种偏侧不是因一方而废另一方。在致力于实现民族伟大复兴的中国梦之际，中国马克思主义文学批评需要将民族与个体有机协调统一起来，使其互为前提和内涵。个人梦应以民族梦为视野和目标，民族梦应为个人梦提供空间和支撑；民族梦和个人梦互为对方的重要内容，人人梦圆之时，便是民族梦实现之际，相反亦然。个人是民族的一部分，反过来，民族也是个人的一部分，个人和民族

---

① 胡风：《从只有荆棘的地方开辟未来》，《胡风评论集》中卷，人民文学出版社 1980 年版，第 228 页。

② ［英］特里·伊格尔顿：《人生的意义》，朱新伟译，译林出版社 2012 年版，第 96 页。

③ 同上书，第 86 页。

④ ［美］詹姆逊：《新版〈列宁与哲学〉导言》，陈越编《哲学与政治——阿尔都塞读本》，吉林人民出版社 2003 年版，第 517 页。

之间需要保持一种协调平衡的关系，“既尊重民族范围中个体的权利和自由，也强调个体对民族的责任和义务”①。既不能让民族主义吞噬个体，忽视个体的价值、权利、利益和意志，也不能让个人脱离民族，将个人抛入一种虚假的真空环境中，个人化虽然是现代历史的正当走向，但不能因此而膨胀为顾影自怜的极端个人主义。个人和民族关系的协调平衡要求不过度强调其中某一面，或将对方视为异己敌对的邪恶力量，然而需要指出的是，这种平衡关系并不是静止、绝对和形式的，而是在矛盾偏置的动态过程中达成，根据具体的历史情势，它会有所偏侧。② 正如民族革命年代不能将“救亡压倒启蒙”视为完全不合理，没有民族的独立不会有个人自由、权利和实现的条件，我们也不能将在民族已经独立自主并致力于复兴的时期更注重个人的自由、权利和实现的保障而视为“对开放的民族主义”的悖离。尊重和实现个人是民族复兴的基本内容，在致力于“实现民族国家的中国梦的同时，也要赋予个人的中国梦以扎实的内容”③。

与人道主义自由主义不同，虽然重视个人，但中国马克思主义文学批评不是实质上的资产阶级市民的个人本位，它不是对原子式的个体无差别地尊重和肯定，而是通过对人道主义的接受、扬弃和超越，从“个人经济地位的不平等，质疑了普遍的个人权利道德属性的正当性，认定个人权利是有阶级性的”④，并建立起以无产阶级为基础的大众本位。它旨在通过民族、阶级等集体解放的途径现实地实现个体的权利，并差异化地满足不同人的不同需求。中国马克思主义文学批评把将个人自由放在第一位的个人主义视作一种资产阶级的意识形态，“夹杂着小资产阶级的个人主义”，“对于富人的嫉恨，实际上并不适合他们取消贫富不均的理想，而终究是代表各个想自己变成富人的意识”⑤，但中国马克思主义文学批评并没有完全否定个人，只是将它置于民族和无产阶级的交集——人民大众中给予肯定。有一种错误的看法认为，中国现代文学“不惜降低自身的

① 陈燕谷、靳大成：《刘再复现象批判》，《文学评论》1988 年第 2 期。

② 钱理群：《人和人在读书的时候才最平等》，《北京青年报》2014 年 9 月 7 日。

③ 孙佳山等：《“中国梦”与当代文艺前沿问题》，《文艺理论与批评》2014 年第 3 期。

④ 金观涛、刘青峰：《观念史研究：中国现代重要政治术语的形成》，法律出版社 2010 年版，第 169—170 页。

⑤ 瞿秋白：《孙中山与中国革命运动》，《新青年》第 2 号，1925 年 9 月 1 日。

艺术性以迁就工农读者的阅读能力和审美习惯，这种建立在民众本位思想基础之上的民族化实际上构成了对文学现代性的一种抵制乃至解构”①。这种观点潜在地以西方的中产阶级个人主义文学观为裁量中国文学的标准，武断地作出中国现代文学是非现代的结论，但也正是这种观点从反面无意中昭示了中国现代文学现代性的民族特性，它对人的肯定不是以个人而是以工农大众为中心的。中国马克思主义文学批评对人民大众的肯定是由它的马克思主义性质和中国所处的民族危亡局势所决定的，具有其理论与历史的双重合理性。马克思主义视阈下的“人”总是处于一定社会关系、从事具体社会实践的人，虽然“每个人的自由发展是一切人自由发展的条件”，但无产阶级的联合才是实现人类自由解放的条件。个人的自由解放有赖于被压迫和奴役民族的独立以及基于其上的无产阶级国际联合，无论民族还是阶级，集体计划是马克思主义实现个人和人类解放所开出的方案。具体到中国的现实处境，在进行无产阶级革命前还需要首先完成民族独立的任务，分散的原子化的个人显然无法担负起革命与救亡的双重历史重任，中国马克思主义文学批评对人的重视最终落实到对无产阶级和民族的公约数——人民大众的身上便是十分自然的事情。中国马克思主义文学批评对人的强调的现代意识是通过重视人民的历史作用的现代民主思想表达出来的，正如有论者所总结的，“与民族的主体——人民大众始终保持着密切联系，是中国文学现代意识的一个突出民族意识”②。

总之，中国马克思主义文学批评将实现包括文艺文化在内的民族复兴作为自己的目标，在民族与个体的关系上，它一方面要对过去长期因彰显民族而压抑个体的观念予以反省和调整，承认个体的权利、尊严和实现的合理性与进步性，同时也要避免走向标举抽象先验、非历史性、非社会性的个人主义——这是资产阶级自我形象的抽象认识构想（阿罕默德）——而否认民族国家历史合理性的另一极端。民族国家最终会在实现人类自由解放的宏伟蓝图中逐趋消亡，但在此之前相当长的一段时期内，民族国家仍是个体真实的活动空间，也是个体争取自由解放和全面发

① 王玉珠：《再论中国现代文学的民族性与世界性》，《山东大学学报》2013 年第 6 期。

② 钱理群、黄子平、陈平原：《“二十世纪中国文学”三人谈》，北京大学出版社 2004 年版，第 56 页。

展的舞台堡垒。绝对的个体只是现代社会的一个幻想，个体必然处于由民族、阶级、性属等构成的关系网络中。中国马克思主义文学批评不能通过否认、掩盖和扼杀其中某一方而解决两者之间可能存在的矛盾对抗，而要使个体和民族良性互动起来，将个体的利益与民族的发展紧密联系起来，使个人与民族互为促进、相得益彰，民族为个人的权利和实现提供保障、基础和平台，而民族也应将个体的实现视作题中应有之义。民族以每个个体的实现为自身的实现，人人梦圆之时，便是民族国家梦实现之际；与此同时，个人在为民族振兴的事业中同时获得自我的实现，民族国家是个人梦的背景，也是它的坐标和目标。

第二节　中国马克思主义文学批评的民族—传统观

由于共同的文化传统是民族的精神家园，是凝聚成员民族认同的纽带，是民族之所以为民族的基本特质，“传统与文化的衰亡必将导致民族精神与意识的消沉”①，因此如何认识“传统”本身，怎样理解“继承和弘扬传统”，便成为建构中国马克思主义文学批评当代民族观不可回避的重要课题。中国马克思主义文学批评继承和弘扬民族传统面临着严峻现实的考验，在去疆域化的全球化削弱瓦解民族国家的经济政治控制能力和历史合法性的同时，作为现代化深化阶段的全球化也加速了传统习俗、仪式、信仰、生活方式和思想观念的消亡，资本主义全球化摧毁了传统赖以寄生的小农经济体系，消费主义文化“抽空了各民族国家的文化传统”，人们“争相模仿和复制西方的文化与空间，急不可耐地背弃或封存自身的文化和传统”②，全球化文化逻辑的抽象化策略抽空了传统的丰富内在价值属性，使之嬗变为仅供消费的商品和符号。全球化对文化传统的侵蚀松动了民族国家的根基，无论从维护文化多样性计，还是从巩固民族认同出发，中国马克思主义文学批评都需要继承和弘扬自己的文化传统。虽然中国过去对传统问题的讨论很多，继承和弘扬传统也一直是中国马克思主

① ［法］弗朗兹·法农：《全世界受苦的人》，万冰译，译林出版社2005年版，第76页。
② ［加拿大］谢少波：《资本主义全球化与文化批判》，《天涯》2007年第1期。

义文学批评民族观的主调，但其中还是存在一些无谓的争论和隐蔽的谬误，导致在文化实践上走过一些弯路，要么如“五四”新文化运动和“文化大革命”中的激进反传统，要么如20世纪80年代“文化热”“寻根文学”以及时下大众传媒中泛滥的不加反思鉴别的全盘复活传统。如此局面，与我们对何谓“传统”和如何才是真正的继承和弘扬传统缺乏深入的思考不无关系。传统并不就是过去的东西，继承和弘扬传统也不是要在现实中回到和恢复过去，中国马克思主义文学批评需要对什么是传统、怎样才是继承和弘扬传统提供自己科学而富建设性的回答。怎样继承和弘扬传统决定于如何定义传统，有什么样的传统观就选择怎样的继承和弘扬传统的策略。中国马克思主义文学批评“开放的民族主义”观不能把传统局限在过去，而需要在过去、现在和未来的多维时间中定位传统，并以转换性创造的方式，形成科学的立足于现时，将古为今用、继往开来原则落到实处的继承和弘扬传统观。

一 传统是贯穿和联结民族过去、现在与未来的因素

根据威廉斯对“tradition”（传统）的词义考证，“传统”是由动词“传递”逐渐演绎而来的，后来专指源自过去、流传到今天并延伸到将来的东西，由此很容易发现，“传统”并非如在中国经常遭遇到的误解那样，仅是和完全是一个存在于过去时空中的东西。威廉斯还发现在“传统”一词的含义中，不仅有我们惯常理解的“现在和将来对过去的接受”，而且还包含我们经常不愿看见的“现在和将来对过去的背叛”，后者对于中国马克思主义文学批评革新现有的“继承和弘扬传统观”具有至关重要的意义。威廉斯的“传统”关键词考察使我们认识到，传统是一个贯穿于过去、现在和未来多维时间中的存在，并且不是过去、现在和未来的顺流直下，也有现在和未来对于过去的溯流回旋。[1] 依据威廉斯的传统论和经典马克思主义作家的相关论述，中国马克思主义文学批评可以对什么是传统作出如下的界定。

---

① ［英］雷蒙·威廉斯：《关键词：社会与文化的词汇》，刘建基译，生活·读书·新知三联书店2005年版，第491页。

（一）传统是活着的过去（alive past）

传统与过去相关，是历史积淀而成的富于惰性和韧性的生活方式、价值观念、物质制度和风俗习惯的总和，是人类创造自己的历史时“直接碰到的、既定的、从过去承继下来的条件”，过去性是传统的基本属性。事实上，从词源学上看，自“传统”被发明出来始，它就是一个与“现代”相对的概念，“传统”是由“现代”一词派生的，“现代”之前的历史都被称作“传统”。“发明的传统”（霍布斯鲍姆）观虽然发现许多传统并非都是客观发生、拥有悠久历史而是新近、建构出来的东西，但即便建构的传统也是将传统投射于过去。传统的过去性决定了它是人类现实实践活动不可忽视和抹杀的基础，人类创造自己的历史不是随心所欲的，而必须建筑在过去的传统之上。现在需要在过去的传统中寻找合法性，未来也需要在过去的传统中获得动力资源，在这个意义上，对现在的定位和未来的追求需要借助于对过去的传统的理解。传统并非是现在对于过去任意涂抹、建构和发明的结果，它是以一定的客观过去为基础的。强调传统的过去性，对于纠偏那种切断过去、现在和未来之间客观存在的内在关联，夸大现在和未来对于传统的决定作用，将现在和未来误作为可以脱离于过去的超历史怪物的文化激进主义具有积极意义。

传统虽是过去之物，但并非所有过去的东西都是传统，传统是过去中那些对于现在和将来仍然具有活力的事物，是“渗透在社会现实中活着的存在”[①]。传统虽然是过去中比较稳固的因素，但它并非是铁板一块、一成不变的僵死之物，不是“凝固、腐朽了的思想感情”（法农），不是“独立于一切主体、客体和背景的静止不变之物”[②]，而是那种衍传到现在、仍然活着的过去。传统会随着民族历史的发展和现实的需要不断变动和调整，僵死意味着传统的终结，只有充满生机和富于活力的过去才能成其为和称作为传统。传统并不像一些人所忧虑的那样脆弱易折，相反它是顽强坚韧的，是不断生长延续的，不能因为传统发生了变化便认为它断裂

---

① 李泽厚：《走我自己的路：杂著集》，盲文出版社2012年版，第269页。

② ［英］霍布斯鲍姆、英格：《传统的发明》，顾杭、庞冠群译，译林出版社2004年版，第4页。

了，实际上，“传统本身是活生生的，极易发生变化”①，变化正是传统在过去性之外的另一基本属性，是传统充满活力的表征，不能把传统的变化悲观地看作是它的异态和死亡。那种把传统完全理解为已经历史化、封存于过去、与现实绝缘的东西的观念，会认为现在和未来都不过是过去的延续、循环和翻版，所谓继承和弘扬传统不过是回到、恪守和恢复一种现成的过去。这种继承和弘扬传统观看似合理，也是在中国文化历史实践一再奉行的，但实际上是形式和错误的，它沉湎于过去，不愿面对变化了现实，拒绝未来的革新，是一种刻舟求剑式的传统继承和弘扬观。文化传统虽然具有一定的独立自主性，但归根究底是依附于物质生产状况和经济政治条件的，它会随着后者的变迁而相应消长沉浮，因此固守传统并不是，也不能真正地继承和弘扬传统，固守只会导致传统的窒息和沉沦，传统只有适应变化了的社会历史条件，在发展中才能得到真正的继承和弘扬，“没有发展的继承不是继承，也不可能是继承，而只能是死守”②。

传统是过去和现在展开互动、对话的融汇性力量。传统是活着的过去，并不是完全由现在创造和决定的；传统是过去中在现在仍然具有活力的部分，因此也非完全由过去所规定，只与过去相关，在这个意义上，传统是民族的历史和现实的融汇，我们不能只看到传统的过去性，也要理解传统的现存性。不仅如此，传统中的过去和现在相互制约、互为主体、彼此交融，过去是衡量现在的重要尺度，现在只有经由过去才是可理解的，对现在的定位和评价要置于其与过去的历史关联中才能作出，但是现在对于过去也并不是完全被动的，过去并不是封闭凝固的，传统的“秩序由于新的作品被介绍进来而发生变化”，过去和现在之间构成一种相互适应和调整的张力关系，“过去因为现在而改变正如现在为过去所指引”③。根据威廉斯对“传统”一词的词源学考察，传统不单是“过去向现在的单向传递—接受，它同时是现在对过去的违逆、改造与更新”，所谓传统“不过是对于过去的一种说法，提及这种过去，目的不过是联系现在，确

① ［德］瓦尔特·本雅明：《机械复制时代的艺术作品》，王才勇译，中国城市出版社 2002 年版，第 238 页。

② 张永清、马元龙编：《后马克思主义读本：理论批评》，人民出版社 2011 年版，第 1 页。

③ ［英］艾略特：《传统与个人才能》，卞之琳等译，上海译文出版社 2012 年版，第 5—6 页。

证现在"①。正如现在仅仅经由过去才是可理解的，过去也只有"通过我们自己现在的片面观点被把握，现在与过去一起形成一个生动的连续"②。正因为传统中的过去和现在是一种双向对话决定的关系，所以中国马克思主义文学批评继承和弘扬传统不能为了适应过去对现在的决定和剪裁，而一味逃避、忽略和牺牲民族的现在，那样将陷入泥古、复古的泥潭不能自拔，传统是解决民族现实问题的基石和资源，但无论如何不能代替我们对解决民族现实问题方案的寻求；也不能走向现在可以完全超越过去的另一极端，过去并不只是现在的包袱、累赘和绊脚石，也不是由现在随心所欲发明的。虽然民族文化的生命在于创新，但创新应是根据和尊重传统、而不是漫无边际，因此无法牢固扎根于民族土壤上的创新。③ 传统也不是凝定的、等待现在激活的过去，它是现在人们从事任何历史创造活动的即定条件，是我们反省当下、保持对未来理想的希望之火和动力之源。总之，传统是过去和现在的相互激荡，而不是单向规定，认为现在完全由过去所决定自不可取，那样民族文化将失去突破、超越和革新的可能，但主张过去完全为现在所虚构，现在可以完全脱离过去的羁绊，也将陷入历史虚无主义的偏颇中，民族文化的创造将失去坚实牢靠的根基。

（二）传统是正在进展中的过程（active process）

尽管活着的过去是民族性的重要依据与组成部分，但传统并不因此就等同于过去，甚至都不主要是过去。传统不只是凝定于过去的东西，若不能与现在取得有机联系并致力于未来，便不能称之为传统。民族的生命在于创造更新，脱离实际条件和现实需要地固守或回归过去，只会使民族的发展陷入僵化和凝滞。只有认识到此，我们才不会一提民族性，就下意识地到古代、博物馆或故纸堆中搜寻，仿佛现实的民族实践就脱离和置身于民族性之外。事实有时正好相反，一味"转向过去，远离实际实践"，最终抱持的不过是"废弃思想的皮壳和僵尸"以及"凝固的知识"，民族文化"并不是民俗"，也"不是与人民的当前现实联系越来越少的一些无谓

① ［英］雷蒙·威廉斯：《马克思主义与文学》，河南大学出版社2008年版，第124页。

② ［英］特里·伊格尔顿：《二十世纪西方文学理论》，陕西师范大学出版社1987年版，第79—81页。

③ 臭言：《传统与创新》，《文艺研究》2013年第12期。

行动的惰性残滓"[①]。活着的过去可以成为我们解决现实问题的宝贵资源，但终不能为我们提供面对、认识和解决现实问题的现成方案。民族文化的现在和未来不能靠谨遵过去，对过去的恪守虽是对民族性的一种展示，但同时"也是对僵化法则的认同，有没有重新界定与传统的关系，只是让民族聚集在一个日益皱缩、缺乏活力、空洞无物的文化硬壳上"。民族文化应该拒绝把自己封闭在往昔的铁塔内，民族的现实对于传统具有真正的决定性。不管传统在全球化时代遭遇到旅游业和大众文化的迪士尼化怎样的冲击，我们都不能一头扎进过去。"历史的很重不能决定我的任何一个现实行动"，"我们不能牺牲自己的现在"，"过去不能在现实中指导我"，"我不使自己成为任何过去的人"，"我不是历史的囚犯，我不应在历史中寻找自己的命运"[②]，这些话语是法农在半个多世纪前在反抗法国殖民统治斗争中对阿尔及利亚人民的告诫，它同样适用于当代中国的文化建设，民族性绝不为着墨守成规、故步自封、沉湎于过去，在民族经历了巨大的历史变迁后，我们切不可让过去在现实中指导和决定自己的命运。

文化传统是民族求生存和发展的果实和产物，民族的现实实践不断生产着文化传统，因此寻找传统的踪迹不能局限于民族的过去，更应在民族的现实中，在这个意义上，传统不是民族遥远的过去，而是正在进行的过程。对于传统而言，民族的现实"实践的意义特别地重要，也特别的浓厚，文化的价值是特别地要在实践的战斗的意义上表现出来"[③]。传统不是一个简单的文化概念，而是包括政治、经济、社会等各方面在内的民族实践，文化是其中重要但并非起决定性作用的组成部分，"民族的存在不是通过民族文化证明的，相反，人们反抗侵略者的战斗实实在在在地证明了民族的存在"，文化传统是以民族的生存和发展为基础的，一个永远受奴役的民族不会有自己的传统，民族全体人民为民族生存、发展和兴旺共同创造着文化传统。因此，文化传统必然会随民族中其他更具决定性作用的经济、政治等层面的变迁而相应发生变动。虽然过去的传统会通过意识积淀（李泽厚）或情感解构（威廉斯）影响和制约现实实践，但终究不

① 法农：《全世界受苦的人》，万冰译，译林出版社2005年版，第89页。

② ［法］弗朗兹·法农：《全世界受苦的人》，万冰译，译林出版社2005年版，第89页。

③ 冯雪峰：《民族文化》，《雪峰文集》第3卷，人民文学出版社1983年版，第55页。

能完满说明和解决变化的民族现实，新的民族现实必然要求产生与之相适应的新的文化传统。唐诗宋词的自然描绘和情感体验固然美妙独特，但这毕竟是封建小农生产社会条件下的世界和心灵，在资本主义全球化大工业生产下，感受到人与自然的对立疏离和人与人的孤绝淡漠式的人们固然可以对之品咂、钦羡和渴慕，但也必然会深刻领会它与现时代的隔膜，前述那样的世界和心灵已随民族的社会生产结构的变革一去不返，古典诗词的表达方式已经不能承载和表达出全球化高科技条件下人们复杂微妙新奇的情感体验，半部论语治天下的时代已经过去。民族传统不仅包括五千年华夏文明，也包含中国人民近代以来为民族的生存、发展和富强所经历的沉沦、探索所积累并仍置身其中的中国经验和道路。传统并不是遥远的过去，而是正在进行中的过程，“五四”新文学以来的现代文学以至今天的网络文学和大众文化等，因为真切地记录了百年来中国人民进入现代以来为争取民族独立解放、社会革命胜利和民族伟大复兴的历史进程，而成为中国文学新的传统。①

传统不是安稳地待在过去等待我们搬取的现成的、一成不变之物，而是存在于人们建设民族的当代实践中，文艺中国梦的实现不能通过对过去的“传统文化的升华”，而最根本的是要创造出表现和反映我们伟大人民、伟大时代的史诗性作品，回应中国经验对中国文学理论的考验。② 传统的面貌和内涵虽与过去相关，但决定于我们今天的现实生活，“只有有了今天”，“我们才拥有过去”，所谓传统“不过是我们立足于今天的集体实践对过去的重新发现、认识、界定和叙事的那些东西”③。传统虽然发生在过去，但一切传统都不过是现在的传统，中国文化建设应立足于民族现实生活的开拓与创造，不能靠固守一种只存在于过去的、僵死的、凝固的东西。民族是处在一个不断更新的历史过程中的，文艺的民族性不应主要通过回望，而更要从着眼和立足于当代的深切现实关怀中获得，即便是回望过去，“也要以当代为视野和标准，博纳约取，去芜存菁，激发传统

---

① 参见温儒敏等《现代文学新传统及其当代阐释》，北京大学出版社 2010 年版。

② 董学文：《文艺发展与“中国梦”的核心》，《湖南社会科学》2014 年第 5 期。

③ 张旭东：《传统在未来》，《21 世纪经济报道》2012 年 11 月 24 日。

文化的现实价值”[①]。对待传统要有历史的态度，但这不能成为信奉国粹主义的托词，正如马克思所言，只有站在更高的历史界定上才能正确地理解过去，立足和落脚于现实理解和处理传统才是对待传统的历史态度。另外需要注意的是，不能把立足现实抽象地理解为对某种真理的思辨和践行，对于中国马克思主义文学批评而言，它正是当代中国经验。当代中国经验与传统不是截然断裂的，而是内在地包含着传统，正是由于中国经验的坚固存在，立足于它的中国文学理论才不可能是西方理论任意驰骋、驱策和殖民的场域，某种意义上，中国经验是中国文学理论能够建构出一套异于西方的现代文论方案的保障、动力和源泉。

（三）传统在未来

传统不是我们要复活、保存或维持的某种静止的过去，也不是不断重复而毫无进展、突破和超越的现在，它需要有未来的维度，从未来寻找自己的诗情，在这个意义上，传统在未来。没有未来，就没有过去，怎样设计未来决定了我们对历史的叙述，只有“保持着关于未来的理想，使激进和乌托邦的改革栩栩如生，我们才可以掌握过去作为历史的现在”，“无法想象未来，根本不可能实事求是地面对、认识和评判过去与现实”[②]。这里的未来并非是虚无缥缈、毫无根基的，它就蕴藏在过去和现实之中，而“传统”在现在通向未来的途程中充当着积极、活跃的因素，过去作为异于现在和未来的因素，“以全然相异的生活方式质疑我们现在的生活模式，过去对我们讲述（和评判）我们所具有的、实质上的和未实现的‘人的潜能’，而不仅仅是增添个人或文化知识上的教诲或消遣”[③]。过去的传统在未来有着重要的意义，这样说并非意味着未来已完全孕育在传统中，未来和过去、现在没有质的区别，只是它们的简单延续和扩大。事实上，作为未来的传统已经不同于过去，而只是以过去的形式和名义对现在的反思、质疑与批判并指引现实的未来。比如说，发展社会主义民主是中国的前进方向，它虽运用了古代中国“（为）民（作）主”

---

① 王文章：《努力以文艺创作抒写中国梦》，《文艺理论与批评》2014 年第 2 期。

② ［美］詹明信：《晚期资本主义的文化逻辑》，陈清侨等译，生活·读书·新知三联书店 1997 年版，第 193 页。

③ ［美］弗里德里克·詹姆逊：《未来考古学》，吴静译，译林出版社 2014 年版，第 191 页。

的词形，但其内涵已与后者大有不同，是对后者的批判和反拨，同时它不是对西式民主的附和和复制，它在自由、平等之外还包含社会主义公平、正义的诉求，它要求的是实质、差异的而非形式、抽象的民主，这样，民主虽在过去的传统中，但它却作为未来的传统指引着民族的现实。

未来的传统虽不同于过去，但它也并非“无端的臆想，未来是从现实中推演出来的切实可行的可能性”①，那种认为未来绝对超越过去和现在、与其没有任何相同相交之处的观念只是一种洋洋自得、过度乐观的进化主义。中国的未来不是现实生活逻辑的简单延伸，但也不是完全脱离过去和未来的虚幻之物，它仍与中国和世界的当代现实状况以及我们对它的认知测绘息息相关。对过去的反思最终指向着对未来的设计和选择，而对未来的设定反过来又是评估民族的过去和现在的重要依凭。因此，传统中的过去、现在和未来的维度并不是物理时间中的顺应相承关系，也不是理论意义上相互对立、彼此隔绝的关系，而是始终处于一种富于张力、动态、辩证的关系中。对于中国马克思主义文学批评而言，传统不能在任何一个维度上得到准确、科学的定义，它应是贯穿和联结民族的过去、现在和未来的因素，认为传统只与过去、现在或未来相关，所谓弘扬传统将分别陷入保守主义、实用主义和历史虚无主义的歧途。但我们也不能走向另一极端，认为传统只在未来，这种观念虽然有助于唤起变革图新意识，但也容易陷入割裂传统与过去、现在关系的文化激进主义和历史虚无主义。

传统是贯穿和联结民族过去、现在和未来的因素，不能片面强调传统是过去、现在或未来的某一个维度，更不能以传统的某一维度去否定其他的维度，传统的过去、现在和未来是有机和相互联结的，只有将传统置于过去、现在和未来的多维并有机联系的时空维度中定义，所谓弘扬传统才不会是“回到一个安全的过去，而是立足于当下并把过去的资源‘再发明’为新财富”② 的积极创造过程。中国马克思主义文学批评要通过民族的现实实践（现在）将弘扬优秀传统文化（过去）和实现民族复兴的“中国梦”（未来）有机结合起来。传统文化和中国梦一个指向过去，一

① ［英］特里·伊格尔顿：《马克思为什么是对的》，李杨等译，新星出版社2011年版，第104页。

② 周宪：《关于学术自信问题》，《文艺理论研究》2015年第1期。

个指向未来，看似无关甚至相左，但实是相互联系、互为前提、彼此补充的。“中国梦”作为“梦”必然是过去和现在中所没有和未然的，因此“中国梦”不能借助复现中国传统在过去世界上尊荣的地位，而是要通过开创一条崭新的，富有吸引力的，为人类通向全面发展、自由解放的幸福之道的方式实现。但是这样的“中国梦”并不能脱离中国的过去和现在，否则便是空谈和侈谈，中国马克思主义文学批评应该以对中国过去和现实状况的深刻理解为基础，思考和构想中国文化的未来，因此弘扬优秀传统文化可以是实现“中国梦”的重要和有效方式。然而如果把弘扬传统简单地等同于复制过去和现在，那么这种意义上实现的“中国梦”就将失去“梦”的意味，不能提供使未来世界秩序和生活方式的不同于过去和现在的想象和规划。“中国梦”不纯粹是一个现实逻辑的衍生物，也不彻底内在于现实之中，它应向往一些另类的可能性，渴求一些新的、与现实不同的东西。实现这样的“中国梦”，弘扬传统显然就不能只理解为重复过去或对过去的查漏补缺，而应以开拓不同于过去和现实的未来为旨。传统的意义由未来的中国梦赋予，传统的优劣也由它甄别，传统弘扬的方向也由它指引，总之，“只有在作为与对未来远景的想象和憧憬的框架中，我们才能赋予中国过去历史以合理的解释，现状以明确的评估定位”①。在这个意义上，中国文学的民族性不能靠对过去的咀嚼、戏说和回味获得，也不能借对现实的琐屑描绘赢取，而需要通过书写一个不同于过去和现在的、关于民族和人类未来的乌托邦想象实现。

二　以“转换性创造”的方式弘扬传统

在世界文化日益趋同的背景下，传统文化是保持民族差异性的重要依据，也是凝聚成员民族认同的深厚情感资源，因此中国马克思主义文学批评需要继续奉行继承和弘扬自己优秀文化传统的立场。然而与那种将传统视为僵死的过去及与现在和未来无关的观念导引下的弘扬和继承传统观不同，在前述新的传统观的逻辑下，我们对传统的继承和弘扬应是实质性而非形式的，应是以创造和发展而不是墨守和沿袭为旨归。

① 王佳山等：《“中国梦”与当代文艺前沿问题》，《文艺理论与批评》2012年第3期。

（一）诸种弘扬传统观检讨

中国马克思主义文学批评的“开放的民族主义”立场不仅体现在开放地理解传统内涵本身上，还需要对如何才能切实地继承和弘扬传统提出科学的方案。历来人们对于如何继承和弘扬传统存在诸种不同的设计，但影响较大、受众较多者不外“取其精华、弃其糟粕”（毛泽东）的弃取说、“抽象继承法”（冯友兰）、“创造性转换”（林毓生）、“转换性创造”（李泽厚）和“取今复古、别立新宗”（鲁迅）等五说。以上五说各有合理性和局限性，但以“转换性创造”说最为合理，本书将批判地分析前三说，并以“转换性创造”说和“取新复古、别立新宗”说为基础，提出中国马克思主义文学批评应该主张的弘扬传统方式。

继承和弘扬传统不能靠“取其精华、弃其糟粕”[①]的方式实现。传统是与一定历史条件相关联的有机整体，传统中的优点和缺点在传统中是不可分割、集于一身的，传统的精华和糟粕是内在地相互联系在一起的，并非可以像机械零件一样可以随意拆分弃取。这种实用主义原则在取用传统的精华为今所用的同时，也会使糟粕潜存下来，贻误于今。比如庄禅的个人主义现在被一些人与现代个体权利观念等量齐观、混为一谈，便是一种不明就里的误读，它赋予和拔高了古人超越自身历史条件的思想觉悟和权利要求，如对此不加细致辨析和警惕察觉，希望通过对老庄道家个人主义的阐发和推崇，唤起个人的自由、独立、权利和实现要求，那么将不仅不能达到目的，反而会把那种悲观厌世、超尘脱俗、沉迷一己世界的消极心理结构一同带入民族的现实。中国马克思主义文学批评需要辩证地审查和对待传统中的“精华”，即便它是优秀的，也终究是和传统中的“糟粕”相互联系在一起的、过去社会历史条件的产物，不可能绝对孤立地只取传统中的某一面而不涉及其他方面，也不能以对传统中精华的弘扬来代替我们在新的社会历史条件下的积极探索。

“抽象继承法”[②]（冯友兰、胡风等）认为传统的具体内容因为脱离了现实历史条件而完全无用，传统继承和弘扬的对象不是传统中具体的某

---

① 毛泽东：《新民主主义论》，人民出版社 1966 年版。

② 冯友兰：《中国哲学遗产底继承问题》，《光明日报》1957 年 1 月 8 日；胡风：《关于文学遗产》《关于“文学遗产”问题的补释》，《胡风评论集》上卷，人民文学出版社 1984 年版。

一制度、价值和观念，而只能是其中一一相传、稳固不变的精神气质、思维方式和价值取向等。这种观念在弥补了“弃取说”继承和弘扬传统观的局限的同时，也存在一定的偏颇。“抽象继承法”的弘扬传统观认识到传统是随社会历史条件变化而不断变迁的，不能在变化了历史条件的现在全盘沿用、照搬过去的传统，并且认识到传统是一个不可随意割裂的有机整体，这恰是“弃取说”所忽视的。然而它也有自己的根本局限，它先验地预设了传统中有某种可以抽取出来的、某种普遍不变的民族精神、气质、性格，否认了传统的历史具体性，仿佛民族的发展与人类的社会历史实践无关，而只是立足和围绕在某种空幻的意识精神之上的内在运转，与唯物史观的基本内涵相违背，因此在实践中同样行不通。

“创造性转换”① 说注意到传统必须经过新的历史条件的再创造，赋予旧的传统以新的适应新历史条件的内涵，方能保持传统的生机。相比前两说而言，这无疑更具有历史意识，20 世纪末中国古代文论的现代转换即是采用这种继承和弘扬传统观的思路，取得了较为丰硕的成绩。然而，从其表现出的以西方现代文论为准绳和圭臬、用西方文论的标准衡量中国古代文论的长短、要将中国文论改造成西方文论的不良动向，也可以看出“创造性转换”说存在的局限和弊病，即将“现代西方”预设为“传统中国”的创造性转换的目标和模型，经过创造性转换后的中国仍是跟在现代西方后面、与其无异的学生。中国马克思主义文学批评希望通过继承和弘扬优秀传统保持民族文化的差异性，但创造性转换的结果不是凸显而是自动泯灭了自己的文化特性，并且它将现代西方提升为凝视自我的主体，把自我降格为受其打量的他者，也是对文化的民族主体性的放弃。在“创造性转换”思维于中国古代文论研究已产生一些流毒并还大有市场的今日，我们对这种看似有理、实则贻害甚大的继承和弘扬传统观不能不有所警惕。“创造性转换”实际上并没用创造，它不过是把中国古有的传统转换为西方现代的观念；在创造的过程中也并没有孳生出新的思想价值，因为既是创造，便不应以某种现实的既存为追逐的圭臬。

（二）传统的转换性创造

中国马克思主义文学批评在继承和弘扬传统的方式上需要避免上述诸

---

① 林毓生：《中国传统的创造性转化》，生活·读书·新知三联书店 1987 年版，第 63—64 页。

说的弊病，要充分注意传统的历史性、具体性和特殊性特点。创造并非是无中生有，既不是切断现在与过去的联系，也不是将其他文化移植入本土以取代传统，它不过是把旧的传统转化为适应新历史条件的新观念，创造并不是刻意而为，转化即是创造。传统只有经过转化的发展，而不是通过固守或回归，才能得到真正的继承和弘扬。弘扬传统既是为了让传统在新的历史条件下保持生命力，也是为了让民族继续葆有自己的文化个性，因此它不能以既有的某种模式作为自己的方向和目的。转换是为了创造新的传统，这个新的传统既是与古代，也是与域外相对而言的。只有通过对传统的“转换性创造”①，产生出不同于古代和域外的新质，才能既让传统重焕生机，又使民族文化葆有自己的个性，并贡献于世界文化。

并非所有的传统都是值得和应该弘扬的，中国马克思主义文学批评弘扬传统首先需要对传统加以甄别和辨析。只有民族文化传统中那些顺应时代潮流，并与人追求全面发展和自由解放的精神相一致的因素才能转换性创造。中国马克思主义文学批评应该清醒地认识到传统中有许多落后、反动的东西，那些逆现代历史潮流而动、违背人类自由解放前途、对人的身心造成严重摧残的思想文化，如三纲五常、三从四德、束腰裹足等应彻底予以摒弃。除此之外，传统中一些看似与现代价值相合但实质上是与其相悖的文化观念，如老庄的“个人”、君王的“民主”、“民贵君轻”思想，也需要我们避免将其直接搬用于民族现实。这种情况是传统的大部分，传统既是过去历史条件下的产物，它必然不会完全合于民族的现在。对于这些并非完全过时、反动而是蕴藏着一定合理性的传统文化，我们不能通过全盘照搬、简单移植的方式予以继承和弘扬。所有的传统文化都依附于一定的社会历史条件，随社会历史的变化自身也相应变化，依附于先前历史条件的传统必然不能适用于新的历史条件，在新的历史条件下继承和弘扬传统不能靠固守，而必须对之有所发展，只有如此，才能使传统现在和未

① “转换性创造”取用于李泽厚，本书同意其继承和弘扬传统首先要辨析传统的真义，批判性解析传统，并在新的现实存在基地上对其进行改造和转化，使其再生。但他认为对于传统的改造和转换，改变的不是作为传统的情感积淀和文化心理结构的“质”，而只能是“形”，即传统的习性、功能和状貌等，对此本书不能赞同。传统的情感积淀和文化心理结构说明了传统为何具有超稳定的性质，但如果认为它是独立于民族历史和人们实践的东西，则否定了它同样是可以并且不断在变化的历史现象性质，带有一定的文化保守主义色彩。

来重新焕发生机和活力。

其次，转换性创造传统需要准确厘清传统的原初和演化内涵，不能以今度古、以中附西、望文生义、断章取义，将古代与现代、后现代中某种形似的价值观念相互混淆等同。比如后现代的生态意识和古代的天人合一生态观，后现代个人重建集体认同的渴求与古代家族、宗教、国家等集体形式对个人的严格管制，均虽表面近似，但内里不一。后现代性是针对现代性局限的反拨和调整，因为前现代与后现代都是与现代相对立的，所以会有某些接近或相似之处，但“两者在根本实质上是不相同、不相通的，不能因要求在现代中注意后现代化问题，而将后现代化与前现代化混同起来”[①]。前现代和后现代只是表面相似，前现代可以为反思现代提供独特的视角和机会，但不能将它与后现代不加分辨地混为一谈。总之，对于传统，要尽最大可能还原其本意和真面目，从而给予正确的评价，恢复传统的历史面目，这并不意味沉湎于传统，而正是立足当代，以当代视野把握传统观念的演变。[②]

追溯传统的原初和演变含义只是转换性创造传统的第一步，我们还需要站在现时代的基地上，突破传统陈旧含义的束缚，理性批判传统。只有批判、解构和克服旧的传统，才能做到对传统由被动的屈从转化为主动，不对传统的阴暗面和消极性做出鞭辟入里的辨析，便不会有真正地对传统的发展与弘扬。传统只有在“否定的冲洗下才能重生，获得新的生命，但它已不是原有的旧文化，而加入了新的生命，只有在这样的情形之下，传统才被承继着”[③]。传统内涵的变革有其自身的规律，最终决定于以生产结构（生产力和生产关系）为基础的经济、政治和社会历史条件，并不是思想意识能够完全左右的，不能要求在封建小农经济条件下产生资产阶级法权观念。承认生产结构对于传统文化的最终决定作用，并不意味对于变革传统而言，“意识形态的批判武器只能坐等基础的改变”，实际上文化传统需要也可以在思想意识范围内进行自我革新。批判传统正是革新传统的必要条件，只有首先分析和解构它，才能谈得上继承和发展。正如

① 李泽厚：《中国思想史论》下卷，安徽文艺出版社 1999 年版，第 1167 页。

② 史建：《艺术史的真面目》，《读书》1989 年第 6 期。

③ 冯雪峰：《民族文化》，《雪峰文集》第 3 卷，人民文学出版社 1983 年版，第 56—57 页。

鲁迅虽然严厉地批判传统，但相比同时代那些打着弘扬传统旗号的国粹主义者，他才是中国传统的真正继承者，“民族魂”的称誉于他而言可谓名副其实。

另外，在溯源和批判的基础上自觉改造和转换传统，是科学地弘扬传统最为关键和困难的一步。改造和转换传统并不是要割裂现实和传统的关系，而是要在古今对话、中外激荡下创造和赋予传统新的价值内涵，新的传统接续但又超越古代和域外，最终探索出一套新的思想观念体系。比如说中国传统家庭观念中的“孝悌”，我们要知晓它是封建小农经济和宗法政治秩序下体现人身和人格依附性的一种家庭伦理观，对于处于大工业生产、市场法律框架下追求人格独立和平等的现代人而言，显然不能盲目对接和简单移用，但对于担负着民族文化建设的当代中国马克思主义文学批评而言，已经不可能停留于如“五四”新文化运动那样简单批倒、全盘否定必然具有历史局限性的传统的阶段。在市场化稳步推进和现代化日益深入的今日中国，人际关系因物质化日趋淡漠，社会因资本主义和消费主义的分隔而日趋原子化，人们陷入一种奇怪的群体性孤独状态。在现代化的弊病渐显的大背景下，“孝悌”传统可以重新成为凝聚家庭融洽而温暖的人际关系，化解原子化个体孤独、失落、焦虑和无力感的情感纽带和精神力量。经过转换后的“孝悌”已经不是子孙后辈对父母前辈的无条件依附和无原则服从，也不是一种完全基于契约的权利责任、完全平等的朋友关系，而是一种不完全等同于朋友的、基于人格独立的尊长情感态度和关系定位。[①] 这样，“孝悌”便既摆脱了前现代传统中负面含义的局限，又在反思现代流弊的新历史条件下重新焕发了生机，并为人类探索出一套基于中国传统的缓解现代人情感危机的可行方案。在中国传统文化中，还有许多如“孝悌”一样的价值观念，如“和”“仁义”“信”“清明”等，虽然不能不加辨析地全盘搬用于今，但可以经转换性创造后有选择地补益于今。需要略加说明的是，“转换性创造”虽然与鲁迅的“取今复古、别立新宗”[②]、詹姆逊提出的“符码转换”名称相异，但精神内涵是相通的，它们都提倡通过对传统的夺胎换骨，使其重铸为当代有价值的因素，并融

① 李泽厚：《中国思想史论》下卷，安徽文艺出版社 1999 年版，第 865 页。

② 鲁迅：《文化偏至论》，《鲁迅全集》第 1 卷，人民文学出版社 2005 年版。

入当代中国文化实践中。

总之，虽然与“创造性转换”只是词序的颠倒，但意义已经完全发生了改变，“转换性创造”不是以某种西方的既定形式、模态和标准来作为中国传统现代化的方向和目标，而是根据中国自己的历史和现实状况，汲取和克服了古代传统和现代西方的有益和消极因素，从而创造出的一种与中国古代和现代西方既有联系又有区别的新的文化形态和前景。继承和弘扬传统不是乞灵于传统的再生或复现，只有将旧传统与中国的新经验融合起来，才能使旧传统得到更新，即为“取今复古”。更新后的传统一方面没有彻底切断与旧传统的联系，另一方面又具有了全新的意蕴，成为新文化的创造性因素，本身成为新文化的一部分。转换性创造使改造旧观念和创造新价值成为不可分割的一体两面，只有这样，传统才不再是包袱，而成为保持民族差异性的资源和文明创造的源头活水。

第三节　中国马克思主义文学批评的民族主体性观

正如前文所论，通过转换性创造弘扬传统文化，是实现民族文化发展的重要一途，但在全球交往的时代，相比前者，不同民族文化之间的对话和激荡将是民族文化更新的更为重要、基本和决定性的方式。[①] 全球化下的交往并不是理想化的平等对话、自由展示和相互尊重，它实质上是资本主义政治、经济和文化等的全球扩张、蔓延和渗透。资本主义全球化的强大去差异化逻辑严重威胁着世界文化多样性的图景，全球文化的标准化是正在展开的现实而非危言耸听的谵语。仰仗资本的力量，消费主义文化意识形态正抑制、侵蚀、破坏和扼杀资本主义边缘的民族文化。在西方文化巨浪席卷全球之际，奉行闭关自守的文化策略既不可能，也不可行，若要实现民族文化的自主和复兴，中国马克思主义文学批评就需要敞开胸怀，积极投身和参与全球文化的交往和对话，并在交往和对话中坚守和发展独具民族特色的文学文化。无论从文化对话出发，还是保持文化差异性计，中国马克思主义文学批评都需要坚守文化的民族主体性。丧失主体性的对

① 参见南帆《文学经典、审美与文化权力博弈》，《学术月刊》2012 年第 1 期。

话不会是真正的、富有成效的对话，放弃主体性地融入世界文化只会更快地为全球文化同质化的黑洞所吞噬。即便在“本质论”和“主体性”遭到西方各种后现代理论话语严重攻讦之际，我们以为，它对于中国当代文化和批评理论建设而言，并不是一个现在就可以抛弃的落后概念。中国马克思主义文学批评不能全盘接受后现代主义对本质和主体的解构，但也不能固守启蒙现代性的主客二分、先验、内在、绝对的本质主体论，它需要与那种孤立、内在、纯粹的主体论和先验、抽象、凝固的本质论划清界限，而标举一种经过后现代主义反思、过滤和改造了的向他者和历史开放的本质—主体论，这种本质—主体论中的本质是处于历史中的不断变动着的本质，而主体是处于与他者内外在双重间性关系中的主体。

一　坚持自我和他者间性关系的民族主体性

中国马克思主义文学批评不能亦步亦趋于西方后现代主义对主体性的解构，在全球化下保持文化差异性和实现民族文化复兴，需要中国马克思主义文学批评坚守文学文化的民族主体性。笛卡尔、康德等启蒙哲学家构筑的主体论在整个20世纪遭到从尼采一直到福柯等人前仆后继的猛烈攻击。在现代语言学和当代分析哲学中，主体被关进了语言的牢笼，“语言成为我们与世界的分界线”（维特根斯坦），“人即语言”（利科），“文本之外别无他物”（德里达），主体不过话语制造的真理效果（福柯），“没有语言之后的实在”（罗蒂），主体的地位和空间步步后退，日渐逼仄，与笛卡尔时代相比，主体的权威一落千丈，匍匐于语言的奴役下，“我只是语言体系的一部分，最后连人对语言的控制都不过是一种假象而已”①。告别主体，走向语言的纵情嬉戏，成为后现代主义发出的强音，至今仍笼罩着世界范围内的知识生产。在此背景下，中国马克思主义文学批评必须保持清醒的头脑，西方哲学对主体的解构是两次世界大战对启蒙现代性的反思批判和20世纪60年代末革命转入低潮后，左派的反抗策略由街头政治改为话语政治的结果，是针对西方内部特定社会历史文化情境在理论上做出的反应，告别主体并不具有普遍的历史适用性。对于当代中国文化建

① ［美］弗雷德里克·杰姆逊：《后现代主义与文化理论》，唐小兵译，陕西师范大学出版社1987年版，第26页。

设而言，坚持主体性观念仍有着积极进步的意义，过早地放弃主体性，只会对资本主义全球文化的同质化进程有利。就理论本身而言，语言主体论也是偏颇的，语言不可能成为主体的绝对上帝，主体不可能完全脱离语言而存在，但也不能为语言完全框限，主体的生命、生活和生存比语言更为根本，一些中国学者已经发出走出语言哲学的号召。[①] 尽管西方当代思潮是反主体性、反主客二分、解构先验主体的，但对于中国文化和批评理论建设而言，主体性并不是落后而仍是有现实价值的概念。中国文学文化在全球化浪潮中保持自己的差异性需要坚守自己的民族主体性，主体性在西方显露出的局限和危害并不是中国文化所面对的基本语境和主要矛盾。在主体被西方各种形式的理论话语放逐和解构的背景下，中国马克思主义文学批评树立和坚守民族文化主体性更显得必要和迫切。

中国马克思主义文学批评所坚持的民族主体性，包含着丰富的层面，它首先表现为对本民族文化的自尊、自爱、自信和自觉意识。主体性是民族文化的灵魂和旗帜，自尊、自信和自爱是民族主体性最基本的表现，但主体性并不应该只是单薄地停留在对于民族文化的自豪感和自信心，它还应诉诸于自主自觉发展民族文化的要求，在民族“这片火热的土地上寻求和建构自身的问题意识，研究中国问题”中发展自身文化的追求，对于中国文化的评价首先“取决于当代中国人今天的集体性选择、行动、成就最终展现出什么样的形象、品格、能力和价值”，而不是依赖于一个外在的参照系或所谓的“更高、更普遍”的标准，“我们寻找的那个普遍标准不在外面，就在我们脚下，在这片土地上，在今天中国人的实践过程中”[②]。中国文学批评不能以西方他者为圭臬，要尽快走出西方出理论、中国出材料、以中证西的模式，将迷失民族文化主体，掩盖中国文学文化自身存在的真实问题，进而失去立足于中国文学文化现实问题建构批评理论以贡献于世界的可能性。人必自尊，而后人尊之，媚外和辱外都不可能换得别人的尊重，若一味以他人的标准和情形衡量自己，则不能不对他人

① 李泽厚：《能不能让哲学“走出语言”》，《文汇报》2011 年 12 月 5 日。胡亚敏《文学批评中的情感与现实》（《文艺报》2014 年 12 月 8 日）也表达了语言哲学统治下的文学批评对主体情感的抹杀和客观现实的遮蔽的忧虑。

② 张旭东：《重归总体性思考，重建中国认同》，《社会观察》2011 年第 9 期。

有所依赖，最终将迷失自我的主体性。

然而，中国马克思主义文学批评所坚持的民族主体性还包括对本民族和他民族文化历史与现状的深刻自省、反思乃至批评，并且相对于前者，后者是体现民族文化主体性更为深刻的层面，不能自省和反思自我，不正视自己的短处和不足，正是民族缺乏自信心的表现，没有自我反思的民族自信心不过是一种盲目自大。[①] 中国马克思主义文学批评的民族自省意识也是双面的，既包括对他者的批判和质疑，也包括对自我的审视和反思。[②] 中国对于西方文学批评理论要向中国马克思主义文学批评接受外来思想文化一样，牢固坚持一种“研究、批评和决定”的立场，不能停留于肤浅地述评和机械地搬用，而需要有深刻的反思和立足于中国文化现实的再语境化利用。中国文论建设不能寄望于凭借以西证中的方式建立自己的主体性。缺乏对他者反思和将他者融入自我的研究，至多只能是跟从于他者的优秀追逐者，而不可能实现自身理论主体性的建设。除质疑他者外，民族主体性还包括对自我的反省，自省并不是自卑的文化失败主义或民族虚无主义，它是一种比民族自信心和自豪感更为强韧和理性的民族主体性的表现。自省可以克服民族盲目自大的沙文主义情绪，是民族完善和发展自身的重要途径。“五四”时期对民族文化传统的批判，正是民族自省以图救亡富强的重要表现，它不仅没有导致民族主体性的丧失和民族文化的断裂，反而成功实现了民族文化由传统向现代的转型，深刻反省民族文化的鲁迅而不是死忠文化传统的国粹派，才是坚守民族主体性的脊梁和灵魂。

然而不管是自尊、自信、自爱、自觉，都是局限在现代性范围内的主体性，即便对他者的反省，也是立足于内在、绝对的自我，他者附属于和服务于自我，对自我的反省也不会发展到否定自我的程度，至多只是自我内部的细微调整，从根本上说，他者维度在现代主体性中仍是缺失的。事实上，自信、自觉、自省这种看似只关乎自我的“认知和评价从来都不会是个体闭门幽思的产物”，“自我认知源自他人”，“乃是对他人反应和

① 罗志田：《从文化看复兴和崛起》，《读书》2014 年第 11 期。

② 胡亚敏：《论差异性研究》，《外国文学研究》2012 年第 4 期。

评价的某种觉知”,[①] 是超越自我与他者比较和参照的结果。在全球交往的时代，现代性的那种孤立、内在和纯洁的主体已不复存在——严格而言，在任何历史中都是不存在的，只是在全球化时代尤为触目而言——我们需要在坚持民族主体性中引入他者。中国马克思主义文学批评在后现代语境下坚守民族主体性，可以同时看到现代性主体和后现代理论对现代性主体解构各自的合理性和局限性。固守现代性那种孤立、内在和纯粹的主体性固不可取，但全盘接受后现代主义对现代主体性的解构，完全放弃民族的主体立场亦不适宜，中国马克思主义文学批评应该吸纳后现代主义对现代主体性的反思，引入他者范畴和视野，建构和树立一种自我和他者的间性关系主体论观。在这种主体观中，主体并不是像现代性所认为的那样是一个神学或形而上学的概念，并不意味一个完整自足的整体或先验的文化认同，主体只能存在于一个自我与别人的关系中，正如意大利马克思主义批评理论家奈格里所言，“主体不是个人，而是一个与别人交流、共同工作和生活的个人”，“只有在与别人交流的过程中才能成为主体”。[②] 奈格里对主体的理解是基于一般的主体而言的，它同样适用于民族文化主体。全球化是文化频繁交往、深入互动的时代，任何文化体都会随资本主义的蔓延和渗透被拖入相互链接的网络结构中，自我封闭、与世界脱钩变得不可能，你中有我、我中有你、相互影响、互相塑造成为民族文学的常态。在这样的历史语境下，中国马克思主义文学批评所坚持的民族文化主体也绝不是某种孤立的、内在性的存在，它只能在与其他民族文化交流和参照构成的网络关系中确立和规定民族自身，发现和彰显民族特质。在这个意义上，正如詹姆逊做出的崭新理解，民族是个关系性概念，“应该用来表示一个系统中的一部分；这一部分应该暗指（多于两项的）相关性”，“‘民族’现在仅仅是一个关系词，用来表示世界体系的各组成部分”。[③]

克服他者是民族自我获得更新和发展不可或缺的动力。既然民族是

---

① 周宪：《关于学术自信问题》，《文艺理论研究》2015 年第 1 期。

② 参见安东尼奥·奈格里 2014 年在清华大学所作的题为“福柯之后，我们如何阅读马克思”的讲座。

③ ［美］弗雷德里克·詹姆逊：《快感：文化与政治》，王逢振译，中国社会科学出版社 1998 年版，第 440 页。

一个关于自我和他者的关系性概念，那么他者就不是像现代性所理解的那样，是民族主体的奴仆和附属，而在民族中具有不低于自我的重要意义。鉴于此，中国马克思主义文学批评对他者的接受虽然要坚持以我为主、为我所用的原则，但不能犯他者洁癖症或妄想迫害症。他者是自我主体不可或缺的组成部分，全球化时代不存在一种内部绝无异质因素的纯洁无瑕的民族主体，即便古代也没有。在欧洲文明的源头人们发现了“黑色雅典娜”的身影，异域输入的“二胡”“琵琶”等已成为中国民族器乐的代表，无不说明民族主体性并不必然排斥他者，相反，包容他者、海纳百川、有容乃大正是民族主体性的重要表征。[①] 正如“人同自身的关系只有通过他同他人的关系，才能成为对他来说是对象性现实的关系”[②] 一样，绝对孤立的主体是一种虚构的神话，中国文学批评不能指望在一种完全隔绝他者、清除他者蛛丝马迹、不与他者互动交流的真空环境中，建立一种既独立自主又兼具一般普遍性的文学批评理论。虽然不能把以自身标准度量他人的文化霸权主义和基于相互尊重的、保护文化多样性的正常文化交流混为一谈，要谨防文化霸权主义披着正常文化交流的面纱行走于世，但也不能如民族原教旨主义那样，维护一种根本不存在的虚妄的民族文化纯粹性，将民族主体之间正常的交往、影响和互渗误作是对民族主体性的侵蚀和破坏。不能像一些中国后殖民批评家那样，过于敏感地将自我和他者的交流都视作是他者对自我的规训，将展示本民族文化的独特性均视作自我的他者化，否则将陷入极端保守主义和狭隘民族主义的歧途中。[③]

他者的重要性，不仅体现在把克服异己的他者当作促使自我发展的环节上，还在于外位性的他者是民族主体得以存在的依据。民族主体与他者须臾不可分的，没有他者，民族主体将不复存在，所谓脱离他者的内在主体只是现代启蒙理性建构的虚妄神话。一个民族涵盖的地域再广，人口再多，它也是有限和有边界的，即便边界会不断发生改变，“没有任何一个

① 胡亚敏：《开放的民族主义——论中国当代文学批评之立场》，《华中师范大学学报》2007年第6期。

② 《马克思恩格斯全集》第42卷，人民出版社1979年版，第99页。

③ 肖祥：《西方后殖民批评中的多重“他者”》，《江汉论坛》2014年第5期。

民族会把自己想象为等同于全人类”①。因此，如果将所有的他者民族都内化为民族自我主体的一部分，民族也将不复存在。古代中国的“天朝”体系之所以不是民族国家，正在于它没有真正意义上的外在他者，“天下”不是一种空间、地理或政治概念，而是对同一的文化伦理秩序的指称，普天之下莫非统属于华夏文明，只不过存在中心和边缘、统领和藩属之分而已，它们都是“天下”内在的组成部分。② 直到近代外敌来侵，中国的天下幻梦才破灭，承认世界上有不同于自我的他者存在，是中国之成为民族国家的重要节点。主体和他者是二律悖反的关系，既相互对立又彼此依存，“正是因为有了他者的存在，我们才得以成为我们自己”③，没有一方，另一方也不会存在，因此对于资本主义全球化造成的世界文化同质化，不仅处于边缘、正被抹杀的民族会感受到严峻的生存危机，即便如詹姆逊、伊格尔顿等这样处于第一世界的知识分子也表达了自我文化更新失去他者这个动力机制后而可能陷入凝滞的忧虑。内在的反省具有很大的局限性，终究无法客观、全面、准确地认识自己，而他者作为外在的异质性存在，可以探测到自我省察无法发现的自己，“在一个相互交织并市场互相敌对的视角共存的时代，如果没有他者的帮助，我们就无法清晰地看见自己”④，这种视角可以帮助我们发现和克服民族文化自身客观存在的问题，而这是局限于民族自我内无论如何所无法做到的。

他者对于自我具有至关重要的意义，但是无论把他者的重要性强调至何种程度，自我和他者毕竟是有界限的。民族主体对于他者只能是尊

---

① ［英］本尼迪克特·安德森：《想象的共同体：民族主义的起源与散布》，吴叡人译，上海人民出版社 2005 年版，第 6—7 页。

② 在这个意义上，昌切在《现代进程中的民族与国家》（《天涯》2012 年第 1 期）一文中认为中国自秦汉始就是现代意义上的民族国家的观点是不确切的。“中国”一词，在历代传统典籍中，并不是一个“民族国家”的意思，而是重在有文化的邦土之体认。参见王尔敏《清季学会与近代民族主义的形成》，《中国近代思想史论》，社会科学文献出版社 2003 年版，第 178—179 页。

③ ［英］特里·伊格尔顿：《马克思为什么是对的》，李杨等译，新星出版社 2011 年版，第 139 页。

④ ［美］阿尔君·阿帕杜莱：《全球文化经济中的断裂与差异》，汪晖、陈燕谷编《文化与公共性》，生活·读书·新知三联书店 1998 年版，第 598 页。

重和利用而不能是拒斥和盲从，自我不能成为他者，而要成为你自己，尽管这个自己里面已经包含着他者的因子，通过对他者的吸收、融合和转化，以充实和发展自己。对于中国文学批评理论而言，西方批评理论是一个他者，我们应该敞开胸怀，勇敢“拿来”，但这里的“拿来”不是不加甄别、缺失批判的吸纳，而是要“运用脑髓，放出眼光”，对它们做出立足于民族文化土壤的“批评性讨论和跨文化对话”。总之，中国马克思主义文学批评重视他者在民族文化建设中的意义，但并不因此而放弃民族主体性立场。对于全球化中处于弱势地位的中国文化而言，放弃主体性便意味着加速民族自我的消亡，同时也应拒绝将他者上升到与主体自我同等重要的地位，后殖民批评所主张的间性主体（混杂、居间等）并不完全符合中国文化建设的现实和利益。虽然每个民族文化都是自我和他者的杂糅，但并不是所有的本土都是可以自由出入和全面开放的，自我和他者并非绝对平等，主体间性对于全球化中弱势民族文化而言，掩盖了民族间客观存在的权力宰制利害关系和相互之间在政治、经济、军事上的悬殊实力差距，主体间性对于第三世界而言不过是第一世界理论抽象虚构的美妙乌托邦，到目前为止还没有“真正超越了自我和他者，成为凌驾两者之上的上帝般的主体”[①]存在。尽管民族主体是在自我和他者相互的网络关系中确立的，但应该注意到自我和他者的网络关系也是处于一定的历史时空中的，这种网络关系不是绝对平衡的，必然有中心和边缘、强势和弱势、主宰和受制之别，而主体间性设想的是一种平等交往、共同分享的理想环境下的主体样态。民族主体只能历史地参与和建构与其他民族的关系，尽管中国马克思主义文学批评的民族主体性需要引入他者来破除内在、孤立、绝对的主体神话，但也不能不顾历史条件地将他者上升到与自我同等乃至凌驾其上的重要位置，提前主张一种间性主体的文化立场。间性主体体现了第三世界民族对于全球文化交往平等互利、合作共赢的良好愿望，然而从现实历史情境而言，这种主体性作为一种政治实践对于第三世界民族而言，还仅是一种

① 张玉能：《主体间性与文学批评》，胡亚敏编《文学批评与文化批判》，华中师范大学出版社2007年版，第73页。

"具有诱惑力的、本质上有限的乌托邦"和"过高的奢望"。[①] 正如前文对后殖民批评民族观所作的批判性检讨，"间性主体"反映的是跨国资产阶级的主体现实和文化利益，与中国目前的整体状况不完全相合，中国马克思主义文学批评可以从中吸取向他者开放的主体观，但不能天真地以为世界文化已经到了不分彼此、尊卑、强弱、高下的时代。

民族文化主体性的确立系于差异性他者的存在，自我和他者是相互依存、彼此确证的，中国马克思主义文学批评应主张在民族自我和他者之间应建立一种差异平等、互相实现的和谐族际关系。任何一个民族都是其他民族实现的基础，一个民族的发展有赖于其他民族的发展，民族之间是利益攸关的共同体，只有将民族自我的发展和他者的需求结合起来，"彼此为对方创造发展的空间"，"才能最终实现自我"，而这需要基于民族间差异性、实质性而非整齐划一的形式的平等。"不平等的个体之间不可能有真正的互惠互利，压迫和不平等最终会阻碍自身的发展"，从这个角度而言，"损害他人，长远地看也就是损害自我的实现"[②]。伊格尔顿曾以爵士乐譬喻个人与社会的理想状态，每个乐手自由发挥，但又建立在对其他乐手的接纳性敏感基础上，每个乐手的表现都是对其他乐手的激励，并共同为整体做出贡献。每个乐手不是通过苦涩的自我牺牲，而是通过自由的自我表达而自我实现，自我的实现最终在作为整体的音乐中消失。伊格尔顿为个人和社会理想关系的这种规划描绘，也应成为中国马克思主义文学批评对民族文学和世界文学关系的定位和追求，每个民族文学"各美其美，美人之美，美美与共，天下大同"（费孝通），从而构筑出多元共生、交相呼应、和而不同的世界文学前景。

二　秉守处于历史生成中的民族主体性

当代西方泛滥的各种后现代理论对本质主义发起了猛烈攻击，这股思潮迅即波及并深刻影响了20世纪90年代以来的国内批评理论界。一方面，中国文艺中的民族性诉求被当作追求本不存在的、人为制造的、独一

① 周计武：《后殖民视野下的民族认同问题——一种后民族主义话语》，《阅江学刊》2010年第6期。

② ［英］特里·伊格尔顿：《人生的意义》，朱新伟译，译林出版社2012年版，第96—98页。

无二的本真性的虚妄情绪和愿望遭到批判，另一方面，中国文论的民族话语得到后殖民批评的支撑而进一步强化，一些中国学者作出了中国文化失语的诊断，并发出从西方现代性回到传统中华性的号召，这些在当时具有一定合理性的意见现在看来都不无偏颇。后现代主义以反元叙事为宏旨，否定在纷繁的表象深处背后存在所谓的本质规律，本质主义作为一种封闭僵化、独断专行的思维方式和知识生产模式，在它们眼中是大一统的专制权力和政治信条的理论同谋，因此被后现代著作认作是“最为十恶不赦的罪恶之一，几乎是首要罪行，或者相当于神学中的反对圣灵罪”①。应该承认，后现代主义对先验论、形而上学的本质主义的解构鞭辟入里，具有思想革新的进步意义，对于中国马克思主义文学批评破除存在先在、凝固、纯洁、超历史、抽象的民族性迷信有着十分积极的价值。守护和追逐一种凝固、纯粹的民族性，是民族原教旨主义和文化国粹主义最核心的教义，后现代主义对这种先验、绝对、一元论、超历史的本质主义思维的解构在固不可侵的本土只存在于想象中的全球化下无疑正逢其时，中国后现代主义理论家正是以它为批判的武器，对追求本原、纯真的狭隘民族主义提出了严厉的批判，② 但是西方后现代主义完全摒弃“本质”概念和本质主义的观念也被其移植过来，在西方具有合理性的反本质主义由于没有充分注意语境的转换，到了中国却带有一定的偏谬。西方后殖民批评用解构主义的反本质主义方式反省了西方中心主义，东方不是东方，而是西方殖民话语对东方言说的结果。中国后殖民批评从中找到了颠覆西方中心主义、防止自我他者化的依据，但后殖民批评对本质主义民族观的批评，到了中国却悖论性地演成了以本质主义思维树立一个与西方相对的抽象、僵化、凝固的“中华性”③，合理也戏剧性地变成了不合理。

对于中国马克思主义文学批评建立民族文学主体性而言，“本质”并不是一个完全过时、反动，而仍是具有积极意义的范畴概念。中国马克思主义文学批评虽然需要接受后现代主义对僵化、教条、凝定的本质主义的

---

① ［英］特里·伊格尔顿：《后现代主义的幻象》，华明译，商务印书馆2000年版，第112页。

② 陶东风：《“后”学与民族主义的融构——中国后殖民批评中一个值得警惕的倾向》，《河北学刊》1999年第6期。

③ 张法、张颐武、王一川：《从“现代性”到“中华性”》，《文艺争鸣》1994年第2期。

解构，但并不能一概地反对本质概念和本质主义，我们需要坚持一种历史的本质主义，正如福柯对现代性主体所作的反思，主体不是固定和先验的东西，而是不断转化、不断生成（becoming）的东西，主体处于不停息地转化生成过程之中。马克思虽然批判先于人的历史存在的、超验、形而上学、人的主体活动无法改变的本质观念，但他并不是彻底地反本质主义者，准确地说应是“科学的本质主义者”，中国马克思主义文学批评家陆贵山先生对马克思主义的本质范畴的含义曾进行了细致、全面的厘析，马克思主义中的“本质”是多方面、分层、流动的，它是“呈现在各种关系中的深层结构”，事物的本质在不同的关系中会呈现出不同的方面，因而不是单一的，[①]“事物的本质寓于历史的过程中”[②]，因而不是僵死、自在的，正如列宁所言，“不但现象是短暂的、运动的、流逝的，只是被假定的界限所划分的，而且事物的本质也是如此”[③]，并不是永恒不变、超越时空的本质。我们虽需要反思本质主义，但并不能因此而如一些西方后现代主义者那样彻底扬弃掉本质的概念，正如伊格尔顿对后现代主义反本质主义所作出的深刻反思一样，本质并不一定具有压迫性，而千姿百态的表象“并不一定站在天使那边”，“不要以为本质就意味着固定不变，它们同样存在于特定的历史时刻和物质世界中”[④]，事物尽管会不断地变化，但并不意味着它因此没有本质，就像岩浆和美女照片，并不能因为它是流动的或被 PS 过的，就不是岩浆和美女本人。再以“文学”为例，从历史来看，300 年前、今天和 100 年后人们对于文学有着不同的理解和界定，即便处于同一历史进程中，后殖民批评、马克思主义文学批评、女性主义批评、形式主义批评等不同批评理论也会对文学有着迥异的认知和定义，但这并不说明文学的本质不存在，或者说文学可以是任何东西、任何东西都可以是文学，文学理论家应该放弃对文学本质的探求和追寻。

事物的本质是历史的，它并不超脱于人类历史，而是会由于人类的实践活动而随时发生变化，我们对于处于历史中的本质也应持一种历史的态

① 对此，前文对民族主体是在自我和他者的关系中确立和规定的已有所论，在此不赘。

② 陆贵山：《本质主义解析与文学理论建构》，《文学评论》2010 年第 5 期。

③ 《列宁全集》第 55 卷，人民出版社 1990 年版，第 213 页。

④ Terry Eagleton, *The Event of Literature*, New Haven: Yale University Press, 2012, p. 45.

度。作为认识事物的一种观念和方法，本质主义本身并无所谓好与坏，但在特定的历史条件下却会发挥积极或消极的作用。对于中国文化和批评理论建设而言，那种反对僵化、凝固本质论的思想对于抵制墨守成规、复古的国粹主义和追逐超历史的、抽象“中华性”的文化动向而言，无疑有其积极意义。民族之间同样存在相互区别于彼此的本质，这种本质处于各自民族的历史中，并没有、也不会因为全球化是一个民族相互交融杂糅的时代就完全丧失。如果不承认各个民族存在处于历史和相互关系中区别彼此的本质，所谓建设有中国特色的文化和批评理论便是一个怎么也不可能完成的任务和妄言。另外，对于第三世界民族抵抗全球化导致的文化趋同化事业而言，一股脑儿地把本质都说成是“客观唯心主义的幻觉”或“大而无当的空话”①，将失去理论上的根基和合法性，无异于自毁长城，各个民族既然并无本质的区别，资本主义全球化下的民族文化趋同正可谓得其所哉，何来抵抗的能量和动力。

中国马克思主义文学批评民族主体性所坚持历史本质主义观，不能与福柯的“事件化”本质观，即历史主义的建构本质论混为一谈。中国马克思主义文学批评民族主体性的历史本质观认为，民族性并不是先在于民族的历史、脱离开民族的实体的，民族的历史并不是对这种所谓的先在民族性的展现。相反，民族性是在民族的历史中具体地形成的，民族性也不是一成不变的，它会随着民族历史的变迁而发生变化。民族的本质虽是稳固的，但也是历史而非绝对静止的，并且它的历史性不是完全内在于民族本身的，在民族主体与他者的互动激荡中，在民族内人们开展的社会实践下，民族的本质也会发生相应地调整、更新和蜕变。通过对疯癫、性等的知识考古学考察，福柯的发现事物的本质是不断变化的，它存在于具体历史和特定关系结构中，在不同的历史条件和关系结构中，同一事物会被各种话语建构成不同的形态和模样。这种本质观也是历史主义的，但是与马克思主义科学的历史本质观却是明合暗异的。“事件化”的本质观中的历史完全是话语文本性的，不同历史阶段间完全是条块断裂式的关系，历史之间事物本质的稳固性被严重低估，而其变异却被绝对化，并且同一事物的不同本质间绝无相交相通之可能。同时，事件化本质观敏锐地察觉到知

① 陆贵山：《本质主义解析与文学理论建构》，《文学评论》2010年第5期。

识中如影相随的权力因素，事物的本质很大程度上是被权力左右下的知识建构的，这种本质观在承认隐藏在权力背后的结构化主体对改变事物本质的能动作用的同时，有将这种能动性夸大到可以脱离社会历史和事物本身规定制约的倾向。这种本质观走到极端，会导向一种事物的不可知论和绝对相对主义。福柯的事件化本质观承认事物的本质是不断变化的，但在不同历史和结构关系中，事物的不同本质之间几乎没有有机的、历史的逻辑联系，事物的本质存在于作为话语文本的历史中，飘忽不定，充满偶然性和非连续性。这种本质观虽有历史主义之形，但却是“打着历史主义之名而行相对主义之实的做法”，是对马克思主义“唯物历史原则的一种歪曲和误读”①，因此也是中国马克思主义文学批评在坚持本质的民族主体立场时所不能赞同的。

全球化下中国文化和批评理论仍需要坚持自我与他者间性的主体性立场，既不能固守并不存在的纯粹凝固本土，也不能亦步亦趋于西方他者，而要在中西之间建立和构筑文化和批评理论的中国形态。从理论上而言，现代性启蒙中树立的不可一世的主体观念，由于遭到各种批判理论的反思和解构而衰落下去，一方面命运岌岌可危，不合时宜，但另一方面，解构主体最下力的福柯，在晚年却重构主体②，说明后结构主义并不是要将主体彻底逐出哲学，主体性的历史命运还未到终结之时。从中国文化的处境观之，中国文化的民族主体性在全球化下遭受着巨大威胁，主体性从没得到充分伸张，像西方后现代主义那样对反思主体性的局限和危害还不是当前最迫切的课题，主体性对于中国文化实践而言还是一个有待开展的问题。然而，它也需要吸纳后现代主义对现代主体性的反思和批判的合理因素，调整而不是固守西方启蒙现代性对主体性的界定和理解，防止因坚持形而上的主体性而致西方历史的悲剧重演。中国马克思主义文学批评虽不坚持孤立、内在、主客二分的民族主体性和先验、凝固、抽象的民族本质论，但也不否认民族主体和本质在关系结构和历史进程之中的客观存在。

① 王金山：《以“辩证”、“历史”眼光看待“原则”——驳“反本质主义”观念的哲学基础》，《内蒙古师范大学学报》2012 年第 6 期。

② 福柯重构后的“主体”不是如笛卡尔、康德、胡塞尔所论的那样，是先在于认识的先验基点，而是认识的客体和对象，具有自身形成和演变，即主体化的过程，参见萧程《性、谱系、主体——读福柯〈性史〉》，《读书》1989 年第 7—8 期。

对于中国马克思主义文学批评而言，民族主体是在民族间相互交流、尊重、包容和融合的关系中确立和显现的，而民族本质是一个历史过程，它是民族后天逐步形成，并不断丰富和创造出来的东西。从这样的民族主体本质论出发，中国文学批评理论建设不可能试图通过完全移植西方、仅仅弘扬传统的方式构建出富于中国特质的文化和批评理论。民族的主体是在自我和他者的相互关系中显现的，它需要摒弃绝对孤立内在的主体神话，但需要他者并非放弃自我。民族的本质是一个立足于中国当代创造性实践不断生成、更新、丰富和拓展的过程，它并不是虚幻的假象，而就在我们通向未来的脚下。不能因为在与他者的关系中需要坚持民族自我，承认各个民族因处于不同的历史过程中而存在区别于彼此的民族本质，便认为这种思想必然会导向僵化保守或盲目排外的狭隘民族主义。由于中国马克思主义文学批评所标举的民族本质主体观是处于具体历史和结构关系中的，所以它并不排斥变化和他者。我们不能坚守所谓的固有不变的文化或拒绝某种外来的文化，而应该推崇超越创新和文化融合，并在创造自己的历史中凸显出与他者的差异，在融合他者中推动自身的历史发展，从而使民族主体的历史和结构维度有机结合起来，使其相得益彰，互相实现。

结　　语

即便本书的讨论再深入、精细、全面，也很难为“民族国家”这样一个繁复无比、盘根错节、事关重大、曾经历巨变而目前仍处于深刻变动中的研究课题作出一个哪怕是权宜的结论，因此这最后的文字与其看作某种哪怕最低限度的“结论”，不若视作不具任何盖棺定论性的“结语”。

历史的观点与唯物辩证法是中国马克思主义文学批评考察民族问题的两条红线。中国马克思主义文学批评坚持唯物史观，没有将民族主义理解为一种脱离社会历史条件的孤立内在的理论思辨对象，而是根据不同时空和历史条件，具体地决定了中国马克思主义文学批评对于民族主义的立场、态度和赋予它相应的内涵。“同一名词因它出现的历史时代不同，它就有不同的内容”，不能“专从抽象的凝固了的意义上去推敲名词，而忘记了它的具体的时代内容”[①]，对于中国马克思主义文学批评而言，“民族”正是这样的现象与范畴。中国马克思主义文学批评从来都是根据变化了的历史条件调整自己对民族问题的关注重心，反思和建构自己的民族立场和观点，从不将民族问题作为一个抽象理论思辨的对象或试图一劳永逸地彻底解决。对民族问题，中国马克思主义文学批评拒绝抽象、一般和形式地把握，“那是形而上学的，不从发展的具体的本质上去看的错误”[②]。中国马克思主义文学批评敏锐地认识到，“对民族性的伸张，其具体内容是历史地变化着的，每个阶段都有着具体的所指，由历史要求提供

---

① 艾思奇：《论爱国主义》，《艾思奇文集》第 1 卷，人民出版社 1981 年版，第 380 页。

② 奚如：《文学的新要求》，《“两个口号”论争资料选编》上卷，知识产权出版社 2010 年版，第 328—329 页。

和追求一个中心的目标”①。历史唯物主义不是一种简单的方法，它还将人类走向自由王国作为自己的终极价值追求。中国马克思主义文学批评民族观以这样的唯物史观为批判民族问题的武器，决定了中国马克思主义文学批评需要把坚持“开放的民族主义”的立场和标准与马克思主义实现人类的全面发展和自由解放事业结合起来。中国马克思主义文学批评不仅要求“开放的民族主义”关切现实，而且要将它置于人类未来前途的坐标下予以估价和考量，否则就只会是一种形式、机械、实用主义的历史主义，而不是科学的历史唯物主义。不仅如此，中国马克思主义文学批评还灵活运用唯物辩证法，根据民族解放、社会革命、国家建设等特定历史条件的需要，提出并论证了民族与阶级、民族与世界、民族与现代、民族与个人、反传统与返传统、自我与他者等矛盾统一关系的命题，成功解决了当时文艺民族性问题面对的主要矛盾。

唯物史观和辩证法下的“民族”是一个动态形成的过程和一系列关系构成的复杂网络。民族既不是如结构主义马克思主义批评家阿尔都塞所论的那样，是一种绝对脱离人的主观实践的社会结构，也不是如英国文化唯物主义理论家威廉斯、安德森等人所认为的，完全是一种人为凭空想象建构的文化织物。正如汤普逊对英国工人阶级的形成所作的考察一样，民族是一种具体的历史现象，“并不像太阳那样在预定的时间升起，它出现在它自身的形成中”，同时出现在人们的思想觉悟意识里。具体而言，民族国家属于社会关系的范围，它主要是由生产关系所决定的，“人们在出生时就进入某种生产关系，或在以后被迫进入”②。民族并不能够被随意塑造，也不是超越于人的社会历史实践的，它是社会和文化的双重形成过程。认为民族仅是社会结构，将忽视人们在创造民族历史的过程的主观能动性和所作出的贡献，但认为民族纯属文化人造物，则夸大了人的能动性，民族是人的实践创造出的，不能随意摆脱相应的社会关系。正如民族不是一个静止不变的存在，它也从来不是一个独立自在的问题，正如本书

① 周扬：《抗战时期的文学》，《周扬文集》第1卷，人民文学出版社1984年版，第236—237页。

② ［英］E. P. 汤普逊：《英国工人阶级的形成》上册，钱乘旦译，译林出版社2013年版，第1—2页。

第二章所揭示的，它与阶级、世界、现代性、个人、传统等因素相互勾结，在这个意义上，民族是一个由一系列关系相互重叠和交叉的复杂网络，是诸种属性的多样统一的总体。民族是一种关系结构，而不是某种可以具体指认的客观存在。

经典、俄苏和西方马克思主义文学批评都曾有力地揭示了资本主义与民族国家之间是一种亦敌亦友的悖论性关系，彼此依存而又相互龃龉。它们的这种特殊关系决定了在资本主义方兴未艾之际，历史还远未到与民族国家告别的时刻。面对自由人文主义者对于民族国家和民族主义深恶痛绝的攻击和诋毁，中国马克思主义文学批评更应坚持“开放的民族主义”立场和标准，过早放弃“开放的民族主义”的文化立场，一厢情愿地在理论话语中终结民族国家，只是对资本主义生产方式及其文化逻辑的全球扩张、蔓延和渗透有利，这是与马克思主义文学批评坚守的资本批判的核心旨向相悖的。中国马克思主义文学批评还没有到告别民族本质论和主体性的时候，西方学者对本质和主体的反思是建立在它们巩固并显露出危害的基础上的。中国现代文化尚处于建设之中，并且处于西方中心文化受排挤、遭忽视的边缘他者位置，坚持民族文化的主体性是中国文化现实和目标的具体要求，中国文学批评断然放弃文化本质论和主体性思想，是一种罔顾中国文化现实情境、缺乏对后结构主义批判审视的迎合。

资本主义全球化下，跨国资本、信息技术、网络虚拟空间、劳工移民、电子金融、全球生态环境治理、国际恐怖主义打击等一系列人类活动和问题，都涂抹着民族国家间的界线，挑战着民族国家的既有功能。个人的身份形式日益多样，文化价值立场日趋多元，民族认同淡漠，各种理论话语的交相攻讦，所有这些，都使得民族国家和民族主义的根基摇摇欲坠，在这样的语境下，坚持民族主义的立场和标准在今天需要极大的政治勇气和理论智慧。愈是艰难，愈是彰显坚守“开放的民族主义”的重要意义。探讨中国马克思主义文学批评的“开放的民族主义”观担负着重要的使命，它需要致力于改变在人们头脑中逐渐根深蒂固地对于民族主义的情绪化、民粹化、简单化、保守化、狭隘化、封闭化、非历史化、一元本质论、二元对立思维等的旧印象，代替以理性化、历史化、开放化、尊重个体、引入他者的间性主体思维、历史本质论的新观念。虽然民族国家和民族主义在现在及今后很长一段历史时期内都还将居于重要的地位，扮演重要的角色，但民族主义在目前客观上还确是一种“意义含混、且易于被负面力量引向歧途、十分危险”[①] 的思想意识和文化价值，因此我们对它不能情绪化地或一味否定或一概肯定地盲目从事，而是迫切需要在积极建构、深刻反思和大胆扬弃基础上的坚守。唯愿本书的研究为这一对于中国马克思主义的文学批评理论建设和社会历史实践都兼具重大意义的工程，开启了一个不算精彩，但却不无意义的序幕。

① 李泽厚：《关于民族主义》，《告别革命》，香港大地图书有限公司 2004 年版，第 331 页。

参考文献

一 外文著作与论文

（一）著作

1.《马克思恩格斯全集》（第1—42卷），人民出版社1955—1982年版。

2.《列宁全集》（第1—50卷），人民出版社1955年版。

3.《马克思恩格斯论民族问题》（上、下卷），民族出版社1987年版。

4.《列宁论民族问题》（上、下卷），民族出版社1987年版。

5.《斯大林论民族问题》，民族出版社1990年版。

6. Terry Eagleton, *The Event of Literature*, New Haven: Yale University Press, 2012.

7. Robert Stuart, *Marxism and National Identity*, New York: State University of New York Press, 2006.

8. Guehenno, *The End of the Nation-state*, Trans. V. Elliot, Minneapolis: University of Minnesota Press, 1995.

9. Terry Eagleton, *The Event of Literature*, New Haven: Yale University Press, 2012.

10. Davis Horace, *Towards a Marxism Theory of Nationalism*, New York: Monthly Review Press, 1978.

11. Tom Nairn, *The Break-up of Britain: Crisis and Neo-Nationalism*, London: Verso, 1981.

12. Leslie Sklair, *Globalization: Capitalism and Its Alternatives*, Oxford: Oxford University Press, 2002.

13. Jan Nedreveen Pieterse, "Globaliztion As Hybridization", *Global Moderni-*

ties. ed. by Mike Featherstone et al. , London: Sage, 1995.

14. John Gray, *False Dawn*. New York: The New Press, 1988.

15. Hoffman Stanley, “Obstinate or Obsolete? The Fate of the Nation-state and the Case of Western Europe”, Joseph S. Nye (ed.), *International Regionalism*, Poston MA: Little Brown, 1968.

16. Erica Benner, *Really Existing Nationalisms: A Post-Communist View from Marx and Engels*, Oxford: Clarendon Press, 1995.

17. S. Bloom, *The World of Nations: A Study of the National Implications in the Work of Karl Marx*, New York: Columbia University Press, 1941.

18. Anthony D. Smith, *Thoeries of Nationalism*, New York: Holmes and Meier Publishers, 1983.

19. David Renton, *Marx on Globalization*, London: Lawrence & Wishart, 2001.

20. David Huddart, *Homi K. Bhabha*, London&New York: Routledge, 2006.

21. Homi K. Bhabha, “Introduction: Narrating the Nation”, *Nation and Narration*, London&New York: Routledge, 1990.

22. Homi K. Bhabha, *The Location of Culture*. London&New York: Routledge, 1994.

23. ［美］詹明信：《晚期资本主义的文化逻辑》，陈清侨等译，生活·读书·新知三联书店 1997 年版。

24. ［美］弗雷德里克·詹姆逊：《文化转向》，胡亚敏等译，中国社会科学出版社 2000 年版。

25. ［美］弗雷德里克·詹姆逊、三好将夫编：《全球化的文化》，马丁译，南京大学出版社 2001 年版。

26. ［美］弗雷德里克·杰姆逊：《后现代主义与文化理论》，唐小兵译，陕西师范大学出版社 1987 年版。

27. ［美］弗雷德里克·詹姆逊：《快感：文化与政治》，［加拿大］谢少波译，中国社会科学出版社 1998 年版。

28. ［美］弗雷德里克·詹姆逊：《未来考古学》，吴静译，译林出版社 2014 年版。

29. ［英］特雷·伊格尔顿：《二十世纪西方文学理论》，伍晓明译，陕西师范大学出版社 1987 年版。

30. ［英］特里·伊格尔顿：《理论之后》，商正译，商务印书馆 2009 年版。

31. ［英］特里·伊格尔顿：《马克思为什么是对的》，李杨等译，新星出版社 2011 年版。

32. ［英］特里·伊格尔顿：《历史中的政治、哲学与爱欲》，马海良译，中国社会科学出版社 1999 年版。

33. ［英］特里·伊格尔顿：《后现代主义的幻象》，华明译，商务印书馆 2000 年版。

34. ［英］特瑞·伊格尔顿：《文化的观念》，方杰译，南京大学出版社 2003 年版。

35. ［英］特里·伊格尔顿：《人生的意义》，朱新伟译，译林出版社 2012 年版。

36. ［英］埃里·凯杜里：《民族主义》，张明明译，中央编译出版社 2001 年版。

37. ［英］本尼迪克特·安德森：《想象的共同体：民族主义的起源与散布》，吴叡人译，上海人民出版社 2011 年版。

38. ［美］莫里斯·迈斯纳：《李大钊与中国马克思主义的起源》，中共党史资料出版社 1989 年版。

39. ［美］杜赞奇：《从民族国家拯救历史：民族主义话语与中国现代史研究》，王宪明等译，江苏人民出版社 2008 年版。

40. ［美］埃伦·伍德、约翰·福斯特：《保卫历史：马克思主义与后现代主义》，郝名玮译，社会科学文献出版社 2009 年版。

41. ［德］尤尔根·哈贝马斯：《后民族结构》，曹卫东译，上海人民出版社 2002 年版。

42. ［美］迈克尔·哈特、［意］安东尼奥·奈格里：《帝国：全球化的政治秩序》，杨建国、范一亭译，江苏人民出版社 2008 年版。

43. ［印度］帕尔塔·查特吉：《民族思想与殖民地世界：一种衍生的话语?》，范慕尤、杨曦译，译林出版社 2007 年版。

44. ［法］弗朗兹·法农：《全世界受苦的人》，万冰译，译林出版社 2005 年版。

45. ［法］弗朗兹·法农：《黑皮肤，白面具》，万冰译，译林出版社 2005 年版。

46. ［英］霍布斯鲍姆、兰格：《传统的发明》，庞冠群译，译林出版社 2008 年版。

47. ［匈］卢卡契：《列宁》，张翼星译，台北远流出版社 1991 年版。

48. ［澳］费约翰：《唤醒中国》，李恭忠等译，生活·读书·新知三联书店 2004 年版。

49. ［美］阿里夫·德里克：《革命与历史：中国马克思主义历史学的起源，1919—1937》，翁贺凯译，江苏人民出版社 2004 年版。

50. ［美］阿里夫·德里克：《全球现代性：全球资本主义时代的现代性》，胡大平、付清松译，南京大学出版社 2012 年版。

51. ［美］爱德华·萨义德：《文化与帝国主义》，李琨译，生活·读书·新知三联书店 2003 年版。

52. ［日］臧原惟仁：《艺术中的阶级性和民族性》，文之译，上杂出版社 1953 年版。

53. ［德］埃里希·弗罗姆：《健全的社会》，欧阳谦译，中国文联出版社 1989 年版。

54. ［美］E. 佛洛姆：《马克思关于人的概念》，徐纪亮、张庆熊译，台北南方书业出版社 1988 年版。

55. ［美］埃里希·弗罗姆：《逃避自由》，刘林海译，国际文化出版公司 2007 年版。

56. ［美］乔纳森·卡勒：《文学理论入门》，李平译，译林出版社 2008 年版。

57. ［英］雷蒙·威廉斯：《关键词：文化与社会的词汇》，刘建基译，生活·读书·新知三联书店 2005 年版。

58. ［英］雷蒙·威廉斯：《马克思主义与文学》，河南大学出版社 2008 年版。

59. ［英］彼得·威德森：《现代西方文学观念简史》，钱竞、张欣译，北京大学出版社 2006 年版。

60. ［日］柄谷行人：《日本现代文学的起源》，赵京华译，生活·读书·新知三联书店 2003 年版。

61. ［印度］阿吉兹·阿罕默德：《在理论内部：阶级、民族与文学》，易晖译，北京大学出版社2014年版。
62. ［法］让·鲍德里亚：《消费社会》，刘成富、全志钢译，南京大学出版社2008年版。
63. ［法］让·鲍德里亚：《冷记忆2》，张新木等译，南京大学出版社2009年版。
64. ［埃］萨米尔·阿明：《不平等的发展——论外围资本主义的社会形态》，高铦译，商务印书馆1990年版。
65. ［美］巴特·穆尔-吉尔伯特：《后殖民理论：语境、实践、政治》，陈仲丹译，南京大学出版社2001年版。
66. ［美］帕沙·查特吉：《今日之民族主义》，杜可柯译，张颂仁等编《我们的现代性：帕沙·查特吉读本》，上海人民出版社2012年版。
67. ［美］雪莉·特克尔：《群体性孤独》，周逵、刘菁荆译，浙江人民出版社2014年版。
68. ［法］加罗蒂：《马克思主义的人道主义》，刘若水、惊蛰译，生活·读书·新知三联书店1963年版。
69. 陈越编：《哲学与政治——阿尔都塞读本》，吉林人民出版社2003年版。
70. ［英］E. P. 汤普逊：《英国工人阶级的形成》，钱乘旦译，译林出版社2013年版。
71. ［美］马克·赛尔登：《革命中的中国：延安道路》，魏晓明、冯崇义译，社会科学文献出版社2002年版。
72. ［德］霍克海默、阿多诺：《启蒙辩证法：哲学断片》，渠敬东、曹卫东译，上海人民出版社2003年版。
73. Pamela Odih：《现代与后现代时代的广告》，叶碧华译，台北韦伯文化国际出版有限公司2010年版。
74. ［英］特雷尔·卡弗：《马克思与恩格斯：学术思想关系》，姜海波译，中国人民大学出版社2008年版。

（二）论文

1. Rosdolsky Roman, "Worker and Fatherland: A Note on a Passage in the Communist Manifesto", *Science and Society*, Vol. 29, 1965.

2. John Bellamy Foster, “Marx and Internationalism”, *Monthly Review*, Vol. 7 - 8, 2000.

3. Homi K. Bhabha, “Life at the Border: Hybrid Identities of the Present”, *New Perspective Quarterly*, Vol. 1, 1997.

4. Tom Nairn, “The Modern Janus”, *New Left Review*, Vol. 94, No. 11 - 12, 1975.

5. ［秘鲁］巴尔加斯·略萨：《全球化：文化的解放》，秋风译，《天涯》2003 年第 2 期。

6. ［日］柄谷行人：《康德、黑格尔与马克思》，夏莹译，《哲学动态》2013 年第 10 期。

7. ［苏联］M. B. 克留科夫：《重读列宁》，贺国安、蔡曼华译，《民族译丛》1988 年第 5 期。

8. ［日］村田忠禧、刘斌：《“我被骂成‘卖国贼’，但我无所谓”》，《南方周末》2013 年 11 月 21 日。

9. ［法］勒克莱齐奥：《论文学的普遍性》，高方译，《当代外国文学》2012 年第 3 期。

10. ［俄］卡斯佩：《法国学者论当代民族主义与世界主义》，楚云译，《世界民族》2000 年第 4 期。

11. ［美］弗雷德里克·杰姆逊：《奇异性美学》，蒋晖译，《文艺理论与批评》2013 年第 1 期。

12. ［德］尤尔根·哈贝马斯：《超越民族国家？论经济全球化的后果问题》，柴方国译，《马克思主义与现实》1995 年第 5 期。

13. ［德］哈贝马斯：《在全球化压力下的欧洲的民族国家》，张庆熊译，《复旦学报》2001 年第 3 期。

14. ［英］沙伦·麦克唐纳：《博物馆：民族、后民族与跨文化认同》，尹庆红译，《马克思主义美学研究》2010 年第 2 期。

15. ［法］弗朗兹·法农：《论民族文化》，马海良译，《外国文学》1999 年第 1 期。

16. ［英］本尼迪克特·安德森：《日本应超越狭隘的民族主义》，《参考消息》2012 年 11 月 15 日。

17. ［美］弗雷德里克·詹姆逊：《全球化与政治策略》，《当代国外马克思主义评论》2004 年第 2 辑。

二 中文著作与论文

（一）著作

1.《毛泽东选集》，人民出版社 1966 年版。
2.《邓小平文选（一九七五——一九八二年）》，人民出版社 1983 年版。
3.《鲁迅全集》，人民文学出版社 2005 年版。
4.《瞿秋白文集》，人民文学出版社 1985 年版。
5.《李大钊文集》，人民出版社 1984 年版。
6.《陈独秀著作选编》，上海人民出版社 2009 年版。
7.《雪峰文集》，人民文学出版社 1981 年版。
8.《冯雪峰论文集》，人民文学出版社 1981 年版。
9.《周扬文集》（第 1—4 卷），人民文学出版社 1984 年版。
10.《胡风评论集》（上、中、下卷），人民文学出版社 1984 年版。
11.《艾思奇文集》（1、2 卷），人民出版社 1981 年版。
12.《何其芳文集》，人民文学出版社 1984 年版。
13.《文学运动史料选》，上海教育出版社 1979 年版。
14. 徐遒翔编：《文艺的“民族形式”讨论资料》，知识产权出版社 2010 年版。
15.《“两个口号”论争资料选编》，知识产权出版社 2010 年版。
16.《“革命文学”论争资料选编》，人民文学出版社 1981 年版。
17. 刘少奇：《论国际主义与民族主义》，人民出版社 1951 年版。
18.《毛泽东论文艺》，人民文学出版社 1992 年版。
19.《周恩来论文艺》，人民文学出版社 1979 年版。
20. 俞可平编：《全球化与全球化问题》，中央编译出版社 2006 年版。
21. 汪晖：《现代中国思想的兴起》，生活·读书·新知三联书店 2008 年版。
22. 汪晖：《汪晖自选集》，广西师范大学出版社 1997 年版。
23. 赵稀方：《后殖民理论》，北京大学出版社 2009 年版。
24. 代迅：《西方文论在中国的命运》，中华书局 2008 年版。
25. 陆贵山、周忠厚编著：《马克思主义文艺论著选讲》，中国人民大学出版社 2011 年版。
26. 胡亚敏编：《文学批评与文化批判》，华中师范大学出版社 2007 年版。
27. 胡亚敏：《中西之间：批评的历程》，华中师范大学出版社 2012 年版。
28. 杜书瀛：《文学会消亡吗：学术前沿沉思录》，中山大学出版社 2006 年版。
29. 林毓生：《中国传统的创造性转化》，生活·读书·新知三联书店 1987 年版。
30. 李泽厚：《中国现代思想史论》，天津社会科学院出版社 2003 年版。
31. 李泽厚：《马克思主义在中国》，生活·读书·新知三联书店 1988 年版。
32. 李泽厚：《走我自己的路：杂著集》，中国盲文出版社 2002 年版。
33. 李泽厚：《批判哲学的批判——康德述评》，人民出版社 1984 年版。
34. 李泽厚：《历史本体论 己卯五说》，生活·读书·新知三联书店 2008 年版。
35. 南帆：《后革命的转移》，北京大学出版社 2005 年版。
36. 金观涛、刘青峰：《观念史研究：中国现代重要政治术语的形成》，法律出版社 2009 年版。
37. 程代熙：《艺术家的眼睛》，陕西人民出版社 1982 年版。
38. 张永清、马元龙编：《后马克思主义：批评理论》，人民出版社 2011 年版。
39. 汪晖、陈燕谷编：《文化与公共性》，生活·读书·新知三联书店 1998 年版。
40. 罗钢、刘象愚编：《后殖民主义文化理论》，中国社会科学出版社 1999 年版。
41. 许宝强、罗永生编：《解殖与民族主义》，中央编译出版社 2002 年版。
42. 郑家超编：《西方学者谈毛泽东》，香港新世纪出版社 1993 年版。
43. 丁国旗选编：《全球化与复数的“世界文学”》，中国社会科学出版社 2011 年版。
44. 许纪霖、宋宏编：《现代中国思想的核心观念》，上海人民出版社 2011 年版。
45. 冯雪峰：《冯雪峰忆鲁迅》，河北教育出版社 2000 年版。

46. 陆贵山：《文艺理论与文艺批评》，作家出版社 2010 年版。
47. 钱理群、黄子平、陈平原：《“二十世纪中国文学”三人谈》，北京大学出版社 2004 年版。
48. 张旭东：《全球化时代的文化认同》，北京大学出版社 2006 年版。
49. 汪民安：《感官技术》，北京大学出版社 2011 年版。
50. 《费孝通文集》，群言出版社 1999 年版。
51. 杨慧林：《在文学与神学的边界》，复旦大学出版社 2012 年版。
52. 生安锋：《霍米·巴巴的后殖民理论研究》，北京大学出版社 2011 年版。
53. 牛运清等：《民族性·世界性：中国当代文学专题研究》，山东大学出版社 2010 年版。
54. 孙伯鍨：《卢卡契与马克思》，南京大学出版社 1999 年版。
55. 董学文、张永刚：《文学原理》，北京大学出版社 2001 年版。
56. 谭好哲等：《现代性与民族性：中国文学理论建设的双重追求》，社会科学文献出版社 2005 年版。
57. 姚文放：《当代性与文学传统的重建》，人民文学出版社 2004 年版。
58. 李建中：《古代文论的诗性空间》，湖北人民出版社 2005 年版。
59. 资中筠：《启蒙与中国社会转型》，社会科学文献出版社 2011 年版。
60. 刘禾：《跨语际实践——文学，民族文化与被译介的现代性（中国，1900～1937)》，宋伟杰等译，生活·读书·新知三联书店 2002 年版。

（二）论文

1. 胡亚敏：《马克思主义文学批评中国形态的内涵探略》，《华中学术》2011 年第 4 辑。
2. 胡亚敏：《文艺批评中的情感与现实》，《文艺报》2014 年 12 月 8 日。
3. 胡亚敏：《论差异性研究》，《外国文学研究》2012 年第 4 期。
4. 胡亚敏整理：《后现代主义文化与批评——华中师大文学批评学研究中心与詹姆逊教授座谈述要》，《华中师范大学学报》1997 年第 6 期。
5. 胡亚敏：《开放的民族主义——论中国当代文学批评之立场》，《华中师范大学学报》2007 年第 6 期。
6. 胡亚敏：《中国马克思主义文学批评的人民观》，《文学评论》2013 年第 5 期。

7. 姚文放：《全球性与现代性》，《求是学刊》2002 年第 5 期。
8. 孙佳山等：《“中国梦”与当代文艺前沿问题》，《文艺理论与批评》2014 年第 3 期。
9. 石海军：《从民族主义到后殖民主义》，《文艺研究》2004 年第 3 期。
10. 陈燕谷：《文学理论中的第三世界话语》，《文艺研究》2003 年第 2 期。
11. 陈燕谷、靳大成：《刘再复现象批判》，《文学评论》1988 年第 2 期。
12. 曹顺庆：《文论失语症与文化病态》，《文艺争鸣》1996 年第 2 期。
13. 张法、张颐武、王一川：《从“现代性”到“中华性”》，《文艺争鸣》1994 年第 2 期。
14. 董健：《民族主义文化情结：消解启蒙理性，阻挠人的现代化》，《探索与争鸣》2013 年第 4 期。
15. 南帆：《现代性、民族与文学理论》，《文学评论》2004 年第 1 期。
16. 南帆：《全球化与想象的可能》，《文学评论》2000 年第 2 期。
17. 南帆：《文学理论：本土与开放》，《福建论坛》2009 年第 3 期。
18. 南帆：《文学经典、审美与文化权力博弈》，《学术月刊》2012 年第 1 期。
19. 胡俊飞：《马克思恩格斯民族论述与中国当代文学批评》，《中央民族大学学报》2012 年第 4 期。
20. 胡俊飞：《唯物史观下当代文学批评中的“非民族”论批判》，《中央民族大学学报》2014 年第 3 期。
21. 李思孝：《马克思“世界文学”的现实意义》，《乌鲁木齐职业大学学报》2006 年第 1 期。
22. 高建平：《马克思主义与“复数的世界文学”》，《马克思主义美学研究》第 7 辑。
23. 丁国旗：《“全球化”语境中的“世界文学”探讨》，《江苏行政学院学报》2010 年第 3 期。
24. 钱念孙：《列宁的“两种文化”理论再探讨》，《文艺理论研究》1984 年第 3 期。
25. 钱念孙：《民族性的开放性与民族化的广阔道路》，《天津社会科学》1985 年第 6 期。

26. 童庆炳：《当代中国文化和文学：在民族性和开放性之间》，《陕西师范大学学报》2003 年第 1 期。
27. 丰子义：《列宁视野中的民族文化》，《哲学动态》2008 年第 4 期。
28. 黄力之：《列宁论民族文化问题的悖论辨析》，《马克思主义研究》2009 年第 9 期。
29. 马戎：《略谈列宁、斯大林有关民族问题的论述》，《科学社会主义》2010 年第 2 期。
30. 金观涛：《百年来中国民族主义结构的演变》，《二十一世纪》（香港）1993 年第 1 辑。
31. 许纪霖：《现代中国的自由民族主义思潮》，《学术研究》2005 年第 1 期。
32. 刘青峰：《文化革命中的新华夏中心主义》，《二十一世纪》（香港）1993 年第 1 辑。
33. 曹林红：《民族、阶级与“形式”的政治——论抗战时期“文艺的民族形式”讨论》，《中国现代文学研究丛刊》2011 年第 3 期。
34. 戚学英：《“人民”话语与阶级—民族国家想象——1940—1970 年代文学中“人民”话语的建构》，《江汉论坛》2014 年第 5 期。
35. 卢燕娟：《以“人民性”重建“民族性”——延安文艺中的“民族形式”问题》，《文艺理论与批评》2014 年第 3 期。
36. 卢燕娟：《民族道路和人民方向的结合》，《文艺理论与批评》2011 年第 2 期。
37. 吴元迈：《文艺的民族性与文艺的世界性》，《文艺研究》1996 年第 1 期。
38. 陆贵山：《经济全球化与文学的民族性》，《高校理论战线》2006 年第 2 期。
39. 陆贵山：《对话与重构——建设当代形态的马克思主义文艺理论的重要理路》，《中国人民大学学报》2014 年第 2 期。
40. 陆贵山：《本质主义解析与文学理论建构》，《文学评论》2010 年第 5 期。
41. 董学文：《文艺发展与“中国梦”的核心》，《湖南社会科学》2014 年第 5 期。

42. 陈众议：《民族性与世界性》，《外国文学》1997 年第 3 期。
43. 杜书瀛：《在全球化浪潮面前》，《文艺争鸣》2001 年第 6 期。
44. 曹卫东：《后民族结构与欧洲的复兴》，《读书》2003 年第 7 期。
45. 张旭东：《民族主义与当代中国》，《读书》1997 年第 6 期。
46. 张旭东：《想象中的社区》，《读书》1999 年第 11 期。
47. 张旭东：《传统在未来》，《21 世纪经济报道》2012 年 11 月 24 日。
48. 张旭东：《重归总体性思考，重建中国认同》，《社会观察》2011 年第 9 期。
49. 陆卓宁：《全球化语境与文学的民族性》，《中央民族大学学报》2004 年第 4 期。
50. 代迅：《去西方化与寻找中国性》，《文艺评论》2007 年第 3 期。
51. 盛宁：《“后殖民主义”：一种立足于西方文化传统内部的理论反思》，《天津社会科学》1997 年第 1 期。
52. 赵稀方：《后殖民主义与民族主义的悖论》，《中国社会科学院研究生院学报》2010 年第 2 期。
53. 周计武：《后殖民视野下的民族认同问题》，《阅江学刊》2010 年第 6 期。
54. 赖佳：《进入意识形态里的民族身份》，《当代文坛》2014 年第 4 期。
55. 肖祥：《西方后殖民批评中的多重“他者”》，《江汉论坛》2014 年第 5 期。
56. 罗如春：《作为叙事的民族——霍米·巴巴对民族认同的后殖民解构》，《马克思主义美学研究》2012 年第 1 辑。
57. 陶东风：《“后”学与民族主义的融构》，《河北学刊》1999 年第 6 期。
58. 陶东风：《解构本真性的幻觉与神话》，《湛江师范学院学报》2001 年第 4 期。
59. 郭军：《后殖民文化批评和后现代语境及中国知识分子的身份定位》，《外国文学研究》2000 年第 3 期。
60. 赵稀方：《中国后殖民批评的歧途》，《文艺争鸣》2000 年第 5 期。
61. 赵稀方：《民族革命与文化身份》，《南京大学学报》2009 年第 2 期。
62. 王逢振：《全球化语境下的“民族的寓言”》，《中国政法大学学报》2010 年第 6 期。

63. 甘阳:《传统、时间性与未来》,《读书》1986 年第 2 期。
64. 王文章:《努力以文艺创作抒写中国梦》,《文艺理论与批评》2014 年第 2 期。
65. 付长珍:《文化主体性与民族独特性》,《探索与争鸣》2014 年第 10 期。
66. 贺来:《"主体性"观念的反思与意识形态批判》,《马克思主义与现实》2007 年第 3 期。
67. 张汝伦:《自我的困境——近代主体性形而上学之反思与批判》,《复旦学报》1998 年第 1 期。
68. 任立刚:《马克思主义主体性思想的研究与反思》,《哲学动态》2008 年第 6 期。
69. 张福贵:《鲁迅"世界人"概念的构成及其当代思想价值》,《文学评论》2013 年第 2 期。
70. 高玉:《论中国现代文学的民族性》,《广东社会科学》2004 年第 3 期。
71. 钱理群:《建国前夕对〈论主观〉的批判和胡风的反应》,《中国现代文学研究丛刊》2013 年第 4 期。
72. 张文琳、吕建云:《中共"一大"为何没有采纳列宁的民族和殖民地革命思想》,《甘肃社会科学》2004 年第 5 期。
73. 张中良:《论 1930 年代民族主义文学思潮》,《中国现代文学研究丛刊》2013 年第 9 期。
74. 毕海:《延安对"五四"新文艺的重审及其意义——以"民族形式"论争为中心》,《中国现代文学研究丛刊》2013 年第 9 期。
75. 陈越:《民族化——一个防御性的口号》,《文学评论》1987 年第 1 期。
76. 冯牧:《文学要和生活一同前进》,《文艺报》1983 年第 1 期。
77. 梁一孺:《民族化:文学繁荣发展的必由之路》,《文学评论》1987 年第 4 期。
78. 张炯:《关于我国文学民族化与现代化的对话》,《文艺争鸣》1987 年第 3 期。
79. 李新宇:《再论新时期文学的民族意识》,《理论与创作》1989 年第

1 期。
80. 吴雪丽：《启蒙重构与文化再造——从“五四”到“新启蒙”的思想实践》，《山西师范大学学报》2013 年第 4 期。
81. 生安锋、李秀立：《后殖民主义、女性主义、民族主义与想象——佳里特亚·斯皮瓦克访谈录》，《文艺研究》2007 年第 11 期。
82. 王宁：《全球化、民族主义及超民族主义》，《西南民族大学学报》2007 年第 7 期。
83. 王宁：《世界主义、世界文学以及中国文学的世界性》，《中国比较文学》2014 年第 1 期。
84. 费孝通：《反思·对话·文化自觉》，《北京大学学报》1997 年第 3 期。
85. 张江：《当代西方文论若干问题辨识》，《中国社会科学》2014 年第 5 期。
86. 陈平原、千理群、黄子平：《“二十世纪中国文学”三人谈》，《读书》1985 年第 12 期。
87. 《为文艺正名——驳“文艺是阶级斗争的工具”说》，《上海文学》1979 年第 4 期。
88. 顾骧：《人性与阶级性》，《文艺研究》1980 年第 3 期。
89. 马建辉：《新世纪文艺人民性研究的三种倾向及其辨析》，《文艺理论与批评》2013 年第 6 期。
90. 杨诚：《必须清理少数民族文学中的资产阶级自由化倾向》，《中央民族学院学报》1990 年第 4 期。
91. 朱德发：《论四十年代中国文学的世界化与民族化》，《中国社会科学》2002 年第 6 期。
92. 朱光潜：《关于人性、人道主义、人情味和共同美问题》，《文艺研究》1979 年第 3 期。
93. 王峰：《学术一定要“中国”吗？——对“中国性”的批判性思考》，《云南大学学报》2009 年第 3 期。
94. 罗岗：《现代国家想象、民族国家与“20 世纪中国文学”的重构》，《文艺争鸣》2014 年第 5 期。
95. 袁盛勇：《民族—现代性：“民族形式”论争中延安文学观念的现代性

呈现》,《文艺理论研究》2005 年第 4 期。
96. 王钦峰:《社会主义与中国文学理论的现代性》,《文艺研究》2008 年第 1 期。
97. 汪晖:《当代中国的思想状况与现代性问题》,《天涯》1997 年第 5 期。
98. 陆扬:《关于后现代性话语中的现代性》,《文艺研究》2003 年第 4 期。
99. 陈燕谷:《现代性:未完成的和不确定的》,《读书》1997 年第 10 期。
100. 谢少波:《资本主义全球化与文化批判》,《天涯》2007 年第 1 期。
101. 陈永国:《资本的非领地化与现代性叙事》,王宁编《文学理论前沿》,北京大学出版社 2004 年版。
102. 汪民安:《机器身体:微时代的物质根基和文化逻辑》,《探索与争鸣》2014 年第 7 期。
103. 盖琪:《后福特主义时代的话语表达机制》,《探索与争鸣》2014 年第 7 期。
104. 曹卫东:《后民族结构与欧洲的复兴》,《读书》2003 年第 7 期。
105. 仰海峰:《现代性的框架:世界性与民族性的双重审视》,《哲学动态》2014 年第 4 期。
106. 莫言:《传统与创新》,《文艺研究》2013 年第 12 期。
107. 李陀:《"开心果女郎"》,《读书》1995 年第 2 期。
108. 王向峰:《文化全球化及其民族基础》,《长江学术》2002 年第 3 期。
109. 陈众议:《全球化与文学研究的民族意识》,《当代作家评论》2014 年第 4 期。
110. 王钦:《杰姆逊的"民族寓言":一个辩护》,《文艺理论研究》2014 年第 4 期。
111. 生安锋:《后殖民性、全球化与文学的表述——霍米·巴巴访谈录》,《南方文坛》2002 年第 6 期。
112. 都岚岚:《民族主义与文学想象——斯皮瓦克后殖民思想述评》,《文艺理论与批评》2007 年第 5 期。
113. 王杰、徐方赋:《"我不是后马克思主义者,我是马克思主义者"——特里·伊格尔顿访谈录》,《文艺研究》2008 年第 12 期。

114. 邹赞、欧阳可惺：《“想象的共同体”与当代西方民族主义叙述的困境》，《中南民族大学学报》2011 年第 11 期。
115. 李怀亮：《质疑“文化普遍主义”》，《文艺报》2003 年 4 月 19 日，第 3 版。
116. 孙郁：《抵抗没有历史的历史》，《东吴学术》2014 年第 1 期。
117. 侯才：《马克思的“个体”和“共同体”概念》，《哲学研究》2012 年第 1 期。
118. 刘再复：《多元社会中的“群”“己”权利界限》，《读书》2012 年第 1 期。
119. 钱理群：《人和人在读书的时候才最平等》，《北京青年报》2014 年 9 月 7 日。
120. 董学文：《文艺发展与“中国梦”的核心》，《湖南社会科学》2014 年第 5 期。
121. 生安锋：《民族主义研究与治学之路——本尼迪克特·安德森教授访谈录》，《文艺研究》2015 年第 2 期。
122. 罗志田：《从文化看复兴和崛起》，《读书》2014 年第 11 期。
123. 梁志平：《传统文化的更新与再生》，《读书》1989 年第 3 期。
124. 王金山：《以“辩证”“历史”眼光看待“原则”——驳“反本质主义”观念的哲学基础》，《内蒙古师范大学学报》2012 年第 6 期。
125. 王玉珠：《再论中国现代文学的民族性与世界性》，《山东大学学报》2013 年第 6 期。
126. 萧程：《性、谱系、主体——读福柯〈性史〉》，《读书》1989 年第 7—8 期。
127. 胡俊飞：《中国马克思主义文学批评民族观的形成》，《华中学术》2014 年第 1 辑。
128. 周宪：《关于学术自信问题》，《文艺理论研究》2015 年第 1 期。
129. 胡亚敏：《“概念的旅行”与“历史场域”》，《湖北大学学报》2015 年第 1 期。
130. 童庆炳：《反本质主义与当代文学理论建设》，《文艺争鸣》2009 年第 7 期。
131. 岳雯：《“抒情时代”的“个人”考论》，《中国现代文学研究丛刊》

2015 年第 2 期。

132. 王炎、[美] 本尼迪克特·安德森：《想象民族的方法》，《读书》2015 年第 1 期。

133. 王逢振：《重温詹姆逊的“民族寓言”》，《外文研究》2013 年第 1 期。

134. 赵稀方：《评汉学主义》，《福建论坛》2014 年第 3 期。

135. 赵稀方：《突破二元对立的汉学研究范式》，《探索与争鸣》2015 年第 2 期。

攻读博士学位期间发表的学术论文

1. 《民族主义：当代马克思主义批评的质疑、辩护与重释》，《外国文学》2015 年第 3 期。
2. 《唯物史观下当代文学批评中的“非民族”论批判》，《中央民族大学学报》2014 年第 3 期。
3. 《中国马克思主义文学批评民族观的形成》，《华中学术》2014 年第 1 辑。
4. 《马克思视域下艺术的终结—转型诸论批判》，《文艺理论与批评》2013 年第 3 期。
5. 《资本市场与现代文艺的发生、演化与转型》，《湖北民族学院学报》2013 年第 1 期。
6. 《马克思恩格斯民族论述与中国当代文学批评》，《中央民族大学学报》2012 年第 4 期。
7. 《互文视域下马克思“希腊艺术典范性”论述》，《中国海洋大学学报》2012 年第 2 期。
8. 《新世纪底层文学总体性缺失检讨》，《广西社会科学》2012 年第 3 期。
9. 《疯癫叙事：20 世纪中国文学历史意识的标本》，《吉首大学学报》2012 年第 2 期。

索引

博士论文后记

在西方马克思主义批评研究成为中国人文学科的一门显学时，中国马克思主义批评却被严重忽视和低估，中国马克思主义批评的地位与它在人们普遍认识中的评价是不相符的，中国马克思主义批评在许多问题的探究上，取得了它特异于其他形态的马克思主义文学批评的实绩。事实上，我在搜集阅读资料的过程中，发现这一点在国外中国马克思主义文学批评研究中已获得了一定范围的首肯。戴维·克雷洛《马克思主义文学论文选》便收录了鲁迅的两篇文章，它们与马克思、恩格斯、列宁、卢卡契、布莱希特等马克思主义批评大家的经典文献相并峙，毛泽东、李大钊、瞿秋白等人的文论思想也为国外的中国马克思主义批评研究所注目，屡屡有相关著述面世。中国学人对中国形态的马克思主义批评的研究和认识还十分不足，过低的评价甚至被作为一种常识而接受下来，这种状况亟待改变。本文以经典、俄苏和西方马克思主义批评为影响源、背景和参照系，梳理、总结、反思和拓展中国马克思主义批评的民族观，确证中国马克思主义批评是整个马克思主义批评不可忽略的组成部分，是多种研究初衷中最为核心的一种。

初衷虽是美好的，但初衷和结果之间存在的赫目差距留下令人懊恼和无力的遗憾。创新和有自己的东西，说起来简单，做到却极难，与其说这里的文字成一家之言，不如说它是一篇汇聚百家的读书报告，其中融入了我对所读材料的理解、肯定、综合与重组，当然也有质疑、反思和尝试性的建构。不经再三反思，不能成学问，从这个意义上而言，本文对于中国马克思主义文学批评民族观的思考虽有了这么一个物化的形式，但它仍是尚待完成，甚至需要改写或重写的。这篇论文是在读读写写的焦虑矛盾心态中完成的，读的时候觉得写得太慢，写的时候又觉得读得太少，思考得不够透彻深入，反复再三，形成了眼前这么些文字。虽然论文已在形式上画上了句号，但诚哉斯言，“学，然后知不足”，忐忑多于轻松，是我此刻的真实心境。浸淫越久，言说越犹豫，写作过程中不断反省乃至推翻先前的工作。这本论文与其说是课题逻辑上的自然完结，不如说毕业论文答辩在即，使它暂时凝固成这样的中间形态。直接阅读外文著述的能力不足掣肘了本文的研究，各种事务的牵绊也挤压了研究的时间、精力和心绪，自己十分有限的研究能力、畏难情绪和怠惰品性等各种因素，也使本文留下许多缺憾乃至硬伤。还有许多的文献没有阅读，还有许多的问题没有深入思考，已有论述也远远没有达到完满，总之本文给我带来阅读与思考的乐趣的同时，也留下了深深的遗憾。如果可以重来，我也许可以换一种更佳的结构方式，不是现在的以史带论的方式，而是以论融史的方式。之所以选择这种结构，很大程度是因为藏拙，我对自己的理论演绎能力实在没有太大把握，现在看来，这种保守的结构方式确实有较大局限，它不能抽丝剥茧、直击要害，给人以理论的明晰和说服力。所幸的是，思考已经起步，通达远方的路就在脚下，不如暂把它视为蹒跚学步的起点、鞭策自己奋力前行的路标。

犹记写作过程中的一幅电视直播画面，2014 年巴西足球世界杯在对阵加纳的赛前仪式上，美国球员动情地唱着国歌，一位美国球迷高举印着“我们的民族，我们的球队”的横幅，流着止不住的眼泪为自己祖国的球队摇旗呐喊。在这幅画面前，再多的、言之凿凿的民族国家消亡论也是虚弱无力、无济于事的，即便在把全球化推及到世界每个角落的美国，民族主义也没有离它而远去，民族情感仍是美好、珍贵而感人的。另外，在阅读中国马克思主义文学批评家的文献时，我深深感受到即便在民族危机深重时，知识分子虽然坚守民族的立场，但却有非常开放的心态，实属难得。而在全球文化交往的今天，民族文化的时空界隔已不复存在，你中有我，我中有你，成为常态，举世理论家所面对的语境和问题都是大同小异的，此种情形下还有人寄望发明和创造出一套纯粹属于中国的批评理论系统，两相对照，怎不让人感喟不已。在这个意义上，感性的印象比理论的抽象更有说服力，旧的言说对于今天的文化现实而言并没有过时，对于民族问题的考察不能完全诉诸扬弃了主观情感的思辨，也不能乐观地相信新的观点必然胜过和超越了旧的论说。正如学问需要反思，民族主义也是需要经受不断的诘问，中国马克思主义文学批评建构的开放的民族观可以被认为是一种自反的民族主义，在立下民族的立场根基后，本文的工作更像是全方位地挖它的墙角，但却并不跨越到它的反面。只有反思得越深，民族主义才不会停留于一种面目情绪化、内涵浅薄含混的形象。这篇论文与其看作是对民族主义推波助澜的彰显，不如视为对民族主义的批判性检视，是一种在反思中而非情绪化的坚持。本文对民族问题的探讨和对民族主义的反思还在途中。

深深地感谢导师胡亚敏先生。老师屡屡在深夜发出的邮件，修改意见从字句到结构到观点，面面俱到、针针见血，令不努力的我深感汗颜。先生的为学为师都堪称楷模，先生的学问既在她的文字之中，也在她的文字之外，先生的每篇文字都简练、绵密、深刻，值得学生们反复揣摩、吟味、学习，先生上课的时光对于我而言，是精神上的欢快节日。先生为师宽严相济，让我既感受了如沐春风般的温暖亲切，又体验到如履薄冰的战战兢兢。犹记得老师曾批评我拍着脑袋做学问，学生谨记于心，这里的文字是在十多本读书笔记的基础上完成的。感谢老师给我提供了这个富有价值、极具挑战性的题目，和宽松得甚至可以自由发挥驰骋的空间。虽然辛苦劳累，但求学的这几年却是我有生以来、也许今后不再有的精神上至为愉悦丰润的岁月。所幸的是在先生的教导下，阅读和思考已经成了我的一种习惯。另外，也深切感谢文艺学教研室的各位老师。谢谢王先霈老师在开题会上提出的宝贵意见，求学桂子山，没能亲炙王老师的课堂教诲，实在是一件非常令人遗憾的事情。张玉能老师的手笔和他的课堂一样气势如虹，我受益匪多，非折服于具体的某个观点所能概括。谢谢孙文宪老师教导的反思“常识”的治学理念，孙老师于平淡无奇材料中见新思的教学和文章，常带给我如本雅明所言的灵魂“震颤”，原来学问还可以如此质朴，却又那么犀利。

另外，在论文写作过程中，与同门好友吴亚南、周晓露、闵建平、王东昌、颜芳等的倾心交流，屡屡更新和开阔了我的研究思路，游学英伦的师兄黎杨全、谢龙新从异国给我提供了许多珍贵的外文资料，《中央民族大学学报》的宝玉柱老师近一小时的电话长谈，细致指导我的论文写作。感谢在煎熬的岁月里，有你们的支持相伴。最后但却是最要感谢的是我的家人，母亲、岳父母、妻子和小女在我求学期间给予了我最大限度的体谅，几乎解除了一切后顾之忧，使进入而立之年的我还能有这么一段悠游的岁月。你们是我的全部，任何用来表达我对你们感激的言语都是轻薄的，我将倍加珍惜与你们在一起的虽细碎却温暖无比的时光。

谨此为记。

2015. 5. 30 夜

武昌·桂子山

出版补记

端坐桌前，面对从北京远道寄来、经过细致编校的书稿，此刻的我，空洞落寞的心情胜过收获的喜悦。书稿上密密麻麻的文字是那么的熟悉，它们分明是我读博期间夜以继日、一字一句用笔写下、在键盘上敲出的，但又是这么的陌生，求学生涯结束后两年多来的懒散与蹉跎，让我人生中确曾有过的那段紧张而愉悦、煎熬而充实的时光，逐渐从记忆的帷幕上淡去。两年多前完成的这篇博士学位论文，如今有幸入列中国社会科学“博士文库”丛书出版，我在感到高兴的同时，内心也无比惶恐、忐忑。越是远离文字写下的当初情境，越是对它会有着清醒的认识，眼前的书稿至多只能算作一本连缀而成的读书笔记，是谈不上什么思想的原创性和体系性的，此外在论述的严谨和周正上也存在不少问题。然而尽管如此，它的问世一路走来却幸运地得到来自许多人的关怀、帮助和肯定，这些支持让我在治学的疲累之余获得难得的温暖和快乐。在本书出版之际，只能用微不足道的言语表达我深深的谢意。

博士论文提交答辩后，由以张永清教授为主席，王先霈教授、张玉能教授、孙文宪教授、修倜教授、黄念然教授等组成的答辩委员会对我的学位论文提出了许多切实的修改意见，给出了较高的评价。修改后的论文经过省外专家匿名评审，入选“2017 年湖北省优秀博士学位论文”。衷心感谢这些知名和不知名的先生对学生的关怀之情和奖掖之意。论文中的若干章节经过删节修改，先后被《中央民族大学学报》《外国文学》《华中学术》《山西大学学报》《内蒙古社会科学》《当代文坛》《南昌大学学报》等刊物录用，感谢宝玉柱、马海良、孙文宪、郭庆华、李静丽、刘小波、胡海金、彭福荣等编辑老师的不吝厚爱。攻读博士学位期间和回校工作以来，韦济木教授、丁世忠教授、李金荣教授等学院领导对我学习、工作与生活的关心和照顾，张芳德教授、李胜教授、梁平教授、周仁成博士、张羽华博士等诸前辈好友对我的指导与彼此间的交流，这些点点滴滴汇成的深情厚谊，我都将铭记于心。忐忑于书稿的不完善，临近书稿付梓之际才向业师索序。万分感激老师拨冗、深夜发给我的情深意切、切中肯綮的“序”。大恩不言谢，追逐老师的足迹，唯愿自己著出的下一部书能让我稍少些愧色地向老师求序。感谢我的岳父母、母亲、兄长等家人的付出和操劳，他们几乎为我解除了一切生活上的后顾之忧。感谢妻子和小女给我的人生带来了无尽快乐，此生因为有了你们的相伴，足矣。感谢责任编辑张潜女士，正是因为有您的勤奋、认真、不厌其烦的编校工作，才使得本书能以如此美丽的形貌呈之于世。著述是一份遗憾的事业，研究永远在路上。作者天资平平，加之书稿欠缺琢磨，其中定不乏诸多问题和谬误，还望读者诸君不吝指导教正。

[本书受到中国博士后科学基金面上资助项目“中国马克思主义文学批评民族观的反思与建构”（2016M590881）与重庆市高校“三特行动计划”特色专业建设项目（2013 年）“汉语言文学”资助。]

2017. 12. 12 午